沈从文散文经典

现代文学经典名著

U0665583

凤凰

沈从文/著

21 二十一世纪出版社集团
21st Century Publishing Group
全国百佳出版社

图书在版编目（CIP）数据

凤凰：沈从文散文经典 / 沈从文著 . —— 南昌：
二十一世纪出版社，2014.9
（中国现代文学经典名著）

ISBN 978-7-5391-9085-3

Ⅰ . ①凤… Ⅱ . ①沈… Ⅲ . ①散文集 – 中国 – 现代
Ⅳ . ① I266

中国版本图书馆 CIP 数据核字 (2013) 第 224227 号

凤凰：沈从文散文经典　　　　　　　　沈从文 / 著

策　　划　张　明
责任编辑　刘　刚
出版发行　二十一世纪出版社集团
　　　　　（江西省南昌市子安路75号　330025 ）
　　　　　www.21cccc.com　cc21@163.net
出 版 人　张秋林
经　　销　新华书店
印　　刷　北京永顺兴望印刷厂
版　　次　2014年10月第1版　2017年12月第2次印刷
开　　本　720mm×1000mm　1/16
印　　张　22
字　　数　285千
书　　号　ISBN 978-7-5391-9085-3
定　　价　35.00元

赣版权登字—04—2013—677
如发现印装质量问题，请寄本社图书发行公司调换 0791-86524997

目　录

湘西摇橹（湘行散记·湘西）

云南看云

暮色怀人

导　论

吴景明

照我思索，能理解"我"；照我思索，可认识"人"。

——沈从文

1908 年，一个 6 岁的孩子独自入私塾读书，然而这种教育模式很快即令他厌倦了，于是他学会了逃学。他逃离"弄虚作伪千篇一律用文字写成的小书"，而将心灵敞向"色香具备内容充实用人事写成的大书"。他为大千世界中的自然光色和社会人事所吸引，到山上玩，到林间玩，到水边玩，看人下棋，看人决斗，看人做工，偷李子，采蕨菜，捉螃蟹，乃至赌钱、打架和学野话。这个顽童尤其喜欢赤脚行走于街市和田畴，而 16 年后，这个孩子成为了一位行走大地的歌者。"赤脚"的表象后面，是对自然的亲近，是对生活的热爱，是对人事的关切，是一颗可贵的赤子之心，跃跃不息。这位歌者不是别人，正是沈从文。

沈从文（1902–1988 年），原名沈岳焕，字崇文，笔名休芸芸、甲辰、上官碧等，湘西凤凰县人，身上兼有汉族、苗族和土家族三种血统。沈从文生于军人家庭，其祖父沈宏富战功卓著，曾任云南昭通镇守使和贵州提督。其父沈宗嗣做过裨将和上校军医官。沈从文早年亦加入行伍，任司书职，后受新文化运动影响而赴北京求学，并开始写作，笔耕勤奋，以创作实绩奠定了他在京派文学队伍中的核心地位，成为中国最著名的现代作家之一，新中国成立后主要从事历史文物研究。

沈从文的小说自是经典，而其散文亦摇曳多姿，自然流畅，颇为可观。如前面所言，沈从文是一位行走大地的歌者。读者眼前的这本散文选集便是歌声的集萃，它们来自北平的陋室，来自湘西的小船，来自昆明的云影，来自晨曦初露时的憧憬，来自暮色苍茫间的怀念。它们或清圆婉转，令人陶醉；或飘忽渺茫，引人遐思；或别有忧愁，教人怅惘。不一而足，难以枚举，且听歌吟。

本书共分五辑，分别为："生命自述"、"北平怯步"、"湘西摇橹"、"云南看云"和"暮色怀人"。

第一辑"生命自述"，文章均取自《从文自传》，是沈从文对自己早年生命经历的讲述。

从这一辑中可以看出，沈从文早年的经历不啻一个传奇，入过私塾，进过新式学校，却耽于人世这本"大书"（《我读一本小书同时又读一本大书》）。15 岁时家道中衰，自谋生路，投身行伍，随军足迹遍布湘川黔边境，也做过警察所办事员和屠宰税收员，其间遭遇了"女难"的挫折，可谓改变了作者一生的命运（《女难》）。他更是目睹过大规模的残酷屠戮（《辛亥革命的一课》），亦结识了一位更富传奇色彩的"大王"（《一个大王》）。

此书虽完成于 1932 年而初版于 1934 年，但因其所叙写的是沈从文初到北京之前的生活，所以在顺序安排上，编者将其置于"北平怯步"之前。另者，是希望读者首先能对沈从文早年的命运轨迹有所了解，这于领会他的性情、态度及创作大有裨益，可以感知到沈从文的湘西经历是如何影响他的创作，他的创作与这段经历有着怎样密不可分的关系。而就艺术水准而言，《从文自传》比作者 20 年代的创作要成熟得多，堪比鲁迅的《朝花夕拾》，如作者自己所言："本人学习用笔还不到十年，手中一支笔，也只能说正逐渐在成熟中，慢慢脱矜持、浮夸、生硬、做作，日益接近自然。"

第二辑"北平怯步"，所选取的是沈从文早期的散文，以其 20 世纪20 年代的创作为大端。彼时他受五四运动的影响而到北京学习，并于文学上初试啼声，笔法生疏，生活困窘，加之"乡下人"的自卑，步履之间自是流露几分怯怯，所以文章多有自伤自怜之语、寂寞苦闷之情、生存窘迫之叹以及对北京都市的排斥。如《到北海去》一文，作者开篇即点出衣食之忧，且以吸墨纸自喻，表现出现实的束缚、生存的卑微及对命运的无奈。而从《一天》中也可以见出作者当时生活拮据，颇受饥寒之苦，流露出漂泊京城的寂寞、怫郁与悲哀的心绪。

沈从文一生以"乡下人"自居，而对都市文明心怀排拒。在沈从文看来，都市文明虽是现代文明，却虚弱、伪饰和死气沉沉；而乡土虽是原始气息，却强悍、自然和生机勃勃。他自是倾心于后者，并希望以后者来改造前者，重塑民族文化。在他早期的散文中，"乡下人"的身份一方面令其自卑，另一方面也使其对都市颇为反感。如，他在《小草与浮萍》一文中将自己比作漂泊而孤独的浮萍，而将北京喻为心所向往的"虹的国度"。而到了这里，却是满目萧然，令他满心失望。文中说："他看见的世界，依然是骚动骚动像一盆泥鳅那末不绝地无意思骚动的世界。天空苍白灰颓同一个病死的囚犯脸子一样，使他不敢再昂起头去第二次注视。"而同样比喻也出现在《一封未曾付邮的信》中："我成了一张小而无根的浮萍，风是如何吹——风的去处，便是我的去处。湖南，四川，到处飘，我如今竟又飘到这死沉沉的沙漠北京了。"一方面作者表现了自己的无助和卑微，并未形成一个强有力的想象；另一方面也表达了对城市的拒斥，认为其了无生气。

第三辑"湘西摇橹"，文章选自《湘行散记》和《湘西》两本散文集。这两本集子成书于 20 世纪 30 年代，是沈从文两次还乡的产物，颇负盛名，堪称经典，被一致认为是他散文的最高成就，故而从中选录的篇目最多。彼时的沈从文不仅成为了大学教师，且是京派文学的核心，更写出了他的代表作《边城》。其文字之驾驭、艺术之运思和风格之营构已臻于成熟。此番湘行，沅水摇橹，无须怯步，从容不迫，文字俨若浮动在水面的橹歌，却又不失深刻内涵和传奇色彩。在《桃源与沅洲》中，作者对沅州上游的白燕溪的描写，最是诗意，芷草之美，如在目前。而《虎雏再遇记》则为我们叙写了一位极具鲜活感而命运又颇富传奇性的人物祖送，旨在展现湘西的一种美丽而强悍的生命形式，这是来自泥土、草根与河流的健康而自然的人性。

然而作者毕竟离乡多年，湘西亦处于现代历史的急剧变动之中，所以文字中不乏对人事变迁的感喟和对湘西世界的忧思。如在《老伴》一文中，作者少时的玩伴如今已俨若颓唐的老人，身子也给鸦片毁掉，而当年为大家所喜爱的绒线铺的女孩业已辞世，于是作者发出如是哀叹："在历史前面，谁人能够不感惆怅？"而在《滕回生堂今昔》中，作者重归故里，"滕回生堂"的牌号不见踪影，家乡如今烟馆遍布，作者借此表达出对历史变动中的湘西的深深忧思。

　　第四辑"云南看云"，所选取的是沈从文在昆明时期的创作，以 20 世纪 40 年代中前期为主要，是为沈从文散文风格变异的时期，其走向了"抽象的抒情"。"云南"标明了作者的地理空间，彼时正值抗战，他被迫迁居昆明。而"看云"，则是象征性、形象化地概括他这一时期的创作特色。云影高渺，所以这一时期沈从文的散文是自觉地"向人生的远景凝眸"，对生命、命运、人类、社会和历史展开诸种抽象的哲理思考，如《绿魇》。云影飘忽，此时沈从文的文字跳跃性大，意识流意味浓，"捕捉流动事物触发的感觉意绪"，时而动荡现实，时而历史文士，时而浩瀚海洋，时而悠远星空，难以捕捉，如《黑魇》。云影纯素，象征着生命的美好和理想的庄严，反衬着世俗的丑陋和人性的堕落，且当常观，领会云的"教育"，如《云南看云》。

　　第五辑"暮色怀人"，在时间上大体承接"云南看云"，除却《三年前的十一月二十二日》一文，其余篇目均作于 20 世纪 40 年代末及新中国成立之后。此时沈从文的文学创作生涯已迎来昏昏暮色，而《忆翔鹤》和《友情》更是写于作者近 80 岁高龄。本辑在题材上作了一个限定，皆为追怀故人和悼念逝者的篇章。读来总令编者想起台静农先生《伤逝》一文的结尾句："当我一杯在手，对着卧榻上的老友，分明死生之间，却也没生命奄忽之感。或者人当无可奈何之时，感情会一时麻木的。"沈从文珍视友情，面对生死，并不煽情，虽有无可奈何的感慨，却也有一份深痛之后的理性和旷达，即纪念逝者的唯一方法是"把那种美丽人格移植到本人行为上来"。如此，这个生命和这份友情便能不朽。

　　这也是我们纪念沈从文先生的唯一方法，阅读他的文章，学习他的为人，领会他的智慧。总之，汲取种种光华，融入我们的生命。

　　世路人心自是不易辨识，而认识自我却又谈何容易。先生天赋卓越，常怀悲悯，一生坎坷，漂泊各处，所闻颇广，所思极深，人世这本"大书"怕是早已读破，其人其文都是值得信赖的。行文至此，耳边响起先生的这句话：照我思索，能理解"我"；照我思索，可认识"人"。

2011 年 10 月于长春

我读一本小书同时又读一本大书

　　我能正确记忆到我小时的一切，大约在两岁左右。我从小到四岁左右，始终健全肥壮如一只小豚[1]。四岁时母亲[2]一面告给我认方字，外祖母一面便给我糖吃，到认完六百生字时，腹中生了蛔虫[3]，弄得黄瘦异常，只得经常用草药蒸鸡肝[4]当饭。那时节我就已跟随了两个姐姐，到一个女先生处上学。那人既是我的亲戚，我年龄又那么小，过那边去念书，坐在书桌边读书的时节较少，坐在她膝上玩的时间或者较多。

　　到六岁时，我的弟弟[5]方两岁，两人同时出了疹子[6]。时正六月，日夜总在吓人高热中受苦。又不能躺下睡觉，一躺下就咳嗽发喘。又不要人抱，抱时全身难受。我还记得我同我那弟弟两人当时皆用竹簟[7]卷好，同春卷[8]一样，竖立在屋中阴凉处。家中人当时业已为我们预备了两具小小棺木，搁在廊下。十分幸运，两人到后居然全好了。我的弟弟病后家中特别为他请了一个壮实高大的苗妇人照料，照料得法，他便壮大异常。我因此一病，却完全改了样子，从此不再与肥胖为缘，成了个小猴儿精[9]了。

　　六岁时我已单独上了私塾[10]。如一般风气，凡是老塾师在私塾中给予小孩子的虐待，我照样也得到了一份。但初上学时，我因为在家中业已认字不少，记忆力从小又似乎特别好，故比较其余小孩，可谓十分幸运。第二年后换了一个私塾，在这私塾中我跟从了几个较大的学生学会了顽劣孩子抵抗顽固塾师的方法，逃避那些书本枯燥文句去同一切自然相亲近。这一年的生活，形成了我一生性格与感情的基础。我间或逃学，且一再说谎，掩饰我逃学应受的处罚。我的爸爸因这件事十分愤怒，有一次竟说若再逃学说谎，便当砍去我一个手指。我仍然不为这一严厉警戒所恐吓，机会一来时总不把逃学的机会轻轻放过。当我学会了用自己眼睛看世界一切，到不同社会中去生活时，学校对于我便已毫无兴味可言了。

　　我爸爸平时本极爱我，我曾经有一时还作过我那一家的中心人物。稍稍害点病时，一家人便光[11]着眼睛不睡眠，在床边服侍我，当我要谁抱时谁就伸出手来。家中那时经济情形还好，我在物质方面所享受到的，比起一般亲戚小孩似乎皆好得多。我的爸爸既一面只作将军的好梦[12]，一面对于我却怀了更大的希望。他仿佛早就看出我不是个军人，不希望我作将军，却告给我祖父[13]的许多勇敢光荣的故事，以及他庚子年[14]间所得的一份经验。他因为欢喜京戏，只想我学戏，作谭鑫培[15]。他以为我不拘作甚么事，总之应比作个将军高些。第一个赞美我明慧的就是我的爸爸。可是当他发现了我成天从塾中逃出到太阳底下同一群小流氓游荡，任何方法都不能拘束这颗小小的心，且不能禁止我狡猾的说谎时，我的行为实在伤了这个军人的心。同时那小我四岁的弟弟，因为看护他的苗妇人照料十分得法，身体养育得强壮异常，年龄虽小，便显得气派宏大，凝静结实，且极自重自爱，故家中人对我感到失望时，对他便异常关切起来。这小孩子到后来也并不辜负家中人的期望，二十二岁时便作了步兵上校[16]。至于我那个爸爸，却在蒙古、东北、西藏各处军队中混过，民国二十年时还只是一个上校，在本地土著军队里作军医（后改中医院长），把将军希望留在弟弟身上，在家乡从一种极轻微的疾病中便瞑目了。

我有了外面的自由，对于家中的爱护反觉处处受了牵制，因此家中人疏忽了我的生活时，反而似乎使我方便了好些。领导我逃出学塾，尽我到日光下去认识这大千世界微妙的光，稀奇的色，以及万汇百物的动静，这人是我一个张姓表哥。他开始带我到他家中橘柚园中去玩，到城外山上去玩，到各种野孩子堆里去玩，到水边去玩。他教我说谎，用一种谎话对付家中，又用另一种谎话对付学塾，引诱我跟他各处跑去。即或不逃学，学塾为了担心学童下河洗澡，每到中午散学时，照例必在每人左手心中用朱笔[17]写一大字，我们还依然能够一手高举，把身体泡到河水中玩个半天，这方法也亏那表哥想得出来。我感情流动而不凝固，一派清波给予我的影响实在不小。我幼小时较美丽的生活，大部分都与水不能分离。我的学校可以说是在水边的。我认识美，学会思索，水对我有极大的关系。我最初与水接近，便是那荒唐表哥领带的。

现在说来，我在作孩子的时代，原来也不是个全不知自重的小孩子。我并不愚蠢。当时在一班表兄弟中和弟兄中，似乎只有我那个哥哥比我聪明，我却比其他一切孩子懂事。但自从那表哥教会我逃学后，我便成为毫不自重的人了。在各样教训各样方法管束下，我不欢喜读书的性情，从塾师方面，从家庭方面，从亲戚方面，莫不对于我感觉得无多希望。我的长处到那时只是种种的说谎。我非从学塾逃到外面空气下不可，逃学过后又得逃避处罚。我最先所学，同时拿来致用的，也就是根据各种经验来制作各种谎话。我的心总得为一种新鲜声音，新鲜颜色，新鲜气味而跳。我得认识本人生活以外的生活。我的智慧应当从直接生活上吸收消化，却不须从一本好书一句好话上学来。似乎就只这样一个原因，我在学塾中，逃学纪录点数，在当时便比任何一人都高。

离开私塾转入新式小学时，我学的总是学校以外的。到我出外自食其力时，又不曾在职务上学好过甚么。二十年后我"不安于当前事务，却倾心于现世光色，对于一切成例与观念皆十分怀疑，却常常为人生远景而凝眸"，这分性格的形成，便应当溯源于小时在私塾中的逃学习惯。

自从逃学成习惯后，我除了想方设法逃学，甚么也不再关心。

有时天气坏一点，不便出城上山里去玩，逃了学没有甚么去处，我就一个人走到城外庙里去。本地大建筑在城外计三十来处，除了庙宇[18]就是会馆[19]和祠堂[20]。空地广阔，因此均为小手工业工人所利用。那些庙里总常常有人在殿前廊下绞[21]绳子，织竹簟，做香，我就看他们做事。有人下棋，我看下棋。有人打拳，我看打拳。甚至于相骂，我也看着，看他们如何骂来骂去，如何结果。因为自己既逃学，走到的地方必不能有熟人，所到的必是较远的庙里。到了那里，既无一个熟人，因此甚么事皆只好用耳朵去听，眼睛去看，直到看无可看听无可听时，我便应当设计打量我怎么回家去的方法了。

来去学校我得拿一个书篮。内中有十多本破书，由《包句杂志》《幼学琼林》[22]，到《论语》[23]、《诗经》[24]、《尚书》[25]，通常得背诵，分量相当沉重。逃学时还把书篮挂到手肘上，这就未免太蠢了一点。凡这么办的可以说是不聪明的孩子。许多这种小孩子，因为逃学到各处去，人家一见就认得出，上年纪一点的人见到时就会说："逃学的，赶快跑回家挨打去，不要在这里玩。"若无书篮可不必受这种教训。因此我们就想出了一个方法，把书篮寄存到一个土地庙[26]里去，那地方无一个人看管，但谁也用不着担心他的书篮。小孩子对于土地神全不缺少必需的敬畏，都信托这木偶，把书篮好好的藏到神座龛子里去，常常同时有五个或八个，到时却各人把各人的拿走，谁也不会乱动旁人的东西。我把书篮放到那地方去，次数是不能记忆了的，照我想来，次数最多的必定是我。

逃学失败被家中学校任何一方面发觉时，两方面总得各挨一顿打。在学校得自己把板凳搬到孔夫子牌位前，伏在上面受笞 [27]。处罚过后还要对孔夫子牌位作一揖，表示忏悔。有时又常常罚跪至一根香时间。我一面被处罚跪在房中的一隅，一面便记着各种事情，想象恰如生了一对翅膀，凭经验飞到各样动人事物上去。按照天气寒暖，想到河中的鳜鱼被钓起离水以后拨剌 [28] 的情形，想到天上飞满风筝的情形，想到空山中歌呼的黄鹂，想到树木上累累的果实。由于最容易神往到种种屋外东西上去，反而常把处罚的痛苦忘掉，处罚的时间忘掉，直到被唤起以后为止，我就从不曾在被处罚中感觉过小小冤屈。那不是冤屈。我应感谢那种处罚，使我无法同自然接近时，给我一个练习想象的机会。

家中对这件事自然照例不大明白情形，以为只是教师方面太宽的过失，因此又为我换一个教师。我当然不能在这些变动上有甚么异议。这事对我说来，倒又得感谢我的家中，因为先前那个学校比较近些，虽常常绕道上学，终不是个办法，且因绕道过远，把时间耽误太久时，无可托词。现在的学校可真很远很远了，不必包绕 [29] 偏街，我便应当经过许多有趣味的地方了。从我家中到那个新的学塾里去时，路上我可看到针铺门前永远必有一个老人戴了极大的眼镜，低下头来在那里磨针。又可看到一个伞铺，大门敞开，作伞时十几个学徒一起工作，尽人欣赏。又有皮靴店，大胖子皮匠，天热时总腆 [30] 出一个大而黑的肚皮（上面有一撮毛！）用夹板绱鞋。又有个剃头铺，任何时节总有人手托一个小小木盘，呆呆的在那里尽剃头师傅刮脸。又可看到一家染坊 [31]，有强壮多力的苗人，踹在凹形石碾上面，站得高高的，手扶着墙上横木，偏左偏右的摇荡。又有三家苗人打豆腐的作坊，小腰白齿头包花帕的苗妇人，时时刻刻口上都轻声唱歌，一面引逗缚在身背后包单里的小苗人，一面用放光的红铜勺舀取豆浆。我还必须经过一个豆粉作坊，远远的就可听到骡子推磨隆隆的声音，屋顶棚架上晾满白粉条。我还得经过一些屠户肉案桌，可看到那些新鲜猪肉砍碎时尚在跳动不止。我还得经过一家扎冥器 [32] 出租花轿的铺子，有白面无常鬼 [33]，蓝面阎罗

王 [34]，鱼龙 [35] 轿子，金童玉女 [36]。每天且可以从他那里看出有多少人接亲，有多少冥器，那些定做的作品又成就了多少，换了些甚么式样。并且还常常停顿下来，看他们贴金 [37]，敷粉，涂色，一站许久。

我就欢喜看那些东西，一面看一面明白了许多事情。

每天上学时，我照例手肘上挂了那个竹书篮，里面放十多本破书。在家中虽不敢不穿鞋，可是一出了大门，即刻就把鞋脱下拿到手上，赤脚向学校走去。不管如何，时间照例是有多余的，因此我总得绕一节路玩玩。若从西城走去，在那边就可看到牢狱，大清早若干犯人从那方面带了脚镣从牢中出来，派过衙门去挖土。若从杀人处走过，昨天杀的人还没有收尸，一定已被野狗把尸首咋碎 [38] 或拖到小溪中去了，就走过去看看那个糜 [39] 碎了的尸体，或拾起一块小小石头，在那个污秽的头颅上敲打一下，或用一木棍去戳戳，看看会动不动。若还有野狗在那里争夺，就预先拾了许多石头放在书篮里，随手一一向野狗抛掷，不再过去，只远远的看看，就走开了。

既然到了溪边，有时候溪中涨了小小的水，就把裤管高卷，书篮顶在头上，一只手扶着，一只手照料裤子，在沿了城根流去的溪水中走去，直到水深齐膝处为止。学校在北门，我出的是西门，又进南门，再绕城里大街一直走去。在南门河滩方面我还可以看一阵杀牛，机会好时恰好正看到那老实可怜畜生放倒的情形。因为每天可以看一点点，杀牛的手续同牛内脏的位置不久也就被我完全弄清楚了。再过去一点就是边街，有织簟子的铺子，每天任何时节，皆有几个老人坐在门前小凳子上，用厚背的钢刀破簟 [40]，有两个小孩子蹲在地上织簟子。（我对于这一行手艺所明白的种种，现在说来似乎比写字还在行。）又有铁匠铺，制铁炉同风箱皆占据屋中，大门永远敞开着，时间即或再早一些，也可以看到一个小孩子两只手拉风箱横柄，把整个身子的分量前倾后倒，风箱于是就连续发出一种吼声，火炉上便放出一股臭烟同红光。待到把赤红的热铁拉出搁放到铁砧 [41] 上时，这个小东西，赶忙舞动细柄铁锤，把铁锤从身背后扬起，在身面前落下，火花四溅的一下一下打着。有时打的是一把刀，有时打的是一件农具。有时看到的又是这个小学徒跨在一条大板凳上，用一把凿子在未淬 [42] 水的刀上起去铁皮，有时又是把一条薄薄的钢片嵌进熟铁里去。日子一多，关于任何一件铁器的制造程序，我也不会弄错了。边街又有小饭铺，门前有个大竹筒，插满了用竹子削成的筷子。有干鱼同酸菜，用钵⁴³头装满放在门前柜台上，引诱主顾上门，意思好像是说，"吃我，随便吃我，好吃！"每次我总仔细看看，真所谓"过屠门而大嚼"，也过了瘾。

我最欢喜天上落雨，一落了小雨，若脚下穿的是布鞋，即或天气正当十冬腊月，我也可以用恐怕湿却鞋袜为辞，有理由即刻脱下鞋袜赤脚在街上走路。但最使人开心事，还是落过大雨以后，街上许多地方已被水所浸没，许多地方阴沟中涌出水来，在这些地方照例常常有人不能过身，我却赤着两脚故意向深水中走去。若河中涨了大水，照例上游会漂流得有木头、家具、南瓜同其他东西，就赶快到横跨大河的桥上去看热闹。桥上必已经有人用长绳系了自己的腰身，在桥头上呆着，注目水中，有所等待。看到有一段大木或一件值得下水的东西浮来时，就踊身一跃，骑到那树上，或傍近物边，把绳子缚⁴⁴定，自己便快快的向下游岸边泅去。另外几个在岸边的人把水中人援助上岸后，就把绳子拉着，或缠绕到大石上大树上去，于是第二次又有第二人来在桥头上等候。我欢喜看人在洄水⁴⁵里扳罾⁴⁶，巴掌大的活鲫鱼在网中蹦跳。一涨了水，照例也就可以看这种有趣味的事情。照家中规矩，一落雨就得穿上钉鞋⁴⁷，我可真不愿意穿那种笨重钉鞋。虽然在半夜时有人从街巷里过身，钉鞋声音实在好听，大白天对于钉鞋我依然毫无兴味。

若在四月落了点小雨，山地里田塍⁴⁸上各处全是蟋蟀声音，真使人心花怒放。在这些时节，我便觉得学校真没有意思，简直坐不住，总得想方设法逃学上山去捉蟋蟀。有时没有甚么东西安置这小东西，就走到那里去，把第一只捉到手后又捉第二只，两只手各有一只后，就听第三只。本地蟋蟀原分春秋二季，春季的多在田间泥里草里，秋季的多在人家附近石罅⁴⁹里瓦砾中，如今既然这东西只在泥层里，故即或两只手心各有一匹小东西后，我总还可以想方设法把第三只从泥土中赶出，看看若比较手中的大些，即开释了手中所有，捕捉新的，如此轮流换去，一整天仅捉回两只小虫。城头上有白色炊烟，街巷里有摇铃铛卖煤油的声音，约当下午三点左右时，赶忙走到一个刻花板的老木匠那里去，很兴奋的同那木匠说：

"师傅师傅，今天可捉了大王来了！"

那木匠便故意装成无动于衷的神气，仍然坐在高凳上玩他的车盘，正眼也不看我的说："不成，不成，要打打得赌点输赢！"

我说："输了替你磨刀成不成？"

"嗨，够了，我不要你磨刀，你哪会磨刀？上次磨凿子还磨坏了我的家伙！"

这不是冤枉我，我上次的确磨坏了他一把凿子。不好意思再说磨刀了，我说：

"师傅，那这样办法，你借给我一个瓦盆子，让我自己来试试这两只谁能干些好不好？"我说这话时真怪和气，为的是他以逸待劳，不允许我，还是无办法。

那木匠想了想，好像莫可奈何才让步的样子，"借盆子得把战败的一只给我，算作租钱。"

我满口答应，"那成那成。"

于是他方离开车盘，很慷慨的借给我一个泥罐子，顷刻之间我就只剩下一只蟋蟀了。这木匠看看我捉来的虫还不坏，必向我提议："我们来比比。你赢了我借你这泥罐一天；你输了，你把这蟋蟀给我。办法公平不公平？"我正需要那么一个办法，连说"公平公平"，于是这木匠进去了一会儿，拿出一只蟋蟀来同我的斗，不消说，三五回合我的自然又败了。他的蟋蟀照例却常常是我前一天输给他的。那木匠看看我有点颓丧，明白我认识那匹小东西，担心我生气时一摔，一面赶忙收拾盆罐，一面带着鼓励我神气笑笑的说：

"老弟，老弟，明天再来，明天再来！你应当捉好的来，走远一点。明天来，明天来！"

我甚么话也不说，微笑着，出了木匠的大门，空手回家了。

这样一整天在为雨水泡软的田塍上乱跑，回家时常常全身是泥，家中当然一望而知，于是不必多说，沿老例跪一根香，罚关在空房子里，不许哭，不许吃饭。等一会儿我自然可以从姐姐方面得到充饥的东西。悄悄的把东西吃下以后，我也疲倦了，因此空房中即或再冷一点，老鼠来去很多，一会儿就睡着，再也不知道如何上床的事了。

即或在家中那么受折磨，到学校去时又免不了补挨一顿板子，我还是在想逃学时就逃学，决不为处罚所恐吓。

　　有时逃学又只是到山上去偷人家园地里的李子枇杷，主人拿着长长的竹竿子大骂着追来时，就飞奔而逃，逃到远处一面吃那个赃物，一面还唱山歌气那主人。总而言之，人虽小小的，两只脚跑得很快，什么茨棚[50]里钻去也不在乎，要捉我可捉不到，就认为这种事比学校里游戏还有趣味。

　　可是只要我不逃学，在学校里我是不至于像其他那些人受处罚的。我从不用心念书，但我从不在应当背诵时节无法对付。许多书总是临时来读十遍八遍，背诵时节却居然琅琅上口，一字不遗。也似乎就由于这份小小聪明，学校把我同一般同学一样待遇，更使我轻视学校。家中不了解我为什么不想上进，不好好的利用自己聪明用功，我不了解家中为甚么只要我读书，不让我玩。我自己总以为读书太容易了点，把认得的字记记那不算甚么稀奇。最稀奇处，应当是另外那些人，在他那份习惯下所做的一切事情。为甚么骡子推磨时得把眼睛遮上？为甚么刀得烧红时在水里一淬方能坚硬？为甚么雕佛像的会把木头雕成人形，所贴的金那么薄又用甚么方法作成？为甚么小铜匠会在一块铜板上钻那么一个圆眼，刻花时刻得整整齐齐？这些古怪事情实在太多了。

　　我生活中充满了疑问，都得我自己去找寻解答。我要知道的太多，所知道的又太少，有时便有点发愁。就为的是白日里太野，各处去看，各处去听，还各处去嗅闻，死蛇的气味，腐草的气味，屠户身上的气味，烧碗处土窑被雨淋以后放出的气味，要我说来虽当时无法用言语去形容，要我辨别却十分容易。蝙蝠的声音，一只黄牛当屠户把刀剚[51]进它喉中时叹息的声音，藏在田塍土穴中大黄喉蛇[52]的鸣声，黑暗中鱼在水面拨剌的微声，全因到耳边时分量不同，我也记得那么清清楚楚。因此回到家里时，夜间我便做出无数稀奇古怪的梦。经常是梦向天上飞去，一直到金光闪烁中，终于大叫而醒。这些梦直到将近二十年后的如今，还常常使我在半夜时无法安眠，既把我带回到那个"过去"的空虚里去，也把我带往空幻的宇宙里去。

　　在我面前的世界已够宽广了，但我似乎就还得一个更宽广的世界。我得用这方面得到的知识证明那方面的疑问。我得从比较中知道谁好谁坏。我得看许多业已由于好询问别人，以及好自己幻想所感觉到的世界上的新鲜事情新鲜东西。结果能逃学时我逃学，不能逃学我就只好做梦。

照地方风气说来，一个小孩子野一点的，照例也必需强悍一点，才能各处跑去。因为一出城外，随时都会有一样东西突然扑到你身边来，或是一只凶恶的狗，或是一个顽劣的人。无法抵抗这点袭击，就不容易各处自由放荡。一个野一点的孩子，即或身边不必时时刻刻带一把小刀，也总得带一削光的竹块，好好的插到裤带上；遇机会到时，就取出来当作武器。尤其是到一个离家较远的地方去看木傀儡戏 53，不准备厮杀一场简直不成。你能干点，单身往各处去，有人挑战时，还只是一人近你身边来恶斗，若包围到你身边的顽童人数极多，你还可挑选同你精力不大相差的一人。你不妨指定其中一个说：

"要打吗？你来，我同你来。"

照规矩，到时也只那一个人拢来。被他打倒，你活该，只好伏在地上尽他压着痛打一顿。你打倒了他，他活该。把他揍够后，你可以自由走去，谁也不会追你，只不过说句"下次再来"罢了。

可是你根本上若就十分怯弱，即或结伴同行，到甚么地方去时，也会有人特意挑出你来殴斗，应战你得吃亏，不答应你得被仇人与同伴两方奚落，顶不经济。

感谢我那爸爸给了我一分勇气，人虽小，到甚么地方去我总不害怕。到被人围上必需打架时，我能挑出那些同我不差多少的人来，我的敏捷同机智，总常常占点上风。有时气运不佳，不小心被人摔倒，我还会有方法翻身过来压到别人身上去。在这件事上，我只吃过一次亏，不是一个小孩，却是一只恶狗，把我攻倒后，咬伤了我一只手。我走到任何地方去都不怕谁。同时因换了好些私塾，各处皆有些同学，大家既都逃过学，便有无数朋友，因此也不会同人打架了。可是自从被那只恶狗攻倒过一次以后，到如今，我却依然十分怕狗。

至于我那地方的大人，用单刀扁担在大街上决斗本不算回事。事情发生时，那些有小孩子在街上玩的母亲，只不过说："小杂种，站远一点，不要太近！"嘱咐小孩子稍稍站开点儿罢了。本地军人互相砍杀虽不出奇，但行刺暗算却不作兴 54。这类善于殴斗的人物，有军营中人，有哥老会 55 中老么 56，有好打不平的闲汉，在当地另成一帮，豁达大度，谦卑接物，为友报仇，爱义好施，且多非常孝顺。但这类人物为时代所陶冶，到民五以后也就渐渐消灭了。虽有些青年军官还保存那点风格，风格中最重要的一点洒脱处，却为了军纪一类影响，大不如前辈了。

我有三个堂叔叔、两个姑姑都住在城南乡下，离城四十里左右。那地方名黄罗寨[57]，出强悍的人同猛鸷[58]的兽。我爸爸三岁时，在那里差一点险被老虎咬去。我四岁左右，到那里第一天，就看见四个乡下人抬了一只死虎进城，给我留下极深刻的印象。

我还有一个表哥，住在城北十里地名长宁哨[59]的乡下，从那里再过去十来里便是苗乡。表哥是一个紫色脸膛的人，一个守碉堡的战兵。我四岁时被他带到乡下去过了三天，二十年后还记得那个小小城堡黄昏来时鼓角的声音。

这战兵在苗乡有点威信，很能喊叫一些苗人。每次来城时，必为我带一只小斗鸡或一点别的东西。一来为我说苗人故事，临走时我总不让他走。我喜欢他，觉得他比乡下叔父能干有趣。

注释

1. 豚：小猪，泛指猪，这里指身体健壮、肥胖的样子。
2. 母亲：沈母名黄素英，在娘家排行老六，人称"六姑"。《从文自传》中写道：母亲不仅"极小就认字读书"，还"懂医方，会照相"。又因为沈父从军常年不在家，"我等兄弟姊妹的初步教育"都是"母亲担负的"，"我的气度得于父亲影响的较少，得于妈妈的似较多"。
3. 蛔虫：亦作"蚘虫"。是人体最常见的肠道寄生虫之一，儿童发病居多。
4. 鸡肝：雉科动物家鸡的肝脏，可入中药。清代汪绂《医林纂要》中记载："治小儿疳积，杀虫。"
5. 弟弟：指1906年出生的沈岳荃。
6. 疹子：学名"麻疹"，儿童最常见的急性呼吸道传染病之一，其传染性强。以发热、咳嗽、流泪、皮肤起红疹为其病症。
7. 簟：指用竹子或芦苇编制的席子。
8. 春卷：食品名。用薄面皮裹馅，卷成细长圆筒形，放在油里炸熟。
9. 猴儿精：比喻形体瘦小，而又机灵、顽皮的人。
10. 私塾：私家学塾的简称，为我国古代私人所设立的教学场所。
11. 光：这里指睁着眼睛的意思。
12. 将军梦：沈从文的父亲沈宗嗣幼年即过继给因病去世且没有子嗣的大伯沈宏富。沈宏富出身行伍，曾官至贵州提督。由于追慕父亲生前死后的荣光，沈宗嗣从小就幻想长大后也做一名将军，但从军多年，年近三十的他最终只做到驻守大沽口炮台记名提督罗荣光的裨将（副将，专任一方的将领）。

13. 祖父：沈宏富（1837—1868 年），贵州铜仁人。咸丰三年（1853 年）16 岁时入湘军，因镇压太平天国运动屡建战功，咸丰八年（1858 年）擢升副将，加云南昭通镇总兵。咸丰十年（1860 年），以副将随同乡田光恕入黔，田任钦差大臣、贵州提督，沈任总兵，正二品。咸丰十一年（1861 年），田因卷入反洋教运动，遭罢官。同治二年（1863 年），朝廷任命沈宏富为贵州提督。因与田关系密切，沈受朝廷暗中监视，借口枪伤复发请求辞职。同治四年（1865 年）还乡至凤凰县镇竿城定居。后于同治七年（1868 年）因旧年枪伤复发辞世，时年 31 岁。

14. 庚子年：即 1900 年。这一年，英、法、德、俄、美、日、意、奥八国联军对中国发动侵略战争。六月十七日八国联军兵舰十余艘向大沽炮台发起猛攻。大沽炮台守将、天津镇总兵罗荣光及其裨将，沈从文之父沈宗嗣率守军抵抗。大沽失守后，罗荣光退守天津，在天津失陷前自尽殉职。沈宗嗣于乱军中逃出，返回湘西老家。这次回家，使他有了第四个孩子，第二个儿子沈岳焕，即沈从文。沈从文曾说："没有庚子的义和团反帝战争，我爸爸不会回来，我也不会存在。"（《从文自传·我的家庭》）

15. 谭鑫培（1847—1917 年）：名金福，字望重，艺名"小叫天"，武昌人。清末民初京剧艺术家。辛亥革命前开始对京剧进行系统研究和改良，创"谭派"。其唱腔融徽汉于一体，悠扬婉转。且唱做、文武兼工，具有突出的风格。民国初年在北京梨园中颇有名望。

16. 上校：军队中校级军官的军衔称号，一般为团长、副团长、旅长、副旅长以及副师长的军衔。沈从文的弟弟沈岳荃曾任一二八师上校团长。1937 年 11 月 8 日，沈岳荃指挥以湘西苗族土家族士兵为主的土兵部队奉命赶往浙江省嘉善县，阻击从杭州湾登陆的日军，血战七昼夜，后又带兵赴南昌与日军作战。新中国成立前夕，身为国民党将领的沈岳荃率部参加了起义，后在新中国成立初期的"镇反运动"中被误杀，20 世纪 80 年代"平反"。

17. 朱笔：蘸了红色的毛笔，多用以批点或校阅文稿，以区分于原写或原印用的黑色。

18. 庙宇：供奉神佛或历史上名人的处所。

19. 会馆：旅居异地的同乡人共同设立的馆舍，主要以馆址的房屋供同乡、同业聚会或寄居。

20. 祠堂：旧时祭祀祖宗或贤人的厅堂。

21. 绞：把两股以上的条状物拧在一起，或把住条状物的两头向相反方向拧。

22. 《幼学琼林》：中国古代儿童的启蒙读物。最初叫《幼学须知》，又称《成语考》《故事寻源》。全书用对偶句写成，内容广博、包罗万象，被称为中国古代的百科全书。人称"读了《增广》会说话，读了《幼学》走天下"。

23. 《论语》：儒家学派的经典著作之一，由孔子的弟子及其再传弟子编纂而成。它以语录体和对话文体为主，记录了孔子及其弟子言行，集中体现了孔子的政治主张、伦理思想、道德观念及教育原则等。与《大学》《中庸》《孟子》并称"四书"。

24.《诗经》：我国第一部诗歌总集，共收入自西周初年至春秋中叶大约 500 多年间的诗歌 305 篇。《诗经》分风、雅、颂三个部分。其中风包括十五"国风"，有诗 160 篇；雅分"大雅"、"小雅"，有诗 105 篇；颂分"周颂"、"鲁颂"、"商颂"，有诗 40 篇。

25.《尚书》：儒家经典之一。原称《书》，汉代改称《尚书》，意为上代之书。《尚书》是我国第一部上古历史文件和部分追述古代事迹著作的汇编，保存了商周特别是西周初期的一些重要史料。《尚书》相传由孔子编撰而成。西汉初存 28 篇，因用汉代通行的文字隶书抄写，称《今文尚书》。另有相传在汉武帝时从孔子住宅壁中发现的《古文尚书》（现只存篇目和少量佚文）和东晋梅赜所献的伪《古文尚书》（较《今文尚书》多 16 篇）。现在通行的《十三经注疏》本《尚书》，就是《今文尚书》和伪《古文尚书》的合编本。

26.土地庙：又称福德庙、伯公庙，为民间供奉"土地神"的地方（庙宇），多为民间自发建立的小型建筑，较为简陋，乡村各地均有分布，属于旧中国分布最广的祭祀建筑。

27.笞：用竹板或荆条打人脊背或臀腿。

28.拨刺：亦作"拨喇"，象声词。此处指离水后，鱼尾挣扎、摆动发出的声音。

29.包绕：围绕，文中指不必再到偏街转一圈的意思。

30.腆：胸部或腹部挺出。

31.染坊：给布、帛、衣、物染色的作坊。

32.冥器：多指焚化给死者的纸做的器物。

33.无常鬼：迷信的人指人将死时勾魂的鬼。黑白无常被人们并称"无常二爷"，分别是道教阴阳论的体现。黑无常代表的是阴性体，白无常代表的是阳性体。白天白无常催命，夜晚黑无常索命。在民间传说故事中，白无常多为惩治那些"不够称"的鬼，而黑无常是专拿链子、镣铐捉拿恶鬼的。

34.阎罗王：民间传说中阴间的主宰，掌管人的生死和轮回。在中国古代的民间信仰里面，人死后要去阴间报到，接受阎罗王的审判。

35.鱼龙：指古代百戏杂耍中能变化为鱼和龙的猞猁模型。

36.金童玉女：道家指侍奉仙人的童男童女，这里指纸扎的焚化给死者的冥器。

37.贴金：在神佛塑像上贴上金箔。

38.咋碎：咬住，咬碎。把完整的东西破坏成零片或零块。

39.糜：烂，碎。

40.篾：劈成条的竹片，亦泛指劈成条的芦苇、高粱秆皮等，可用于编制席子、篮子等。

41.铁砧：锤砸东西时垫在底下的器具称为"砧"。铁砧是中国古代打铁时的垫子，形状像粗木桩，有的是一整块铁，也有的下面是木桩，上面放一块厚厚的铁。

42.淬：把烧红的铸件往水或油或其他液体里一浸立刻取出来，用以提高合金的硬度和强度。

43.钵：洗涤或盛放东西的陶制的器具。

44.缚：捆绑。

45. 洄水：回旋的水流。
46. 扳罾：口袋或筐篓形状的渔网，用于从水中直上直下地捕鱼，亦作“扳缯”。
47. 钉鞋：旧式雨鞋。用布做帮，用桐油油过，底上有圆头铁钉以防滑。
48. 田塍（chéng）：田埂。
49. 石罅：石头的缝隙。
50. 茨棚：“茨”，应作“刺”；“棚”，应作“蓬”。刺蓬，即有刺的草丛或灌木丛。
51. 剸：割断，截断。
52. 黄喉蛇：蛇名，亦称“黄颔蛇”，省称“黄颔”，尤指蛇家族中无毒的王蛇、花蛇和水蛇等。
53. 傀儡戏：用木偶进行表演的戏剧，今通谓“木偶戏”。木偶戏是中国古老的民间戏剧种类之一，有布袋、提线、杖头木偶等。
54. 不作兴：方言。情理上、习惯上不许可，或不喜欢。
55. 哥老会：亦称“哥弟会”，清末民间秘密帮会之一。后分化为红帮、青帮等不同支派，常为反动势力操纵和利用。
56. 老幺：指排行最小的人。
57. 黄罗寨：位于凤凰城南，距县城 20 公里，是一个以土家族为主的村寨。这里是沈从文少儿时期生活过的地方，他在《月下小景》及《从文自传》中都有提及。
58. 猛鸷：形容词，凶猛，勇猛。
59. 长宁哨：位于凤凰城北 5 公里，是湘西苗民居住区与苗汉杂居区的交界处，从此地沿河上行，到名叫乌巢河的地方，便是纯正的苗民居住区了。因此，长宁哨成为苗民与外部进行物资交易的集散地。

导读

本篇选自《从文自传》。《从文自传》创作于 1932 年 8 月，作者当时正在青岛大学国文系教散文习作课，正“不断变换作品的内容和形式，用不同方法处理文字，组织故事，进行不同的试探”。1934 年 7 月，作品由上海时代书局出版；1940 年 10 月至 1941 年初，作者在昆明进行了校改，1943 年 12 月开明书店出版改订本；1980 年 5 月，因《新文学史料》重新刊载，作者又进行了补充、修改和校订。

《从文自传》由 18 篇散文组成，讲述的是 1902—1922 年沈从文进入都市前的湘西人生经历。本文是其中的第三篇，写丰富多彩、充满情趣的童年生活。凤凰是一座古老的小城，地处湘、川、黔边境；汉、苗、土家族的文化传统构成复杂而多彩的社会生活图景。原始与秀丽，善良与野蛮交织成一幅幅斑斓多姿的社会景观。这一切，对童年的沈从文极富诱惑，因此，上学与逃学便构成其童年的主要生活方式,使他读一本小书(书本)的同时又读一本"大书"(生活),而他更倾心的是逃学中对"大书"的翻阅,并认为,这样的生活"形成了我一生性格与感情的基础"。用作者自己的话来说,"我的智慧应当从直接生活上吸收消化,却不须从一本好书一句好话上学来"。而且,20年后沈从文"不安于当前事务,却倾心于现世光色,对于一切成例与观念皆十分怀疑,却常常为人生远景而凝眸"的性格,正是长养于这逃学的习惯。

《从文自传》的写作是作者"认识自己"的一个重要事件。完成这一自我认同,对于沈从文的创作无疑具有重要意义。在本篇作品中,读者可以感知到沈从文的湘西经历是如何影响他的创作,他的创作与这段经历有着怎样密不可分的关系。作品出版后即被周作人和老舍认为是"一九三四年我爱读的书",并与鲁迅的《朝花夕拾》同为20世纪30年代评选出的两本最佳散文集。

辛亥革命的一课

　　有一天,我那表哥又从乡下来了,见了他我非常快乐。我问他那些水车,那些碾坊,我又问他许多我在乡下所熟习的东西。可是我不明白,这次他竟不大理我,不大同我亲热。他只成天出去买白带子,自己买了许多不算,还托我四叔买了许多。家中搁下两担白带子,还说不大够用。他同我爸爸又商量了很多事情,我虽听到却不很懂是甚么意思。其中一件便是把三弟同大哥派阿伢当天送进苗乡去,把我大姐二姐送过表哥乡下那个能容万人避难的齐梁洞去。爸爸即刻就遵照表哥的计划办去,母亲当时似乎也承认这么办较安全方便。在一种迅速处置下,四人当天离开家中同表哥上了路。表哥去时挑了一担白带子,同来另一个陌生人也挑了一担,我疑心他想开一个铺子,才用得着这样多带子。

　　当表哥一行人众动身时,爸爸问表哥"明夜来不来",那一个就回答说:"不来,怎么成事? 我的事还多得很! "

　　我知道表哥的许多事中,一定有一件事是为我带那只花公鸡,那是他早先答应过我的。因此就插口说:

　　"你来,可别忘记答应我那个东西! "

　　"忘不了。忘了我就带别的更好的东西。"当我两个姐姐一个哥哥一个弟弟同那苗妇人躲进苗乡时,我爸爸问我:

　　"你怎么样? 跟阿姆进苗乡去,还是跟我在城里? "

　　"甚么地方热闹些? "

　　"不要这样问,我明白你的意思,你要在城里看热闹,就留下来莫过苗乡吧。"

　　听说同我爸爸留在城里,我真欢喜。我记得分分明明,第二天晚上,叔父红着脸在灯光下磨刀的情形,真十分有趣。我一时走过仓库边看叔父磨刀,一时又走到书房去看我爸爸擦枪。家中人既走了不少,忽然显得空阔许多,我平时似乎胆量很小,天黑以后不大出房门,到这天也不知道害怕了。我不明白行将发生甚么事情，但却知道有一件很重要的新事快要发生。我满屋各处走去，又傍近爸爸听他们说话。他们每个人脸色都不同往常安详，每人说话都结结巴巴。我家中有两支广式猎枪，几个人一面检查枪支，一面又常常互相来一个莫名其妙的微笑，我也就跟着他们微笑。

我看到他们在日光下做事，又看到他们在灯光下商量。那长身叔父一会儿跑出门去，一会儿又跑回来悄悄的说一阵。我装作不注意的神气，算计到他出门的次数，这一天他一共出门九次，到最后一次出门时，我跟他身后走出到屋廊下，我说：

"四叔，怎么的，你们是不是预备杀仗？"

"咄，你这小东西，还不去睡！回头要猫儿吃了你。赶快睡去！"

于是我便被一个丫头拖到上边屋里去，把头伏到母亲腿上，一会儿就睡着了。

这一夜中城里城外发生的事我全不清楚。等到我照常醒来时，只见全家中早已起身，各个人皆脸儿白白的，在那里悄悄的说些甚么。大家问我昨夜听到甚么没有，我只是摇头。我家中似乎少了几个人，数了一下，几个叔叔全不见了，男的只我爸爸一个人，坐在正屋他那惟一专用的太师椅上，低下头来一句话不说。我记起了杀仗的事情，我问他：

"爸爸，爸爸，你究竟杀过仗了没有？"

"小东西，莫乱说，夜来我们杀败了！全军人马覆灭，死了上千人！"

正说着，高个儿叔父从外面回来了，满头是汗，结结巴巴的说："衙门从城边已经抬回了四百一十个人头，一大串耳朵，七架云梯[1]，一些刀，一些别的东西。对河还杀得更多，烧了七处房子，现在还不许人上城去看。"

爸爸听说有四百个人头，就向叔父说：

"你快去看看，躲[2]韩在里边没有。赶快去，赶快去。"

躲韩就是我那紫色脸膛的表兄，我明白他昨天晚上也在城外杀仗后，心中十分关切。听说衙门口有那么多人头，还有一大串人耳朵，正与我爸爸平时为我说到的杀长毛[3]故事相合，我又兴奋又害怕，兴奋得简直不知道怎么办。洗过了脸，我方走出房门，看看天气阴阴的，像要落雨的神气，一切皆很黯淡。街口平常这时照例可以听到卖糕人的声音，以及各种别的叫卖声音，今天却异常清静，似乎过年一样。我想得到一个机会出去看看，我最关心的是那些我从不曾摸过的人头。一会儿，我的机会便来了。长身四叔跑回来告我爸爸，人头里没有躲韩的头。且说衙门口人多着，街上铺子都已奉命开了门，张家二老爷也上街看热闹了。对门张家二老爷原是暗中和革命党有联系的本地绅士之一。因此我爸爸便问我：

"小东西，怕不怕人头，不怕就同我出去。"

"不，我想看看。"

于是我就在道尹衙门口平地上看到了一大堆肮脏血污人头。还有衙门口鹿角上、辕门上，也无处不是人头。从城边取回的几架云梯，全用新毛竹作成（就是把一些新从山中砍来的竹子，横横的贯了许多木棍），云梯木棍上也悬挂许多人头。看到这些东西我实在稀奇，我不明白为甚么要杀那么多人。我不明白这些人因甚么事就被把头割下。我随后又发现了那一串耳朵，那么一串东西，一生真再也不容易见到过的古怪东西！叔父问我："小东西，你怕不怕？"我回答得极好，我说不怕。我原先已听了多少杀仗的故事，总说是"人头如山，血流成河"，看戏时也总说是"千军万马分个胜败"，却除了从戏台上间或演秦琼哭头时可看到一个木人头放在朱红盘子里托着舞来舞去，此外就不曾看到过一次真的杀仗砍下甚么人头。现在却有那么一大堆血淋淋的从人颈脖上砍下的东西。我并不怕，可不明白为甚么这些人就让兵士砍他们，有点疑心，以为这一定有了错误。

为甚么他们被砍？砍他们的人又为甚么？心中许多疑问，回到家中时问爸爸，爸爸只说这是"造反打了败仗"，也不能给我一个满意的答复。我当时以为爸爸那么伟大的人，天上地下知道不知多少事，居然也不明白这件事，倒真觉得奇怪。到现在我才明白这事永远在世界上不缺少，可是谁也不能够给小孩子一个最得体的回答。

这革命原是城中绅士早已知道，用来对付镇筸镇，和辰沅永靖兵备道两个衙门里的旗人大官同那些外路商人，攻城以前先就约好了的。但临时却因军队方面谈的条件不妥，误了大事。

革命算已失败了，杀戮还只是刚在开始。城防军把防务布置周密妥当后，就分头派兵下乡去捉人，捉来的人只问问一句两句话，就牵出城外去砍掉。平常杀人照例应当在西门外，现在造反的人既从北门来，因此应杀的人也就放在北门河滩上杀戮。当初每天必杀一百左右，每次杀五十个人时，行刑兵士还只是二十人，看热闹的也不过三十左右。有时衣也不剥，绳子也不捆缚，就那么跟着赶去的。常常有被杀的站得稍远一点，兵士以为是看热闹的人就忘掉走去。被杀的差不多全从苗乡捉来，胡胡涂涂不知道是些甚么事，因此还有一直到了河滩被人吼着跪下时，才明白行将有甚么新事，方大声哭喊惊惶乱跑，刽子手随即赶上前去那么一阵乱刀砍翻的。

这愚蠢残酷的杀戮继续了约一个月，才渐渐减少下来。或者因为天气既很严冷，不必担心到它的腐烂，埋不及时就不埋，或者又因为还另外有一种示众意思，河滩的尸首总常常躺下四五百。

到后人太多了，仿佛凡是西北苗乡捉来的人都得杀头，衙门方面把文书禀告到抚台时大致说的就是"苗人造反"，因此照规矩还得剿平这一片地面上的人民。捉来的人一多，被杀的头脑简单异常，无法自脱。但杀人那一方面知道下面消息多些，却有点寒了心。几个本地有力的绅士，也就是暗地里同城外人沟通却不为官方知道的人，便一同向道台请求有一个限制。经过一番选择，该杀的杀，该放的放。每天捉来的人既有一百两百，差不多全是四乡的农民，既不能全部开释，也不能全部杀头，因此选择的手续，便委托了本地人民所敬信的天王。把犯人牵到天王庙大殿前院坪里，在神前掷竹筊[4]，一仰一覆的顺筊，开释，双仰的阳筊，开释，双覆的阴筊，杀头。生死取决于一掷，应死的自己向左走去，该活的自己向右走去。一个人在一分赌博上既占去便宜四分之三[5]，因此应死的谁也不说话，就低下头走去。

我那时已经可以自由出门，一有机会就常常到城头上去看对河杀头。每当人已杀过赶不及看那一砍时，便与其他小孩比赛眼力，一二三四计数那一片死尸的数目。或者又跟随了犯人，到天王庙看他们掷筊。看那些乡下人，如何闭了眼睛把手中一副竹筊用力抛去，有些人到已应当开释时还不敢睁开眼睛。又看着些虽应死去，还想念到家中小孩与小牛猪羊的，那分颓丧那分对神埋怨的神情，真使我永远忘不了。也影响到我一生对于滥用权力的特别厌恶。

我刚好知道"人生"时，我知道的原来就是这些事情。

第二年三月本地革命成功了，各处悬上白旗，写个"汉"字，小城中官兵算是对革命军投了降。革命反正的兵士结队成排在街上巡游。外来镇守使，道尹，知县，已表示愿意走路，地方一切皆由绅士出面来维持，并在大会上进行民主选举，我爸爸便即刻成为当地要人了。

那时节我哥哥弟弟同两个姐姐，全从苗乡接回来了，家中无数乡下军人来来往往，院子中坐满了人。在一群陌生人中，我发现了那个紫黑脸膛的表哥。他并没有死去，背了一把单刀，朱红牛皮的刀鞘上描着黄金色双龙抢宝的花纹。他正在同别人说那一夜扑近城边爬城的情形。我悄悄地告诉他："我过天王庙看犯人打笺，想知道犯人中有不有你，可见不着。"那表哥说："他们手短了些，捉不着我。现在应当我来打他们了。"当天全城人过天王庙开会时，我爸爸正在台上演说，那表哥当真就爬上台去，重重的打了县太爷一个嘴巴，使得台上台下都笑闹不已，演说也无法继续。

革命使我家中也起了变化。不多久，爸爸和一个姓吴的竞选去长沙会议代表失败，心中十分不平，赌气出门往北京去了。和本地阙祝明同去，住杨梅竹斜街酉西会馆，组织了个铁血团，谋刺袁世凯，被侦探发现，阙被捕当时枪决。我父亲因看老谭的戏，有熟人通知，即逃出关，在热河都统姜桂题、米振标处隐匿（因为相熟），后改名换姓，在赤峰、建平等县作科长多年，袁死后才和家里通信。只记到借人手写信来典田还账。到后家中就破产了。父亲的还湘，还是我哥哥出关万里寻亲接回的。哥哥会为人画像，借此谋生，东北各省都跑过，最后才在赤峰找到了父亲。爸爸这一去，直到十二年后当我从湘边下行时，在辰州地方又见过他一面，从此以后便再也见不着了。

我爸爸在竞选失败离开家乡那一年，我最小的一个九妹，刚好出世三个月。

革命后地方不同了一点，绿营制度没有改变多少，屯田制度也没有改变多少。地方有军役的，依然各因等级不同，按月由本人或家中人到营上去领取食粮与碎银。守兵当值的，到时照常上衙门听候差遣。马兵仍照旧把马养在家中。衙门前钟鼓楼每到晚上仍有三五个吹鼓手奏乐。但防军组织分配稍微不同了，军队所用器械不同了，地方官长不同了。县知事换了本地人，镇守使也换了本地人。当兵的每个家大门边钉了一小牌，载明一切，且各因兵役不同，木牌种类也完全不同。道尹衙门前站在香案旁宣讲圣谕的秀才已不见了。

但革命印象在我记忆中不能忘记的，却只是关于杀戮那几千无辜农民的几幅颜色鲜明的图画。

民三左右地方新式小学成立，民四我进了新式小学，民六夏我便离开了家乡，在沅水流域十三县开始过流荡生活，接受另一种人生教育了。

注释

1. 云梯：云梯在古代属于战争器械，用于攀越城墙攻城的用具。
2. 躲：方言，矮小。
3. 长毛：清朝统治者对太平天国军队的蔑称。因太平军反抗清政府剃发留辫的规定，一律蓄发，故称。也泛指匪盗。
4. 竹笅：迷信占卜的用具。
5. 这里原文是"三分之二"，我的好友数学家钟开莱先生说，根据概率论的道理，实际有四分之三机会开释，建议我改过来。——作者自注

导读

本篇选自《从文自传》。

本文是《从文自传》第四章。文章叙写了辛亥革命在作者家乡发生时的情形及其给作者带来的深刻影响。辛亥革命对于中国的历史意义自不待言，而对于童年的沈从文来说，"却只是关于杀戮那几千无辜农民的几幅颜色鲜明的图画"。大规模的杀人场面，这是作者一生难以忘怀的革命印象。最初起义失败时，清政府对湘西苗民进行了残酷的大屠杀，衙门口平地上、鹿角、辕门以及云梯木根之上，无处不是血污的人头。而"这愚蠢残酷的杀戮继续了约一个月，才渐渐减少下来"。而最为草菅人命和荒诞不经的是，以在神前掷竹笅的方式来决定一个人的生与死。正在作者刚好知道所谓"人生"的时候，便目睹了这场惨绝人寰的屠戮，这无疑深深地刺激了作者，使他一生对于滥用权力都特别厌恶，影响到他一生的人生态度和创作思想。

而"砍头"的场景仅在《从文自传》一书中便有多处叙写，如《怀化镇》和《清乡所见》。正如一位论者所指出："在现代中国文学史上，还没有哪个作家这么多次地写到这么大规模的砍头式杀人，也没有哪个作家能控制得这么'不动

声色'地写看杀人。"多次大规模砍头场面的见闻，一方面如上所说，使得沈从文憎恶权力之滥用，悲悯无辜的底层人民；另一方面，也给予了沈从文心灵的强韧和旷达。

我上许多课仍然不放下那一本大书

　　我改进了新式小学后，学校不背诵经书，不随便打人，同时也不必成天坐在桌边，每天不只可以在小院子中玩，互相扭打，先生见及，也不加以约束，七天照例又还有一天放假，因此我不必再逃学了。可是在那学校照例也就甚么都不曾学到。每天上课时照例上上，下课时就遵照大的学生指挥，找寻人小相等的人，到操坪中去打架。一出门就是城墙，我们便想法爬上城去，看城外对河的景致。上学散学时，便如同往常一样，常常绕了多远的路，去城外边街上看看那些木工手艺人新雕的佛像贴了多少金。看看那些铸钢犁的人，一共出了多少新货。或者甚么人家孵了小鸡，也常常不管远近必跑去看看。一到星期日，我在家中写了十六个大字后，就一溜出门，一直到晚方回家中。

　　半年后，家中母亲相信了一个亲戚的建议，以为应从城内第二初级小学换到城外第一小学，这件事实行后更使我方便快乐。新学校临近高山，校屋前后各处是大树，同学又多，当然十分有趣。到这学校我仍然甚么也不学得，生字也没认识多少，可是我倒学会了爬树。几个人一下课，就在校后山边各自拣选一株合抱大梧桐树，看谁先爬到顶。我从这方面便认识约三十种树木的名称。因为爬树有时跌下或扭伤了脚，刺破了手，就跟同学去采药，又认识了十来种草药。我开始学会了钓鱼，总是上半天学，钓半天鱼。我学会了采笋子，采蕨菜。后山上到春天各处是野兰花，各处是可以充饥解渴的刺莓，在竹篁[1]里且有无数雀鸟，我便跟他们认识了许多雀鸟，且认识许多野果树。去后山约一里左右，又有一个制瓷器的大窑，我们便常常过那里去看工人制造一切瓷器，看一块白泥在各样手续下如何就变成为一个饭碗，或一件别种用具的生产过程。

　　学校环境使我们在校外所学的实在比校内课堂上多十倍。但在学校也学会了一件事，便是各人用刀在座位板下镌雕自己的名字。又因为学校有做手工的白泥，我们就用白泥摹塑教员的肖像，且各为取一怪名：绵羊，耗子，老土地菩萨，还有更古怪的称呼。总之随心所欲。在这些事情上我的成绩照例比学校功课好一点，但自然不能得到任何奖励。学校已禁止体罚，可是记过罚站还在执行。

照情形看来，我已不必逃学，但学校既不严格，四个教员恰恰又有我两个表哥在内，想要到甚么地方去时，我便请假。看戏请假，钓鱼请假，甚至于几个人到三里外田坪中去看人割禾、捉蚱蜢也向老师请假。至于教师本人，一下课就玩麻雀牌，久成习惯，当时麻雀牌是新事物，所以教师会玩并不以为是坏事情。

那时我家中每年还可收取租谷三百石左右，三个叔父二个姑母占两份，我家占一份。到秋收时，我便同叔父或其他年长亲戚，往二十里外的乡下去，督促佃夫和临时雇来的工人割禾。等到田中成熟禾穗已空，新谷装满白木浅缘方桶时，便把新谷倾倒到大晒谷簟上来，与佃夫平分，其一半应归佃夫所有的，由他们去处置，我们把我家应得那一半，雇人押运回家。在那里最有趣处是可以辨别各种禾苗，认识各种害虫，学习捕捉蚱蜢分别蚱蜢。同时学用鸡笼去罩捕水田中的肥大鲤鱼鲫鱼，把鱼捉来即用黄泥包好塞到热灰里去煨 [2] 熟分吃。又向佃户家讨小小斗鸡，且认识种类，准备带回家来抱到街上去寻找别人同等大小公鸡作战。又从农家小孩处学习抽稻草心织小篓小篮，剥桐木皮作卷筒哨子，用小竹子作唢呐。有时捉得一个刺猬，有时打死一条大蛇，又有时还可跟叔父让佃户带到山中去，把雉媒抛出去，吹嗯哨招引野雉，鸟枪里装上一把散碎铁砂和黑色土药，猎取这华丽骄傲的禽鸟。

为了打猎，秋末冬初我们还常常去佃户家。看他们下围，跟着他们乱跑。我最欢喜的是猎取野猪同黄麂。有一次还被他们捆缚在一株大树高枝上，看他们把受惊的黄麂 [3] 从树下追赶过去。我又看过猎狐，眼看着一对狡猾野兽在一株大树根下转，到后这东西便变成了我叔父的马褂。

学校既然不必按时上课，其余的时间我们还得想出几件事情来消磨，到下午三点才能散学。几个人爬上城去，坐在大铜炮上看城外风光，一面拾些石头奋力向河中掷去，这是一个办法。另外就是到操场一角砂地上去拿顶翻筋斗，每个人轮流来作这件事，不溜刷 [4] 的便仿照技术班办法，在那人腰身上缚一条带子，两个人各拉一端，翻筋斗时用力一抬，日子一多，便无人不会翻筋斗了。

因为学校有几个乡下来的同学，身体壮大异常，便有人想出好主意，提议要这些乡下孩子装马，让较小的同学跨到马背上去，同另一匹马上另一员勇将来作战，在上面扭成一团，直到跌下地后为止。这些作马匹的同学，总照例非常忠厚可靠，在任何情形下皆不卸责。作战总有受伤的，不拘谁人头面有时流血了，就抓一把黄土，将伤口敷上，全不在乎似的。我常常设计把这些人马调度得十分如法，他们服从我的编排，比一匹真马还驯服规矩。

放学时天气若还早一些，几个人不是上城去坐坐，就常常沿了城墙走去。有时节出城去看看，有谁的柴船无人照料，看明白了这只船的的确确无人时，几人就匆忙跳上了船，很快的向河中心划去。等一会儿那船主人来时，若在岸上和和气气的说：

"兄弟，兄弟，你们快把船划回来。我得回家！"

遇到这种和平讲道理人时，我们也总得十分和气把船划回来，各自跳上了岸，让人家上船回家。若那人性格暴躁点，一见自己小船给一群胡闹小将把它送到河中打着圈儿转，心中十分忿怒，大声的喊骂，说出许多恐吓无理的野话，那我们便一面回骂着，一面快快的把船向下游流去，尽他叫骂也不管它。到下游时几个人上了岸，就让这船搁在河滩上不再理会了。有时刚上船坐定，即刻便被船主人赶来，那就得担当一分儿惊险了。船主照例知道我们受不了甚么簸荡，抢上船头，把身体故意向左右连续倾侧不已，因此小船就在水面胡乱颠簸，一个无经验的孩子担心会掉到水中去，必惊骇得大哭不已。但有了经验的人呢，你估计一下，先看看是不是逃得上岸，若已无可逃避，那就好好的坐在船中，尽那乡下人的磨练，拼一身衣服给水湿透，你不慌不忙，只稳稳的坐在船中，不必作声告饶，也不必恶声相骂，过一会儿那乡下人看看你胆量不小，知道用这方法吓不了你，他就会让你明白他的行为不过是一种不带恶意的玩笑，这玩笑到时应当结束了，必把手叉上腰边，向你微笑，抱歉似的微笑。

"少爷，够了，请你上岸！"

于是几个人便上岸了。有时不凑巧，我们也会为人用小桨竹篙一路追赶着打我们，还一路骂我们。只要逃走远一点点，用甚么话骂来，我们照例也就用甚么话骂回去，追来时我们又很快的跑去。

那河里有鳜鱼，有鲫鱼，有小鲇鱼，钓鱼的人多向上游一点走去。隔河是一片苗人的菜园，不涨水，从跳石上过河，到菜园里去看花、买菜心吃的次数也很多。河滩上各处晒满了白布同青菜，每天还有许多妇人背了竹笼来洗衣，用木棒杵在流水中捶打，訇訇的从北城墙脚下应出回声。

天热时，到下午四点以后，满河中都是赤光光的身体。有些军人好事爱玩，还把小孩子，战马，看家的狗，同一群鸭雏，全部都带到河中来。有些人父子数人同来，大家皆在激流清水中游泳。不会游泳的便把裤子泡湿，扎紧了裤管，向水中急急的一兜，捕捉了满满的一裤空气，再用带子捆好，便成了极合用的"水马"。有了这东西，即或全不会漂浮的人，也能很勇敢的向水深处泅去。到这种人多的地方，照例不会出事故被水淹死的，一出了甚么事，大家皆很勇敢的救人。

我们洗澡可常常到上游一点去，那里人既很少，水又极深，对我们才算合式。这件事自然得瞒着家中人。家中照例总为我担忧，惟恐一不小心就会为水淹死。每天下午既无法禁止我出去玩，又知道下午我不会到米厂上去同人赌骰子，那位对于拘管我侦察我十分负责的大哥，照例一到饭后我出门不久，他也总得到城外河边一趟。人多时不能从人丛中发现我，就沿河去寻找我的衣服，在每一堆衣服上来一分注意。一见到了我的衣服，一句话不说，就拿起来走去，远远的坐到大路上，等候我要穿衣时来同他会面。衣裤既然在他手上，我不能不见他了，到后只好走上岸来，从他手上把衣服取到手，两人沉沉默默的回家。回去不必说甚么，只准备一顿打。可是经过两次教训后，我即或仍然在河中洗澡，也就不至于再被家中人发现了。我可以搬些石头把衣压着，只要一看到他从城门洞边大路走来时，必有人告给我，我就快快的泅到河中去，向天仰卧，把全身泡在水中，只露出一张脸一个鼻孔来，尽岸上那一个搜索也不会得到甚么结果。有些人常常同我在一处，哥哥认得他们，看到了他们时，就唤他们：

"熊澧南，印鉴远，你见我兄弟老二吗？"

那些同学便故意大声答着：

"我们不知道，你不看看衣服吗？"

"你们不正是成天在一堆胡闹吗？"

"是呀，可是现在谁知道他在哪一片天底下。"

"他不在河里吗？"

"你不看看衣服吗？不数数我们的人数吗？"

这好人便各处望望，果然不见到我的衣裤，相信我那朋友的答复不是谎话，于是站在河边欣赏了一阵河中景致，又弯下腰拾起两个放光的贝壳，用他那双常若含泪发愁的艺术家眼睛赏鉴了一下，或坐下来取出速写簿，随意画两张河景的素描，口上嘘嘘打着唿哨，又向原来那条路上走去了。等他走去以后，我们便来模仿我这个可怜的哥哥，互相反复着前后那种答问。"熊澧南，印鉴远，看见我兄弟吗？""不知道，不知道，你自己不看看这里一共有多少衣服吗？""你们成天在一堆！""是呀！成天在一堆，可是谁知道他现在到哪儿去了呢？"于是互相浇起水来，直到另一个逃走方能完事。

有时这好人明知道我在河中，当时虽无法擒捉，回头却常常隐藏在城门边，坐在卖荞粑的苗妇人小茅棚里，很有耐心的等待着。等到我十分高兴的从大路上同几个朋友走近身时，他便风快的同一只公猫一样，从那小棚中跃出，一把攫住了我衣领。于是同行的朋友就大嚷大笑，伴送我到家门口，才自行散去。不过这种事也只有三两次，我从经验上既知道这一着棋时，进城时便常常故意慢一阵，有时且绕了极远的东门回去。

我人既长大了些，权利自然也多些了，在生活方面我的权利便是即或家中明知我下河洗了澡，只要不是当面被捉，家中可不能用爬搔皮肤方法决定我应否受罚了。同时我的游泳自然也进步多了，我记得我能在河中来去泅过三次，至于那个名叫熊澧南的，却大约能泅过五次。

下河的事若在平常日子，多半是三点晚饭以后才去。如遇星期日，则常常几人先一天就邀好，过河上游一点棺材潭的地方去，泡一个整天，泅一阵水又摸一会儿鱼，把鱼从水中石底捉得，就用枯枝在河滩上烧来当点心。有时那一天正当附近十里长宁哨苗乡场集，就空了两只手跑到那地方去，玩一个半天。到了场上后，过卖牛处看看他们讨论价钱盟神发誓的样子，又过卖猪处看看那些大猪小猪，查看它，把后脚提起时，必锐声呼喊。又到赌场上去看看那些乡下人一只手抖抖的下注，替别人担一阵心。又到卖山货处去，用手摸摸那些豹子老虎的皮毛，且听听他们谈到猎取这野物的种种危险经验。又到卖鸡处去，欣赏欣赏那些大鸡小鸡，我们皆知道甚么鸡战斗时厉害、甚么鸡生蛋极多。我们且各自把那些斗鸡毛色记下来，因为这些鸡照例当天全将为城中来的兵士和商人买去，五天以后就会在城中斗鸡场出现。我们间或还可在敞坪中看苗人决斗，用扁担或双刀互相拼命。小河边到了场期，照例来了无数小船和竹筏，竹筏上且常常有长眉秀目脸儿极白奶头高肿的青年苗族女人，用绣花大衣袖掩着口笑，使人看来十分舒服。我们来回走二三十里路，各个人两只手既是空空的，因此在场上甚么也不能吃。间或谁一个人身上有一两枚铜元，就到卖狗肉摊边去割一块狗肉，蘸些盐水，平均分来吃吃。或者无意中谁一个在人丛中碰着了一位亲长，被问道："吃过点心吗？"大家正饿着，互相望了会儿，羞羞怯怯的一笑。那人知道情形了，便说："这成吗？不喝一杯还算赶场吗？"到后自然就被拉到狗肉摊边去，切一斤两斤肥狗肉，分割成几大块，各人来那么一块，蘸了盐水往嘴上送。

机会不好不曾碰到这么一个慷慨的亲戚，我们也依然不会瘪了肚皮回家。沿路有无数人家的桃树李树，果实全把树枝压得弯弯的，等待我们去为它们减除一分担负。还有多少黄泥田里，红萝卜大得如小猪头，没有我们去吃它赞美它，便始终委屈在那深土里！除此以外，路塍 5 上无处不是莓类同野生樱桃，大道旁无处不是甜滋滋的地枇杷，无处不可得到充饥果腹的山果野莓。口渴时无处不可以随意低下头去喝水。至于茶油树上长的茶莓，则长年四季都可以随意采吃，不犯任何忌讳。即或任何东西没得吃，我们还是十分高兴。就为的是乡场中那一派空气，一阵声音，一分颜色，以及在每一处每一项生意人身上发出那一股臭味，就够使我们觉得满意，我们用各样官能吃了那么多东西，即使不再用口来吃喝也很够了。

到场上去我们还可以看各样水碾水碓，并各种形式的水车。我们必得经过好几个榨油坊，远远的就可以听到油坊中打油人唱歌的声音。一过油坊时便跑进去，看看那些堆积如山的桐子，经过些甚么手续才能出油。我们只要稍稍绕一点路，还可以从一个造纸工作场过身，在那里可以看他们利用水力捣碎稻草同竹篠 6，用细篾帘子勺取纸浆作纸。我们又必须从一些造船的河滩上过身，有万千机会看到那些造船工匠在太阳下安置一只小船的龙骨 7，或把粗麻头同桐油 8 石灰嵌进缝罅里补治旧船。

　　总而言之，这样玩一次，就只一次，也似乎比读半年书还有益处。若把一本好书同这种好地方尽我拣选一种，直到如今，我还觉得不必看这本弄虚作伪千篇一律用文字写成的小书，却应当去读那本色香具备内容充实用人事写成的大书。

　　我不明白我为甚么就学会了赌骰子。大约还是因为每早上买菜，总可剩下三五个小钱，让我有机会傍近用骰子赌输赢的糕类摊子。起始当三五个人蹲到那些戏楼下，把三粒骰子或四粒骰子或六粒骰子抓到手中，奋力向大土碗掷去，跟着它的变化喊出种种专门名词时，我真忘了自己也忘了一切。那富于变化的六骰子赌，七十二种"快""臭"，一眼间我皆能很得体的喊出它的得失。谁也不能在我面前占去便宜，谁也骗不了我。自从精明这一项玩意儿以后，我家里这一早上若派我出去买菜，我就把买菜的钱去作注，同一群小无赖在一个有天棚的米厂上玩骰子，赢了钱自然全部买东西吃，若不凑巧全输掉时，就跑回来悄悄的进门找寻外祖母，从她手中把买菜的钱得到。

　　但这是件相当冒险的事，家中知道后可得痛打一顿，因此赌虽然赌，经常总只下一个铜子的注，赢了拿钱走去，输了也不再来，把菜少买一些，总可敷衍下去。

　　由于赌术精明，我不大担心输赢。我倒最希望玩个半天结果无输无赢。我所担心的只是正玩得十分高兴，忽然后领一下子为一只强硬有力的瘦手攫定，一个哑哑的声音在我耳边响着：

　　"这一下捉到你了！这一下捉到你了！"

　　先是一惊。想挣扎可不成。既然捉定了，不必回头，我就明白我被谁捉到，且不必猜想，我就知道我回家去应受些甚么款待。于是提了菜篮让这个仿佛生下来给我作对的人把我揪回去。这样过街可真无脸面，因此不是请求他放和平点抓着我一只手，总是趁他不注意的情形下，忽然挣脱先行跑回家去，准备他回来时受罚。

　　每次在这件事上我受的处罚都似乎略略过分了些，总是把一条绣花的白绸腰带缚定两手，系在空谷仓里，用鞭子打几十下，上半天不许吃饭，或是整天不许吃饭。亲戚中看到觉得十分可怜，多以为哥哥不应当这样虐待弟弟。但这样不顾脸面的去同一些乞丐赌博，给了家中多少气恼，我是不理解的。

我从那方面学会了不少下流野话和赌博术语，在亲戚中身份似乎也就低了些。只是当十五年后，我能够用我各方面的经验写点故事时，这些粗话野话，却给了我许多帮助，增加了故事中人物的色彩和生命。

革命后本地设了女学校，我两个姐姐一同被送过女学校读书。我那时也欢喜到女学校去玩，就因为那地方有些新奇的东西。学校外边一点，有个做小鞭炮的作坊，从起始用一根细钢条，卷上了纸，送到木机上一搓，吱的一声就成了空心的小管子，再如何经过些甚么手续，便成了燃放时巴的一声的小爆仗，被我看得十分熟习。我借故去瞧姐姐时，总在那里看他们工作一会会。我还可看他们烘焙火药，碓舂木炭，筛硫磺，配合火药的原料，因此明白制焰火用的药同制爆仗用的药，硫磺的分配分量如何不同。这些知识远比学校读的课本有用。

一到女学校时，我必跑到长廊下去，欣赏那些平时不易见到的织布机器。那些大小不一钢齿轮互相衔接，一动它时全部都转动起来，且发出一种异样陌生的声音，听来我总十分欢喜。我平时是个怕鬼的人，但为了欣赏这些机器，黄昏中我还敢在那儿逗留，直到她们大声呼喊各处找寻时，我才从廊下跑出。

当我转入高小那年，正是民国五年，我们那地方为了上年受蔡锷[9]讨袁[10]战事的刺激，感觉军队非改革不能自存，因此本地镇守署方面，设了一个军官团。前为道尹[11]后改苗防屯务处方面，也设了一个将弁学校。另外还有一个教练兵士的学兵营，一个教导队。小小的城里多了四个军事学校，一切都用较新方式训练，地方因此气象一新。由于常常可以见到这类青年学生结队成排在街上走过，本地的小孩，以及一些小商人，都觉得学军事较有意思，有出息。有人与军官团一个教官作邻居的，要他在饭后课余教教小孩子，先在大街上操练，到后却借了附近由皇殿改成的军官团操场使用，不上半月便招集了一百人左右。

有同学在里面受过训练来的，精神比起别人来特别强悍，显明不同于一般同学。我们觉得奇怪。这同学就告我们一切，且问我愿不愿意去。并告我到里面后，每两月可以考选一次，配吃一份口粮作守兵战兵的，就可以补上名额当兵。在我生长那个地方，当兵不是耻辱。多久以来，文人只出了个翰林，即熊希龄[12]，两个进士，四个拔贡。至于武人，随同曾国荃[13]打入南京城的就出了四名提督军门，后来从日本士官学校出来的朱湘溪，还作蔡锷的参谋长，出身保定军官团的，且有一大堆，在湘西十三县似占第一位。本地的光荣原本是从过去无数男子的勇敢流血博来的。谁都希望当兵，因为这是年轻人一条出路，也正是年轻人惟一的出路。同学说及进技术班时，我就答应试来问问我的母亲，看看母亲的意见，这将军的后人，是不是仍然得从步卒出身。

那时节我哥哥已过热河找寻父亲去了，我因不受拘束，生活既日益放肆，不易教管，母亲正想不出处置我的好方法，因此一来，将军后人就决定去作兵役的候补者了。

注释

1. 竹篁：即竹林、竹田的意思。

2. 煨：在带火的灰里烧熟东西。

3. 麂（jǐ）：哺乳动物的一属，像鹿，腿细而有力，善于跳跃，皮很软可以制革。通称"麂子"。

4. 溜刷：方言，利索。

5. 路塍：田埂。

6. 竹篠（xiǎo）：小竹，细竹，也指竹的细枝条。

7. 龙骨：沿船底中心线从船头至船尾的纵通桁材。

8. 桐油：用油桐的种子榨的油，黄棕色，有毒，是质量很好的干性油，可制造油漆、油墨、油布，也可做防水防腐剂等。

9. 蔡锷（1882—1916 年）：原名艮寅，字松坡，汉族，湖南宝庆（即今邵阳市）人。遗著被编为《蔡松坡集》。蔡锷曾经响应辛亥革命，发动反对袁世凯洪宪帝制的护国战争，是中华民国初年的杰出军事领袖。

10. 袁：指袁世凯。

11. 道尹：民国时期的官名。1914 年，袁世凯公布省、道、县官制，分一省为数道，全国共九十三道，改省观察使为道尹，管理所辖各县行政事务，隶属省长，其任用由省民政长官经由国务总理呈请大总统特简。1924 年，北洋政府内务部通令废道制，裁撤道尹。

12. 熊希龄：天生聪慧，被喻为"湖南神童"，15 岁中秀才，22 岁中举人，25 岁中进士，后点翰林。1913 年当选民国第一任民选总理，由于他反对袁世凯复辟帝制，不久就被迫辞职。熊先生晚年致力于慈善和教育事业，1920 年创办著名的香山慈幼院。1937年12月25日这位风云人物在香港逝世，享年68岁。当时国民政府为他举行了国葬仪式。

13. 曾国荃（1824—1890年）：字沅浦，号叔纯，又名子植，湖南双峰县荷叶镇人，湘军主要将领之一。咸丰二年（1852年）取优贡生。咸丰六年，攻打太平军"有功"，赏"伟勇巴图鲁"名号和一品顶戴。同治三年（1864年），曾以破城"功"加太子少保，封一等伯爵。同治间，与郭嵩焘等修纂《湖南通志》。1875年后历任陕西、山西巡抚，署两广总督。光绪十年（1884年）署礼部尚书、两江总督兼通商事务大臣。光绪十五年（1889年）加太子太保衔。翌年卒于位，谥"忠襄"。因善于围城有"曾铁桶"之称。清朝著名大臣曾国藩的九弟。

导读

本篇选自《从文自传》。

此文是《从文自传》第五章，与《我读一本小书同时又读一本大书》在意蕴和意趣上一脉相承。尽管此时的作者已进入新式学校，其教育方式也使他不必再逃学，但作者的行为却与童年逃学的顽劣行迹庶几近之，仍然不放下那一本"大书"，依旧以一双儿童天真、好奇又纯澈的眼目，观察着自然万象与生活百态。文中，作者讲述自己课余丰富的游玩经历，如打架、爬树、捉鱼、下河、看人打猎和决斗等。而写到撒谎、赌博和学野话等事时，作者却并不以此惭愧和自责，反而是津津乐道，出之以痴迷又得意的口吻。最为精彩的部分就是关于诸种玩耍的叙写，趣味盎然，诸多细节描写生动鲜活，跃然纸上，读来让我们心驰神往，不禁艳羡作者的经历。

所谓"小书"，是指书本中的知识；而所谓"大书"，则是喻指自然的光色与社会的人事。两者相较，沈从文自是厌倦"小书"，而将心灵敞向人间的"大书"，那广阔的世界，对作者一生的创作影响至深。正是对草木花鸟的认识，对诸种人事的观察，对那些粗话野话的了解，才使得作者的作品中有着丰富的物象和鲜活的生命。作者说："这样玩一次，就只一次，也似乎比读半年书还有益处。若把一本好书同这种好地方尽我拣选一种，直到如今，我还觉得不必看这本弄虚作伪千篇一律用文字写成的小书，却应当去读那本色香具备内容充实用人事写成的大书。"

女 难

　　我欢喜辰州那个河滩，不管水落水涨，每天总有个时节在那河滩上散步。那地方上水船下水船虽那么多，由一个内行眼中看来，就不会有两只相同的船。我尤其欢喜那些从辰溪一带载运货物下来的高腹昂头"广舶子"，一来总斜斜的孤独的搁在河滩黄泥里，小水手从那上面搬取南瓜，茄子，成束的生麻，黑色放光的圆瓮。那船在暗褐色的尾梢上，常常晾得有朱红裤褂，背景是黄色或浅碧色一派清波，一切皆那么和谐，那么愁人。

　　美丽总是愁人的。我或者很快乐，却用的是发愁字样。但事实上每每见到这种光景，我总默默的注视许久。我要人同我说一句话，我要一个最熟的人，来同我讨论这些光景。可是这一次来到这地方，部队既完全开拔了，事情也无可作的，玩时也不能如前一次那么高兴了。虽依旧常常到城门边去吃汤圆，同那老人谈谈天，看看街，可是能在一堆玩，一处过日子，一块儿说话的，已无一个人。

　　我感觉到我是寂寞的。记得大白天太阳很好时，我就常常爬到墙头上去看驻扎在考棚的卫队上操。有时又跑到井边去，看人家轮流接水，看人家洗衣，看作豆芽菜的如何浇水进高桶里去。我坐在那井栏一看就是半天。有时来了一个挑水的老妇人，就帮着这妇人做做事，把桶递过去，把瓢递过去。我有时又到那靠近学校的城墙上去，看那些教会中学学生玩球，或互相用小小绿色柚子抛掷，或在那坪里追赶扭打。我就独自坐在城墙上看热闹，间或他们无意中把球踢上城时，学生们懒得上城捡取，总装成怪和气的样子：

　　"小副爷，小副爷，帮个忙，把我们皮球抛下来。"

　　我便赶快把球拾起，且仿照他们把脚尖那么一踢，于是那皮球便高高的向空中蹿去，且很快的落到那些年青学生身边了。那些人把赞许与感谢安置在一个微笑里，有的还轻轻的呀了一声，看我一眼，即刻又争夺皮球去了。我便微笑着，照旧坐下来看别人的游戏，心中充满了不可名言的快乐。我虽作了司书[1]，身上穿的还是灰布袄子，因此走到什么地方去，别人总是称呼我作"小副爷"。我就在这些情形中，以为人家全不知道我身份，感到一点秘密的快乐。且在这些情形中，仿佛同别一世界里的人也接近了一点。我需要的就是这种接近。事实上却是十分孤独的。

可是不到一会儿，那学校响了上堂铃，大家一窝蜂散了，只剩下一个圆圆的皮球在草坪角隅。墙边不知名的繁花正在谢落，天空静静的。我望到日头下自己的扁扁影子，有说不出的无聊。我得离开这个地方，得沿了城墙走去。有时在城墙上见一群穿了花衣的女人从对面走来，小一点的女孩子远远的一看到我，就"三姐二姐"的乱喊，且说"有兵有兵"，意思便想回头走去。我那时总十分害羞，赶忙把脸向雉堞缺口向外望去。好让这些人从我身后走过，心里却又对于身上的灰布军衣有点抱歉。我以为我是读书人，不应当被别人厌恶。可是我有甚么方法使不认识我的人也给我一分应有尊敬？我想起那两册厚厚的《辞源》，想起三个人共同订的那一份《申报》，还想起《秋水轩尺牍》。

就在这一类隐隐约约的刺激下，我有时回到部中，坐在用公文纸裱糊的桌面上，发愤去写小楷字，一写便是半天。

时间过去了，春天夏天过去了，且重新又过年了。川东鄂西的消息来得够坏。只听说我们军队在川边已同当地神兵接了火，接着就说得退回湖南。第三次消息来时，却说我们军队在湖北来凤全部都覆灭了。一个早上，闪不知被神兵和民兵一道扑营，营长，团长，旅长，军法长，秘书长，参谋长完全被杀了。这件事最初不能完全相信。作留守的老副官长就亲自跑过二军留守部去问信，到时那边正接到一封详细电报，把我们总司令部如何被人袭击，如何占领，如何残杀的事——一说明。拍发电报的就正是我的上司。他幸运先带一团人过湘境龙山布防，因此方不遇难。

好，这一下可好！熟人全杀尽了，兵队全打散了，这留守处还有什么用处？自从得到了详细报告后，五天之中，我们便各自领了遣散费，各人带了护照，各自回家。

回到家中约在八月左右。一到十二月，我又离开家中过沅州。家中实在呆不住，军队中不成，还得另想生路，沅州地方应当有机会。那时正值大雪，既出了几次门，有了出门的经验，把生棕衣毛松松的包裹到两只脚，背了个小小包袱，跟着我一个教中学的舅母的轿后走去，脚倒全不怕冻。雪实在大了点，山路又窄，有时跌到了雪坑里去，便大声呼喊，必得那脚夫² 把扁担来援引方能出险。可是天保佑，跌了许多次数我却不曾受伤。走了四天到地以后，我暂住在一个卸任县长舅父家中。不久舅父作了警察所长，我就作了那小小警察所的办事员。办事处在旧县衙门，我的职务只是每天抄写违警处罚的条子。隔壁是个典狱署，每夜皆可听到监狱里犯人受狱中老犯拷掠的呼喊。警察所也常常捉来些偷鸡摸狗的小窃，一时不即发落，便寄存到牢狱里去。因此每天黄昏将近牢狱里应当收封点名时，我也照例得同一个巡官，拿一本点名册，跟着进牢狱里去，点我们这边寄押人犯的名。点完名后，看着他们那方面的人把重要犯人一一加上手铐，必需套枷的还戴好方枷，必需固定的还把他们系在横梁铁环上，几个人方走出牢狱。

警察所不久从地方财产保管处接收了本地的屠宰税，这个县城因为是沅水上游一个大码头，上下船只多，又当官道，每天常杀二十头猪一两头黄牛，我这办事员因此每天又多了一份职务。每只猪抽收六百四十文的税捐，牛收两千文，我便每天填写税单。另外派了人去查验。恐怕那查验的舞弊不实，我自己也得常常出来到全城每个屠案桌边看看。这份职务有趣味处倒不是查出多少漏税的行为，却是我可以因此见识许多事情。我每天得把全城跑到，还得过一个长约四分之三里在湘西方面说来十分著名的长桥，往对河黄家街去看看。各个店铺里的人都认识我，同时我也认识他们。成衣铺，银匠铺，南纸店，丝烟店，不拘走到甚么地方，便有人向我打招呼，我随处也照例谈谈玩玩。这些商店主人照例就是本地小绅士，常常同我舅父喝酒，也知道许多事情皆得警察所帮忙，因此款待我很不坏。

另外还有个亲戚，我的姨父，在本地算是一个大拇指人物，有钱，有势，从知事起任何人物任何军队都对他十分尊敬，从不敢稍稍得罪他。这个亲戚对于我的能力，也异常称赞。

那时我的薪水每月只有十二千文，一切事倒做得有条不紊。

大约正因为舅父同另外那个亲戚每天作诗的原因，我虽不会作诗，却学会了看诗。我成天看他们作诗，替他们抄诗，工作得很有兴致。因为盼望所抄的诗被人嘉奖，我开始来写小楷字帖。因为空暇的时间仍然很多，恰恰那亲戚家中客厅楼上有两大箱商务印行的《说部丛书》，这些书便轮流作了我最好的朋友。我记得迭更司[3]的《冰雪因缘》《滑稽外史》《贼史》这三部书，反复约占去了我两个月的时间。我欢喜这种书，因为他告给我的正是我所要明白的。他不像别的书尽说道理，他只记下一些生活现象。即或书中包含的还是一种很陈腐的道理，但作者却有本领把道理包含在现象中。我就是个不想明白道理却永远为现象所倾心的人。我看一切，却并不把那个社会价值搅加进去，估定我的爱憎。我不愿问价钱上的多少来为百物作一个好坏批评，却愿意考查他在我官觉上使我愉快不愉快的分量。我永远不厌倦的是"看"一切。宇宙万物在动作中，在静止中，在我印象里，我都能抓定它的最美丽与最调和的风度，但我的爱好显然却不能同一般目的相合。我不明白一切同人类生活相联结时的美恶，另外一句话说来，就是我不大能领会伦理的美。接近人生时，我永远是个艺术家的感情，却绝不是所谓道德君子的感情。可是，由于社会人与人的关系产生的各种无固定性的流动的美，德性的愉快，责任的愉快，在当时从别人看来，我也是毫无瑕疵的。我玩得厉害，职分上的事仍然做得极好。

那时节我的母亲同姊妹，已把家中房屋售去，剩下约三千块钱。既把老屋售去，不大好意思在本城租人房子住下，且因为我事情做得很好，芷江的亲戚又多，便坐了轿子来到芷江，我们一同住下。本地人只知道我家中是旧家，且以为我们还能够把钱拿来存放钱铺里，我又那么懂事明理有作有为，那在当地有势力的亲戚太太，且恰恰是我母亲的妹妹，因此无人不同我十分要好，母亲也以为一家的转机快到了。

假若命运不给我一些折磨，允许我那么把岁月送走，我想象这时节我应当在那地方做了一个小绅士，我的太太一定是个有财产商人的女儿，我一定做了两任县知事[4]，还一定做了四个以上孩子的父亲；而且必然还学会了吸鸦片烟。照情形看来，我的生活是应当在那么一个公式里发展的。这点打算不是现在的想象，当时那亲戚就说到了。因为照他意思看来，我最好便是做他的女婿，所以别的人请他向我母亲询问对于我的婚事意见时，他总说不妨慢一点。

不意事业刚好有些头绪，那作警察所长的舅父，却害肺病死掉了。

因他一死,本地捐税抽收保管改归一个新的团防局。我得到职务上"不疏忽"的考语，仍然把职务接续下去，改到了新的地方，作了新机关的收税员。改变以后情形稍稍不同的是，我得每天早上一面把票填好，一面还得在十点后各处去查查。不久在那商会性质团防局里，我认识了十来个绅士，同时还认识一个白脸长身的小孩子。由于这小孩子同我十分要好，半年后便有一个脸儿白白的身材高的女孩印象，把我生活完全弄乱了。

我是个乡下人，我的月薪已从十二千增加到十六千，我已从那些本地乡绅方面学会了刻图章，写草字，做点半通不通的五律七律，我年龄也已经到了十七岁。在这样情形下，一个样子诚实聪明懂事的年轻人，和和气气邀我到他家中去看他的姐姐，请想想，结果我怎么样？

乡下人有甚么办法，可以抵抗这命运所摊派的一份？

当那在本地翘大拇指的亲戚，隐隐约约明白了这件事情时，当一些乡绅知道了这件事情时，每个人都劝告我不要这么傻。有些本来看中了我，同我常常作诗的绅士，就向我那有势力的亲戚示意，愿意得到这样一个女婿。那亲戚于是把我叫去，当着我的母亲，把四个女孩子提出来问我看谁好就定谁。四个女孩子中就有我一个表妹。老实说来，我当时也还明白四个女孩子生得皆很体面，比另外那一个强得多，全是在平时不敢希望得到的女孩子。可是上帝的意思与魔鬼的意思两者必居其一，我以为我爱了另外那个白脸女孩子，且相信那白脸男孩子的谎话，以为那白脸女孩子也正爱我。一份离奇的命运，行将把我从这种庸俗生活中攫去，再安置到此后各样变故里，因此我当时同我那亲戚说："那不成，我不做你的女婿，也不做店老板的女婿。我有计划，得自己照我自己的计划作去。"甚么计划？真只有天知道。

我母亲甚么也不说，似乎早知道我应分还得受多少折磨，家中人也免不了受许多磨难的样子，只是微笑。那亲戚便说："好，那我们看，一切有命，莫勉强。"

那时节正是二月。四月中起了战争，八百土匪把一个大城团团围住，在城外各处放火。四百左右驻军同一百左右团丁站在城墙上对抗。到夜来流弹满天交织，如无数紫色小鸟展翅，各处皆喊杀连天。三点钟内城外即烧去了七百栋房屋。小城被围困共计四天，外县援军赶到方解了围。这四天中城外的枪炮声我一点儿也不关心，那白脸孩子的谎话使我只知道有一件事情，就是我已经被一个女孩子十分关切，我行将成为他的亲戚。我为他姐姐无日无夜作旧诗，把诗作成他一来时便为我捎去。我以为我这些诗必成为不朽作品，他说过，他姐姐便最欢喜看我的诗。

我家中那点余款本来归我保管存放的。直到如今，我还不明白为甚么那白脸孩子今天向我把钱借去，明天即刻还我，后天再借去，大后天又还给我。结果算去算来却有一千块钱左右的数目，任何方法也算不出用它到什么方面去。这钱全然无着落了。但还有更坏的事。

到这时节一切全变了，他再不来为我把每天送她姐姐的情诗捎去了，那件事情不消说也到了结束时节了。

我有点明白，我这乡下人吃了亏。我为那一笔巨大数目着了骇，每天不拘作任何事都无心情。每天想办法处置，却想不出比逃走更好的办法。

因此有一天，我就离开那一本账簿，同那两个白脸姊弟，四个一见我就问我"诗作得怎么样"的理想岳丈，四个眼睛漆黑身长苗条发辫极大的女孩印象，以及我那个可怜的母亲同姊妹走了。为这件事情我母亲哭了半年。这老年人不是不原谅我的荒唐，因我不可靠用去了这笔钱而流泪；却只为的是我这种乡下人的气质，到任何时任何一处总免不了吃城里聪敏人的亏，而想来十分伤心。

注释

1. 司书：旧指官署、军队中从事文书工作的人。
2. 脚夫：旧社会对搬运工人的称呼。
3. 迭更司：今通译为狄更斯。《滑稽外史》即《匹克威克外传》，而《贼史》即《雾都孤儿》。
4. 知事：官名。地方行政长官的名称。

导读

本篇选自《从文自传》。

本文记述沈从文称之为"女难"的一次初恋经历，而这次挫折与幻灭却改变了作者的人生命运。从这篇文章中我们可以得知，由于兵队被打散，沈从文领了遣散费回家了，此后便开始另谋生路，投奔当警察所长的舅父，在警察所当了一名办事员。工资虽不丰厚，他却十分热忱，受到各方喜爱，因此当地不少有钱的乡绅都愿意得到他这样的一个女婿。然而正在此时，沈从文结识了一个朋友的姐姐，使他17岁的心灵萌生了爱意，从此为这个女孩无日无夜作旧诗，更是拒绝了当地许多乡绅的提亲。而殊不知，这场"初恋"竟是姐弟两人为他设下的骗局，不仅骗走了他的钱财，也令他枉费了一片真情和痴心。而这次挫折也改变了作者的命运轨迹，如他自己所言："假若命运不给我一些折磨，允许我那么把岁月送走，我想象这时节我应当在那地方做了一个小绅士，我的太太一定是个有财产商人的女儿，我一定做了两任县知事，还一定做了四个以上孩子的父亲；而且必然还学会了吸鸦片烟。照情形看来，我的生活是应当在那么一个公式里发展的。"正是这次"初恋"的失败，使作者失去了工作，投入了新的命运变动之中，展开了别样的生命图景。作者说："一份离奇的命运，行将把我从这种庸俗生活中攫去，再安置到此后各样变故里。"

值得注意的是，在本文中，作者多次自称"乡下人"，而这重身份却带给了他创伤、挫折、无奈和悲哀。如，他在文中说："乡下人有什么办法，可以抵抗这命运所摊派的一份？"又如，在结尾处，母亲因作者被骗而流泪，并非钱财的损失，只缘作者这种吃亏的乡下人气质。有论者指出，《从文自传》第一次明确表示"乡下人"身份就是在《女难》这一章。而"乡下人"的气质和情怀，伴随着作者的一生，更影响着作者的创作。"乡下人"的情怀，是一份淳朴、本真、良善的性情。

一个大王

那时节参谋处有个满姓同乡问我："军队开过四川去，要一个文件收发员，你去不去？"他且告给我若愿意去，能得九块钱一月。答应去时，他可同参谋长商量作为调用，将来要回湘时就回来，全不费事。

听说可以过四川去，我自然十分高兴。我心想上次若跟他们部队去了，现在早腐了烂了。上次碰巧不死，一条命好像是捡来的，这次应为子弹打死也不碍事。当时带军队过川东的司令姓张，也就正是我二年前在桃源时想跟他当兵不成那个指挥官。贺龙作了我们部队的警卫团长，另外还有一顾营长，曾营长，杨营长。有些人同去的也许都以为入川可以捞几个横财，讨一个媳妇。我所想的还不是钱不是女人。我那时自然是很穷的，六块钱的薪水，扣去伙食两块，每个月我手中就只四块钱，但假若有了更多的钱，我还是不会用他。得了钱除了充大爷邀请朋友上街去吃面，实在就无别的用处。至于女人呢，仿《疑雨集》[1]写艳体诗情形已成过去了，我再不觉得女人有甚么意思。我那时所需要的似乎只是上司方面认识我的长处，我总以为我有分长处，待培养，待开发，待成熟。另外还有一个秘密理由，就是我很想看看巫峡。我有两个朋友为了从书上知道了"巫峡"的名字后，便亲自徒步从宜昌沿江上重庆走过一次。我听他们说起巫峡的大处，高处和险处，有趣味处，实在神往倾心。乡下人所想的，就正是把自己全个生命押到极危险的注上去，玩一个尽兴！我们当时的防地同川军长官汤子模石青阳事先约好了的，是酉阳，龙潭，彭水，龚滩，统由篁军接防，前卫则到涪州为止。我以为既然到了那边，再过巫峡，当然很方便了。

我既答应了那同乡，不管多少钱，不拘甚么位置，都愿意去。三天以后，于是就随了一行人马上路了。我的职务便是机要文件收发员。临动身时每人照例可向军需处支领薪水一月。得到九块钱后，我甚么也不作，只买了一双值一块二毛钱的丝袜子，买了半斤冰糖，把余钱放在板带里。那时天气既很热，晚上还用不着棉被，为求洒脱起见，因此把自己惟一的两条旧棉絮也送给了人，自己背了小小包袱就上路了。我那包袱中的产业计旧棉袄一件，旧夹袄一件，手巾一条，夹裤一条，值一块二毛钱的丝袜子一双，青毛细呢的响皮底鞋子一双，白大布单衣裤一套。另外还有一本值六块钱的《云麾碑》，值五块钱褚遂良的《圣教序》，值两块钱的《兰亭序》，值五块钱的虞世南[2]《夫子庙堂碑》。还有一部《李义山诗集》。包袱外边则插了一双自由天竺筷子，一把牙刷，且挂了一个碗底边钻有小小圆眼用细铁丝链子扣好的搪瓷碗儿。这就是我的全部产业。这份产业现在说来，依然是很动人的。

这次旅行和任何一次旅行一样，我当然得随同伙伴走路。我们先从湖南边境的茶峒到贵州边境的松桃，又到四川边境的秀山，一共走了六天。六天之内，我们走过三个省份的接壤处，到第七天在龙潭驻了防。

这次路上增加了我新鲜经验不少，过了些用木头编成的渡筏，那些渡筏的印象，十年后还在我的记忆里，极其鲜明占据了一个位置（《边城》即由此写成）。晚上落店时，因为人太多了一点，前站总无法分配众人的住处，各人便各自找寻住处，我却三次占据一条窄窄长凳睡觉。在长凳上睡觉，是差不多每个兵士都得养成习惯的一件事情，谁也不会半夜掉下地来。我们不止在凳上睡，还在方桌上睡。第三天住在一个乡下绅士家里，便与一个同事两人共据了一张漆得极光的方桌，极安适的睡了一夜。有两次连一张板凳也找寻不出时，我同四个人就睡在屋外稻草积上，半夜里还可看流星在蓝空中飞！一切生活当时看来都并不使人难堪，这类情形直到如今还不会使我难堪。我最烦厌的就是每天睡在同样一张床上，这份平凡处真不容易忍受。到现在，我不能不躺在同一床上睡觉了，但做梦却常常睡到各种新奇地方去，或回复到许多年以前曾经住过的地方去。

通过黔湘边境时，我们上了一个高坡，名"棉花岭"，上三十二里，下三十里。那个坡折磨了我们一整天。可是爬上这样一个高坡，在岭头废堡垒边向下望去，一群小山，一片云雾，那壮丽自然的画图，真是一个动人的奇观。这山峰形势同堡垒形势，十余年来还使我神往。在四川边境上时，我记得还必须经过一个大场，每次场集据说有五千牛马交易。又经过一个古寺院，有六人不能合抱的松树，寺中南边一白骨塔，穹形的塔顶，全用刻满佛像的石头砌成，径约四丈。锅井似的圆坑里，人骨零乱，有些腕骨上还套着麻花绞银镯子,也无谁人取它动它。听寺僧说,是上年闹神兵,一个城子的人都死尽了,半年后把骨头收来,隔三年再焚化。

我们的军队到川东时,虽仍向前方开去,司令部却不能不在川东边上"龙潭"暂且住下。

我们在市中心一个庙里扎了营,办事处仍然是戏楼。比较好些便是新到的地方墙壁上没有多少膏药,市面情形也不如数年前在怀化清乡那么糟了。商会欢迎客军,早为我们预备一切,各人有个木板床,上面安置一条席子。院中且预先搭好了一个大凉棚,既遮阳又通风,因此住在楼上也不很热。市面粗粗看来,一切都还像个样子。地方虽不十分大,但正当川盐入湘的孔道,且是桐油集中处,又有一条小河,从洞庭湖来的小船还可由湘西北河上行直达市镇,出口的桐油与入口的花纱杂物交易都很可观。因此地方有邮局,有布置得干净舒适的客商安宿处,还有"私门头"[3],供过往客商及当地小公务员寻欢取乐。

地方有大油坊和染坊,有酿酒糟坊,有官药店,有当铺。还有一个远近百里著名的龙洞,深处透光处约半里,高约十丈,长年从洞中流出一股寒流,冷如冰水。时正六月,水的寒冷竟使任何兵士也不敢洗手洗脚,手一入水,骨节就疼痛麻木,失去知觉。那水灌溉了千顷平田,本地禾苗便从无旱灾。本部上自司令下至马夫,到这洞中次数最多的,恐怕便是我。我差不多每天必来一回,在洞中大石板上一坐半天,听水吹风够了时,方用一个大葫芦贮满了凉水回去,款待那些同事朋友。

那地方既有小河,我当然也欢喜到那河边去,独自坐在河岸高崖上,看船只上滩。那些船夫背了纤绳,身体贴在河滩石头下,那点颜色,那种声音,那派神气,总使我心跳。那光景实在美丽动人,永远使人同时得到快乐和忧愁。当那些船夫把船拉上滩后,各人伏身到河边去喝一口长流水,站起来再坐到一块石头上,把手拭去肩背各处的汗水时,照例总很厉害的感动我。

我的职务并不多,只是从外来的文件递到时,照例在簿籍上照款式写着某年某月某日某时收到某处来文,所说某事。发出的也同样记上一笔。文件中既分平常、次要、急要三种,我便应当保管七本册子,一本作为来往总账,六本作分别记录。这些册子到晚上九点钟,必把它送到参谋长房里去，好转呈司令官检查一次，画一个阅字再退回来。我的职务虽比司书稍高，薪饷却并不比一个弁目[4]为高。可是我也有了些好处，一到了这里，不必再出伙食，虽名为自办伙食，所有费用统归副官处报账。我每月可净得九块钱，在当时，可不是一个小数目！得了钱时不知如何花费，就邀朋友上街到面馆吃面，每次得花两块钱。那时可以算为我的好朋友的，是那司令官几个差弁，几个副官，和一个青年传令兵。

我们的住处各用木板隔开，我的职务在当时虽十分平常，所保管的文件却似乎不能尽人知道，因此住处便在戏楼最后一角，隔壁是司令官的十二个差弁，再过去是参谋长同秘书长，再过去是司令官，再过去是军法。对面楼上分军法处，军需处，军械处三部分，楼下有副官处和庶务处。戏台上住卫队一连。正殿则用竹席布幕编成一客厅和起居公事房，接见当地绅士和团总时，就在这大客厅中，同时又常常用来审案。各地方皆贴上白纸的条子，写明所属某部，用虞世南体，端端正正写明，纸条便出自我的手笔。差弁房中墙上挂满了大枪小枪，我房间中却贴满了自写的字。每个视线所及的角隅，我还贴了些小小字条，上面这样写着："胜过钟王[5]，压倒曾李[6]。"因为那时节我知道写字出名的，死了的有钟王两人，活着却有曾农髯和李梅庵。我以为只要赶过了他们，一定就可"独霸一世"了。

我出去玩时，若只一人我常到龙洞与河边，两人以上就常常过对河去。因为那时节防地虽由川军让出，川军却有一个旅司令部与小部分军队驻在河对面一庙里。上级虽相互要好，兵士不免常有争持，打点小架。我一人过去时怕吃人的亏，有了两人则不拘何处走去不必担心了。

到这地方每月虽可以得九块钱，不是吃面花光，就是被别的朋友用了，我却从不缝衣，身上就只一件衣。一次因为天气很好，把自己身上那件汗衣洗洗，一会儿天却落了雨。衣既不干，另一件又为一个朋友穿去了，差弁全已下楼吃饭，我又不便赤膊从司令官房边走过，就老老实实饿了一顿。

我不是说过我同那些差弁全认识吗？其中共十二个人，大半比我年龄还小些，我以为最有趣的是那个弁目，这是一个土匪，一个大王，一个真真实实的男子。这人自己用两支枪毙过两百个左右的敌人，却曾经有过十七位押寨夫人。这大王身个儿小小的，脸庞黑黑的，除了一双放光的眼睛外，外表任你怎么看也估不出他有多少精力同勇气。年前在辰州河边时，大冬天有人说："谁现在敢下水，谁不要命！"他甚么话也不说，脱光了身子，即刻扑通一声下水给人看看。且随即在宽约一里的河面游了将近一点钟，上岸来时，走到那人身边去，"一个男子的命就为这点水要去吗？"或者有人述说谁赌扑克被谁欺骗把荷包掏光了，他当时一句话也不说，一会儿走到那边去，替被欺骗的把钱要回来，将钱一下掼到身边，一句话不说就又走开了。这大王被司令官救过他一次，于是不再作山上的大王，到这行伍出身的司令官身边做一个亲信，用上尉名义支薪，侍候这司令官却如同奴仆一样的忠实。

我住处既同这样一个大王比邻，两人不出门，他必走过我房中来和我谈天。凡是我问他的，他无事不回答得使我十分满意。我从他那里学习了一课古怪的学程。从他口上知道烧房子，杀人……种种犯罪的纪录，且从他那种爽直说明中了解那些行为背后所隐伏的生命意识。我从他那儿明白所谓罪恶，且知道这些罪恶如何为社会所不容，却也如何培养着这个坚实强悍的灵魂。我从他坦白的陈述中，才明白用人生为题材的各样变故里，所发生的景象，如何离奇，如何眩目。这人当他作土匪以前，本是一个良民，为人又怕事又怕官。被外来军人把他当成一个土匪胡乱枪决过一次，到时他居然逃脱了，后来且居然就作大王了！

他会唱点旧戏，写写字，画两笔兰草，每到我房中把话说倦时，就一面口中唱着一面跳上我的桌子，演唱《夺三关》与《杀四门》。

有一天，七个人在副官处吃饭，不知谁人开口说到听说本市甚么庙里，川军还押得有一个古怪的犯人，一个出名的美姣姣。十八岁时作了匪首，被捉后，年轻军官全为她发疯，互相杀死两个小军官。解到旅部后，部里大小军官全想得到她，可是谁也不能占到便宜。听过这个消息后，我就想去看看这女土匪。我由于好奇，似乎时时刻刻要用这些新鲜景色喂养我的灵魂，因此说笑话，以为谁能带我去看看，我便请谁喝酒。几天以后，对那件事自然也就忘掉了。一天黄昏将近时分，吃过晚饭，正在自己擦拭灯罩，那大王忽然走来喊我：

"兄弟，兄弟，同我去个好地方，你就可以看你要看的东西。"

我还来不及询问到甚么地方去看甚么东西，就被他拉下楼梯走出营门了。

我们过河去到一个庙里，那里驻扎得有一排川军，他同他们似乎都已非常熟习，打招呼行了个军礼，进庙后我们就一直向后殿走去。不一会儿转入另外一个院落，就在栅栏边看到一个年青妇人了。

那妇人坐在屋角一条朱红毯子上，正将脸向墙另一面，背了我们凭借壁间灯光做针线。那大王走近栅栏边时就说：

"夭妹，夭妹，我带了个小兄弟来看你！"

妇人回过身来，因为灯光黯淡，只见着一张白白的脸儿，一对大大的眼睛。她见着我后，才站起身走过我们这边来。逼近身时，隔了栅栏望去，那妇人身材才真使我大吃一惊！妇人不算得是怎样稀罕的美人，但那副眉眼，那副身段，那么停匀合度，可真不是常见的家伙！她还上了脚镣，但似乎已用布片包好，走动时并无声音。我们隔了栅栏说过几句话后，就听她问那弁目：

"刘大哥，刘大哥，你是怎么的？你不是说那个办法吗？今天十六。"

那大王低低的说：

"我知道，今天已经十六。"

"知道就好。"

"我着急，卜了个课，说月份不利，动不得。"

那妇人便骨都着嘴吐了一个"呸"，不再开口说话，神气中似有三分幽怨。这时节我虽把脸侧向一边去欣赏那灯光下的一切，但却留心到那弁目的行为。我看他对妇人把嘴向我努努，我明白在这地方太久不是事，便说我想先回去。那女人要我明天再来玩，我答应后，那弁目就把我送出庙门，在庙门口捏捏我的手，好像有许多神秘处，为时不久全可以让我明白，于是又进去了。

我当时只稀奇这妇人不像个土匪，还以为别是受了冤枉捉到这里来的。我并不忘掉另一时在怀化剿匪所经过的种种，军队里照例有多少胡涂事作。一夜过去后，第二天吃早饭时，一桌子人都说要我请他们喝酒。因为那女匪王夭妹已被杀，我要想看，等等到桥头去就可看见了。有人亲眼见到的，还说这妇人被杀时一句话不说，神色自若的坐在自己那条朱红毛毯上，头掉下地时尸身还并不倒下。消息吓了我一跳。我以为昨晚上还看到她，她还约我今天去玩，今早怎么就会被杀？吃完饭我就跑到桥头上去，那死尸却已有人用白木棺材装殓，停搁在路旁，只地下剩一滩腥血以及一堆纸钱白灰了。我望着那个地面上凝结的血块，我还不大相信，心里乱乱的，忙匆匆的走回衙门去找寻那个弁目。只见他躺在床上，一句话不说。我不敢问他甚么，便回到自己房中办事来了。可是过不多久，我却从另一差弁口中知道这件事情的原委了。

原来这女匪早就应当杀头的，虽然长得体面标致，可是为人著名毒辣。爱慕她的军官虽多，谁也不敢接近她，谁也不敢保释她。只因为她还有七十支枪埋到地下，谁也不知道这些军械埋藏处。照当时市价这一批武器将近值一万块钱，不是一个小数目。因此，尽想设法把她所有的枪支诱骗出来，于是把她拘留起来，且待她和任何犯人也不同，这弁目知道了这件事，又同川军排长相熟，就常过那边去。与女人熟识后，却告给女人，他也还有六十支枪埋在湖南边境上，要想法保她出来，一同把枪支掘出上山落草，就可以天不怕地不怕在山上做大王活过下半世。女人信托了他，夜里在狱中两人便亲近过了一次。这事被军官发现后，向上级打了个报告，因此这女人第二天一早，便为川军牵出去砍了。

当两个人夜里在狱中所作的事情，被庙中驻兵发觉时，触犯了作兵士的最大忌讳，十分不平，以为别的军官不能弄到手的，到头来却为一个外来人占先得了好处。俗话说"肥水不落外人田"，因此一排人把步枪上了刺刀，守在门边，预备给这弁目过不去。可是当有人叫他名姓时，这弁目明白自己的地位，不慌不忙的，结束了一下他那皮带，一面把两支小九响手枪取出拿在手中，一面便说："兄弟，兄弟，多不得三心二意，天上野鸡各处飞，谁捉到手是谁的运气。今天小小冒犯，万望海涵。若一定要牛身上捉虱，钉尖儿挑眼，不高抬个膀子，那不要见怪，灯笼子认人枪子儿可不认人！"那一排兵士知道这不是个傻子，若不放他过身，就得要几条命。且明白这地方川军只驻扎一连人，篁军却有四营，出了事不会有好处。因此让出一条路，尽这弁目两只手握着枪从身旁走去了。人一走，这王夭妹第二天一早便被砍了。

女人既已死去，这弁目躺在床上约一礼拜左右，一句空话不说，一点东西不吃，大家都怕他也不敢去撩他。到后忽然起了床，又和往常一样活泼豪放了。他走到我房中来看我，一见我就说：

"兄弟，我运气真不好！夭妹为我死的，我哭了七天，现在好了。"

当时看他样子实在又好笑又可怜。我甚么话也不好说，只同他捏着手，微笑了一会儿，表示同情和惋惜。

在龙潭我住了将近半年。

当时军队既因故不能开过涪州，我要看巫峡一时还没有机会。我到这里来熟人虽多，却除了写点字以外毫无长进处。每天生活依然是吃喝，依然是看杀人，这份生活对我似乎不大能够满足。不久有一个机会转湖南，我便预备领了护照搭坐了小货船回去。打量从水道走，一面我可以经过几个著名的险滩，一面还可以看见几个新地方。其时那弁目正又同一个洗衣妇要好，想把洗衣妇讨作姨太太。司令官出门时，有人拦舆递状纸，知道其中有了些纠纷。告他这事不行，说是我们在这里作客，这种事对军誉很不好。那弁目便向其他人说："这是文明自由的事情，司令官不许我这样作，我就请长假回家，拖队伍干我老把戏去。"他既不能娶那洗衣妇人，当真就去请假，司令官也即刻就准了他的假。那大王想与我一道上船，在同一护照上便填了我与他两人的姓名。把船看好，准备当天下午动身。吃过早饭，他正在我房中说到那个王夭妹被杀前的种种事情，忽然军需处有人来请他下去算饷，他十分快乐的跑下楼去。不到一分钟，楼下就吹集合哨子，且听到有值日副官喊"备马"。我心中正纳闷，以为照情形看来好像要杀人似的。但杀谁呢？难道枪决逃兵吗？难道又要办一个土棍吗？随即听人大声嘶嚷。推开窗子看看，原来那弁目上衣业已脱去，已被绑好，正站在院子中。卫队已集了合，成排报数，准备出发。值日官正在请令。看情形，大王一会儿就要推出去了。

被绑好了的大王，反背着手，耸起一副瘦瘦的肩膊，向两旁楼上人大声说话：

"参谋长，副官长，秘书长，军法长，请说句公道话，求求司令官的恩典，不要杀我罢。我跟了他多年，不做错一件事。我太太还在公馆里侍候司令太太。大家做点好事说句好话罢。"

大家互相望着，一句话不说。那司令官手执一支象牙烟管，从大堂客厅从从容容走出来，温文尔雅的站在滴水檐前，向两楼的高级官佐微笑着打招呼。

"司令官，来一份恩典，不要杀我吧。"

那司令官说：

"刘云亭，不要再说甚么话丢你的丑。做男子的作错了事，应当死时就正正经经的死去，这是我们军队中的规矩。我们在这里作客，凡事必十分谨慎，才对得起地方人。你黑夜里到监牢里去奸淫女犯，我念你跟我几年来做人的好处，为你记下一笔账，暂且不提。如今又想为非作歹，预备把良家妇女拐走，且想回家去拖队伍。我想想，放你回乡去做坏事，作孽一生，尽人怨恨你，不如杀了你，为地方除一害。现在不要再说空话，你女人和小孩子我会照料，自己勇敢一点做个男子吧。"

那大王听司令官说过一番话后，便不再喊公道了，就向两楼的人送了一个微笑，忽然显得从从容容了，"好好，司令官，谢谢你几年来照顾。兄弟们再见，兄弟们再见。"一会儿又说："司令官你真做梦，别人花六千块钱运动我刺你，我还不干！"司令官仿佛不听到，把头掉向一边，嘱咐副官买副好点的棺木。

于是这大王一会儿就被拥簇出了大门，从此不再见了。

我当天下午依然上了船。我那护照上原有两个人的姓名，大王那一个临时用朱笔涂去，这护照一直随同我经过了无数恶滩，五天后到了保靖，方送到副官处去缴销。至于那帮会出身、温文尔雅才智不凡的张司令官，同另外几个差弁，则三年后在湘西辰州地方，被一个姓田的部属客客气气请去吃酒，进到辰州考棚二门里，连同四个轿夫，当欢迎喇叭还未吹毕时，一起被机关枪打死，所有尸身随即被浸渍在阴沟里，直到两月事平后，方清出尸骸葬埋。刺他的部属田旅长，也很凑巧，一年后又依然在那地方，被湖南主席叶开鑫，派另一个部队长官，同样用请客方法，在文庙前面夹道中刺死。

注释

1.《疑雨集》：成于明万历年间，作者为王彦泓。王彦泓（1593—1642年），字次回，金坛人。都御史王樵之曾孙，官华亭县训导，喜作艳体小诗，多而工。

2. 虞世南（558—638年）：字伯施，浙江馀姚人，是由隋入唐的初唐四大书法家之一。

3. 私门头：妓院。

4. 弁（biàn）目：清代低级武官的通称。言其为兵弁的头目。

5. 钟王：钟王指的是钟繇和王羲之。钟繇（151—230 年），字元常，颍川长社（今河南长葛东）人。三国时期曹魏著名书法家，官至太傅。在书法方面颇有造诣，据传是楷书（小楷）的创始人。王羲之（303—361 年），东晋书法家，字逸少，号澹斋，祖籍琅琊临沂（今属山东），后迁会稽（今浙江绍兴），晚年隐居剡县金庭，有"书圣"之称。

6. 曾李：曾李指的是曾农髯与李梅庵。曾农髯，即曾熙（1861—1930 年），湖南衡阳人。字季子，又字嗣元，更字子缉，号俟园，晚年自号农髯。李梅庵，即李瑞清（1867—1920 年），名文洁，字仲麟，号梅庵、梅痴、阿梅，自称梅花庵道人。两人均为近代书法家。

导读

本篇选自《从文自传》。

在经历了"女难"带来的幻灭和挫折之后，沈从文转移了心思，转向获得上司认同和自我完善的方面，他在文中说："至于女人呢，仿《疑雨集》写艳体诗情形已成过去了，我再不觉得女人有甚么意思。我那时所需要的似乎只是上司方面认识我的长处，我总以为我有分长处，待培养，待开发，待成熟。"他随军远赴四川，作了一名文件收发员。在这个时候，他结识了一位新朋友刘云亭。在作者看来，此人是"一个土匪，一个大王，一个真真实实的男子"。而且刘云亭的身世颇富传奇性，"这人自己用两支枪毙过两百个左右的敌人，却曾经有过十七位押寨夫人"。在文中，这个"大王"既敢于在冬天下河游泳，又敢于不顾军规而与被关押的女匪首私通。他欲娶一名洗衣妇，却未获得司令允许，便要落草为匪，干老本行，结果被司令所杀。

"大王"的传奇经历和强悍的生命，引发了作者的深思、困惑和矛盾：

"凡是我问他的，他无事不回答得使我十分满意。我从他那里学习了一课古怪的学程。从他口上知道烧房子，杀人……种种犯罪的纪录，且从他那种爽直说明中了解那些行为背后所隐伏的生命意识。我从他那儿明白所谓罪恶，且知道这些罪恶如何为社会所不容，却也如何培养着这个坚实强悍的灵魂。我从他坦白的陈述中，才明白用人生为题材的各样变故里，所发生的景象，如何离奇，如何眩目。"

一方面，"大王"杀人越货，干尽种种为社会所不容的罪恶；另一方面，"大王"的行为背后涌动着强烈的生命意识，放射着坚实而强韧的灵魂之光耀，展现出多彩炫目的生命图景，甚至可以说是一种诗性的存在，召唤着他人传奇浪漫的想象。这种勃勃的生命力和强力意志，是作者所倾心的。"大王"不顾军纪束缚和囹圄阻挠，与女匪首相爱，而当女匪首被杀之后，这个"真真实实的男子"哭了七天。这种对爱情的热烈追求和生命本真状态，读来令我们动容。相反，作者厌恶都市里的生存状态，在那里确然文明繁荣，但生命意志却已然被弱化和钝化。因而"大王"这样的人物，是沈从文笔下经常出现的，也包含着作者重塑民族的文化理想：把这种强劲的生命力注入这个古老又现代的民族的肌体，使之振作、雄强。

一封未曾付邮的信

阴郁模样的从文，目送一掌柜出房以后，用两只瘦而小的手撑住了下巴，把两个手拐子[1]搁到桌子上去，"唉！无意义的人生！——可诅咒的人生！"伤心极了，两个陷了进去的眼孔内，热的泪只是朝外滚。

"再无办法，火食可开不成了！"二掌柜的话很使他十分难堪，但他并不以为二掌柜对他是侮辱与无理。他知道，一个开公寓的人，如果住上了三个以上像他这样的客人，公寓中受的影响，是能够陷于关门的地位的。他只伤心自己的命运。

"我不能奋斗去生，未必连爽爽快快去结果了自己也不能吧？"一个不良的思绪时时抓着他心。

生的欲望，似乎是一件美丽东西。也许是未来的美丽的梦，在他面前不住的晃来晃去，于是，他又握起笔来写他的信了。他要在这最后一次决定自己的命运。

> A先生：
>
> 在你看我信以前，我先在这里向你道歉，请原谅我！
>
> 一个人，平白无故向别一个陌生人写出许多无味的话语，妨碍了别人正经事情；有时候，还得给人以不愉快，我知道，这是一桩很不对的行为。不过，我为求生，除了这个似乎已无第二个途径了！所以我不怕别人讨嫌，依然写了这信。
>
> 先生对这事，若是懒于去理会，我觉得并不甚么要紧！我希望能够像在夏天大雨中，见到一个大水泡为第二个雨点破灭了一般不措意[2]。
>
> 我很为难。因为我并不曾读过甚么书，不知道如何来说明我的为人以及对于先生的希望。
>
> 我是一个失业人——不，我并不失业，我简直是无业人！我

无家，我是浪人——我在十三岁以前就成了一个无家可归的人了。过去的六年，我只是这里那里无目的的流浪。

我坐在这不可收拾的破烂命运之舟上，竟想不出办法去找一个一年以上的固定生活。我成了一张小而无根的浮萍，风是如何吹——风的去处，便是我的去处。湖南，四川，到处飘，我如今竟又飘到这死沉沉的沙漠北京了。

经验告我是如何不适于徒坐。我便想法去寻觅相当的工作，我到一些同乡们跟前去陈述我的愿望，我到各小工场去询问，我又各处照这个样子写了好多封信去，表明我的愿望是如何低而容易满足。可是，总是失望！生活正同弃我而去的女人一样，无论我是如何设法去与她接近，到头终于失败。

一个陌生少年，在这茫茫人海中，更何处去寻找同情与爱？我怀疑，这是我方法的不适当。

人类的同情，是轮不到我头上了。但我并不怨人们待我苛刻。我知道，在这个傲扰[3]争逐世界里，别人并不须对他人尽甚么应当尽的义务。

生活之绳，看看是要把我扼死了！我竟无法去解除。

我希望在先生面前充一个仆欧[4]。我只要生！我不管任何生活都满意！我愿意用我手与脑终日劳作，来换取每日最低限度的生活费。我愿……我请先生为我寻一生活法。

我以为："能用笔写他心同情于不幸者的人，不会拒绝这样一个小孩子。"这愚陋可笑的见解，增加了我执笔的勇气。

我住处是××××× ，倘若先生回复我这小小愿望时，愿先生康健！

"伙计！伙计！"他把信写好了，叫伙计付邮。

"甚么？——有甚么事？"在他喊了六七声以后，才听到一个懒懒的应声。从这声中，可以见到一点不愿理会的轻蔑与骄态。

他生出一点火气来了。但他知道这时发脾气，对事情没有好处，且简直是有害的，便依然按捺着性子，和和气气的喊，"来呀，有事！"

　　一个青脸庞二掌柜兼伙计，气呼呼的立在他面前。他准备把信放进刚写好的封套里，"请你发一下！……本京一分……三个子儿就得了！"

　　"没得邮花怎么发？……是的，就是一分，也没有！——你不看早上洋火、夜里的油是怎么来的！"

　　"……"

　　"一个子儿没有如何发？——哪里去借？"

　　"……"

　　"谁扯诳？——那无法……"

　　"那算了吧。"他实在不能再看二掌柜难看的青色脸了，打发了他出去。

　　窗子外面，一声小小冷笑送到他耳朵边来。

　　他同疯狂一样，全身战栗，粗暴的从桌上取过信来，一撕两半。那两张信纸，轻轻的掉了下地，他并不去注意，只将两个半边信封，叠做一处，又是一撕，向字篓中尽力的掼去。

一九二四年十二月中旬作

注释

1. 手拐子：湘西方言，指肘关节。
2. 措意：也作"错意"。注意，放在心上。
3. 俶扰（chù rǎo）：扰乱，骚乱，动乱。
4. 仆欧：英语 boy 的音译。侍者，仆役。

导读

　　《一封未曾付邮的信》最初发表于 1924 年 12 月 22 日《晨报副刊》，署名休芸芸。

　　这是沈从文最早的一篇散文，以一封未曾付邮的信的写作始末及信函内容，透露出沈从文当时在北京艰难而窘迫的生活境况，一如信中所书："我坐在这不可收拾的破烂命运之舟上，竟想不出办法去找一个一年以上的固定生活。我成了一张小而无根的浮萍，风是如何吹——风的去处，便是我的去处。湖南，四川，到处飘，我如今竟又飘到这死沉沉的沙漠北京了。"这不可不谓是一封充满哀戚和求告意味的信笺，字里行间蕴蓄着深深的无助、痛楚和绝望。作者在信中说："生活之绳，看看是要把我扼死了！我竟无法去解除。"其彼时悲观和痛苦的心绪可以想见。更有甚者，这封倾诉与求告的信却因作者付不起邮费而无以邮寄，并遭到了掌柜的蔑视与讥嘲，这无不令作者感到悲愤，遂将信撕破而狠狠丢进纸篓。这表明作者求告无门，而其内心的痛苦更是无人倾听，正像那弃于纸篓的破碎的信笺。

狂人书简

——给到 × 大学第一教室绞脑汁的可怜朋友

可怜的你们，既然到这里来，大概都是为着生活的威迫[1]而陷于失业时候了。你们没有职业，为甚不去爽爽利利的结果了自己，何苦对于"生"如此眷恋？你们也许因为你们自己的梦，你们也许因为自己家中可怜的父母姊妹——他们的梦又建筑在你身上——而觉得生足以眷恋吧？但是，这世界，是能让你们这样柔懦的人们，永远的，永远的，做着梦生下去的世界吗？

你们抱着偌大的希望，来到这里，期望自己写的那两个小楷字，什么意见书的文章，走到看卷先生们眼下，引起注意，得蒙赏识，认定你的能力时，会给你一口饭吃；可你们人是这样多，而足以安置你们的书记又是这样少！你们的希望，可怜啊！你们两百人中间一百九十几个的希望。

我想你们的脑汁实在不必绞了！——尤其少年的弟兄。你们应当到别的事情上去想法。这桩事，最好是让老到不能干重活粗活的叔父们去干。你们可以跑到军队中去，你们可以去做与兵对称与兵时时相互变易名号的匪队里去。你们除了兵匪以外也还可以去做一个苦力——但你们无论如何却不应做这种事情。你们还年青！你们的梦也不能建筑在这种比卖淫的女人还不如的事业上！你们既不能借着父兄余荫[2]，享一点安乐福；你们又不会像别人百计钻营，最好还是当兵哟！我们当兵去，我们都可以当兵去！别个朋友劝我当兵，我更想劝你们都去。当兵的好处，比像每日随着打筛的马同一步骤同一待遇的书记强多了！当兵入伍，比我们到这囚牢中给一些狗看我们像看受刑的囚犯似的情形好多了！

左右我们在世界上实在值不得活下去，——就是春天的好处也没有你我的份；一枪打死，算个什么呢。万一中若不被打死，你就可以去打人了；你可以用枪随你的意思去向敌人瞄准，不拘打哪一块。

　　你们也许还认不清你们的敌人。这我可以告你。眼前的一切，都是你的敌人！法度，教育，实业，道德，官僚……一切一切，无有不是。至于像在大讲堂上那位穿洋服梳着光溜溜的分头的学者，站立在窗子外边龇着两片嘴唇嘻笑的未来学者（以及同你在战场上血肉搏争的对抗兵士），他们却不是你们的敌人，只是在你们敌人手下豢养[3]而活的可怜两脚兽罢了！他们虽然对于你们的苦囚样子，感到一点好玩的卑劣意思，为着自己地位的骄傲，暗里时常发笑，也间或会于不能自己的时候，想把你们放到脚下来蹂躏几脚，抒抒他们被他主人践踏无处发泄的怨气。但他们终不是我们敌人，他们的行为，我们见到，也只觉得又讨嫌又可怜罢了。

　　说到匪，你们会比兵还更其不愿听；但这不是你们的罪，却是束缚你们的链索太紧了，所以也许你们听到我的话时，要不知不觉把两个手掌掩到耳朵上来。你们似乎以为抢劫犯是人类中最劣等的东西，抢劫是人类中最不良的行为。其实，你们错了！你们都给传下来的因袭奴隶德性缚死了！你们不是不知要满足你们生命的要求——你们知道可以满足你们要求实现你们梦的路途，却不敢去走，可怜啊！你们这些懦弱不中用的傻子！

　　你们理智告你们抢人是不道德，只准你屈服于生活下。怎么你们就这样傻？在你不得吃饭那天，抱着肚子到卤肉铺门前嗅香味，"咽嘟咽嘟"咽唾沫时，从铺子里出来的那个穿狐皮大衣的肥白脸子的绅士，曾因为见到你的可怜，抛掷过一小节腊肠给你吗？假使你真遇到过这么一回事，你的道德心也不空用了！到这世界上，谁个不是仗着与同类抢抢夺夺来维持生存？你不夺人，别人把你连生活下去的权利也剥夺去了！金钱，名位，哪里不是从这个手中抢到那个手中？你们眼力也不算很差，在后排的还能看出黑板上面那题目几个小字，但为甚这么大一条谎骗人的东西，却看不出？

　　别人的抢劫，有制度为他护符；有强力为他勒迫承认，——但抢还是抢，你既不能像别人那么去抢，连干脆凭本领去抢人也不行吗？你们，该死的你们！你们不知道别人连你生存权利也早抢了去，你们已不配生；你们不敢去抢人，单做点梦来欺骗你自己，你们也不能生！

　　在可怜的柔懦弟兄们圈子中偷跑出来的一个人。

附言

承"试官先生"给了一份卷子，使我能写出这信与各弟兄们谈谈，在此特别致谢。承另一位先生引示我到讲室的途径，我也在此谢谢。出讲室时，又承众多在外面看热闹的弟兄，各把冷的视线投到脸上，我也在此谢谢。不知是哪个先生，曾说过"这是一个癫子！"这我不仅谢谢他的好意；并且更觉得这位不识面的先生眼力过人而值得佩服了！

一九二五年四月十五日作

注释

1. 威迫：威逼，胁迫。
2. 余荫：指树木枝叶广大的庇荫，比喻前辈惠及子孙的恩泽。
3. 豢养：喂养（牲畜），比喻收买并利用。

导读

《狂人书简》同题散文共为9篇，分别是《与X》、《与苹儿》、《与小栗》、《给低着头的葵》、《给你》、《再给你》、《给到×大学第一教室绞脑汁的可怜朋友》、《给师傅的信》、《给我将变老祥的大表哥》，均发表于《京报·民众文艺》，署名为休芸芸。本集子所录入的篇目是《给到×大学第一教室绞脑汁的可怜朋友》，原载1925年5月5日《京报·民众文艺》。

本文是一封给到×大学第一教室绞脑汁的可怜朋友的信，不仅"疯"话连篇，且书写在应试考卷上，其"狂"态可以想见。鲁迅在《狂人日记》中将中国历史、文化与礼教视为"吃人"的存在，而《狂人书简》则将社会与现实同战场上的敌人相比拟，号召应试的学生去当兵，与之作战，同黑暗捣乱。"你们也许还认不清你们的敌人。这我可以告你。眼前的一切，都是你的敌人！法度，教育，实业，道德，官僚……一切一切，无有不是。"更有甚者，"狂人"号召大家去做强盗。此处，作者将权贵者喻为匪盗，把现实中残酷的竞争行为视作抢夺,同匪徒无异。"别人的抢劫,有制度为他护符;有强力为他勒迫承认,——但抢还是抢,你既不能像别人那么去抢,连干脆凭本领去抢人也不行吗?你们,该死的你们!"本文借"狂人"偏激而愤慨的口吻,无所顾忌地表达出强烈的社会批判意识,直斥当时黑暗的现实与社会。有论者指出:这种金刚怒目式的作品,应该说,在沈从文的散文中并不多见,但是却占有极重的分量,对我们较全面地理解沈从文有着极重要的意义。

到北海去

　　铃子叮叮当当摇着，一切低起头在书桌边办公的同事们，思想都为这铃子摇到午饭的馒头上去了。我呢，没有馒头，也没有甚么足以使我神往的食物。馆子里有的是味道好的东西，可是却不是为我预备的。大胆的进去吧。进去不算一回事，不用壮胆也可以，不过进去以后又怎么出来呢？借口解一个手，或是说"伙计伙计，为我再来一碟辣子肉丁，赶快赶快！让我去买几个苹果来下下酒"，于是，一溜出来，扯脚忙走，只要以后莫再从这条路过去。但是，到你口上说着"买几个苹果"想开溜时，那伶精不过的伙计，看破了你的计划，不声不响的跟了出去，在他那一双鬼眼睛下，又怎么个跑得了呢？还是莫冒险吧。

　　于是，恍恍惚惚出了办公室，出了衙门，跳上那辆先已雇好在门外等候着的洋车。

　　这在他的的确确都是梦一般模糊！衙门是今天才上。他觉得今天的衙门同昨天的衙门似乎是两个，纵门前冲天匾分明一样挂着。昨天引见他给厅长那个传达先生，对他脸不烂了；昨天在窗子下吃吃冷笑的那几个公丁先生，今天当他第一次伏上办公室书桌时，却带有和善可亲的意思来给他恭恭敬敬递一杯热茶。……

　　似乎都不同了，似乎都立时对他和气起来，而这和气面孔，他昨天搜寻了半天也搜寻不到一个。

　　使他敢于肯定昨天到的那个地方就是今天这地方的，只有桌上用黄铜圆图钉钉起四角，伏伏贴贴爬到桌面上那方水红色吸水纸。昨天这纸是这么带有些墨水痕迹，爬到桌上，意思如在说话，小东西，你来了！好好，欢迎欢迎。这里事不多，咱们谈天相亲的日子多着呢，……今天仍然一样，红起脸来表示欢迎诚意。不过当他伏在它身上去察视时，吸墨纸上却多了三小点墨痕，不知谁个于昨天出门时在那上面喂了这些墨给它。哈哈！朋友，你怎么也不是昨天那么干净了？呵呵，小东西，我职务是这样，虽然不高兴，但没有法，况且，这些恶人又把我四肢钉在桌上，使我转动不得。他们喂我墨吃，有甚么法子拒绝？小东西，这是命！命里只合吃墨，所以在你见我以后又被人喂了一些墨了！难道这些已经发酸了的墨我高兴吃它，但无法的事。像你，当你上司刚才进房来时一样，自然而然，用他的地位把你们贴在板凳上的屁股悬起来，你们是勉强，不勉强也不行。我如你一样，无可如何。

吸墨纸同他接谈太久，因此这第一日上衙门，他竟找不出时间来同这办公厅中同事们周旋。

车子同他，为那中年车夫拖拉着，颠簸在后门一带不平顺的石子路上。

这时的北京城全个儿都在烈日下了。走路的人，全都像打摆子似的心里难受。警察先生，本为太阳逼到木笼子里去躲避，但太阳还不相容，接着又赶进去。他们显然是藏无可藏了，才又硬着头皮出来，把腰边悬挂在皮带上那把指挥刀敲着电车道钢轨，口中胡乱吆喝着。他常常以为自己是世界上再无聊没有的人，如今见了这位警察先生，才知道这人比自己还更无聊。

"忙怎的？慢慢儿也还赶得到——你有甚么要紧事，所以想赶快拉到吧？"他觉得车夫为了得两吊钱便如此拼命的跑，太不合理。

"先生，多把我两个子儿，我跑快点。"

车夫显然错会了意思，以为车座嫌他太慢了，提出条件来。

因这错误引起了他的憎恶来。"唉，你为两个子儿也能累得喘气，那么二十个子简直可以换你一斤肉一碗血了！……"但他口上却说：慢点也不要紧，左右是消磨，洋车上，北海，公寓，同时消磨这下半天的时光。

"先生去北海，有船可坐，辅币一毛。"大概车夫已听到座上的话了，从喘气中抽出空闲来说。

车夫脾气也许是一样的吧，尤其是北京的，他们天生都爱谈话，都会谈话。间或他们谈话的中肯处，竟能使你在车座上跳起来。我碰到的车夫，有几个若是他那时正穿起常礼服，高据讲台之一面肆其雄谈时，我竟将无条件的承认他是一个甚么能言会说的代议士了。我见过许多口上只会那么结结巴巴的学者，我听过论救国谓须懂五行水火相生，明脉经[1]，忌谈革命的学者。今日的中国，学者过多，也许是积弱的一种重要原因吧！

"有船吧，一毛钱不贵——你坐过船不曾？"

"不，不，我们哪有力量进去呢？哈哈，一毛，二十二枚，从交道口拉沙滩儿大楼还只有十八枚，好家伙，一毛钱过一次渡！"

"那你生长北京连船也不曾见过了？——"

"不，不，我上年子还亲自坐过洋船的，到天津，送我老爷到天津。是我为他拉包月车时候。他姓宋，是司法部参事。"他仍然从喘气中匀出一口气来说话。过去的生活，使他回忆亦觉快适，说到天津时，他的兴致显得很想笑一阵的神气。"咦！那洋船又不大！有像新世界那么高的楼三层，好家伙！三层，四层——不，先生，究竟是三层还是四层，这时我记不起了。……那个锚，在船头上那铁锚，黑漆漆的，怕不有五六千斤吧，好家伙！"

他，不能肯定所见的洋船有几层，恐怕车座对他所说不相信，故又引出一个黑漆漆的大铁锚来证明，然而这铁锚的斤两究难估计，故终于不再做声，又自个默默的奔他的路。

"这不一定。大概三层四层——以至于五六层都有。小的还只有一层；再小的便像普通白屋子一样，没有楼。你北京地方房子，不是很少有楼的吗？"

这话又勾动了健谈的话匣子，少不得又要匀出一口气来应付了。

"对啦！天津日本租界过去那小河中——我是在那铁桥上见到的——一排排泊着些小舶子，据说那叫洋舶子。小到同汽车不差甚么，走动时也很快，只听见咯咯咯咯和汽车号筒一样，尾子上出烟，烟拖在水面上成一条线……那贵吧，比汽车，先生？"

"不知道。"

"外国人真狠，咱们中国人造机器总赶不上别人，……他们造机器运到中国来赚咱们的钱，所以他们才富强……"

话只要你我爱听，同车夫扯谈，不怕是三日三夜，想他完也是不会完的！但是，这时有件东西要塞住他的口了。他因加劲跑过一辆粪车刚撒过娇的路段，于是单用口去喘气。

他开始去注意马路上擦身而过的一切。

女人，女人，女人，一出来就遇到这些敌人，一举目就见到这些鬼物，花绸的遮阳把他的眼睛牵引到这边那边，而且似乎每一个少年女人擦身过去时，都能同时把他心带去一小片儿。"呵呵，这成甚么事？我太无聊了！我病太深了！我灵魂当真非找人医治一下不可！我要医治的是灵魂，是像水玻璃般脆薄东西，是像破了的肥皂泡，我的医生到甚么地方去找？呵呵，医生哟！病入膏肓的我，不应再提到医治了！……"手帕子又掩着他的眼睛了，有一种青春追捉不到的失望悲哀扼着了他的心。

这是一条新来代替昨天为鼻血染污了的丝质手巾，有蓝的缘边与小空花。这手巾从他的朋友手中取来时，朋友的祝告是：瘦尕弟弟用这手巾，满满的装一包欢喜还我吧。当时以为大孩子虽然是大孩子，但明天到他家时为买二十个大苹果送他，大概苹果中就含有欢喜的意义了。明天就是这样空着还他吧，告他欢喜已有许多沾在这巾上。

一九二五年八月五日作

注释

1.脉经：指的是《脉经》一书，中医脉学著作。

导读

本文原载 1925 年 8 月 25 日《晨报副刊》，后收入《鸭子》（戏剧、小说、散文、诗歌合集，北新书局，1926 年 10 月初版）。

本文以作者乘坐人力车去往北海的路上的见闻、体验与思考，来表现他艰辛的生活、卑微的处境、爱欲的压抑及对社会现实的批判。作者以一条简单的线索，连缀起重重意蕴，可谓笔法高明。作者开篇即点明了自己的衣食之忧，并无馒头作午餐，而饭馆中的美味更非为"我"所备。而竟由此生出愤恨的心理，在拟想中报复饭馆。随后便写到了自己在工作中的卑微处境和周遭人事的虚伪。"昨天引见他给厅长那个传达先生，对他脸不烂示；昨天在窗子下吃吃冷笑的那几个公丁先生，今天当他第一次伏上办公室书桌时，却带有和善可亲的意思来给他恭恭敬敬递一杯热茶。"此处所写的即是同事前倨后恭的态度，出之以辛辣的讽刺。同时，作者以吸墨纸自比，表现出现实的束缚和对命运的无奈，恰如其所言："小东西，我职务是这样，虽然不高兴，但没有法，况且，这些恶人又把我四肢钉在桌上，使我转动不得。他们喂我墨吃，有甚么法子拒绝？小东西，这是命！"此后的路上，作者又讥讽了无聊的警察和抱残守缺的学者，字里行间自是流露出社会批判意识。而当看见"女人"时，作者却言："女人，女人，女人，一出米就遇到这些敌人，一举目就见到这些鬼物，花绸的遮阳把他的眼睛牵引到这边那边，而且似乎每一个少年女人擦身过去时，都能同时把他心带去一小片儿。"这无疑是人性爱欲遭受压抑的体现。作者渴慕着爱情，却又无力得到，以致情感扭曲心态失衡，灵魂病态。全文重点着墨于作者基本欲求无法满足的窘困，以及由此而生的悲哀的叹息。而北海，似乎是作者排忧遣闷之地，然而最终也未在文中出现丝毫影踪，不得一见。

小草与浮萍

小萍儿被风吹着停止在一个陌生的岸旁。他打着旋身睁起两个小眼睛察看这新天地。他想认识他现在停泊的地方究竟还同不同以前住过的那种不惬意的地方。他还想：

——这也许便是诗人告给我们的那个虹的国度里！

自然这是非常容易解决的事！他立时就知道所猜的是失望了。他并不见甚么玫瑰色的云朵,也不见甚么金刚石的小星。既不见到一个生银白翅膀,而翅膀尖端还蘸上天空明蓝色的小仙人,更不见一个坐在蝴蝶背上,用花瓣上露颗当酒喝的真宰[1]。他看见的世界,依然是骚动骚动像一盆泥鳅那末不绝地无意思骚动的世界。天空苍白灰颓同一个病死的囚犯脸子一样,使他不敢再昂起头去第二次注视。

他真要哭了！他于是唱着歌诉说自己凄惶的心情：

"侬是失家人,萍身伤无寄。江湖多风雪,频送侬来去。风雪送侬去,又送侬归来。不敢识旧途,恐乱侬行迹……"

他很相信他的歌唱出后,能够换取别人一些眼泪来。在过去的时代波光中,有一只折了翅膀的蝴蝶堕在草间,寻找不着它的相恋者,曾在他面前流过一次眼泪,此外,再没有第二回同样的事情了！这时忽然有个突如其来的声音止住了他：

"小萍儿,漫伤嗟！同样漂泊有杨花。"

这声音既温和又清婉,正像春风吹到他肩背时一样,是一种同情的爱抚。他很觉得惊异,他想：

——这是谁？为甚认识我？莫非就是那只许久不通消息的小小蝴蝶吧？或者杨花是她的女儿,……

但当他抬起含有晶莹泪珠的眼睛四处探望时,却不见一个小生物。他忙提高嗓子：

"喂！朋友,你是谁？你在甚么地方说话？"

"朋友，你寻不到我吧？我不是那些伟大的东西！虽然我心在我自己看来并不很小，但实在的身子却同你不差甚么。你把你视线放低一点，就看见我了。……是，是，再低一点，……对了！"

他随着这声音才从路坎上一间玻璃房子旁发见了一株小草。她穿件旧到将退色了的绿衣裳。看样子，是可以做一个朋友的。当小萍儿眼睛转到身上时，她含笑说：

"朋友，我听你唱歌，很好。甚么伤心事使你唱出这样调子？倘若你认为我够得上做你一个朋友，我愿意你把你所有的痛苦细细的同我讲讲。我们是同在这靠着做一点梦来填补痛苦的寂寞旅途上走着呢！"

小萍儿又哭了，因为用这样温和口气同他说话的，他还是初次入耳呢。

他于是把他往时常同月亮诉说而月亮却不理他的一些伤心事都一一同小草说了。他接着又问她是怎样过活。

"我吗？同你似乎不同了一点。但我也不是少小就生长在这里的。我的家我还记着：从不见到甚么冷得打颤的大雪，也不见甚么吹得头痛的大风，也不像这里那么空气干燥，时时感到口渴，——总之，比这好多了。幸好，我有机会傍在这温室边旁居住，不然，比你还许不如！"

他曾听过别的相识者说过，温室是一个很奇怪的东西。凡是在温室中打住的，不知道甚么叫作季节，永远过着春天的生活。虽然是残秋将尽的天气，碧桃同樱花一类东西还会恣情的开放。这之间，卑卑不足道的虎耳草也能开出美丽动人的花朵，最无气节的石菖蒲也会变成异样的壮大。但他却还始终没有亲眼见到过温室是甚么样子。

"呵！你是在温室旁住着的，我请你不要笑我浅陋可怜，我还不知道温室是怎么样一种地方呢。"

从他这问话中，可以见他略略有点羡慕的神气。

"你不知道却是一桩很好的事情。并不巧，我——"

小萍儿又抢着问：

"朋友，我听说温室是长年四季过着春天生活的！为甚你又这般憔悴？你莫非是闹着失恋的一类事吧？"

"一言难尽！"小草叹了一口气。歇了一阵，她像在脑子里搜索得甚么似的，接着又说，"这话说来又长了。你若不嫌烦，我可以从头一一告诉你。

我先前正是像你们所猜想的那么愉快，每日里同一些姑娘们少年们有说有笑的过日子。甚么跳舞会啦，牡丹与芍药结婚啦……你看我这样子虽不甚么漂亮，但筵席上少了我她们是不欢的。有一次，真的春天到了，跑来了一位诗人。她们都说他是诗人，我看他那样子，同不会唱歌的少年并没有甚么不同。我一见他那尖瘦有毛的脸嘴，就不高兴。嘴巴尖瘦并不是甚么奇怪事，但他却尖的格外讨厌。又是长长的眉毛，又是崭新的绿森森的衣裳，又是清亮的嗓子，直惹得那一群不顾羞耻的轻薄骨头发癫！就中尤其是小桃，——"

"那不是莺哥大诗人吗？"照小草所说的那诗人形状，他想，必定是会唱赞美诗的莺哥了。但穿绿衣裳又会唱歌的却很多，因此又这样问。

"嘘！诗人？单是口齿伶便一点，简直一个儇薄[2]儿罢了！我分明看到他弃了他居停的女人，飞到园角落同海棠偷偷的去接吻。"

她所说的话无非是不满意于那位漂亮诗人。小萍儿想：或者她对于这诗人有点妒意吧！

但他不好意思将这疑问质之于小草，他们不过是新交。他只问：

"那末，她们都为那诗人轻薄了！"

"不。还有——"

"还有谁？"

"还有玫瑰。她虽然是常常含着笑听那尖嘴无聊的诗人唱情歌，但当他嬉皮涎脸的飞到她身边，想在那鲜嫩小嘴唇上接一个吻时，她却给他狠狠的刺了一下。"

"以后，——你？"

"你是不是问我以后怎么又不到温室中了吗？我本来是可以在那里住身的。因为秋的饯行筵席上，大众约同开一个跳舞会，我这好动的心思，又跑去参加了。在这当中，大家都觉到有点惨沮，虽然是明知春天终不会永久消逝。"

"诗人呢？"

"诗人早不知到甚么地方去了。有些姐妹们也想，因为无人唱诗，所以弄得满席抑郁不欢。不久就从别处请了一位小小跛脚诗人来。他小得可怜，身上还不到一粒白果那么大。穿一件黑油绸短袄子，行路一跳一跳，——"

　　"那是蟋蟀吧？"其实小萍儿并不与蟋蟀认识，不过这名字对他很熟罢了！

　　"对。他名字后来我才知道的。那你大概是与他认识了！他真会唱。他的歌能感动一切，虽然调子很简单。——我所以不到温室中过冬，愿到这外面同一些不幸为风雪暴虐下的牺牲者一道，就是为他的歌所感动呢。——看他样子那么渺小，真不值得用正眼刷一下。但第一句歌声唱出时，她们的眼泪便一起为他挤出来了！他唱的是'萧条异代不同时'。这本是一句旧诗，但请想，这样一个饯行的筵席上，这种诗句如何不敲动她们的心呢？就中尤其感到伤心的是那位密司柳。她原是那绿衣诗人的旧居停。想着当日'临流顾影，婀娜丰姿'，真是难过！到后又唱到'姣艳芳姿人阿谀，断枝残梗人遗弃，……'把密司荷又弄得嚎啕大哭了。……还有许多好句子，可惜我不能一一记下，到后跛脚诗人便在我这里住下了。我们因为时常谈话，才知道他原也是流浪性成了随遇而安的脾气。——"

　　他想，这样诗人倒可以认识认识，就问：

　　"现在呢？"

　　"他因性子不大安定，不久就又走了！"

　　小萍儿听到他朋友的答复，怅然若有所失，好久好久不作声。他末后又问她唱的"小萍儿，漫伤嗟，同样漂泊有杨花！"那首歌是甚么人教给她的时，小草却掉过头去，羞涩的说，就是那跛脚诗人。

一九二五年二月十四日作

注释

1. 真宰：宇宙的主宰，君主。
2. 儇（xuān）薄：轻薄。

导读

　　本篇收于《鸭子》。

　　这是一篇小说化或寓言化的散文，通过小草与浮萍的一番对话，既投射出作者当时的命运与处境，也表达出作者对于这重命运和处境的深思与抗争。

　　浮萍，漂泊无定，随风而行，无有归宿，是作者四处流浪的命运之象征。而当浮萍被风带到了曾所憧憬的"虹的国度"，却是满目萧然而满心失望，因为它并没有在这里见到象征生命之美好的事物，如玫瑰色的云，生银白翅膀的仙人等。而相反，目睹的是骚动而索然的世界以及苍白灰颓的天空。"虹的国度"貌似绚丽多彩，却是虚幻不实的，一旦进入，即触碰到颓败而消沉的现实，一个缺乏诗意和生机的所在。而尤为可悲的是，无人来倾听浮萍哀戚的歌唱，让它感到内心的寂寞与人世的冷漠。这是作者进京后的境遇的象征：作者满怀憧憬来到北京，而现实遭际却令他大为失望。浮萍的象征性意涵可参见《一封未曾付邮的信》，在那封求告的信中，作者如是自喻："我成了一张小而无根的浮萍，风是如何吹——风的去处，便是我的去处。湖南，四川，到处飘，我如今竟又飘到这死沉沉的沙漠北京了。"

　　小草，傍近温室，却不在其中，不与温室中的花木为伍，更是藐视莺哥诗人。通过其与浮萍的对话，我们得知：小草原本也在温室之内，生活无忧，更是筵席上不可或缺的宾客，后来因其为蟋蟀的歌声所感动，"所以不到温室中过冬，愿到这外面同一些不幸为风雪暴虐下的牺牲者一道"。小草虽是形态渺小，却展露出生命的崇高、厚重和庄严，不似莺哥那般浮薄和虚饰，自觉承受苦难，对历史与现实中的牺牲者怀持一颗悲悯的心，并给予他们同情与抚慰。而那感染了小草的跛脚诗人——蟋蟀——也是一位流浪者，四处漂泊又能随遇而安，其歌声来自真实的人生、苦难的现实和悲悯的心灵，故而能够感动四座。此处即传递出作者对苦难命运与艰难现实的深思与抗争，既然如浮萍那样漂泊无根，那便要若蟋蟀一样随遇而安，不必自伤自悼，亦不必艳羡精致而舒适的生活，而去领受苦难，且心怀悲悯，并以此作为生命之歌，是为一个作家的使命所在。

一　天

　　有时我常觉得自己为人行事，有许多地方太不长进了。每当什么佳节或自己生辰快要来临时，总像小孩子遇到过年一般，不免有许多期待，等得日子一到，又毫无意思的让它过去了，过去之后，则又对这已逝去的一切追恋，怅惘。这回候了许久的中秋，终于被我在山上候来了。我预备这天用沙果葡萄代替粮食。我预备夹三瓶啤酒到半山亭，把啤酒朝肚子里一灌，再把酒瓶子掷到石墙上去，好使亭边正在高兴狂吟的蝈蝈儿大惊一下。这些事，到时又不高兴去做了。我预备到那无人居住的森玉笏[1]去大哭一阵，我预备买一点礼物去送给六间房那可怜乡下女人，虽然我还记到她那可怜样子，心中悲哀怫郁无处可泄，然而我只在昏昏蒙蒙的黄色灯光下，把头埋到两个手掌上，消磨了上半夜。听到别院中箫鼓竞奏，繁音越过墙来，继之以掌声，笑语嘈杂，痴痴的想起些往事，记出些过去与中秋相关连的人来，觉得都不过一个当时受用而事一过去即难追寻的幻梦罢了！四年前这夜，洪江船上，把脑袋钻进一个三十斤的大西瓜中演笑话的小孩，怎么就变成满头白发的感伤憔悴人了？过去的若果是梦，则后土坡之坟墓，其中纵确曾葬了一人，所葬的也不是那个当年活跃豪爽的漪舅妈了。……

　　中秋过了，我第二个所期待之双十节[2]又到了。

　　听大家说，今年北京城真有太平景象。执政府门前的灯，不但比去年冷落的总统府门前热闹了许多，就是往年无论哪一次庆祝盛会，也不能比此次的阔绰。今年据说不比往时穷，有许多待执政解决的国际账，账上找出很多盈余来，热闹自是当然的事。街上呢，谅来庆贺那么多回的商人，挂旗子加电灯总不必再劳动警察厅的传令人了！且这也可以说是一些绸缎铺、洋货店、粮食店一个赚钱的好机会，哪个又愿轻易放过？各铺子除了电灯红绿其色外，门前瓦斯灯总由一盏增加到二或三盏。小点的铺子呢，那日账上支出项下，必还有一笔：

　　"庆祝双十节付话匣子租金洋一元二角。"

街上喊老爷喊太太讨钱的穷女人，靠求乞为生的穷朋友，今夜必也要叨了点革命纪念日的光。平时让你卑躬屈求置之不理的老爷太太们，会因佳节而慷慨了许多，在第三声请求哀矜以前，即摸个把铜子掷到地上了。……

我若能进城去，到马路旁不怕汽车恐吓的路段上去闲踱，把西单牌楼踱完时，再搭电车到东单，两处都有灯可看。亮亮煌煌的灯光下，必还可见到许多生长得好看的年青女人们，花花绿绿，出进于稻香村丰祥益一类铺号中。虽说天气已到了深秋，我这单菲菲的羽纱衫子，到大街上飘飘乎风中，即不怕人笑，但为风一吹，自己也会不大受用，也许立时就咳起嗽来，鼻子不通，见寒作热。然而我所以不进城者，倒另是一个原因。倘若进城，我是先有一种周到的计划的。我想大白天里，有太阳能帮助我肩背暖和，在太阳下走动，也许穿单衫倒比较适宜一点，热时不致于出汗，走路也轻便得多。一到夜里，铺子上电灯发光时，我就专朝到人多的地方撞去，用力气去挤别人，也尽别人用力力来挤我，相互挤挨，这样会生出多量的热来，寒气侵袭，就无恐惧之必需了。西单东单实在都到了无可挤时，我再搭乘二等电车到前门，跑向大栅栏一带去发汗，大栅栏不到深夜是万不会无人可挤的。并且二等电车中，就是一个顶好避寒的地方。譬如我在西单一家馒头铺听话匣子，死蠢蠢站了半个钟头之后，业已受了点微寒，打了几个冷战，待一上电车，那寒气马上会跑去无余。

要说是留恋山上吧，山上又无可足恋。看到山上的一切，都如同大厨房的大师傅一样，腻人而已。也不是无钱，我荷包还剩两块钱。就算把那张懋业银行的票子做来往车费，也还有一张一元交通票够我城中花费：坐电车，买宾来香的可可糖，吃一天春的鲍鱼鸡丝面，随便抓三两堆两个子儿一堆的新落花生，塞到衣袋里去，慢慢的尽我到马路上一颗一颗去剥，也做得到。

说来似乎可笑！我一面觉得北京城的今夜灯光实在亮得可以，有去玩玩，吃可可糖，吃鲍鱼面，剥落花生的需要，但另一方面不去的原因，却只是怠懒。

"好，不用进城了，我就是这么到这里厮混一天吧。"墙壁上，映着从房门上头那小窗口射进来的一片红灯光。朝外面这个窗口，已经成灰白色了。我醒来第一个思想，既自己不否认这思想是无聊，所以我重新将薄棉被蒙起我的头，一直到外面敲打集会钟时才起身。这时已到了八点钟。我纵想再勉强睡下去，做渺茫空虚半梦迷的遐想，也是不可能的事了。

太阳已从窗口爬到我床上了。在那一片狭狭的光带中，见到有无数本身有光的小微尘很活泼的在游行着。

大楼屋顶上那个检瓦的小泥水匠，每日上上下下的那架木梯，还很寂寞地搁到我窗前不远的墙上，本身晒着太阳，全身灰色，表明它的老成。昨天前天，那黑小身个儿的泥水匠，还时时刻刻在屋顶角上发现，听到他的甜蜜哨子时，我一抬头就看到他。因为提取灰泥，不能时上时下，到下面一个小工拌合灰泥完成时，他就站近檐口边来，一只脚踹到接近白铁溜水筒的旁边，一只脚还时常移动。大楼离地约三四丈高，一不小心，从上面掉到地上，就得跌坏，岂是当真闹着玩儿？他竟能从容不迫，在上面若无其事似的，且有余裕用嘴巴来打哨子，嘘出反二簧的起板来，使我佩服他远胜过我所尊重的文人还甚。这时只有梯子在太阳下取暖，却不见他一头吹哨子一头用绳子放到地下，拉取那挂在绳钩上的水泥袋子了！大概他也叨了点国庆日的光，取得一天休息到别处玩去了。

这时会场的巴掌，时起时落。且于极庄严的国歌后，有许多欢呼继起。这小身个儿泥水匠，也许正在会场外窗子旁边看别人热闹吧！也许于情不自禁时，亦搭到别人热闹着，拍了两下巴掌吧！若是窗子边沿间找不到这位朋友，我想他必定在陶工厂那窑室前了。我有许多次晚饭后散步从陶工厂过身时，都见到他跨坐在一个石碌碡[3]上磨东西，磨治的大致是些荡刀之类铁器。他大概还是一个学徒，所以除一般工作外，随时随地总还有些零碎活应做。但这人，随时仍找得出打哨子的余裕来，听他哨子，就知道工作的繁琐枯燥，还不能给这朋友多少烦恼。……幸福同这人一块儿，所以不必问他此时是在会场窗子边露出牙齿打哈哈，或是仍然跨据着那个石碌碡上磨铁器。今天午饭时，照例小工有一顿白馒头，幸福的人，总会比往常分外高兴了！

这是我到院来第二次见到的热闹事。

这次是露天会场。凡是办事人，各在左襟上挂一朵红纸花，纸花下面，挂一个小别针将红绫子写有职分的条子。人人长袍马褂，面有春色，初初看来，恰似办喜事娶新娘子的傧相[4]一般。场上有不少的男男女女，打扮的干净整齐。女的身上特别香；男的衣衫和通常多不同，但是大家要看的还只是跳舞，赛跑，丢皮球玩，学绕圈子等等。

我不曾见过什么大热闹的运动会，如像远东运动会，或小点如华北运动会，不知那是怎样一些热闹场面，怎样一种情况。但我想，这会场同那些会场，大概也不差许多：大家看哪个赛跑脚步踹得快点，大家比赛看谁有力气丢铅球远点，大家看谁能像机械般坚定整齐团体操时受支配点，大家学猫儿戏看谁跳加官跳得好一点……比赛之中，旁人拍巴掌来增加疲倦欲死的运动员以新的力气，以后发奖。

拍巴掌对于表演者，确是一种精神鼓励，只要听见噼噼拍拍，表演者无有不给大家更卖力气的。至于拍手的人，则除了自己觉得好玩好笑时，不由自已的表现出看傀儡的游戏或紧张心情，更无其他意味了。

我的两个手掌，似乎也狠狠接触了几阵，也不过是觉得好玩好笑罢了。我见到五十码决赛时，六个赛跑的姑娘家，听枪声一响，鸭子就食似的把十二个小脚板翻来翻去，一直向终点流过去。对于她们的跑，我看用"流"字来形容是再好没有了。她们正如同一堆碎散的潮头，鱼肚白的上衣散乱飘动如浪花，下面衬着深蓝。不过是一堆来得不猛的慢潮，见不到汹汹然气势。看，怎不叫人好笑呢？六个人竟一崭齐排一字的"流"！虽然我同大家一样，都相信这不是哪一个本可上前却故意延挨下来候她的干姐姐，但我却能肯定，那两个胖点的，为怕羞下蛮劲赶着的。你看，一共六个人，两个瘦而伶精的，两个不肥不瘦的，两个胖墩墩的，身个儿原不一样，流过那头去时一共有五十码远，竟一崭齐到地，像她们身上绊了一根索子，又如同上了夹板，看起来怎不好笑呢？

于是我就拍手，别人当然拍。他们拍够了我一个人还在拍。本来这太有意思了。若是无论什么一种竞争，都能这样同时进行所希望到达的地方。谁也不感到落伍的难堪，看来竞争两字的意义，就不见得像一般人所谓的危险吧。

第二次我又拍掌，那是因另一群中一个女运动员，不幸为自己过多的脂肪所累，在急于追赶前面的干妹妹时，竟摔倒在地打了一个滚。但她爬起身，略略拍拍灰土，前面五个已快到终点了，她却仍用操体操时那种好看姿势，两臂曲肱，在胁下前后摆动，脚板很匀调的翻转，一直走到终点。我佩服她那种毅力，佩服她那种从容不迫的神态。在别人不顾命的奋进中，她既落了伍，不因失望而中途退场，已很难了！她竟能在继续进行中记得到衣服脏了不好看，记得到平时体育教员教给那跑步走时正确姿势，于是我又拍手了。

——假若要老老实实去谈恋爱，便应找这种人做伴侣。能有这种不屈不挠求达目的的决心，又能在别人胜利后从从容容不馁其向前的锐气，才真算是可以共同生活的爱侣！……

——若她是我的女人，若我有这样一个女人来为我将生活改善鞭策我向前猛进，我何尝不可以在这世界上做一番事业？我们相互厮守着穷困，来消磨这行将毁灭无余的青春。我们各人用力去做工作事，用我们的手为伴侣揩抹眼泪。……

若不愿在这些虫豸[5]们喧嚣的世界中同人掠夺食物时，我们就一同逃到革命恩惠宪法恩惠所未及的苗乡中去，做个村塾师厮守一生。我虽无能力使你像那种颈脖上挂珠串的有福太太的享用，但我相互得了另一个的心，也很可以安慰了……

我怎么还要生这些妄想？这样想下去，我会当在大庭广众中，又要自伤自怨起来。看这个女人不过十七八岁，一个略无花样朴朴实实的头，证明她是孤儿寡女一般命运。本色壮健的皮肤，脸上不擦胭脂也有点微红。这是一个平常女子，在相貌上除了忠厚外没有什么出色处。身段虽不很活泼娇媚，但有种成熟的少女风味，像三月间清晨田野中的空气，新鲜甜净。从命运上说来，或者也是个苦命女子。然而别人再不遇，将来总还能寻一个年龄相仿足以养活她的丈夫，为甚要来同我这样穷无聊赖的上年纪的人来相爱呢？自己饿死不为奇，难道还要再邀一个女人来伴到挨饿吗？

关于女人的事，我不敢再想了。

接着一队肉红色衣裙的幼稚生打圈子的，又是一件令人发笑的事情。大家看那些装扮得像新娘子似的女先生们，提裙理鬓的做提灯竞走，鸭子就食似的样子，还偏三倒四的将灯笼避到风吹，到后锦标却为会长老先生所得，惹得蒙幼园的一群小东小西也活跃起来。众人使劲鼓掌。我手不动，我脸还剩有适才为幽怨情怀而自伤的余寒，只从有庆祝"百年长寿""生意兴隆"意思的掌声中留心隔座谈话。

"……喔！令尊大人也到长沙了！去年我见到他老人家仙健异常，八十多的人——会上了八十吧？"

"是，他哪八十二了。五月子诞日。托福近来还好，每天听说总要走到八角亭去玩玩，酒也离不得：他那脾气是这样。"

"那怎么不到这来为他老人家做个九秩大庆⁶呢？"

"明年子我这样想，好是蛮好的，不过……"

这是两个长沙伢俐很客气的"寒暄"，若甚亲热。平时一听到应酬话就头痛的我，此时却感激它为我松弛一下感情了。

"今天——"听到这不甚陌生的声音，我把头掉转去，一个圆圆儿的笑脸出现在我眼前了。这是熟人，同桌吃过饭的熟人，但我因为不会去请教人贵姓台甫，所以至今还不知如何称呼。这人则常喊我为沈先生，有时候又把先生两字削掉，在我姓上加"密司特"三字。他的笑脸，与其说对我特别表示亲善，不如说是生成的。笑时不能令人喜也不会给人以大不怪，因此这个脸在我看来，还算是一个好脸。

"阁下又很可做一篇记录了。"

"噢，凉棚差一点儿吹去，柱子倒下来，可不把我们一起打死了！"我故意把话扯过一边去，谬误处使他听来简直非打一个哈哈不可。

他把我膀子轻的拍了一下，做个胜利符号，微笑中融和了点自己聪明而他人愚村的满足兴头，就跑过别一个坐位后去找快活去了。

当我眼睛停在一个青背心小丑似的来宾身上时，耳朵同时就接收了许多有趣味的谈话。隔坐一个很肯定的说，"跑趟子纵让你跑得再快，也终不能跑出这个世界！"附和这话，并由此证明赛跑是无味的竟有五人以上之多。他们对一些小孩子争绕圈儿跑步走玩意事，竟提出那么大、那么高深一个问题来，真是哲学家的口吻了。这位先生必未曾想到：人生终局是死亡，若能想到这死亡是必然事实，则每天必不再吃大米饭泡好味道的冬菜肉片汤了。

我的怪脾味，凡是到什么公共热闹场中，我所留意的不是大众注意的种种，却只注意那些别人不注意的看客。我喜欢看别人演剧式的应酬，很顽固的争论，以至于各不相下相打相骂。这些解除我无聊抑郁，比之花五角钱入电影场还更有效力。见别人因应付环境，对意见不相同的对手，特别装一副脸嘴谈笑，对手方也装着注意，了解，同情，亲密，热心……以图达到诓骗目的。我以为在人生的剧场演剧的人，比台上背剧本的玩意事，不单是彻底许多，也艺术化许多了！

这时，第三个位子上，来宾席一中年胖子先生说道：

"我打许多电话，莫看见接，我想莫非电话坏了吧？以后又听到你柜上说，才知是早出来了。"

"是是，早就出门了。先本想早点来，看看运动会展览会，谁知道一出门就碰到一位同学，才知今天学校须把应考的课业理清，自十点到十二点，幸而完了，忙动身来了——"

两个的话，都有点长沙湘潭混合语气。若非长沙伢俐，说来也不会如此亲切吧。说话的态度，能帮助人的互相亲近，真是至确之事。

大家对于学生们用一根竹篙子撑高跳的本领称赞异常。有两人很有把握似的，说如此本领，跳院门的高墙已绰绰有余；可是另外两人不知趣的又说还差得远，院墙比那竹篙至少高三尺。幸好大家也不过于认真，不然，就会非得把学生喊来，要他扛一根竹竿试在院门前跳一下不可了。

说跳得过的就是那两位主客，客又说前次华东运动会时，所见跳高的选手也不过如斯。客的话从气派上看来，虽保守了点长沙人夸大风味，然这似乎也无害于宾主间友情。这些话若是拿来为体育教员说，还许能令喊口令的声气加壮。

"老刘，老刘，你客来了吧？"不知是谁个在后排问了一句。

胖子姓刘是一定了。我见到笑了一忽儿，用手略指指客人，一面回过头去说是哪哪这不是吗？所谓客者，听到那边问询胖子，才记起把帽子从头上抓下来，同时将头略扭，预备介绍时问贵姓台甫。

老光的头发向后梳去，有阵微风过时，我那一排椅子坐的人，大概都能嗅到一点玫瑰油淡淡香气。

实际上今天受恩惠的，是几个卖柿子的乡下人。他们比我们来的还早，八点钟以前就从门头村一带担柿子来做生意了。几个用筐子装柿的，比用青布包单提来的还多卖了点香蕉糖之类。卖落花生的，则分干湿两种。到晚上，他们的货物，多变成双铜元躲进身边的麻布口袋里去了，他们希望每年能遇到院中多有那么几次会，似乎比普通看热闹的人也来的更恳切一点。货物卖完，就收拾担子回去了。

当落日沉到山后，日脚残影很快的从大操坪爬过卧佛寺山头了，天上已蒸出了些淡淡桃红色云彩。我随到散乱的队伍挤进大门时，见到一个幼稚生为柿皮滑滚地上，烂起脸牵着保姆的手挤到我的前面去了。我脚下的花生壳，踹来也软软的。

一九二五年十月十日作

注释

1. 森玉笏：位于香山，从闻风亭向西直上，可见一巨大的悬崖峭壁。乾隆皇帝看它像朝臣手中的笏版，故赐此名。"森玉笏"三个大字刻在石壁上。此处地势陡峭，山石峥嵘，苍松翠柏，蓊郁蔽天。
2. 双十节：又称"辛亥革命纪念日"，是为纪念 1911 年 10 月 10 日（即清宣统三年、辛亥年农历八月十九）发动武昌起义的庆典。1912 年 9 月，中华民国政府将 10 月 10 日定为"国庆日"。中华人民共和国成立后，双十节作为"国庆日"的性质被取消，但仍作为"辛亥革命纪念日"予以纪念。
3. 碌碡（liù zhou）：石制的圆柱形农具，一端略大，一端略小，宜于绕着一个中心旋转。用来轧谷物、碾平场地等。在北方陕西、山西、河南、山东等农村大量使用。
4. 傧相：举行婚礼时陪伴新郎新娘的人。
5. 虫豸：虫子。泛指虫类小动物。可比喻碌碌无为，弱小的人。
6. 九秩大庆：寿庆之语，九十"耋寿"称"九秩大庆"。

导读

《一天》收入《鸭子》。

观察并描绘社会人事，正是沈从文的乐趣和擅长所在，这从《我读一本小书同时又读一本大书》一文即可见出。而此文正记录了作者在"双十节"这一天的见闻、体验与遐想，既为读者生动地再现了"双十节"这一天的社会百态，尤其着墨于一场热闹非凡的运动会的见闻，也由此表现作者的生存情境、心理状态和批判意识。

　　文章开篇以中秋节作引，呈示出作者的漂泊京城的寂寞、怫郁与悲哀的心绪，继而引出"双十节"来。当时作者生活拮据，颇受饥寒之苦。他难以购衣御寒，竟然拟想出如是办法："我想大白天里，有太阳能帮助我肩背暖和，在太阳下走动，也许穿单衫倒比较适宜一点，热时不致于出汗，走路也轻便得多。一至夜里，铺子上电灯发光时，我就专朝到人多的地方撞去，用力气去挤别人，也尽别人用气力来挤我，相互挤挨，这样会生出多量的热来，寒气侵袭，就无恐惧之必需了。西单东单实在都到了无可挤时，我再搭乘二等电车到前门，跑向大栅栏一带去发汗，大栅栏不到深夜是万不会无人可挤的。并且二等电车中，就是一个顶好避寒的地方。"其窘困的生存境况由此可见一斑。在观看运动会时，作者显然是一位特别的观众，其不仅由比赛和运动员联想到社会人生和理想爱情，又以讥刺的目光去注意那些"看客"的言行。尤为值得一提的是关于一位女运动员的"妄想"，表现了作者对爱情的渴慕以及由此而生的自伤自悼的心境。

生之记录

一

下午时，我倚在一堵矮矮的围墙上，浴着微温的太阳。春天快到了，一切草，一切树，还不见绿，但太阳已很可恋了。从太阳的光上我认出春来。

没有大风，天上全是蓝色。我同一切，浴着在这温暾的晚阳下，都没言语。

"松树，怎么这时又不做出昨夜那类响声来吓我呢？"

"那是风，何尝是我意思！"有微风树间在动，做出小小声子在答应我了！

"你风也无耻，只会在夜间来！"

"那你为甚么又不常常在阳光下生活？"

我默然了。

因为疲倦，腰隐隐在痛，我想哭了。在太阳下还哭，那不是可羞的事吗？我怕在墙坎下松树根边侧卧着那一对黄鸡笑我，竟不哭了。

"快活的东西，明天我就要教老田杀了你！"

"因为妒嫉的缘故，"松树间的风，如在揶揄[1]我。

我妒嫉一切，不止是人！我要一切，把手伸出去，别人把工作扔在我手上了，并没有见我所要的同来到。候了又候，我的工作已为人取去，随意的一看，又放下到别处去了，我所希望的仍然没有得到。

第二次，第三次，扔给我的还是工作。我的灵魂受了别的希望所哄骗，工作接到手后，又低头在一间又窄又霉的小房中做着了，完后再伸手出去，所得的还是工作！

我见过别的朋友们，忍受着饥寒，伸着手去接得工作到手，毕后，又伸手出去，直到灵魂的火焰烧完，伸出的手还空着，就此僵硬，让漠不相关的人抬进土里去，也不知有多少了。

这类烧完了热安息的幽魂，我就有点妒嫉它。我还不能像他们那样安静的睡觉！梦中有人在追赶我，把我不能做的工作扔在我手上，我怎么不妒嫉那些失了热的幽魂呢？

我想着，低下头去，不再顾到抖着脚曝于日的鸡笑我，仍然哭了。

在我的泪点坠跌际，我就妒嫉它，泪能坠到地上，很快的消灭。

我不愿我身体在灵魂还有热的以前消灭。有谁人能告我以灵魂的火先身体而消灭的方法吗？我称他为弟兄，朋友，师长——或更好听一点的甚么，只要把方法告我！

我忽然想起我浪了那么多年为甚么还没烧完这火的事情了，研究它，是谁在暗里增加我的热。

——母亲，瘦黄的憔悴的脸，是我第一次出门做别人副兵时记下来的……

——妹，我一次转到家去，见我灰的军服，为灰的军服把我们弄得稍稍陌生了一点，躲到母亲的背后去；头上扎着青的绸巾，因为额角在前一天涨水时玩着碰伤了……

——大哥，说是"少喝一点吧"，答说"将来很难再见了"。看看第二支烛又只剩一寸了，说是"听鸡叫从到关外就如此了"，大的泪，沿着为酒灼红了的瘦颊流着，……

"我要把妈的脸变胖一点，"单想起这一桩事，我的火就永不能熄了。

若把这事忘却，我就要把我的手缩回，不再有希望了。……

可以证明春天将到的日头快沉到山后去了。我腰还在痛。想拾片石头来打那骄人的一对黄鸡一下，鸡咯咯的笑着逃走去。

把石子向空中用力掷去后，我只有准备夜来受风的恐吓。

二

灰的幕，罩上一切，月不能就出来，星子很多在动。在那只留下一个方的轮廓的建筑下面，人还能知道是相互在这世上活着，我却不能相信世上还有两个活人。世上还有活东西我也不肯信。因为一切死样的静寂，且无风。

我没有动作，倚在廊下听自己的出气。

若是世界永远是这样死样沉寂下去，我的身子也就这样不必动弹，作为死了，让我的思想来活，管领这世界。凡是在我眼面前生过的，将再在我思想中活起来了，不论仇人或朋友，连那被我无意中捏死的吸血蚊子。

我要再来受一道你们世上人所给我的侮辱。

我要再见一次所见过人类的残酷。

我要追出那些眼泪同笑声的损失。

我要捉住那些过去的每一个天上的月亮拿来比较。

我要称称我朋友们送我的感情的分量。

我要摩摩那个把我心碰成永远伤创的人的眼。

我要哈哈的笑，像我小时的笑。

我要在地下打起滚来哭，像我小时的哭！

…………

我没有那样好的运，就是把这死寂空气再延下去一个或半个时间也不可能——一支笛子，在比那堆只剩下轮廓的建筑更远一点的地方，提高喉咙在歌了。

听不出他是怒还是喜来，孩子们的嘴上，所吹得出的是天真。

"小小的朋友，你把笛子离开嘴，像我这样，倚在墙或树上，地上的石板干净你就坐下，我们两人来在这死寂的世界中，各人把过去的世界活在思想里，岂不是好吗？在那里，你可以看见你所爱的一切，比你吹笛子好多了！"

我的声音没有笛子的尖锐，当然他不会听到。

笛子又在吹了，不成腔调，正可证明他的天真。

他这个时候是无须乎把世界来活在思想里的，听他的笛子的快乐的调子可以知道。

"小小的朋友，你不应当这样！别人都没有做声，为甚么你来搅乱这安宁，用你的不成腔的调子？你把我一切可爱的复活过来的东西都破坏了，罪人！"

笛子还在吹。他若能知道他的笛子有怎样大的破坏性，怕也能看点情面把笛子放下吧。

甚么都不能不想了，只随到笛子的声音。

沿着笛子我记起一个故事，六岁到八岁时，家中一个苗老阿妳，对我说许多故事。关于笛子，她说原先有个皇帝，要算喜欢每日里打着哈哈大笑，成了疯子。皇后无法，把赏格悬出去，治得好皇帝的赏公主一名。这一来人就多了。公主美丽像一朵花，谁都想把这花带回家去。可是谁都想不出甚么好法子来。有些人甚至于把他自己的儿子，牵来当到皇帝面前，切去四肢，皇帝还是笑！同样这类笨法子很多。皇帝以后且笑得更凶了。到后来了一个人，乡下人样子，短衣，手上拿一支竹子。皇后问：你可以治好皇帝的病吗？来人点头。又问他要甚么药物，那乡下人递竹子给皇后看。竹子上有眼，皇后看了还是不懂。一个乡下人，看样子还老实，就叫他去试试吧。见了皇帝，那人把竹子放在嘴边，略一出气，皇帝就不笑了。第一段完后，皇帝笑病也好了。大家喜欢得了不得。……那公主后来自然是归了乡下人。不过，公主学会吹笛子后，皇后却把乡下人杀了。……从此笛子就传下来，因为有这样一段惨事，笛子的声音听起来就很悲伤。

阿妳人是早死了，所留下的，也许只有这一个苗中的神话了。（愿她安宁！）

我从那时起，就觉得笛子用到和尚道士们做法事顶合式。因为笛子有催人下泪的能力，做道场接亡时，不能因丧事流泪的，便可以使笛子掘开他的泪泉！

听着笛子就下泪，那是儿时的事，虽然不一定家中死甚么人。二姐因为这样，笑我是孩子脾气，有过许多回了。后来到她的丧事，一个师傅，正拿起笛子想要逗引家中人哭泣，我想及二姐生时笑我的情形，竟哭的晕去了。

近来人真大了，虽然有许多事情养成我还保存小孩爱哭的脾气，可是笛子不能令我下泪。近来闻笛，我追随笛声，飏到虚空，重现那些过去与笛子有关的事，人一大，感觉是自然而然也钝了。

笛声歇了，我骤然感到空虚起来。

——小小的吹笛的朋友，你也在想甚么吧？你是望着天空一个人在想甚么吧？我愿你这时年纪，是只晓得吹笛的年纪！你若是真懂得像我那样想，静静的想从这中抓取些渺然而过的旧梦，我又希望你再把笛勒在嘴边吹起来！年纪小一点的人，载多悲哀的回忆，他将不能再吹笛了！还是吹吧，夜深了，不然你也就睡得了！

像知道我在期望，笛又吹着了，声音略变，大约换了一个较年长的人了。

抬起头去看天，黑色，星子却更多更明亮。

三

在雨后的中夏白日里，麻雀的吱喳虽然使人略略感到一点单调的寂寞，但既没有沙子被风吹扬，拿本书来坐在槐树林下去看，还不至于枯燥。

镇日为街市电车弄得耳朵长是嗡嗡隆隆的我，忽又跑到这半乡村式的学校来了。名为骆驼庄，我却不见过一匹负有石灰包的骆驼，大概它们这时是都在休息了吧。在这里可以听到富于生趣的鸡声，还是我到北京来一个新发现。这些小喉咙喊声，是夹在农场上和煦可亲的母牛唤犊的喊声里的，还有坐在榆树林里躲荫的流氓鹪鸪同它们相应和。

鸡声我至少是有了两年以上没有听到过了，乡下的鸡声则是民十时在沅州的三里坪农场中听过。也许是还有别种缘故吧，凡是鸡声，不问它是荒村午夜还是晴阴白昼，总能给我一种极深的新的感动。过去的切慕与怀恋，而我也会从这些在别人听来或许但会感到夏日过长催人疲倦思眠的单调长声中找出。

初来北京时，我爱听火车的呜呜汽笛。从这中我发见了它的伟大，使我不驯的野心常随着那些呜呜声向天涯不可知的辽远渺茫中驰去。但这不过是一种空虚寂寞的客寓中寄托罢了！若拿来同乡村中午鸡相互唱酬的叫声相比，给人的趣味，可又不相同了。

我以前从不会在寓中半夜里有过一回被鸡声叫醒的事情。至于白日里，除了电车的隆隆隆以外，便是百音合奏的市声！连母鸡下蛋时"咯大咯"也没有听到过。我于是疑心北京城里的住户人家是没有养过一只活鸡的。然而，我又知道我猜测的不对了，我每次为相识扯到饭馆子去，总听到"辣子鸡""熏鸡"等等名色。我到菜市去玩时，似乎看到那些小摊子下面竹罩笼里，的确也还有些活鲜鲜（能伸翅膀，能走动，能低头用嘴壳去清理翅子但不做声）的鸡。它们如同哑子[2]，挤挤挨挨站着却没有做声。倘若一个从没看见过鸡的人，仅仅根据书上或别人口中传说"鸡是好勇狠斗，能引吭高唱……"鸡的样子，那末，见了这罩笼里的鸡，我敢说他绝不会相信这就是鸡！

它们之所以不能叫，或者并不是不会叫（因为凡鸡都会叫，就是鸡婆也能"咯大咯"），只是时时担惊受怕，想着那锋利的刀，沸滚的水，忧愁不堪，把叫的事就忘怀了呢！这本不奇怪，譬如我们人到忧愁无聊（还不至于死）时，不是连讲话也不大愿意开口吗？

然而我还有不解者，是：北京的鸡，固然是日陷于宰割忧惧中，但别的地方鸡，就不是拿来让人宰割的？为甚别的地方的鸡就有兴致高唱愉快的调子呢？我于是乎觉得北京古怪。

看着沉静不语的深蓝天空，想着北京城中的古怪，为那些一递一声鸡唱弄得有点疲倦来了。日光下的小生物，行动野佻的蚊子，在空中如流星般晃去，似乎更其愉快活泼，我记起了"翩若惊鸿宛若游龙"³两句古典文章来。

四

夜来听到淅沥的雨声，还夹着嗡嗡隆隆的轻雷，屈指计算今年消失了的日月，记起小时觉得有趣的端阳节将临了。

这样的雨，在故乡说来是为划龙舟而落。若在故乡听着，将默默地数着雨点，为一年来老是卧在龙王庙仓房里那几只长而狭的木舟高兴，童心的欢悦，连梦也是甜蜜而舒适！北京没有一条小河，足供五月节龙舟竞赛，所以我觉得北京的端阳寂寞。既没有划龙舟的小河，为划龙舟而落的雨又这样落个不止，我于是又觉得这雨也落得异常寂寞无聊了。

雨是哗喇哗喇地落，且当做故乡的夜雨吧：卧在床上已睡去几时候的九妹，为一个炸雷惊醒后，听到点点滴滴的雨声，又怕又喜，将搂着并头睡着妈的脖颈，极轻的说：

"妈，妈，你醒了吧。你听又在落雨了！明天街上会涨水，河里自然也会涨水。莫把北门河的跳岩淹过了。我们看龙舟又非要到二哥干爹那吊楼上不可了！那桥上的吊楼好是好，可是若不涨大水，我们仍然能站到玉英姨她家那低一点的地方去看，无论如何要有趣一点。我又怕那楼高，我们不放炮仗，站到那么高高的楼上去看有甚么意思呢，妈，妈，你讲看：到底是二哥干爹那高楼上好呢，还是玉英姨家好？"

"我宝宝说得都是。你喜欢到哪一处就去哪处。你讲哪处好就是哪处。"妈的答复，若是这样能够使九妹听来满意，那么，九妹便不再做声，又闭眼睛做她的龙舟梦去了。

第二天早上，我倘若说：

——老九，老九，又涨大水了。明天，后天，看龙船快了！你预备的衣服怎样？这无论如何不到十天了啦！

她必又格登格登跑到妈身边去催妈为赶快把新的花纺绸衣衫缝好，说是免得又穿那件旧的花格子洋纱衫子出丑。其实她那新衣只差的一排扣子同领口没完工，然而终不能禁止她去同妈唠叨。

晚上既下这样大雨，一到早上，放在檐口下的那些木盆木桶会满盆满桶的装着雨水了。这雨水省却了我们到街上喊卖水老江进屋的功夫。包粽子的竹叶子便将在这些桶里洗漂。

只要是落雨，可以不用问他大小，都能把小孩子引到端节来临的欢喜中去。大人们呢，将为这雨增添了几分忙碌。

但雨有时会偏偏到五日那一天也不知趣大落而特落的。（这是天的事情，谁能断料的定？）所以，在这几天，小孩子人人都有一点工作——这是没有哪一个小孩子不愿抢着做的工作：就是祈祷。他们诚心祈祷那一天万万莫要落下雨来，纵天阴没有太阳也无妨。他们祈祷的意思如像请求天一样，是各个用心来默祝，口上却不好意思说出。这既是一般小孩的事，是以九妹同六弟两人都免不了背人偷偷的许下愿心——大点的我，人虽大了，愿天晴的心思却不下于他俩。

于是，这中间就又生出争持来了。譬如谁个胆虚一点，说了句。

"我猜那一天必要落雨呀。"

那一个便"不，不，决不！我敢同谁打赌：落下了雨，让你打二十个耳刮子以外还向你磕一个头。若是不，你就为我——"

"我猜必定要下，但不大。"心虚者又若极有把握的说。

"那我同你打赌吧。"

不消说为天晴袒护这一方面的人，当听到雨必定要下的话时气已登脖颈了！但你若疑心到说下雨方面的人就是存心愿意下雨，这话也说不去。这里两人心虚，两个都深怕下雨而愿意莫下雨，却是一样。

侥幸雨是不落了。那些小孩子们对天的赞美与感谢，虽然是在心里，但你也可从那微笑的脸上找出。这些诚恳的谢词若用东西来贮藏，恐怕找不出那么大的一个口袋呢。

我们在小的孩子们（虽然有不少的大人，但这样美丽佳节原只是为小孩子预备的，大人们不过是搭秤的猪肝罢了。）喝彩声里，可以看到那几只狭长得同一把刀一样的木船在水面上如掷梭一般抛来抛去。一个上前去了，一个又退后了；一个停顿不动了，一个又打起圈子演龙穿花起来。使船行动的是几个红背心绿背心——不红不绿之花背心的水手。他们用小的桡桨促船进退，而他们身子又让船载着来往，这在他们，真可以说是用手在那里走路呢。

…………

过了这样发狂似的玩闹一天，那些小孩子如像把期待尽让划船的人划了去，又太平无事了。那几只长狭木船自然会有些当事人把它拖上岸放到龙王庙去休息，我们也不用再去管它。"它不寂寞吗？"幸好遇事爱发问的小孩们还没有提出这么一个问题来为难他妈。但我想即或有聪明小孩子问到这事，还可以用这样话来回答："它已结结实实同你们玩了一整天，这时应得规规矩矩睡到龙王庙仓下去休息！它不像小孩子爱热闹，所以也不会寂寞。"

从这一天后，大人小孩似乎又渐渐的把前一日那几把水上抛去的梭子忘却了——一般就很难听人从闲话中提到这梭子的故事。直到第二年五月节将近，龙舟雨再落时，又才有人从点点滴滴中把这位被忘却的朋友记起。

五

我看我桌上绿的花瓶，新来的花瓶，我很客气的待它，把它位置在墨水瓶与小茶壶之间。

节候近初夏了，各样的花都已谢去。这样古雅美丽的瓶子，适宜插丁香花。适宜插藤花。一枝两枝，或夹点草，只要是青的，或是不很老的柳枝，都极其可爱。但是，各样花都谢了，或者是不谢，我无从去找。

让新来的花瓶，寂寞的在茶壶与墨水瓶之间过了一天。

花瓶还是空着，我对它用得着一点羞惭了。这羞惭，是我曾对我的从不曾放过茶叶的小壶，和从不曾借重它来写一点可以自慰的文字的墨水瓶，都有过的。

新的羞惭，使我感到轻微的不安。心想，把来送像廷蔚那种过时的生活的人，岂不是很好么？因为疲倦，虽想到，亦不去做，让它很陌生的，仍立在茶壶与墨水瓶中间。

懂事的老田，见了新的绿色花瓶，知道自己新添了怎样一种职务了，不待吩咐，便走到农场边去，采得一束二月兰和另外一种不知名的草花，把来一同插到瓶子里，用冷水灌满了瓶腹。

既无香气，连颜色也觉可憎……我又想到把瓶子也一同摔到窗外去，但只不过想而已。看到二月兰同那株野花吸瓶中的冷水。乘到我无力对我所憎的加以惩治的疲倦时，这些野花得到不应得的幸福了。

节候近初夏了，各样的花都已谢去，或者不谢，我也无从去找。

从窗子望过去，柏树的叶子，都已成了深绿，预备抵抗炎夏的烈日，似乎绿也是不得已。能够抵抗，也算罢了。我能用甚么来抵抗这晚春的懊恼呢？我不能拒绝一个极其无聊按时敲打的校钟，我不能……我不能再拒绝一点甚么。凡是我所憎的都不能拒绝。这时远远的正有一个木匠或铁匠在用斧凿之类做一件甚么工作，钉钉的响，我想拒绝这种声音，用手蒙了两个耳朵，我就无力去抬手。

心太疲倦了。

绿的花瓶还在眼前，仿佛知道我的意思的老田，换上了新从外面要来的一枝有五穗的紫色藤花。淡淡的香气，想到昨日的那个女人。

看到新来的绿瓶，插着新鲜的藤花，呵，三月的梦，那么昏昏的做过！

……想要写些甚么，把笔提起，又无力的放下了。

一九二六年二月完成

注释

1.揶揄（yé yú）：耍笑、嘲弄、戏弄、侮辱之意；是对人的一种戏弄，嘲笑时用语。
2.哑子：哑巴。
3.翩若惊鸿宛若游龙：语出曹植《洛神赋》，原文为"翩若惊鸿，婉若游龙"。

导读

　　《生之记录》原载 1926 年 3 月 27 日、3 月 29 日《晨报副刊》，后收入《鸭子》。

　　《生之记录》是作者生命情态与生命感受的种种片断式的记录，表现了作者客寓北京时生命的疲倦、空虚、寂寥、无奈、惶悸和忧伤等复杂感受，同时又以今昔对比、城乡对照的形式，表达了对乡土的殷殷眷恋。如在第一节中，我们可以读出作者深深的疲倦感以及对亲人的思念。在第二节，作者由催人泪下的笛声引出苗乡的故人与传说，借深夜笛声和一段段悲哀的回忆，表现出生命的悲伤。在第三节，由鸡鸣之声引发作者对乡土生活的怀念，同时以北京的因恐惧于被宰割而不会叫的鸡为喻，暗示出生命的卑微与惶悸。在第四节，作者由雨声追忆起故乡过端午节、龙舟竞赛的欢愉时光，一方面依旧是对故土生活的眷怀，另一方面衬托出当下客居京城的寂寥与索然。在第五节，作者睹物思人，因花念情，然而这不过是一场已然失落而不可追挽的春梦，表达出一种生命的无奈感，托出一颗无所慰藉的空虚的心。值得一提的是，文中的种种生命感受和人生感喟，均为一点小因由而勾起，如风声、雨声、笛声以及瓶中花朵，呈现出作者多愁善感的诗心。

游二闸

到晚来，料不到的是天气会骤变，天空响了雷，催来了急雨。人坐在灯下，听到院中雷声雨声的喧闹，像是两人正在那里争持一种两可的意见，怀想着二闸及二闸一切，正因为有雨声雷声，人反而更觉寂寞了。

这时的二闸，是不是也正落着像有人在半空用瓢浇下的雨，是使人关心的事。无论雨是否落到了二闸，凡是日间在闸下，那些赤精了身体，钻到水瀑下面去摸游客掷下铜子的小孩，想来大概都全回家了。家中有着弟妹的，或者还正将着日间从水里摸到的铜子，炫耀给那弟弟妹妹看。弟妹伸手要，但不成，这是自己的，于是，抱在作母亲的手上更小的孩子哭了。于是，作母亲的赏哥哥一掌，于是大的也哭起来。从这种推想下，我便依稀听到一种急剧的短而促的孩子的哭声，深深悔我当时的吝啬。多掷下铜子数枚，在我不过少坐一趟车，在别人家庭，不是就可以免掉那不必起的争端么？也许其中还有那无父无母的孤儿，这时就正把从我们手下得来的铜子，向附近小铺子买了烧饼在那庙门下嚼吧。也许在这些孩子当中，有着那病瘫的母亲，其中孩子的一个，这时就正在他母亲炕前跪着呈奉那一枚铜子，领受那病人瘦手在脸部抚摩吧。也许有空手转家去的孩子，到家时，正为父亲责着，说是生来无用，抢不得一钱，挨着骂，低头在灶边吃窝窝头。也许还有用这钱供家中赎当。……在各式各样的想象下，都使我深悔不多给这些孩子一点钱。我且奇怪起我自己来，为甚么当时明明见到这些人伸手，就能毅然不理，且装着滑稽口吻，向这些人连说"回头见！"若这些孩子，这时还能想到游客中的我们，对我们有所抱怨，也是自然而且应该的事情。

孩子们对这雷雨是喜悦还是忧愁，也使我关心。落了雨，闸下水瀑益大，来二闸玩看水瀑的人当益多，则可以从各种娱乐游客的技艺中多得些铜子，看来孩子们应当感谢这天气的骤变了。

然而一落雨，河里的水当更冷。天气已近到深秋，适宜于裸着身子在瀑下钻来爬去的时期似乎已过去。纵有多数游人乐于把钱掷到瀑里去，下水淘摸不已变成一件苦事么？并且，跟着这秋来的便是那能将一切凝成冰冻的冬天，到了瀑水溪河全结了薄冰以后，这些孩子们，又将甚么来供游二闸人娱乐以自娱？推冰车冰船吧，这又不是一个不到十二岁的孩子们的事。如果这时我还有那往游二闸的兴趣，大概可以见着他们站在闸堤旁缩成一团很无聊的望那冬景了。住在二闸左右的人家，似乎没有一家称得起中产小康的。那萧条景色，到春天还没有能改变过来，这些孩子们，自然也不会有受教育机会了。运河恢复清以来旧观，已是本地人所不敢梦想的事。二闸纵有着一点空名，足以在春夏二季吸引一些好事的人的游踪，然二闸在天然淘汰下，亦只有日复一日萧条下去了！这些孩子，眼见的还有着那比自己更小的一辈，正在努力学着泅水学着打伞子¹，以图来年夏季的发财。大一点的，将渐渐长大，若不去务农，总仍然是在划船赶骡两种职业上找到他的终身浪荡生活。但小一点的，到可以从高堤坎上翻勋斗下掷的年龄，又来供谁开心？并且，那新补了父兄划船职业的纤手舵手青年男子，对于他的职业是不是还能像今天那掌舵汉子对于生活的乐观？到那时，船上所载的，总不外乎粪肥、稻草、干柴、芦苇束之类，再要白脸新衣的学生，花两毛钱到这船上来嗅这微臭的空气，把船在这从北京流出的阳沟水面上缓缓的驶行，是办得到的事么？

从这个小小地方，想到国内许多人许多事业，在社会进化过程中消沉灭亡的情形，见到这一类人无可奈何的只能在这旧的事业、在这一小块土地上，艰难地度过他们的终生，心中为一种异样惨戚所浸溺，觉得这些人的命运，正和中国我所知道的大小城市乡村的孩子命运差不多，不会有甚么前途可言。

到了二闸玩一天，要像许多许多人，记那一个城里人下乡的记录，且赞美着说是秋来天色草木如何如何美，这在我是不可能的事。北京的天气，不拘何时都很容易见到那种四望无边如同一块月蓝竹布天幕的。因为昨夜的雨把空气滤过一道，空中无灰尘，纵有微风，人也不难受。公寓中我住的是东屋，太阳早上晒不着，颇觉冷，一出城，则疑心这是春天刚完的初夏，背当着太阳，就渐渐的发热了。

沿着铁轨从崇文门到东便门，又沿着运河从东便门到了二闸，是步行去的。陪着我走的，有也频 [2] 和他的同伴。这一次，算我们今年来走得最远的一次散步了。在另一个时期中，我能负背囊全套及子弹二十八排，另外加扛一支曼里夏五响枪，每日随到大队走八十里路，并且一连走六天，把我自己以及一个头等兵的家业从我本乡运到川东去。这事情，在近来谈及，不知不觉就要采用一点骄傲朋友兼自炫其英雄的口气了。因为自从来到北京后，我的生活只给了我在桌边尽呆的机会，按照那"一种能力久久不用便归消灭"的一条自然规律，我的行路本事在我自己看来就早已失去了。今天居然走到了二闸，腿膝又还似乎并不十分倦，我又觉得多少我还保留一些旧日的本领！

走到后，一切同前年，水同两岸的房子，全是害着病一样。若是单把这些破旧房子陈列在眼前，教人分不出时季。冬天这些门前也是有着那粪肥味与干草味，小小的成群飞着的虫子，似乎是在春夏秋三个节候里都还存在。光身的蹲在补锅匠的炉边看热闹的小孩子，见了人来就把眼睛睁得多大，来看这些不认识的体面的来客。船夫在我们身上做起小小的梦了。赶骡人在我们身上做起梦来了。孩子们有些本来披着衣服在闸上蹲着望水的，开始脱下一切沿着那堤坎旁边一株下垂的树跳下水去了。因了我们来此，至少有二十个人做着发"小洋财"的好梦。这些梦，在各人脸上，在各人和蔼的话语里，在一切叫嚷空气中，都可以看出。

在闸边稍呆一会，于是便有个很有礼貌的孩子挨到身边来，说有一毛钱，便可以从这三丈高的堤上下掷到水中。可我们并不需要瞧的。于是这孩子又致词，说是把钱掷丢到水瀑下去，哥儿们能找到。也频按照他的建议，试掷了一钱，即刻便为一个猴儿精小子把钱用口衔着了。再掷了一钱，便又见到这四个五个如同故事上所传海和尚一样的孩子钻进瀑下去即刻又出来。

"先生，你把你那银角子扔下去，呆会儿，大家就全下水了。"

全下水，总有二十个以上吧。一枚铜子有四人竞争，一枚银角便有二十人抢夺，从这里我可以了解钱在此地的意义。十个二十个人全下水，万一因抢夺不已，其中一个为水所淹没，怎么办？为了莫太使那大一点的狡猾的孩子得意，也频虽身边有钱也不掷了。但为了莫过分给那不中用的孩子失望，我故意把钱抛到较浅水中去，待到最小那一个口中也衔着一枚铜子时，我们跳上回头的船了。

我们还为他们带了一些欢喜来,这是我们先前所想不到的。但是像这种天气,能够从城中为二闸的人带些小小幸福来,人像是已越来越少了。因此到了那铁桥边遇到第二批四个男女学生模样的人时,我就为那些孩子高兴。

"怎么二闸这样荒凉地方也值得人称道?"

这疑惑,在我心上咬着,如同陶然亭[3]一样,我真不明白。此时得我们的舵公给了一个详确解释了。

这老者,一面不忘用两手揢着那可怜舵把——舵把用"可怜"字样,不是我夸张,我总疑心那是别个人家废辘轳上一段朽木头。——他说道:

"先前几年,虽不算热闹,但并不荒凉,一年四季来这玩的人多着啦。"

"怎么来?"我问,想得到这原由。"说不定这又同三官庙、鹦鹉冢一样,因为是有着公主或郡主属于女子一类艳闻传说而来的。"我心想。

话匣子,先是只揭去封条,如今可为我给掀开盖子了。除了用一些话帮助他叙述下去以外,我们用手扶着船棚架子只是静静听。

从他口中我们才知道,以前运粮大船,长达十来丈。一些生长在北方的老乡,单为看船,也就有走到二闸一趟的需要了。那时内城既"闲人免入",其他如戏场、市场、天桥又全不曾有甚么玩的地方,所以把喝茶一类北方式的雅兴全部寄托到这运河最后一段的二闸,也是自然的结果。因此我们又才明白二闸赋予北京人的意义,且寓雅俗共赏的性质,比之陶然亭,单在适于新旧诗迷作诗却大不相同。

关于这运河,那老者说,这对清室[4]也还有一种用意。粮食何必得拨来拨去?从通州到此还得拨粮五次才入京,比陆路更费。然而为了这里的闲人着想,使之既不至因无工作而缺食,又不至徒邀恩而懒废,故这条河在京奉路通车以后还有物可运。宣统皇帝退了位,就没有人想到此事了。这老者对于满人政治手段当然是同意,可没有说到这一批船户一批靠运河吃饭的人改业以后怎么样,但从靠接送游人的船生意萧条上看,也就可想而知,随了地方的衰败以后凋落不少门户了。我略一闭目,就似乎见到一只八丈九丈长的崭新运粮船从后面撑来,同我们的船并排前进,一支高高的桅子竖起,拉船是用一百个纤手。这些纤手多穿着新蓝布长衫,头上是红缨帽子,有些还能从容取出荷包里的鼻烟壶,倒出一小撮褐色粉末向鼻孔里按。又有一人,在船舷上站立,这人职位应属于游击、参将一类,穿的衣服戴的帽子都极其鲜明，手上还套了一个碧玉扳指，这人便是我从书上知道的运粮官。又有一个人，穿戴把总衣帽，马蹄袖子翻卷起，口上轻轻骂着纯京腔的"混账忘八蛋"一类官场中的雅言督促着纤夫。这人是正两手把着舵（舵的把手当然雕刻的是犀牛、独角兽那类能够分水的怪兽的头）。这人脸相便是此刻我们船上这位老艄公⁵脸相，不过年青得多。河中的水也还清澄，可以见鱼鳖在水藻内追逐。……我倒记得分明我们船上也正有着一位同样好看品貌的"舵把子"时，微细的风送来一阵河水的臭味，那大的运粮船便消失了。

我心想，可惜这运粮船，也频和他的同伴都无缘能看见，独自己是俨然欣赏一番了，就不觉好笑。也许也频在虚空中所见到的是另一种式样的船吧。因为当那艄公在述及那大船来去时，也频的眼正微闭，似乎在他自己脑中用着艄公所给的材料，也建筑了一只合于经验的船啊！

用一些无所事事的小孩子，身子脱得精光，把皮肤让六月日头炙得成深褐，露着两列白白的牙齿，狡猾地从水中冒出头来讨零钱，代替了大批运粮船来去供人的观览，二闸的寂寞，在那艄公心上骡夫心上都深深的蕴藉着！当我想到这些人，只在天气的恩惠下得一毛两毛钱，度着无聊无赖的生活，心上也就觉着有颇深的寂寞了。在今年，我们甚么时候再能来到二闸玩玩？单是记着临下船时那一句"回头见"套话，似乎在最近一个月内我们还应重来一次。

"大通桥的鸭子——各分各帮。"

多给了二十枚酒钱，得到了二闸人奉赠的一句土话。在大通桥下的白色大鸭子，的确像是能够各找到各的队伍，到时便会从容分开的。我们同二闸也分开了。回到北京城来，在一些富人贵人得意男女队伍中驻足，我总是自觉人是站在另外一边样子的。二闸人倘若有那闲思想，能够想到今天日里来二闸玩的我们，又不知道要以为我们同他那里的世界距离有多远了。

在这雨声中，这一帮的人念到那一帮的人，同做不经常的梦一样。说不定有人也正把那充满善意的思念系在我们这一边！

一九二七年九月二十二日深夜作完

注释

1. 打氽（tǔn）子：指潜入水中。
2. 也频：胡也频（1903—1931年），原名胡崇轩，福建福州人。"左联"五烈士之一。
3. 陶然亭：陶然亭是清代名亭，现为中国的四大历史名亭之一。清康熙三十四年（1695年），工部郎中江藻奉命监理黑窑厂，他在慈悲庵西部构筑了一座小亭，并取白居易诗"更待菊黄家酿熟，与君一醉一陶然"句中的"陶然"二字为亭命名。
4. 清室：指清廷。
5. 艄公：操舵驾驶船的人，也泛指以撑船为业的人。

导读

《游二闸》发表于1927年9月28日、29日、30日《晨报副刊》，署名沈从文。

元代郭守敬主持开凿通惠河，河上建有五闸，分别是：大通闸、庆丰闸、高碑闸、花园闸、普济闸。其中的庆丰闸最为著名。由于它是通惠河上的五个闸口中的第二个，故俗称"二闸"。二闸，在明清时期繁华热闹，游客如云，而到了作者所在20世纪20年代，虽依然吸引着不少游人，却已然萧条落寞了。本文叙写了作者游二闸时的所闻所感，然而他并没有描绘二闸美丽的自然光色，如作者所言："到了二闸玩一天，要像许多许多人，记那一个城里人下乡的记录，且赞美着说是秋来天色草木如何如何美，这在我是不可能的事。"文章中，作者将饱含悲悯的目光投向了当地的底层人民，也写出了在社会发展过程中渐渐消沉的二闸，表达了一份无奈和落寞。

作者由听闻雨声和雷鸣而怀想起二闸及二闸的一切，心中生出深深的寂寞感。这份寂寞一方面是因为历史上曾经繁荣一时的二闸如今却已萧条冷落，这是来自历史的寂寞。另一方面是因为想到了那里的人民的艰难生活，"觉得这些人的命运，正和中国我所知道的大小城市乡村的孩子命运差不多，不会有甚么前途可言"。这是来自命运的无奈。

文中给人印象深刻的便是为那些得几文钱便跃入水中表演的孩童，不论阴晴，不拘寒暖，他们总是裸着身子在瀑下钻来爬去，只是为了生存。作者更是以拟想式的虚笔，写这些孩子回家后的种种情形，读来颇感辛酸。这篇雨中的怀想，是充满善意的思念，体现了作者对底层人民的拳拳悲悯。

由达园致张兆和[1]

"我行过许多地方的桥，看过许多次数的云，喝过许多种类的酒，却只爱过一个正当最好年龄的人。"

××：

你们想一定很快要放假了。我要玖到 ×× 来看看你，我说，"玖，你去为我看看 ××，等于我自己见到了她。去时高兴一点，因为哥哥是以见到 ×× 为幸福的。"不知道玖来过没有？玖大约秋天要到北平女子大学学音乐，我预备秋天到青岛去。这两个地方都不像上海，你们将来有机会时，很可以到各处去看看。北平地方是非常好的，历史上为保留下一些有意义极美丽的东西，物质生活极低，人极和平，春天各处可放风筝，夏天多花，秋天有云，冬天刮风落雪，气候使人严肃，同时也使人平静。×× 毕了业若还要读几年书，倒是来北平读书好。

你的戏不知已演过了没有？北平倒好，许多大教授也演戏，还有从女大毕业的，到各处台上去唱昆曲，也不为人笑话。使戏子身份提高，北平是和上海稍稍不同的。

听说 ×× 到过你们学校演讲，不知说了些甚么话。我是同她顶熟的一个人，我想她也一定同我初次上台差不多，除了红脸不会有再好的印象留给学生。这真是无办法的，我即或写了一百本书，把世界上一切人的言语都能写到文章上去，写得极其生动，也不会作一次体面的讲话。说话一定有甚么天才，××× 是大家明白的一个人，说话嗓子洪亮，使人倾倒，不管他说的是甚么空话废话，天才还是存在的。

我给你那本书，《×××》同《丈夫》[2] 都是我自己欢喜的，其中《丈夫》更保留到一个最好的记忆，因为那时我正在吴淞，因爱你到要发狂的情形下，一面给你写信，一面却在苦恼中写了这样一篇文章。我照例是这样子，做得出很傻的事，也写得出很多的文章，一面糊涂处到使别人生气，一面清明处,却似乎比平时更适宜于做我自己的事。××,这时我来同你说这个,是当一个故事说到的,希望你不要因此感到难受。这是过去的事情,这些过去的事,等于我们那些死亡了最好的朋友,值得保留在记忆里,虽想到这些,使人也仍然十分惆怅,可是那已经成为过去了。这些随了岁月而消逝的东西,都不能再在同样情形下再现了的,所以说,现在只有那一篇文章,代替我保留到一些生活的意义。这文章得到许多好评,我反而十分难过,任甚么人皆不知道我为了甚么原因,写出一篇这样文章,使一些下等人皆以一个完美的人格出现。

我近日来看到过一篇文章,说到似乎下面的话:"每人都有一种奴隶的德性,故世界上才有首领这东西出现,给人尊敬崇拜。因这奴隶的德性,为每一人不可少的东西,所以不崇拜首领的人,也总得选择一种机会低头到另一种事上去。"××,我在你面前,这德性也显然存在的。为了尊敬你,使我看轻了我自己一切事业。我先是不知道我为甚么这样无用,所以还只想自己应当有用一点。到后看到那篇文章,才明白,这奴隶的德性,原来是先天的。我们若都相信崇拜首领是一种人类自然行为,便不会再觉得崇拜女子有甚么稀奇难懂了。

你注意一下,不要让我这个话又伤害到你的心情,因为我不是在窘你做甚么你做不到的事情,我只在告诉你,一个爱你的人,如何不能忘你的理由。我希望说到这些时,我们都能够快乐一点,如同读一本书一样,仿佛与当前的你我都没有多少关系,却同时是一本很好的书。

我还要说,你那个奴隶,为了他自己,为了别人起见,也努力想脱离羁绊过。当然这事作不到,因为不是一件容易事情。为了使你感到窘迫,使你觉得负疚,我以为很不好。我曾做过可笑的努力,极力去同另外一些人要好,到别人崇拜我愿意做我的奴隶时,我才明白,我不是一个首领,用不着别的女人用奴隶的心来服侍我,却愿意自己作奴隶,献上自己的心,给我所爱的人。我说我很顽固的爱你,这种话到现在还不能用别的话来代替,就因为这是我的奴性。

××,我求你,以后许可我作我要作的事,凡是我要向你说甚么时,你都能当我是一个比较愚蠢还并不讨厌的人,让我有一种机会,说出一些有奴性的卑屈的话,这点点是你容易办到的。你莫想,每一次我说到"我爱你"时你就觉得受窘，你也不用说"我偏不爱你"，作为抗拒别人对你的倾心。你那打算是小孩子的打算，到事实上却毫无用处的。有些人对天成日成夜说，"我赞美你，上帝！"有些人又成日成夜对人世的皇帝说，"我赞美你，有权力的人！"你听到被赞美的"天"同"皇帝"，以及常常被称赞的日头同月亮，好的花，精致的艺术回答说"我偏不赞美你"的话没有？一切可称赞的，使人倾心的，都像天生就是这个世界的主人，他们管领一切，统治一切，都看得极其自然，毫不勉强。一个好人当然也就有权力使人倾倒，使人移易哀乐，变更性情，而自己却生存到一个高高的王座上，不必作任何声明。凡是能用自己各方面的美攫住别的人灵魂的，他就有无限权威，处置这些东西，他可以永远沉默，日头，云，花，这些例举不胜举。除了一只莺，他被人崇拜处，原是他的歌曲，不应当哑口外，其余被称赞的，大都是沉默的。××，你并不是一只莺。一个皇帝，吃任何阔气东西他都觉得不够，总得臣子恭维，用恭维作为营养，他才适意，因为恭维不甚得体，所以他有时还发气骂人，让人充军流血。××，你不会像帝皇，一个月亮可不是这样的，一个月亮不拘听到任何人赞美，不拘这赞美如何不得体，如何不恰当，它不拒绝这些从心中涌出的呼喊。××，你是我的月亮。你能听一个并不十分聪明的人，用各样声音，各样言语，向你说出各样的感想，而这感想却因为你的存在，如一个光明，照耀到我的生活里而起的，你不觉得这也是生存里一件有趣味的事吗？

"人生"原是一个宽泛的题目，但这上面说到的，也就是人生。

为帝王作颂的人，他用口舌"娱乐"到帝王，同时他也就"希望"到帝王。为月亮写诗的人，他从它照耀到身上的光明里，已就得到他所要的一切东西了。他是在感谢情形中而说话的，他感谢他能在某一时望到蓝天满月的一轮。××，我看你同月亮一样。……是的，我感谢我的幸运，仍常常为忧愁扼着，常常有苦恼（我想到这个时，我不能说我写这个信时还快乐）。因为一年内我们可以看过无数次月亮，而且走到任何地方去，照到我们头上的，还是那个月亮。这个无私的月不单是各处皆照到，并且从我们很小到老还是同样照到的。至于你，"人事"的云翳，却阻拦到我的眼睛，我不能常常看到我的月亮！一个白日带走了一点青春，日子虽不能毁坏我印象里你所给我的光明，却慢慢的使我不同了。"一个女子在诗人的诗中，永远不会老去，但诗人，他自己却老去了。"我想到这些，我十分忧郁了。生命都是太脆薄的一种东西，并不比一株花更经得住年月风雨，用对自然倾心的眼，反观人生，使我不能不觉得热情的可珍，而看重人与人凑巧的藤葛。在同一人事上，第二次的凑巧是不会有的。我生平只看过一回满月。我也安慰自己过，我说，"我行过许多地方的桥，看过许多次数的云，喝过许多种类的酒，却只爱过一个正当最好年龄的人。我应当为自己庆幸，……"这样安慰到自己也还是毫无用处，为"人生的飘忽"这类感觉，我不能忍受这件事来强作欢笑了。我的月亮就只在回忆里光明全圆，这悲哀，自然不是你用得着负疚的，因为并不是由于你爱不爱我。

仿佛有些方面是一个透明了人事的我，反而时时为这人生现象所苦，这无办法处，也是使我只想说明却反而窘了你的理由。

××，我希望这个信不是窘你的信。我把你当成我的神，敬重你，同时也要在一些方便上，诉说到即或是真神也很糊涂的心情，你高兴，你注意听一下，不高兴，不要那么注意吧。天下原有许多稀奇事情，我××××十年，都缺少能力解释到它，也不能用任何方法说明，譬如想到所爱的一个人的时候，血就流走得快了许多，全身就发热作寒，听到旁人提到这人的名字，就似乎又十分害怕，又十分快乐。究竟为甚么原因，任何书上提到的都说不清楚，然而任何书上也总时常提到。"爱"解作一种病的名称，是一个法国心理学者的发明，那病的现象，大致就是上述所及的。

你是还没有害过这种病的人，所以你不知道它如何厉害。有些人永远不害这种病，正如有些人永远不患麻疹伤寒，所以还不大相信伤寒病使人发狂的事情。××，你能不害这种病，同时不理解别人这种病，也真是一种幸福。因为这病是与童心成为仇敌的，我愿意你是一个小孩子，真不必明白这些事。不过你却可以明白另一个爱你而害着这难受的病的痛苦的人，在任何情形下，却总想不到是要窘你的。我现在，并且也没有甚么痛苦了，我很安静，似乎为爱你而活着的，故只想怎末样好好的来生活。假使当真时间一晃就是十年，你那时或者还是眼前一样，或者已做了某某大学的一个教授，或者自己不再是小孩子，倒已成了许多小孩子的母亲，我们见到时，那真是有意思的事。任何一个作品上，以及任何一个世界名作作者的传记上，最动人的一章，总是那人与人纠纷藤葛的一章。许多诗是专为这点热情的指使而写出的，许多动人的诗，所写的就是这些事，我们能欣赏那些东西，为那些东西而感动，也照例轻视到自己，以及别人因受自己所影响而发生传奇的行为，这个事好像不大公平。因为这个理由，天将不许你长是小孩子。"自然"使苹果由青而黄，也一定使你在适当的时间里，转成一个"大人"。××，到你觉得你已经不是小孩子，愿意作大人时，我倒极希望知道你那时在甚么地方做些甚么事，有些甚么感想。"萑苇"是易折的，"磐石"是难动的，我的生命等于"萑苇"，爱你的心希望它能如"磐石"。

望到北平高空明蓝的天，使人只想下跪，你给我的影响恰如这天空，距离得那么远，我日里望着，晚上做梦，总梦到生着翅膀，向上飞举。向上飞去，便看到许多星子，都成为你的眼睛了。

××，莫生我的气，许我在梦里，用嘴吻你的脚，我的自卑处，是觉得如一个奴隶蹲到地下用嘴接近你的脚，也近于十分亵渎了你的。

我念到我自己所写到"萑苇是易折的，磐石是难动的"时候，我很悲哀。易折的萑苇，一生中，每当一次风吹过时，皆低下头去，然而风过后，便又重新立起了。只有你使它永远折伏，永远不再作立起的希望。

注释

1. 张兆和：现代女作家。沈从文先生的妻子。1932 年毕业于中国公学大学部外语系。毕业后任中学教师，1949 年就读于华北大学二部。1941 年开始发表作品，著有短篇小说集《湖畔》、《从文家书》等。曾任北京师范大学附中、师大二附中教师和《人民文学》编辑。
2. 《丈夫》：沈从文的短篇小说，1930 年 4 月 13 日作于吴淞，同年最初刊载于《小说月报》二十一卷四期，署名沈从文。

导读

本文作于 1931 年 6 月的北平，曾以《废邮存底（三）》为题，发表于

1931 年 7 月 15 日《文艺月刊》第二卷第七号，署名甲辰。这是沈从文写给张兆和的数百封情书中唯一公开发表的一封，使得我们见证了一段渺远而美好的时空、人事和爱情。此信编入《从文家书》和《沈从文全集》时题为《由达园致张兆和》。

这是一封饱含深情又美如诗篇的情书，开篇的一句话名气颇大，不知陶醉了多少少男少女的心，亦不知点染了多少回温柔的暮色，即"我行过许多地方的桥，看过许多次数的云，喝过许多种类的酒，却只爱过一个正当最好年龄的人"。时间的流转，空间的迁移，人事的纷杂，经验的多样，漠漠无边，逝者如斯，而最末都收束于一份执著的爱恋。一个"只"字，便道出了这份爱的分量：胜却人世风景百态与经验万种，也唯有此爱，才能牵缠住他的漂泊的心，萦萦不绝。文中，作者将心上人张兆和比做圆月，无私朗照，然而却"只在回忆里光明全圆"，这自是令作者无限悲哀的。"一个女子在诗人的诗中，永远不会老去，但诗人，他自己却老去了。"所以作者将自己的生命比做易折的"萑苇"，而将爱恋的心比做坚实的"磐石"，恒久不移，表明了此情的忠贞不渝。

从信稿的时间和内容上判断，此时沈从文尚未收获芳心，字里行间，在在哀愁，无不卑羞。但追想他两年后的美好结局，以及此后那一封封如悠悠湘水、如日暮橹歌、如小船甜梦般的"湘行书简"，作为读者的我们便颇感安慰了。

沈从文一生给张兆和写了很多信，且读沈从文于 1938 年写与张兆和的信——其时沈在昆明而张在北平——结尾处，他先自嘲为"神经病"，而实乃自夸，表彰自己不同流俗的品性，继而言及爱情：

"爱情呢，得到一种命运，写信的命运。"

沈从文"写信的命运"肇始于 1929 年年末，此后一发不可收，不论两地遥隔、战火硝烟还是政治劫难，未曾断绝，绵绵如湘水。此"命运"，为旁人和来者传为佳话。

一个戴水獭皮帽子的朋友

　　我由武陵（常德）过桃源时，坐在一辆新式黄色公共汽车上。车从很平坦的沿河大堤公路上奔驰而去，我身边还坐定了一个懂人情有趣味的老朋友[1]，这老友正特意从武陵县伴我过桃源县。他也可以说是一个"渔人"[2]，因为他的头上，戴的是一顶价值四十八元的水獭皮帽子，这顶帽子经过沿路地方时，却很能引起一些年青娘儿们注意的。这老友是武陵地域中心春申君[3]墓旁杰云旅馆的主人。常德、河洑、周溪、桃源，沿河近百里路以内"吃四方饭"的标致娘儿们，他无一不特别熟习；许多娘儿们也就特别熟习他那顶水獭皮帽子。但照他自己说，使他迷路的那点年龄业已过去了，如今一切已满不在乎，白脸长眉毛的女孩子再不使他心跳，水獭皮帽子，也并不需要娘儿们眼睛放光了。他今年还只三十五岁。十年前，在这一带地方凡有他撒野机会时，他从不放过那点机会。现在既已规规矩矩做了一个大旅馆的大老板，童心业已失去，就再也不胡闹了。当他二十五岁左右时，大约就有过四十左右女人净白的胸膛被他亲近过。我坐在这样一个朋友的身边，想起国内无数中学生，在国文班上很认真的读陶靖节[4]《桃花源记》[5]情形，真觉得十分好笑。同这样一个朋友坐了汽车到桃源去，似乎太幽默了。

　　朋友还是个爱玩字画也爱说野话的人。从汽车眺望平堤远处，薄雾里错落有致的平田、房子、树木，全如敷了一层蓝灰，一切极爽心悦目。汽车在大堤上跑去，又极平稳舒服。朋友口中糅合了雅兴与俗趣，带点儿惊讶嚷道：

　　"这野杂种的景致，简直是画！"

　　"自然是画！可是是谁的画？"我说。"牯子[6]大哥，你以为是谁的画？"我意思正想考问一下，看看我那朋友对于中国画一方面的知识。

　　他笑了。"沈石田[7]这狗养的，强盗一样好大胆的手笔！"说时还用手比划着，"这里一笔，那边一扫，再来磨磨蹭蹭，十来下，成了。"

我自然不能同意这种赞美，因为朋友家中正收藏了一个沈周手卷，姓名真，画笔并不佳，出处是极可怀疑的。说句老实话，当前从窗口入目的一切，潇洒秀丽中带点雄浑苍莽气概，还得另外找寻一句恰当的比拟，方能相称啊。我在沉默中的意见，似乎被他看明白了，他就说：

"看，牯子老弟你看，这点山头，这点树，那一片林梢，那一抹轻雾，真只有王麓台[8]那野狗干的画得出。因为他自己活到八九十岁，就真像只老狗。"

这一下可被他"猜"中了。我说：

"这一下可被你说中了。我正以为目前远远近近风物极和王麓台卷子相近；你有他的扇面，一定看得出。因为它很巧妙的混合了秀气与沉郁，又典雅，又恬静，又不做作。不过有时笔不免脏脏的。"

"好，有的是你这文章魁首[9]的形容！人老了，不大肯洗脸洗手，怎么不脏？"接着他就使用了一大串野蛮字眼儿，把我喊作小公牛，且把他自己水獭皮帽子向上翻起的封耳，拉下来遮盖了那两只冻得通红的耳朵，于是大笑起来了。仿佛第一次所说的话，本不过是为了引起我对于窗外景致注意而说，如今见我业已注意，充满兴趣的看车窗外离奇景色，他便很快乐的笑了。

他掔着我的肩膊很猛烈的摇了两下，我明白那是他极高兴的表示。我说：

"牯子大哥，你怎么不学画呢？你一动手，就会弄得很高明的！"

"我讲，牯子老弟，别丢我吧。我也像是一个仇十洲[10]，但是只会画妇人的肚皮，真像你说，'弄得很高明'的！你难道不知道我是个甚么人吗？鼻子一抹灰，能冒充绣衣哥吗？"

"你是个妙人。绝顶的妙人。"

"绣衣哥，得了，甚么庙人，寺人，谁来割我的××？我还预备割掉许多男人的××，省得他们装模作样，在妇人面前露脸！我讨厌他们那种样子！"

"你不讨厌的。"

"牯子老弟，有的是你这绣衣哥说的。不看你面上，我一定要……"

这个朋友言语行为皆粗中有细，且带点儿妩媚，可算得是个妙人！

　　这个人脸上不疤不麻，身个儿比平常人略长一点，肩膊宽宽的，且有两只体面干净的大手，初初一看，可以知道他是个军队中吃粮子上饭跑四方人物，但也可以说他是一个准绅士。从五岁起就欢喜同人打架，为一点儿小事，不管对面的一个大过他多少，也一面辱骂一面挥拳打去。不是打得人鼻青脸肿，就是被人打得满脸血污。但人长大到二十岁后，虽在男子面前还常常挥拳比武，在女人面前，却变得异常温柔起来，样子显得很懂事怕事。到了三十岁，处世便更谦和了，生平书读得虽不多，却善于用书，在一种近于奇迹的情形中，这人无师自通，写信办公事时，笔下都很可观。为人性情又随和又不马虎，一切看人来，在他认为是好朋友的，掏出心子不算回事；可是遇着另外一种老想占他一点儿便宜的人呢，就完全不同了。——也就因此在一般人中他的毁誉[11]是平分的；有人称他为豪杰，也有人叫他做坏蛋。但不妨事，把两种性格两个人格拼合拢来，这人才真是一个活鲜鲜的人！

　　十三年前我同他在一只装军服的船上，向沅水上游开去，船当天从常德开头，泊到周溪时，天气已快要夜了。那时空中正落着雪子[12]，天气很冷，船顶船舷都结了冰。他为的是惦念到岸上一个长眉毛白脸庞小女人，便穿了崭新绛色[13]缎子的猞猁[14]皮马褂，从那为冰雪冻结了的大小木筏上慢慢的爬过去，一不小心便落了水。一面大声嚷"牯子老弟，这下我可完了"，一面还是笑着挣扎。待到努力从水中挣扎上船时，全身早已为冰冷的水弄湿了。但他换了一件新棉军服外套后，却依然很高兴的从木筏上爬拢岸边，到他心中惦念那个女人身边睡觉去了。三年前，我因送一个朋友的孤雏转回湘西时，就在他旅馆中，看了他的藏画一整天。他告我，有幅文徵明[15]的山水，好得很，终于被一个小婊子婆娘攫走，十分可惜。到后一问，才知道原来他把那画卖了三百块钱，为一个小娼妇点蜡烛挂了一次衣。现在我又让那个接客的把行李搬到这旅馆中来了。

　　见面时我喊他：

　　"牯子大哥，我又来了，不认识我了吧。"

　　他正站在旅馆天井中分派用人抹玻璃，自己却用手抹着那顶绒头极厚的水獭皮帽子，一见到我就赶过来用两只手同我握手，握得我手指酸痛，大声说道："咳，咳，你这个小骚牯子又来了，甚么风吹来的？妙极了，使人正想死你！"

"甚么话，近来心里闲得想到北京城老朋友头上来了吗？"

"甚么画，壁上挂，——当天赌咒，天知道，我正如何念你！"

这自然是一句真话，粮子上出身的人物，对好朋友说谎，原看成为一种罪恶。他想念我，只因为他新近花了四十块钱，买得一本倪元璐[16]所摹写的《武侯前后出师表》。他既不知道这东西是从岳飞石刻出师表临来的，末尾那两颗巴掌大的朱红印记，把他更弄糊涂了。照外行人说来，字既然写得极其"飞舞"，四百也不觉得太贵，他可不明白那个东西应有的价值，又不明出处。花了那一笔钱，从一个川军退伍军官处把它弄到手，因此想着我来了。于是我们一面说点十年前的有趣野话，一面就到他的房中欣赏宝物去了。

这朋友年青时，是个绿营中正标守兵名分的巡防军，派过中营衙门办事，在花园中栽花养金鱼。后来改做了军营里的庶务[17]，又做过两次军需，又做过一次参谋。时间使一些英雄美人成尘成土，把一些傻瓜坏蛋变得又富又阔；同样的，到这样一个地方，我这个朋友，在一堆倏然而来悠然而逝的日子中，也就做了武陵县一家最清洁安静的旅馆主人，且同时成为爱好古玩字画的"风雅"人了。他既收买了数量可观的字画，还有好些铜器与瓷器，收藏的物件泥沙杂下，并不如何稀罕，但在那么一个小小地方，在他那种经济情形下，能力却可以说尽够人敬服了。若有甚么风雅人由北方或由福建广东，想过桃源去看看，从武陵过身时，能泰然坦然把行李搬进他那个旅馆去，到了那个地方，看看过厅上的芦雁屏条[18]，同长案上一切陈设，便会明白宾主之间实有同好，这一来，凡事皆好说了。

还有那向湘西上行过川黔考察方言歌谣的先生们，到武陵时最好就是到这个旅馆来下榻。我还不曾遇见过甚么学者，比这个朋友更能明白中国格言谚语的用处。他说话全是活的，即便是诨话野话，也莫不各有出处，言之成章。而且妙趣百出，庄谐杂陈。他那言语比喻丰富处，真像是大河流水，永无穷尽。在那旅馆中住下，一面听他詈骂[19]用人，一面使我就想起在北京城圈里编《国语大辞典》的诸先生，为一句话一个字的用处，把《水浒》，《金瓶梅》，《红楼梦》……以及其他所有元明清杂剧小说翻来翻去，剪破了多少书籍！若果他们能够来到这旅馆里，故意在天井中撒一泡尿，或装作无心的样子，把些瓜果皮壳脏东西从窗口照习惯随意抛出去，或索性当着这旅馆老板面前，作点不守规矩缺少理性的行为。好，等着你就听听那做老板的骂出稀奇古怪字眼儿，你会觉得原来这里还搁下了一本活生生大辞典！倘若有个社会经济调查团，想从湘西弄到点材料，这旅馆也是最好下榻的处所。因为辰河沿岸码头的税收、烟价、妓女，以及桐油、朱砂的出处行价，各个码头上管事的头目姓名脾气，他知道的也似乎比县衙门里"包打听"还更清楚。——他事情懂得多哩，只要想想，人还只在二十五岁左右，就有四十个青年妇人在他面前裸露过胸膛同心子，从一个普通读书人看来，这是一种如何丰富吓人的经验！

只因我已十多年不再到这条河上，一切皆极生疏了，他便特别热心答应伴送我过桃源，为我租雇小船，照料一切。

十二点钟我们从武陵动身，一点半钟左右，汽车就到了桃源县停车站。我们下了车，预备去看船时，几件行李成为极麻烦的问题了。老朋友说，若把行李带去，到码头边叫小划子时，那些吃水上饭的人，会"以逸待劳"，把价钱放在一个高点上，使我们无法对付的。若把行李寄放到另外一个地方，空手去看船，我们便又"以逸待劳"了。我信任了老朋友的主张，照他的意思，一到桃源站后，我们就把行李送到一个卖酒曲的人家去。到了那酒曲铺子，拿烟的是个四十岁左右的中年胖妇人，他的干亲家。倒茶的是个十五六岁的白脸长身头发黑亮亮的女孩子，腰身小，嘴唇小，眼目清明如两粒水晶球儿，见人只是转个不停。论辈数，说是干女儿呢。坐了一阵，两人方离开那人家洒着手下河去。在河街上一个旧书铺里，一帧无名氏的山水小景牵引了他的眼睛，二十块钱把画买定了，再到河边去看船。船上人知道我是那个大老板的熟人，价钱倒很容易说妥了。来回去让船总写保单，取行李，一切安排就绪，时间已快到半夜了。我那小船明天一早方能开头，我就邀他在船上住一夜。他却说酒曲铺子那个十五年前老伴的女儿，正炖了一只母鸡等着他去消夜。点了一段废缆子，很快乐的跳上岸摇着晃着匆匆走去了。

他上岸从一些吊脚楼柱下转入河街时，我还听到河街一哨兵喊口号，他大声答着"百姓"，表明他的身份。第二天天刚发白，我还没醒，小船就已向上游开动了。大约已经走了三里路，却听得岸上有个人喊我的名字，沿岸追来，原来是他从热被里脱出赶来送我的行的。船傍了岸。天落着雪，他站在船头一面抖去肩上雪片，一面质问弄船人，为甚么船开得那么早。

我说："牯子大哥，你怎么的，天气冷得很，大清早还赶来送我！"

他钻进舱里笑着轻轻的向我说："牯子老弟，我们看好了的那幅画，我不想买了。我昨晚上还看过更好的一本册页！"

"甚么人画的？"

"当然仇十洲。我怕仇十洲那杂种也画不出。牯子老弟，好得很……"话不说完他就大笑起来。我明白他话中所指了。

"你又迷路了吗？你不是说自己年已老了吗？"

"到了桃源还不迷路吗？自己虽老别人可年青！牯子老弟，你好好的上船吧，不要胡思乱想我的事情，回来时仍住到我的旅馆里，让我再照料你上车吧。"

"一路复兴，一路复兴，"那么嚷着，于是他同豹子一样，一纵又上了岸，船就开了。

注释

1. 老朋友：指曹芹轩，作者早年在行伍时与之相识。

2. "渔人"：《桃花源记》中的武陵渔人。此处作者将自己的朋友比做武陵渔人。

3. 春申君（？—前238年）：本名黄歇，中国战国时期楚国公室大臣，是著名的政治家、军事家。与魏国信陵君魏无忌、赵国平原君赵胜、齐国孟尝君田文并称为"战国四公子"，曾任楚相。黄歇游学博闻，善辩。楚考烈王元年（前262年），以黄歇为相，封为春申君，赐淮北地12县。公元前238年，楚考烈王病逝，春申君在奔丧时被楚国国舅李园安排的刺客刺杀。

4. 陶靖节：陶渊明（约365—427年），字元亮，号五柳先生，谥号靖节先生，入刘宋后改名潜。东晋末期南朝宋初期诗人、辞赋家、散文家。东晋浔阳柴桑（今江西省九江市）人。曾做过几年小官，后辞官回家，从此隐居。田园生活是陶渊明诗文的主要题材，相关作品有《饮酒》、《归园田居》、《桃花源记》、《五柳先生传》、《归去来兮辞》、《桃花源诗》等。

5. 《桃花源记》：东晋文人陶渊明的代表作之一，约作于永初二年（421年），即南朝刘裕弑君篡位的第二年。描绘了一个世外桃源。以武陵渔人进出桃源的行踪为线索，按时间先后顺序，把发现桃源、小住桃源、离开桃源、再寻桃源的曲折离奇的情节贯串起来，描绘了一个没有阶级，没有剥削，自食其力，自给自足，和平恬静，人人自得其乐的社会，是当时的黑暗社会的鲜明对照，是作者及广大劳动人民所向往的一种理想社会，它体现了人们的追求与向往，也反映出人们对现实的不满与反抗。

6. 牯子：方言，阉割过的公牛。多泛指牛。

7. 沈石田：沈周（1427—1509 年），字启南，号石田，自称白石翁，清河书画舫谓初号玉田翁，长洲（今江苏苏州）人，贞吉子。其人物、花鸟善用重墨浅色，饶有韵致。为明中期著名画家，与文征明等并称"明四家"。

8. 王麓台：王原祁（1642—1715 年），字茂京，号麓台、石师道人，江苏太仓人，王时敏孙。康熙九年（1670 年）进士，官至户部侍郎，人称王司农。以画供奉内廷，康熙四十四年（1705 年）奉旨与孙岳颁、宋骏业等编《佩文斋书画谱》，康熙五十六年（1717 年）主持绘《万寿盛典图》为康熙帝祝寿。擅画山水，继承家法，学元四家，以黄公望为宗，喜用干笔焦墨，层层皴擦，用笔沉着，自称笔端有金刚杵。主张好画当在不生不熟之间，自出心裁，不受古法拘束，熟不甜，生不涩，淡而厚，实而清，书卷之气盎然纸墨外。

9. 魁首："魁"、"首"两字都有"居第一位的"义项。由"魁"、"首"组成的并列复词"魁首"，指首领，居首位者。多用做褒义，用来指称在同辈中才华居第一的人。

10. 仇十洲：仇英，字实父，一作实甫，号十洲，又号十洲仙史，江苏太仓人，移家吴县（今江苏苏州）。约生于明弘治十一年（1498 年）左右（注：也有人认为是 1509 年），卒于明世宗嘉靖三十年（1552 年）。存世画迹有《赤壁图》、《玉洞仙源图》、《桃村草堂图》、《剑阁图》、《松溪论画图》等。仇英是明代有代表性的画家之一，与沈周、文征明和唐寅被后世并称为"明四家"、"吴门四家"，亦称"天门四杰"。

11. 毁誉：毁损与赞誉。

12. 雪子：即霰，空中降落的白色不透明的小冰粒，常呈球形或圆锥形。多在下雪前或下雪时出现。

13. 绛色：中国传统色彩名称，即大红色、正红色，三原色中的红，为传统的中国红。

14. 猞猁（shě lì）：猞猁别名猞猁狲、马猞猁，属于猫科，体形似猫而远大于猫，生活在森林灌丛地带，密林及山岩上较常见。喜独居，长于攀爬及游泳，耐饥性强，可在一处静卧几日，不畏严寒，喜欢捕杀狍子等中大型兽类。产于东北、西北、华北及西南。

15. 文徵明：即文征明（1470—1559 年），原名壁，字征明。42 岁起以字行，更字征仲。因先世衡山人，故号衡山居士，世称"文衡山"，明代画家、书法家、文学家。长州（今江苏苏州）人，曾官翰林待诏。诗宗白居易、苏轼，文受业于吴宽，学书于李应祯，学画于沈周。在诗文上，与祝允明、唐寅、徐祯卿并称"吴中四才子"。在画史上与沈周、唐寅、仇英合称"吴门四家"。

16. 倪元璐（1593—1644 年）：明末官员、书法家。字汝玉，一作玉汝，号鸿宝，浙江上虞人。明天启二年（1622年）进士，历官至户、礼两部尚书。李自成入京，自缢死。福王谥文正。书、画俱工，以水墨生晕，极苍润古雅之致。所画山水，山皆崚嶒兀屼，林木则苍莽葱郁，皴法喜用大、小斧劈，总不屑描头画角，以取媚于人。

17. 庶务：旧时特指机关总务部门主管的各项事务。亦指这些事务的经办人员。

18. 屏条：中国书画装裱的一种式样，由于画身狭长，为四尺或五尺宣纸对开，故能装裱成屏条形式。屏条单独挂的称"条屏"（屏条），四幅并排悬挂的称"堂屏"或"四季（春、夏、秋、冬）屏"。亦有四幅以上多至十二幅甚至十六幅，紧挂相联，成双数的完整画面，称"通景屏"或"通屏"，又称"海幔"。

19. 詈骂：恶言相骂，责备。

导读

本篇发表于1934年4月18日《大公报·文艺副刊》，原题为《湘行散记——一个同我过桃源的朋友》，署名沈从文。后收入《湘行散记》，上海商务印书馆1936年3月初版。

本文记述并刻画了陪伴作者从武陵县过桃源县的一位懂人情有趣味的老朋友，是作者颇为欣赏的一个"妙人"。此君早年放浪不羁，四处撒野，尤爱女人，如今童心消泯，业已成为规矩、敛束旅馆老板，且成为喜好古玩字画的"风雅"人了。他满口诨言野话，不避粗鄙俚俗，却又似乎知书懂画，俨然行家，用作者的话来概括，即"糅合了雅兴与俗趣"。其早年暴躁好斗，而中年又无师自通，写起办公信来，文字可观，几乎奇迹，这又是雅俗糅合的体现。因此这位朋友的名声毁誉参半，或被目为豪杰，或被视做坏蛋，而这正是作者所看重并欣赏的一种生命和性格，是一份直率的人间真性情，洒然于大地之上，无窒无碍。而后来此人见了"眼目清明如两粒水晶球儿"的女孩子，那早年天性与"童心"便又复苏，恣意地显露出来了。

文中，作者既是为了记录他的一位有趣的故友，更是赞美一种湘西土地上的生命形式和自然人性，放旷不羁又天真可爱，懂文明却并不为其所缚，保留了一派鲜活生动的原始气息。与作者本人一样，这也是自然与生活这本"大书"所培育出的大生命，而不同于只知拘泥于书本知识的学生和学者，这从文中的几处讽刺可以读出。

桃源与沅州

　　全中国的读书人，大概从唐朝以来，命运中注定了应读一篇《桃花源记》，因此把桃源[1]当成一个洞天福地。人人都知道那地方是武陵渔人发现的，有桃花夹岸，芳草鲜美。远客来到，乡下人就杀鸡温酒，表示欢迎。乡下人都是避秦隐居的遗民，不知有汉朝，更无论魏晋了。千余年来读书人对于桃源的印象，既不怎么改变，所以每当国体衰弱发生变乱时，想做遗民的必多，这文章也就增加了许多人的幻想，增加了许多人的酒量。至于住在那儿的人呢，却无人自以为是遗民或神仙，也从不会有人遇着遗民或神仙。

　　桃源洞离桃源县二十五里。从桃源乡坐小船沿沅水上行，船到白马渡时，上南岸走去，忘路之远近乱走一阵，桃源就在眼前了。那地方桃花虽不如何动人，竹林却很有意思。如椽如柱的大竹子，随处皆可发现前人用小刀刻划留下的诗歌。新派学生不甘自弃，也多刻下英文字母的题名。竹林里间或潜伏一二蓊径[2]壮士，待机会霍的从路旁跃出，仿照《水浒传》上英雄好汉行为，向游客发个利市[3]，使人来个凑手不及，不免吃点小惊。事实上是偶然出现的。桃源县城则与长江中部各小县城差不多，一入城门最触目的是推行印花税与某种公债的布告。城中有棺材铺官药铺，有茶馆酒馆，有米行脚行，有和尚道士，有经纪媒婆。庙宇祠堂多数为军队驻防，门外必有个武装同志站岗。土栈烟馆既照章纳税，就受当地军警保护。代表本地的出产，边街上有几十家玉器作，用珉石[4]染红着绿，琢成酒杯笔架等物，货物品质平平常常，价钱却不轻贱。另外还有个名为"后江"的地方，住下无数公私不分的妓女，很认真经营她们的职业。有些人家在一个菜园平房里，有些却又住在空船上，地方虽脏一点倒富有诗意。这些妇女使用她们的下体，安慰军政各界，且征服了往还沅水流域的烟贩，木商，船主，以及种种因公出差过路人。挖空了每个顾客的钱包，维持许多人生活，促进地方的繁荣。一县之长照例是个读书人，从史籍上早知道这是人类一种最古的职业，没有郡县以前就有了它们，取缔既与"风俗"不合，且影响到若干人生活，因此就很正当的定下一些规章制度，向这些人来抽收一种捐税（并采取了个美丽名词叫作"花捐"），把这笔款项用来补充地方行政，保安，或城乡教育经费。

桃源既是个有名地方，每年自然有许多"风雅"人，心慕古桃源之名，二三月里携了《陶靖节集》与《诗韵集成》[5]等参考资料和文房四宝，来到桃源县访幽探胜。这些人往桃源洞赋诗前后，必尚有机会过后江走走。由朋友或专家引导，这家那家坐坐，烧匣烟，喝杯茶。看中意某一个女人时，问问行市，花个三元五元，便在那万人用过的花板床上，压着那可怜妇人胸膛放荡一夜。于是纪游诗上多了几首无题艳遇诗，把"巫峡神女"[6]"汉皋解佩"[7]"刘阮天台"[8]等等典故，一律被引用到诗上去。看过了桃源洞，这人平常若是很谨慎的，自会觉得应当即早过医生处走走，于是匆匆的回家了。至于接待过这种外路"风雅"人的神女呢，前一夜也许陆续接待过了三个麻阳[9]船水手，后一夜又得陪伴两个贵州省牛皮商人。这些妇人照例说不定还被一个散兵游勇，一个县公署执达吏，一个公安局书记，或一个当地小流氓长时期包定占有，客来时那人往烟馆过夜，客去后再回到妇人身边来烧烟。

妓女的数目占城中人口比例数不小。因此仿佛有各种原因，她们的年龄都比其他大都市更无限制。有些人年在五十以上，还不甘自弃，同孙女辈行来参加这种生活斗争，每日轮流接待水手同军营中火伕。也有年纪不过十四五岁，乳臭尚未脱尽，便在那儿服侍客人过夜的。

她们的技艺是烧烧鸦片烟，唱点流行小曲，若来客是粮子上跑四方人物，还得唱唱军歌党歌，和时下电影明星的新歌，应酬应酬，增加兴趣。她们的收入有些一次可得洋钱二十三十，有些一整夜又只得一块八毛。这些人有病本不算一回事。实在病重了，不能作生意挣饭吃，间或就上街到西药房去打针，六零六三零三扎那么几下，或请走方郎中配付药，朱砂茯苓乱吃一阵，只要支持得下去，总不会坐下来吃白饭。直到病倒了，毫无希望可言了，就叫毛伙用门板抬到那类住在空船中孤身过日子的老妇人身边去，尽她咽最后那一口气。死去时亲人呼天抢地哭一阵，罄所有请和尚安魂念经，再托人赊购副四合头棺木，或借"大加一"[10]买副薄薄板片，土里一埋也就完事了。

　　桃源地方已有公路，直达号称湘西咽喉的武陵（常德），每日都有八辆十辆新式载客汽车，按照一定时刻在公路上奔驰。距常德约九十里，车票价钱一元零。这公路从常德且直达湖南省会长沙，汽车路程约四小时，车票价约六元。公路通车时，有人说这条公路在湘省经济上具有极大意义，意思是对于黔省出口特货运输可方便不少。这人似乎不知道特货过境每次必三百担五百担，公路上一天不过十几辆汽车来回，若非特货再加以精制，每天能运输特货多少？关于特货的精制，在各省严厉禁烟宣传中，平民谁还有胆量来作这种非法勾当。假若在桃源县某种铺子里，居然有人能够设法购买一点黄色粉末药物，作为谈天口气，随便问问，就会明白那货物的来源是有来头的。信不信由你，大股东中大头脑有甚么"龄"字辈"子"字辈，还有沿江之督办，上海之闻人。且明白出产并不是桃源县城。沿江上行六十里，有二十部机器日夜加工，运输出口时或用轮船直往汉口，却不需借公路汽车转运长沙。

　　真可称为桃源名产值得引人注意却照例不及注意的，是家鸡同鸡卵。街头巷尾无处不可以发现这种冠赤如火庞大庄严的生物，经常有重达一二十斤的。凡过路人初见这地方鸡卵，必以为鸭卵或鹅卵。其次，桃源有一种小划子，轻捷，稳当，干净，在沅河中可称首屈一指。一个外省旅行者，若想到湘西的永绥、乾城、凤凰[11]研究湘边苗族的分布状况，或想到湘西往四川的酉阳、秀山调查桐油的生产，往贵州的铜仁，调查朱砂水银的生产，往玉屏调查竹料种类，注意造箫制纸的手工业生产情况，皆可在桃源县魁星阁下边，雇妥那么一只小船，沿沅河溯流而上，直达目的地，到地时取行李上岸落店，毫无何等困难。

　　一只桃源小划子上只能装载一二客人。照例要个舵手，管理后梢，调动船只左右。张挂风帆，松紧帆索，捕捉河面山谷中的微风。放缆拉船，量渡河面宽窄与河流水势，伸缩竹缆。另外还要个拦头工人，上滩下滩时看水认容口，出事前提醒舵手躲避石头、恶浪与洑流，出事后点篙子需要准确，稳重。这种人还要有胆量，有气力，有经验。张帆落帆都得很敏捷的即时拉桅下绳索。走风船行如箭时，便蹲坐在船头上叫喝呼啸，嘲笑同行落后的船只。自己船只落后被人嘲骂时，还要回骂；人家唱歌也得用歌声作答。两船相碰说理时，不让别人占便宜。动手打架时，先把篙子抽出拿在手上。船只逼入急流乱石中，不问冬夏，都得敏捷而勇敢的脱光衣裤，向急流中跑去，在水里尽肩背之力使船只离开险境。掌舵的因事故不尽职，就从船顶爬过船尾去，作个临时舵手。船上若有小水手，还应事事照料小水手，指点小水手。更有一份不可推却的职务，便是在一切过失上，应与掌舵的各据小船一头，相互辱宗骂祖，继续使船前进。小船除此两人以外，尚需要个小水手居于杂务地位，淘米、烧饭、切菜、洗碗，无事不作。行船时应荡桨就帮同荡桨，应点篙就帮同持篙。这种小水手大都在学习期间，应处处留心，取得经验同本领。除了学习看水，看风，记石头，使用篙桨以外，也学习挨打挨骂。尽各种古怪稀奇字眼儿成天在耳边反复响着，好好的保留在记忆里，将来长大时再用它来辱骂旁人。上行无风吹，一个人还负了纤板，曳着一段竹缆，在荒凉河岸小路上拉船前进。小船停泊码头边时，又得规规矩矩守船。关于他们经济情势，舵手多为船家长年雇工，平均算来合八分到一角钱一天。拦头工有长年雇定的，人若年富力强多经验，待遇同掌舵的差不多。若只是短期包来回，上行平均每天可得一毛或一毛五分钱，下行则尽义务吃白饭而已。至于小水手，学习期限看年龄同本事来，有些人每天可得两分钱作零用，有些人在船上三年五载吃白饭。上滩时一个不小心，闪不知被自己手中竹篙弹入乱石激流中，泅水技术又不在行，在水中淹死了，船主方面写得有字据，生死家长不能过问。掌舵的把死者剩余的一点衣服交给亲长说明白落水情形后，烧几百钱纸，手续便清楚了。

　　一只桃源划子，有了这样三个水手，再加上一个需要赶路，有耐心，不嫌孤独，能花个二十三十的乘客，这船便在一条清明透澈的沅水上下游移动起来了。在这条河里在这种小船上作乘客，最先见于记载的一人，应当是那疯疯癫癫的楚逐臣屈原[12]。在他自己的文章里，他就说道："朝发枉渚兮，夕宿辰阳。"[13]若果他那文章还值得称引，我们尚可以就"沅有芷兮澧有兰"[14]与"乘舲上沅"这些话，估想他当年或许就坐了这种小船，溯流而上，到过出产香草香花的沅州。沅州上游不远有个白燕溪，小溪谷里生长芷草，到如今还随处可见。这种兰科植物生根在悬崖罅隙间，或蔓延到松树枝桠上，长叶飘拂，花朵下垂成一长串，风致楚楚。花叶形体较建兰柔和，香味较建兰淡远。游白燕溪的可坐小船去，船上人若伸手可及，多随意伸手摘花，顷刻就成一束。若崖石过高，还可以用竹篙将花打下，尽它堕入清溪洄流里，再用手去溪里把花捞起。除了兰芷以外，还有不少香草香花，在溪边崖下繁殖。那种黛色无际的崖石，那种一丛丛幽香眩目的奇葩，那种小小回旋的溪流，合成一个如何不可言说迷人心目的圣境！若没有这种地方，屈原便再疯一点，据我想来他文章未必就能写得那么美丽。

甚么人看了我这个记载，若神往于香草香花的沅州，居然从桃源包了小船，过沅州去，希望实地研究解决《楚辞》上几个草木问题。到了沅州南门城边，也许无意中会一眼瞥见城门上有一片触目黑色。因好奇想明白它，一时可无从向谁去询问。他所见到的只是一片新的血迹，并非甚么古迹。大约在清党前后，有个晃州姓唐的青年，北京农科大学毕业生，在沅州晃州两县，用党务特派员资格，率领了两万以上四乡农民和一群青年学生，肩持各种农具，上城请愿。守城兵先已得到长官命令，不许请愿群众进城。于是双方自然发生了冲突。一面是旗帜，木棒，呼喊与愤怒，一面是居高临下，一尊机关枪同十支步枪。街道既那么窄，结果站在最前线上的特派员同四十多个青年学生与农民，便全在城门边牺牲了。其余农民一看情形不对，抛下农具四散跑了。那个特派员的尸体，于是被兵士用刺刀钉在城门木板上示众三天，三天过后，便连同其他牺牲者，一齐抛入屈原所称赞的清流里喂鱼吃了。几年来本地人在内战反复中被派捐拉伕，在应付差役中把日子混过去，大致把这件事也慢慢的忘掉了。

桃源小船载到沅州府，舵手把客人行李扛上岸，讨得酒钱回船时，这些水手必乘兴过南门外皮匠街走走。那地方同桃源的后江差不多，住下不少经营最古职业的人物，地方既非商埠，价钱可公道一些。花五角钱关一次门，上船时还可以得一包黄油油的上净烟丝，那是十年前的规矩。照目前百物昂贵情形想来，一切当然已不同了，出钱的花费也许得多一点，收钱的待客也许早已改用"美丽牌"代替"上净丝"了。

或有人在皮匠街蓦然间遇见水手，对水手发问："弄船的，'肥水不落外人田'，家里有的你让别人用，用别人的你还得花钱，这上算吗？"

那水手一定会拍着腰间麂皮抱兜，笑眯眯的回答说："大爷，'羊毛出在羊身上'，这钱不是我桃源人的钱，上算的。"

他回答的只是后半截，前半截却不必提。本人正在沅州，离桃源远过六七百里，桃源那一个他管不着。

便因为这点哲学，水手们的生活，比起"风雅人"来似乎洒脱多了。若说话不犯忌讳，无人疑心我"袒护无产阶级"，我还想说，他们的行为，比起那些读了些"子曰"，带了五百家香艳诗去桃源寻幽访胜，过后江讨经验的"风雅人"来，也实在还道德的多。

一九三五年三月北平大城中

注释

1. 桃源：桃源县，位于湖南省西北部。
2. 蓾径：拦路抢劫。
3. 利市：明代有此一说。本义是买卖所得的正当利润，也含运气好、吉利之意，即所谓"开门大吉，讨个利市"；对办喜庆事时赠给有关人员的钱物也称"利市"。
4. 珉石：似玉的美石。
5. 《诗韵集成》：韵书，清余春亭编，为旧时初学作诗者检韵的简易工具书。
6. 巫峡神女：相传楚怀王游高唐，梦见巫山神女。典出宋玉《高唐赋》。
7. 汉皋解佩：周朝郑交甫在汉皋遇到两位佳人，二女解下佩戴的珍珠相赠。典出《韩诗外传》。
8. 刘阮天台：传说东汉永平年间，刘晨与阮肇同入天台山采药，遇到两位仙女。本典出自晋代干宝《搜神记》，亦见《太平御览》卷四一引南朝宋刘义庆《幽明录》。
9. 麻阳：地名，位于湖南省。
10. 大加一：一种利率与贷款等额的高利贷。
11. 凤凰：地名，位于湖南省西部边缘中段，湘西土家族苗族自治州的西南角。
12. 屈原（前340—前278年）：姓芈，氏屈，名平，字原。战国时期楚国丹阳（今湖北宜昌市秭归县）人。屈原是中国最伟大的爱国主义诗之一，创立了"楚辞"这种文体，代表作有《离骚》、《九歌》等。他同时也是一名政治家，由于政见与楚怀王相左，被逐出楚国都城郢，流放期间，屈原开始文学创作。
13. 朝发枉渚兮，夕宿辰阳：语出屈原《涉江》。
14. 沅有芷兮澧有兰：语出屈原《湘夫人》。

导读

本篇发表于1935年3月《国闻周报》12卷11期,署名沈从文。后收入《湘行散记》。

本篇所叙写的是桃源与沅洲的社会人事与自然光色。作者仿若一个技艺超卓的故事人，颇为生动地为我们讲述桃源与沅洲，且有历史和文学典故穿插其间。

刚刚告别了沈从文那位庄谐糅合的武陵友人，过桃源时又听他讲真实的桃花源，乐趣盎然，比照陶渊明先生的《桃花源记》，却又生出反讽的意味来。桃源并非那个乌托邦似的桃花源。这里不曾有仙人或遗民，桃花也并不可观，与江中部的小县城实无差别，且不乏烟馆与妓女。外界之人对此地始终抱以浪漫主义的幻想，每年二三月，许多"风雅"人士慕名而来，且常常手持一卷《陶靖节集》，作为参考资料。他们自是去桃源洞附庸风雅一番，前后或有机会去"后江"访幽，那里便是桃源县无数妓女所在之地。一夜放荡之后，文思汩汩，题下几首艳遇诗歌，化入"巫峡神女"、"刘阮天台"等典故。至此，算是风雅与风月俱齐了。而这里的妓女处境却是可悲的，结局常常是病死，被埋入土里也就完事了，自是令我们感到底层人民生命的艰难和卑微。"风雅"游客与悲惨的妓女，对照而写，张力蓄满，反讽意味十足。我们也由此读出作者对家乡人民深切的同情和悲悯。

沅州是可爱之地，盈满香草香花，所谓"沅有芷兮澧有兰"。而沅州上游的白燕溪，更是醉人心魂。白燕溪那一段文字的描写，笔致细腻、优美，芷草之美与摘花之趣，俱在目前。花落清溪，最是诗境，并与屈原楚辞之绚丽相联系。那浪漫奇幻的笔法、华美瑰丽的语言与细腻如丝的情致，正是由这般天地所孕育而生。

看了这段文字，我们自是心旌摇摇，神往沅州了。不过沈从文告诉我们，如果在桃源租小船去沅州，来到南门城边时，会看到城门上的一片血迹，那是守城士兵射杀请愿青年学生所留下的。风雨洗不去历史的血污，凝结不化，又哭成笔墨，句句惊心动魄，撞击灵魂。不消说，如今那里早已是别样面貌了，这段遥远的时空与杀戮，只能见诸沈从文的文章了。轻轻一翻，这泛黄的一页书便过去了。

《桃源与沅州》中关于"血迹"的文字，实在煞风景。诸多论者，指出沈从文关于"杀人"的叙写迥别于鲁迅，或有诗意，或有童真。这些论者想必是有意无意地遗忘了这篇文章吧。这个沈从文，似乎一面在构筑世外桃源，一面又在瓦解它。楚地之上，有着恒常的自然光色与生命形式，又隐隐地现出历史的脸色，构成惘惘的威胁。我们是远客，叩响他的湘西之门，心怀忐忑。

鸭窠围的夜

天快黄昏时落了一阵雪子，不久就停了。天气真冷，在寒气中一切都仿佛结了冰。便是空气，也像快要冻结的样子。我包定的那一只小船，在天空大把撒着雪子时已泊了岸。从桃源县沿河[1]而上这已是第五个夜晚。看情形晚上还会有风有雪，故船泊岸边时便从各处挑选好地方。沿岸除了某一处有片沙岨宜于泊船以外，其余地方全是黛色如屋的大岩石。石头既然那么大，船又那么小，我们都希望寻觅得到一个能作小船风雪屏障，同时要上岸又还方便的处所。凡是可以泊船的地方早已被当地渔船占去了。小船上的水手，把船上下各处撑去，钢钻头敲打着沿岸大石头，发出好听的声音，结果这只小船，还是不能不同许多大小船只一样，在正当泊船处插了篙子，把当作锚头用的石碇抛到沙上去，尽那行将来到的风雪，摊派到这只船上。

这地方是个长潭的转折处，两岸是高大壁立千丈的山，山头上长着小小竹子，长年翠色逼人。这时节两山只剩余一抹深黑，赖天空微明为画出一个轮廓。但在黄昏里看来如一种奇迹的，却是两岸高处去水已三十丈上下的吊脚楼[2]。这些房子莫不俨然悬挂在半空中，借着黄昏的余光，还可以把这些稀奇的楼房形体看得出个大略。这些房子同沿河一切房子有个共通相似处，便是从结构上说来，处处显出对于木材的浪费。房屋既在半山上，不用那么多木料，便不能成为房子吗？半山上也用吊脚楼形式，这形式是必须的吗？然而这条河水的大宗出口是木料，木材比石块还不值价。因此，即或是河水永远长不到处，吊脚楼房子依然存在，似乎也不应当有何惹眼惊奇了。但沿河因为有了这些楼房，长年与流水斗争的水手，寄身船中枯闷成疾的旅行者，以及其他过路人，却有了落脚处了。这些人的疲劳与寂寞是从这些房子中可以一律解除的。地方既好看，也好玩。

河面大小船只泊定后，莫不点了小小的油灯，拉了篷。各个船上皆在后舱烧了火，用铁鼎罐[3]煮饭，饭焖熟后，又换锅子熬油，哗的把菜蔬倒进热锅里去。一切齐全了，各人蹲在舱板上三碗五碗把腹中填满后，天已夜了。水手们怕冷怕动的，收拾碗盏后，就莫不在舱板上摊开了被盖，把身体钻进那个预先卷成一筒又冷又湿的硬棉被里去休息。至于那些想喝一杯的，发了烟瘾得靠靠灯⁴，船上烟灰又翻尽了的，或一无所为，只是不甘寂寞，好事好玩想到岸上去烤烤火谈谈天的，便莫不提了桅灯⁵，或燃一段废缆子，摇晃着从船头跳上了岸，从一堆石头间的小路径，爬到半山上吊脚楼房子那边去，找寻自己的熟人，找寻自己的熟地。陌生人自然也有来到这条河中来到这种吊脚楼房子里的时节，但一到地，在火堆旁小板凳上一坐，便是陌生人，即刻也就可以称为熟人乡亲了。

这河边两岸除了停泊有上下行的大小船只三十左右以外，还有无数在日前趁融雪涨水放下形体大小不一的木筏。较小的木筏，上面供给人住宿过夜的棚子也不见，一到了码头，便各自上岸找住处去了。大一些的木筏呢，则有房屋，有船只，有小小菜园与养猪养鸡栅栏，还有女眷和小孩子。

黑夜占领了全个河面时，还可以看到木筏上的火光，吊脚楼窗口的灯光，以及上岸下船在河岸大石间飘忽动人的火炬红光。这时节岸上船上都有人说话，吊脚楼上且有妇人在黯淡灯光下唱小曲的声音，每次唱完一支小曲时，就有人笑嚷。甚么人家吊脚楼下有匹小羊叫，固执而且柔和的声音，使人听来觉得忧郁。我心中想着："这一定是从别一处牵来的，另外一个地方，那小畜生的母亲，一定也那么固执的鸣着吧。"算算日子，再过十一天便过年了。"小畜生明不明白只能在这个世界上活过十天八天？"明白也罢，不明白也罢，这小畜生是为了过年而赶来，应在这个地方死去的。此后固执而又柔和的声音，将在我耳边永远不会消失。我觉得忧郁起来了。我仿佛触着了这世界上一点东西，看明白了这世界上一点东西，心里软和得很。

但我不能这样子打发这个长夜。我把我的想象，追随了一个唱曲时清中夹沙的妇女声音到她的身边去了。于是仿佛看到了一个床铺，下面是草荐⁶，上面摊了一床用旧帆布或别的旧货做成脏而又硬的棉被，搁在床正中被单上面的是一个长方木托盘，盘中有一把小茶盏，一个小烟匣，一支烟枪，一块小石头，一盏灯。盘边躺着一个人在烧烟。唱曲子的妇人，或是袖了手捏着自己的膀子站在吃烟者的面前，或是靠在男子对面的床头，为客人烧烟。房子分两进，前面临街，地是土地，后面临河，便是所谓吊脚楼了。这些人房子窗口既一面临河，可以凭了窗口呼喊河下船中人，当船上人过了瘾，胡闹已够，下船时，或者尚有些事情嘱托，或有其他原因，一个晃着火炬停顿在大石间，一个便凭立在窗口，"大老你记着，船下行时又来。""好，我来的，我记着的。""你见了顺顺就说：会呢，完了；孩子大牛呢，脚膝骨好了，细粉带三斤，冰糖或片糖⁷带三斤。""记得到，记得到，大娘你放心，我见了顺顺大爷就说：'会呢，完了。大牛呢，好了。细粉来三斤，冰糖来三斤。'""杨氏，杨氏，一共四吊七，莫错账！""是的，放心呵，你说四吊七就四吊七，年三十夜莫会要你多的！你自己记着就是了！"这样那样的说着，我一一都可听到，而且一面还可以听着在黑暗中某一处咩咩的羊鸣。我明白这些回船的人是上岸吃过"荤烟"⁸了的。

我还估计得出，这些人不吃"荤烟"，上岸时只去烤烤火的，到了那些屋子里时，便多数只在临街那一面铺子里。这时节天气太冷，大门必已上好了，屋里一隅或点了小小油灯，屋中必就地掘了浅凹，烧了些树根柴块。火光煜煜，且时时刻刻爆炸着一种难于形容的声音。火旁矮板凳上坐有船上人，木筏上人，有对河住家的熟人。且有虽为天所厌弃还不自弃年过七十的老妇人，闭着眼睛蜷成一团蹲在火边，悄悄的从大袖筒里取出一片薯干或一枚红枣，塞到嘴里去咀嚼。有穿着肮脏身体瘦弱的孩子，手擦着眼睛傍着火旁的母亲打盹。屋主人有退伍的老军人，有翻船背运的老水手，有单身寡妇。借着火光灯光，可以看得出这屋中的大略情形，三堵木板壁上，一面必有个供奉祖宗的神龛，神龛下空处或另一面，必贴了一些大小不一的红白名片。这些名片倘若有那些好事者加以注意，用小油灯照着，去仔细检查检查，便可以发现许多动人的名衔。军队上的连副，上士，一等兵，商号中的管事，当地的团总，保正，催租吏，以及照例姓滕的船主，洪江⁹的木簰¹⁰商人，与其他各行各业人物，无所不有。这是近一二十年来经过此地若干人中一小部分的题名录。这些人各用一种不同的生活，来到这个地方，且同样的来到这些屋子里，坐在火边或靠近床上，逗留过若干时间。这些人离开了此地后，在另一世界里还是继续活下去，但除了同自己的生活圈子中人发生关系以外，与一同在这个世界上其他的人，却仿佛便毫无关系可言了。他们如今也许早已死掉了；水淹死的，枪打死的，被外妻用砒霜谋杀的，然而这些名片却依然将好好的保留下去。也许有些人已成了富人名人，成了当地的小军阀，这些名片却仍然写着催租人、上士等等的衔头。……除了这些名片，那屋子里是不是还有比它更引人注意的东西呢？锯子，小捞兜，香烟大画片，装干栗子的口袋……

提起这些问题时使人心中很激动。我到船头上去眺望了一阵。河面静静的，木筏上火光小了，船上的灯光已很少了，远近一切只能借着水面微光看出个大略情形。另外一处的吊脚楼上，又有了妇人唱小曲的声音，灯光摇摇不定，且有猜拳声音。我估计那些灯光同声音所在处，不是木筏上的簝头[11]在取乐，就是水手们小商人在喝酒。妇人手指上说不定还戴了水手特别为从常德府捎带来的镀金戒指，一面唱曲一面把那只手理着鬓角，多动人的一幅画图！我认识他们的哀乐，这一切我也有份。看他们在那里把每个日子打发下去，也是眼泪也是笑，离我虽那么远，同时又与我那么相近。这正同读一篇描写西伯利亚的农人生活动人作品一样，使人掩卷引起无言的哀戚。我如今只用想象去领味这些人生活的表面姿态，却用过去一分经验，接触着了这种人的灵魂。

羊还固执的鸣着。远处不知甚么地方有锣鼓声音，那一定是某个人家禳土酬神还愿巫师的锣鼓。声音所在处必有火燎[12]与九品蜡[13]，照耀争辉。眩目火光下必有头包红布的老巫独立作旋风舞，门上架上有黄钱[14]，平地有装满了谷米[15]的平斗。有新宰的猪羊伏在木架上，头上插着小小五色纸旗。有行将为巫师用口把头咬下的活公鸡，缚了双脚与翼翅，在土坛边无可奈何的躺卧。主人锅灶边则热了满锅猪血稀粥，灶中正火光熊熊。

邻近一只大船上，水手们已静静的睡下了，只剩余一个人吸着烟，且时时刻刻把烟管敲着船舷。也像听着吊脚楼的声音，为那点声音所激动，引起种种联想。忽然按捺自己不住了，只听到他轻轻的骂着野话，擦了支自来火[16]，点上一段废缆，跳上岸往吊脚楼那里去了。他在岸上大石间走动时，火光便从船篷空处漏进我的船中。也是同样的情形吧，在一只装载棉军服向上行驶的船上，泊到同样的岸边，躺在成束成捆的军服上面，夜既太长，水手们爱玩牌的各蹲坐在舱板上小油灯光下玩天九[17]，睡既不成，便胡乱穿了两套棉军服，空手上岸，借着石块间还未融尽残雪返照的微光，一直向高岸上有灯光处走去。到了街上，除了从人家门罅里露出的灯光成一条长线横卧着，此外一无所有。在计算中以为应可见到的小摊上成堆的花生，用"哈德门"[18]长烟匣装着干瘪瘪的小橘子，切成小方块的片糖，以及在灯光下看守摊子把眉毛扯得极细的妇人（这些妇人无事可做时还会在灯光下做点针线的），如今甚么也没有。既不敢冒昧闯进一个人家里面去，便只好又回转河边船上了。但上山时向灯光凝聚处走去，方向不会错误。下河时可糟了。糊糊涂涂在大石小石间走了许久，且大声喊着，才走近自己所坐的一只船。上船时，两脚全是泥，刚攀上船舷还不及脱鞋落舱，就有人在棉被中大喊："伙计哥子们，脱鞋呀！"把鞋脱了还不即睡，便镶到水手身旁去看牌，一直看到半夜，——十五年前自己的事，在这样地方温习起来，使人对于命运感到十分惊异。我懂得那个忽然独自跑上岸去的人，为甚么上去的理由！

等了一会儿，邻船上那人还不回到他自己的船上来，我明白他所得的必比我多了一些。我想听听他回来时，是不是也像别的船上人，有一个妇人在吊脚楼窗口喊叫他。许多人都陆续回到船上了，这人却没有下船。我记起水手柏子[19]。但是，同样是水上人，一个那么快乐的赶到岸上去，一个却是那么寂寞的跟着别人后面走上岸去，到了那些地方，情形不会同柏子一样，也是很显然的事了。

为了我想听听那个人上船时那点推篷声音，我打算着，在一切声音全已安静时，我仍然不能睡觉。我等待那点声音，大约到午夜十二点，水面上却起了另外一种声音。仿佛鼓声，也仿佛汽油船马达转动声，声音慢慢的近了，可是慢慢的又远了。像是一个有魔力的歌唱，单纯到不可比方，也便是那种固执的单调，以及单调的延长，使一个身临其境的人，想用一组文字去捕捉那点声音，以及捕捉在那长潭深夜一个人为那声音所迷惑时节的心情，实近于一种徒劳无功的努力。那点声音使我不得不再从那个业已用被单塞好空罅的舱门，到船头去搜索它的来源。河面一片红光，古怪声音也就从红光一面掠水而来。原来日里隐藏在大岩下的一些小渔船，在半夜前早已静悄悄的下了拦江网。到了半夜，把一个从船头伸在水面的铁兜，盛上燃着熊熊烈火的油柴，一面用木棒槌有节奏的敲着船舷各处漂去。身在水中见了火光而来与受了杮声[20]吃惊四窜的鱼类，便在这种情形中触了网，成为渔人的俘虏。

一切光，一切声音，到这时节已为黑夜所抚慰而安静了，只有水面上那一分红光与那一派声音。那种声音与光明，正为着水中的鱼和水面的渔人生存的搏战，已在这河面上存在了若干年，且将在接连而来的每个夜晚依然继续存在。我弄明白了，回到舱中以后，依然默听着那个单调的声音。我所看到的仿佛是一种原始人与自然战争的情景。那声音，那火光，都近于原始人类的战争，把我带回到四五千年那个"过去"时间里去。

　　不知在甚么时候开始落了很大的雪，听船上人细语着，我心想，第二天我一定可以看到邻船上那个人上船时节，在岸边雪地上留下那一行足迹。那寂寞的足迹，事实上我却不曾见到，因为第二天到我醒来时，小船已离开那个泊船处很远了。

一九三四年作

注释

1. 河：指沅江。
2. 吊脚楼：也称"吊楼"，是中国南方苗族、壮族、布依族、侗族、水族、土家族等族特有的古老建筑形式，在湘西、鄂西、贵州等地多有分布。吊脚楼常建于半坡，倚山面水，呈虎坐形，讲究朝向。倚山一面的房基落实在山坡上，朝水的一面则下边悬空，靠很长的木柱支撑，属半干栏式建筑。
3. 鼎罐：一种炊具。罐底呈球面状，用时置放于三足圆形铁架上，状似商鼎，故名。
4. 靠灯：躺在床上鸦片烟灯旁抽鸦片烟。在20世纪二三十年代鸦片烟流行时，鸦片烟也成为招待客人的工具，请客人靠在烟灯旁躺着说话，叫靠灯。
5. 桅灯：又称马灯，一种手提的能防风雨的煤油灯，最早是在船上以及马车上照明使用。
6. 草荐：草垫子，草席。
7. 片糖：用土法榨出的甘蔗汁制成的红色或黄色蔗糖，长方形，手掌大的一片。
8. 荤烟：20世纪二三十年代鸦片烟在中国流行时，抽鸦片的人有女人陪侍，这种做法叫吃荤烟。
9. 洪江：地名。在湖南省怀化市西南部。为沅江上游湘、黔边境地区木材、桐油等物资集散中心。
10. 簰：也作"排"或"牌"。筏子，用竹子或木材并排编扎成的交通工具，多用于江河上水浅处。也指成捆的在水上漂浮、运送的木材或竹材。
11. 簰头：船上的头头。
12. 火燎：火炬。
13. 九品蜡：祭神用的蜡烛，九品即九支，用时按一定方式组合排列成一字式或品字式等。

14. 黄钱：西南官话，指纸钱。

15. 谷米：泛指稻谷、大米。

16. 自来火：火柴的俗称。

17. 天九：骨牌。

18. 哈德门：中国近代最著名的烟草品牌之一。最初由大英烟草公司于 1919 年在
　　我国注册，英文名为"HATAMEN"。此烟自面世至新中国成立之初，一直畅销不衰。
　　当时的报纸称："无人不抽哈德门，是人都抽哈德门。"

19. 水手柏子：是沈从文 1928 年发表于《小说月报》十九卷八期的短篇小说《柏子》
　　的主人公名字。《柏子》，1928 年 5 月写于上海，1935 年改写，发表在 1937 年
　　8 月的《小说月报》上，后收入《沈从文文集·雨后及其它》（第 4 卷）。小说讲
　　述的是一个名叫柏子的水手与辰河岸边一个妇人之间男欢女爱的故事。

20. 柝（tuò）声：柝是古代军人或巡更人敲打的木梆，此处指棒槌敲打船舷的声音。

导读

　　本篇发表于 1934 年 4 月 1 日《文学》二卷四号，署名沈从文。1936 年
3 月收入上海商务印书馆初版散文集《湘行散记》。现收入 1984 年花城出版
社、三联书店香港分店联合出版的《沈从文文集》第九卷、1982 年人民文学
出版社《沈从文散文选》，2001 年河北教育出版社《二十世纪中国散文大系》、
2002 年北岳文艺出版社《沈从文全集》第十一卷《湘行散记》集。戴乃迭曾
将其译为英文，收入英文本《湘行散记》。

　　"鸭窠围"是 1934 年 1—2 月间，沈从文因母病回乡探亲，从常德乘船
沿沅水溯流而上的沿途风景之一，在旅途中作者写给张兆和的信件（《湘行书
简》）中屡次提到鸭窠围，并说"鸭窠围是个深潭，两山翠色逼人"。这篇游
记散文通过作者旅途中夜宿鸭窠围一夜间的见闻和思绪，描写了湘西地区特
有的自然景色和独异的人生形态，寄托了作者深沉的生命感喟。这篇散文最
出色的地方在于现实和想象浑然一体，造成虚实交映的整体效果。"叙述者
的'我'始终在船上，上了岸的只是他的想象，却因经验的丰富，刻绘入微，
细节生动饱满，实景与想象浑不可分。"（赵园，《推荐沈从文的〈鸭窠围的
夜〉》，《语文建设》，2003 年第九期，34—36 页）沈从文结合自己的经历，
把想象中的情景进行了生动的描述，书写着普通民众的无言历史，进而对人生、
命运进行思考，揭示了命运无常的永恒主题。结尾"不曾见到"的"寂寞的足
迹"，把这种历史的沉思意味加强，造成渺茫又淡然若失的意境。

一九三四年一月十八

我仿佛被一个极熟的人喊了又喊，人清醒后那个声音还在耳朵边。原来我的小船已开行了许久，这时节正在一个长潭中顺风滑行，河水从船舷轻轻擦过，把我弄醒了。

我的小船今天应当停泊到一个大码头，想起这件事，我就有点儿慌张起来了。小船应停泊的地方，照史籍上所说，出丹砂，出辰川符。事实上却只出胖人，出肥猪，出鞭炮，出雨伞。一条长长的河街，在那里可以见到无数水手柏子与无数柏子的情妇。长街尽头飘扬着用红黑二色写上扁方体字税关的幡信[1]，税关前停泊了无数上下行验关的船只。长街尽头油坊围墙如城垣，长年有油可打。打油匠摇荡悬空油槌，訇的向前抛去时，莫不伴以摇曳长歌，由日到夜，不知休止。河中长年有大木筏停泊，每一木筏浮江而下时，同时四方角隅至少有三十个人举桡激水。沿河吊脚楼下泊定了大而明黄的船只，船尾高张，长到两丈左右，小船从下面过身时，仰头看去恰如一间大屋。(那上面必用金漆写得有"福"字同"顺"字!) 这个地方就是我一提及它时充满了感情的辰州。

小船去辰州还约三十里，两岸山头已较小，不再壁立拔峰，渐渐成为一堆堆黛色与浅绿相间的丘阜，山势既较和平，河水也温和多了。两岸人家渐渐越来越多，随处可以见到毛竹林。山头已无雪，虽尚不出太阳，气候干冷，天空倒明明朗朗。小船顺风张帆向上流走去时，似乎异常稳定。

但小船今天至少还得上三个滩与一个长长的急流。

大约九点钟时，小船到了第一个长滩脚下了，白浪从船旁跑过快如奔马，在惊心眩目情形中小船居然上了滩。小船上滩照例并不如何困难，大船可不同一点。滩头上就有四只大船斜卧在白浪中大石上，毫无出险的希望。其中一只货船，大致还是昨天才坏事的，只见许多水手在石滩上搭了棚子住下，且摊晒了许多被水浸湿的货物。正当我那只小船上完第一滩时，却见一只大船，正搁浅在滩头激流里。只见一个水手赤裸着全身向水中跳去，想在水中用肩背之力使船只活动，可是人一下水后，就即刻为激流带走了。在浪声哮吼里尚听到岸上人沿岸追喊着，水中那一个大约也回答着一些遗嘱之类，过一会儿，人便不见了。这个滩共有九段，这件事从船上人看来，可太平常了。

小船上第二段时，河流已随山势曲折，再不能张帆取风，我担心到这小小船只的安全问题，就向掌舵水手提议，增加一个临时纤手，钱由我出。得到了他的同意，一个老头子，牙齿已脱，白须满腮，却如古罗马战士那么健壮，光着手脚蹲在河边那个大青石上讲生意来了。两方面都大声嚷着而且辱骂着，一个要一千，一个却只出九百，相差那一百钱折合银洋约一分一厘。那方面既坚持非一千文不出卖这点气力，这一方面却以为小船根本不必多出这笔钱给一个老头子，我即或答应了不拘多少钱统由我出，船上三个水手，一面与那老头子对骂，一面把船开到急流里去了。但小船已开出后，老头子方不再坚持那一分钱，却赶忙从大石上一跃而下，自动把背后纤板上短绳，缚定了小船的竹缆，躬着腰向前走去了。待到小船业已完全上滩后，那老头就赶到船边来取钱，互相又是一阵辱骂。得了钱，坐在水边大石上一五一十数着。我问他有多少年纪，他说七十七。那样子，简直是一个托尔斯太[2]！眉毛那么长，鼻子那么大，胡子那么多，一切都同画相上的托尔斯太相去不远。看他那数钱的神气，人快到八十了，对于生存还那么努力执着，这人给我的印象真太深了。但这个人在他们弄船人看来，一个又老又狡猾的东西罢了。

小船上尽长滩后，到了一个小小水村边，有母鸡生蛋的声音，有隔河喊人的声音，两山不高而翠色迎人。许多等待修理的小船，一字排开斜卧在岸上，有人在一只船边敲敲打打，我知道他们正用麻头与桐油石灰嵌进船缝里去。一个木筏上面还搁了一只小船，在平潭中溜着。忽然村中有炮仗声音，有唢呐声音，且有锣声；原来村中人正接媳妇。锣声一起，修船的，放木筏的，划船的，无不停止了工作，向锣声起处望去。——多美丽的一幅画图，一首诗！但除了一个从城市中因事挤出的人觉得惊讶，难道还有谁看到这些光景矍然[3]神往？

下午二时左右，我坐的那只小船，已经把辰河由桃源到沅陵一段路程主要滩水上完，到了一个平静长潭里。天气转晴，日头初出，两岸小山作浅绿色，山水秀雅明丽如西湖。船离辰州只差十里，过不久，船到了白塔下再上个小滩，转过山岨，就可以见到税关上飘扬的长幡信了。

想起再过两点钟，小船泊到泥滩上后，我就会如同我小说写到的那个柏子一样，从跳板一端摇摇荡荡的上了岸，直向有吊脚楼人家的河街走去，再也不能蜷伏在船里了。

我坐到后舱口日光下，向着河流清算我对于这条河水这个地方的一切旧账。原来我离开这地方已十六年。十六年的日子实在过得太快了一点。想起从这堆日子中所有人事的变迁，我轻轻的叹息了好些次。这地方是我第二个故乡。我第一次离乡背井，随了那一群肩扛刀枪向外发展的武士为生存而战斗，就停顿到这个码头上。这地方每一条街每一处衙署，每一间商店，每一个城洞里做小生意的小担子，还如何在我睡梦里占据一个位置！这个河码头在十六年前教育我，给我明白了多少人事，帮助我做过多少幻想，如今却又轮到它来为我温习那个业已消逝的童年梦境来了。

望着汤汤的流水，我心中好像忽然彻悟了一点人生，同时又好像从这条河上，新得到了一点智慧。的的确确，这河水过去给我的是"知识"，如今给我的却是"智慧"。山头一抹淡淡的午后阳光感动我，水底各色圆如棋子的石头也感动我。我心中似乎毫无渣滓，透明烛照，对万汇百物，对拉船人与小小船只，一切都那么爱着，十分温暖的爱着！我的感情早已融入这第二故乡一切光景声色里了。我仿佛很渺小很谦卑，对一切有生无生似乎都在伸手，且微笑的轻轻的说：

"我来了，是的，我仍然同从前一样的来了。我们全是原来的样子，真令人高兴。你，充满了牛粪桐油气味的小小河街，虽稍稍不同了一点，我这张脸，大约也不同了一点。可是，很可喜的是我们还互相认识，只因为我们过去实在太熟习了！"

看到日夜不断千古长流的河水里的石头和砂子，以及水面腐烂的草木，破碎的船板，使我触着了一个使人感觉惆怅的名词。我想起"历史"。一套用文字写成的历史，除了告给我们一些另一时代另一群人在这地面上相斫相杀的故事以外，我们决不会再多知道一些要知道的事情。但这条河流，却告给了我若干年来若干人类的哀乐！小小灰色的渔船，船舷船顶站满了黑色沉默的鱼鹰，向下游缓缓划去了。石滩上走着脊梁略弯的拉船人。这些东西于历史似乎毫无关系，百年前或百年后皆仿佛同目前一样。他们那么忠实庄严的生活，担负了自己那份命运，为自己，为儿女，继续在这世界中活下去。不问所过的是如何贫贱艰难的日子，却从不逃避为了求生而应有的一切努力。在他们生活、爱憎、得失里，也依然摊派了哭，笑，吃，喝。对于寒暑的来临，他们便更比其他世界上人感到四时交替的严肃。历史对于他们俨然毫无意义，然而提到他们这点千年不变无可记载的历史，却使人引起无言的哀戚。

我有点担心，地方一切虽没有甚么变动，我或者变得太多了一点。

船到了税关前趸船[4]旁泊定时，我想象那些税关办事人，因为见我是个陌生旅客，一定上船来盘问我，麻烦我。我于是便假定恰如数年前作的一篇文章上我那个样子，故意不大理会，希望引起那个公务人员的愤怒，直到把我带局里为止。我正想要那么一个人引路到局上去，好去见他们的局长！还很希望他们带到当地驻军旅部去，因为若果能够这样，就使我进衙门去找熟人时，省得许多琐碎的手续了。

可是验关的来了，一个宽脸大身体的青年苗人。见到他头上那个盘成一饼的青布包头，引动了我一点乡情。我上岸的计划不得不变更了。他还来不及开口我就说：

"同年，你来查关！这是我坐的一只空船，你尽管看。我想问你，你局长姓甚么！"

那苗人已上了小船在我面前站定，看看舱里一无所有，且听我喊他为"同年"，从乡音中得到了点快乐。便用着小孩子似的口音我：

"你到哪里去，你从哪里来呀？"

"我从常德来——就到这地方。你不是梨林人吗？我是……我要会你局长！"

那关吏说："我是凤凰县人！你问局长，我们局长姓陈！"

第一个碰到的原来就是自己的乡亲，我觉得十分激动，赶忙请他进舱来坐坐。可是这个人看看我的衣服行李，大约以为我是个甚么代表，一种身份的自觉，不敢进舱里来了。就告我若要找陈局长，可以把船泊到中南门去。一面说着一面且把手中的粉笔，在船篷上画了个放行的记号，却回到大船上去："你们走！"他挥手要水手开船，且告水手应当把船停到中南门，上岸方便。

船开上去一点，又到了一个复查处。仍然来了一个头裹青布帕的乡亲从舱口看看船中的我。我想这一次应当故意不理会这个公务人，使他生气方可到局里去。可是这个复查员看看我不作声的神气，一问水手，水手说了两句话，又挥挥手把我们放走了。

我心想：这不成，他们那么和气，把我想象的安排的计划全给毁了，若到中南门起岸，水手在身后扛了行李，到城门边检查时，只需水手一句话，又无条件通过，很无意思。我多久不见到故乡的军队了，我得看看他们对于职务上的兴味与责任，过去和现在有甚么不同处。我便变更了计划，要小船在东门下傍码头停停，我一个人先上岸去，上了岸后小船仍然开到中南门，等等我再派人来取行李。我于是上了岸，不一会儿就到河街上了。当我打从那河街上过身时，做炮仗的，卖油盐杂货的，收买发卖船上一切零件的，所有小铺子皆牵引了我的眼睛，因此我走得特别慢些。但到进城时却使我很失望，城门口并无一个兵。原来地方既不戒严，兵移到乡下去驻防，城市中已用不着守城兵了。长街路上虽有穿着整齐军服的年青人，我却不便如何故意向他们生点事。看看一切皆如十六年前的样子，只是兵不同了一点。

我既从东门从从容容的进了城，不生问题，不能被带过旅部去，心想时间还早，不如到我弟弟哥哥共同在这地方新建筑的“芸庐”新家里看看，那新房子全在山上。到了那个外观十分体面的房子大门前，问问工人谁在监工，才知道我哥哥来此刚三天。这就太妙了，若不来此问问，我以为我家中人还依然全在凤凰县城里！我进了门一直向楼边走去时，还有使我更惊异而快乐的，是我第一个见着的人原来就正是五年来行踪不明的“虎雏”。这人五年前在上海从我住处逃亡后，一直就无他的消息，我还以为他早已腐了烂了。他把我引导到我哥哥住的房中，告给我哥哥已出门，过三点钟方能回来。在这三点钟之内，他在我很惊讶的盘问之下，却告给了我他的全部历史。八岁时他就因为用石块砸死了人逃出家乡，做过玩龙头宝的助手，做过土匪，做过采茶人，当过兵。到上海发生了那件事情后，这六年中又是从一想象不到的生活里，转到我军官兄弟手边来做一名“副爷”。

见到哥哥时，我第一句话说的是“家中虎雏真是个了不起的人物！”

我哥哥却回答得妙："了不起的人吗？这里比他了不起的人多着哪。"

到了晚上，我哥哥说的话，便被我所见到的几个青年军官证实了。

一九三四年一月十八日作

注释

1. 幡信：用以传递命令的幡，作用同"符节"。
2. 托尔斯太：今通译为托尔斯泰，俄国作家、思想家，19世纪末20世纪初最伟大的文学家之一，19世纪俄国伟大的批判现实主义作家，是世界文学史上最杰出的作家之一，他被称颂为具有"最清醒的现实主义"的"天才艺术家"。主要作品有长篇小说《战争与和平》、《安娜·卡列尼娜》、《复活》等。
3. 矍然：惊惧貌，惊视貌。
4. 趸船：无动力装置的矩形平底船，固定在岸边、码头，以供船舶停靠，上下旅客，装卸货物。

导读

本篇曾以《湘行散记——一九三四年一月十八》为篇名，发表于1934年6月18日天津《大公报·文艺副刊》，署名沈从文。后收入《湘行散记》。

本文是作者自己坐船经历由桃源到沅陵一段水路的风物见闻、人物叙写和心境描绘。作者叙事写景，伴以议论，透露出自己对人生、社会与历史的感悟与思考。

文中除了水村声色与河街光景的描绘外，有三处场景颇为动人。首先，是一个水手在滩头激流中遇难。正值寒冬，一只大船搁浅在滩头激流里，而一个水手赤裸着全身跃入水中，欲以肩背之力推动搁浅的船只。不幸的是，他很快被激流带走了。岸上的人追喊着，而那个水手回答着遗嘱，旋即不见踪影了。作者说："这件事从船上人看来，可太平常了。"这表现出这里的水手面对生死的勇气和坦然，在险滩激流的搏击中展现出生命之美，获得自身价值的确证，也承受着命运所摊派的悲欢。其次，是作者对一个拉纤老人的描写。这是一位已然七十七岁的老水手，牙齿已脱，白须满腮，却如古罗马战士那么健壮，其对于生存的执著，展现出生命的顽强和庄严。而这位老纤夫的形象正是底层人民的一个缩影，其对生存的执著是历史与人世的常态。最后，便是作者面对日夜长流的河水的深广感悟。历史，按史籍记载，只是"一些另一时代另一群人在这地面上相斫相杀的故事"，而底层人民千年恒常的悲欢的历史却为人遗忘，"使人引起无言的哀戚"。沈从文在此摈弃传统史家的目光，以一位作家的深情目光，投向湘西缄默而恒常的生老病死。这些在史家看来微不足道的人世哀乐，千年如一，默默持存，恒久不废如河水，而这便是它的意义和价值。

一个多情水手与一个多情妇人

我的小表到了七点四十分时，天光还不很亮。停船地方两山过高，故住在河上的人，睡眠仿佛也就可以多些了。小船上水手昨晚上吃了我五斤河鱼，鱼虽吃过，大约还记得着那吃鱼的原因，不好意思再睡，这时节业已起身，卷了铺盖，在烧水扫雪了。两个水手一面工作一面用野话编成韵语骂着玩着，对于恶劣天气与那些昨晚上能晃着火炬到有吊脚楼人家去同宽脸大奶子妇人纠缠的水手，含着无可奈何的妒忌。

大木筏都得天明时漂滩，正预备开头，寄宿在岸上的人已陆续下了河，与宿在筏上的水手们，共同开始从各处移动木料。筏上有斧斤声与大摇槌彭彭的敲打木桩声音。许多在吊脚楼寄宿的人，从妇人热被里脱身，皆在河滩大石间踉跄走着，回归船上。妇人们恩情所结，也多和衣靠着窗边，与河下人遥遥传述那种种"后会有期各自珍重"的话语。很显然的事，便是这些人从昨夜那点露水恩情上，已经各在那里支付分上一把眼泪与一把埋怨。想到这眼泪与埋怨，如何糅进这些人的生活中，成为生活之一部分时，使人心中柔和得很！

第一个大木筏开始移动时，约在八点左右。木筏四隅数十支大桡，泼水而前，筏上且起了有节奏的"唉"声。接着又移动了第二个。……木筏上的桡手，各在微明中画出一个黑色的轮廓。木筏上某一处必扬着一片红红的火光，火堆旁必有人正蹲下用钢罐煮水。

我的小船到这时节一切业已安排就绪，也行将离岸，向长潭上游溯江而上了。

只听到河下小船邻近不远某一只船上，有个水手哑着嗓子喊人：

"牛保，牛保，不早了，开船了呀！"

许久没有回答，于是又听那个人喊道：

"牛保，牛保，你不来当真船开动了！"

再过一阵，催促的转而成为辱骂，不好听的话已上口了。

"牛保，牛保，狗×的，你个狗就见不得河街女人的×！"

吊脚楼上那一个，到此方仿佛初从好梦中惊醒，从热被里妇人手臂中逃出，光身爬到窗边来答着：

"宋宋，宋宋，你喊甚么？天气还早咧。"

"早你的娘，人家木簰全开了，你玩了一夜还尽不够！"

"好兄弟，忙甚么？今天到白鹿潭好好的喝一杯！天气早得很！"

"天气早得很，哼，早你的娘！"

"就算是早我的娘吧。"

最后一句话，不过是我想象的。因为河岸水面那一个，虽尚呶呶[1]不已，楼上那一个却业已沉默了。大约这时节那个妇人还卧在床上，也开了口，"牛保，牛保，你别理他，冷得很！"因此即刻又回到床上热被里去了。

只听到河边那个水手喃喃的骂着各种野话，且有意识把船上家伙撞磕得很响。我心想：这是个甚么样子的人，我倒应该看看他。且很希望认识岸上那一个。我知道他们那只船也正预备上行，就告给我小船上水手，不忙开头，等等同那只船一块儿开。

不多久，许多木筏离岸了，许多下行船也拔了锚，推开篷，着手荡桨摇橹了。我卧在船舱中，就只听到水面人语声，以及橹桨激水声，与橹桨本身被扳动时咿咿哑哑声。河岸吊脚楼上妇人在晓气迷蒙中锐声的喊人，正如同音乐中的笙管[2]一样，超越众声而上。河面杂声的综合，交织了庄严与流动，一切真是一个圣境。

我出到舱外去站了一会儿，天已亮了，雪已止了，河面寒气逼人。眼看这些船筏各戴上白雪浮江而下，这里那里扬着红红的火焰同白烟，两岸高山则直矗而上，如对立巨魔，颜色淡白，无雪处皆作一片墨绿。奇景当前，有不可形容的瑰丽。

一会儿，河面安静了。只剩下几只小船同两片小木筏，还无开头意思。

河岸上有个蓝布短衣青年水手，正从半山高处人家下来，到一只小船上去。因为必须从我小船边过身，我把这人看得清清楚楚。大眼、宽脸、鼻子短，宽阔肩膊下挂着两只大手（手上还提了一个棕衣口袋，里面填得满满的），走路时肩背微微向前弯曲，看来处处皆证明这个人是一个能干得力的水手！我就冒昧的喊他，同他说话：

"牛保，牛保，你玩得好！"

谁知那水手当真就是牛保。

那家伙回过头来看看是我叫他，就笑了。我们的小船好几天以来，皆一同停泊，一同启碇[3]，我虽不认识他，他原来早就认识了我的。经我一问，他有点害羞起来了。他把那口袋举起带笑说道：

"先生，冷呀！你不怕冷吗？我这里有核桃，你要不要吃核桃？"

我以为他想卖给我些核桃，不愿意扫他的兴，就说我要，等等我一定向他买些。

他刚走到他自己那只小船边，就快乐的唱起来了。忽然税关复查处比邻吊脚楼人家窗口，露出一个年青妇人鬓发散乱的头颅，向河下人锐声叫将起来：

"牛保，牛保，我同你说的话，你记着吗？"

年青水手向吊脚楼一方把手挥动着。

"唉，唉，我记得到！……冷！你是怎么的啊！快上床去！"大约他知道妇人起身到窗边时，是还不穿衣服的。

妇人似乎因为一番好意不能使水手领会，有点不高兴的神气。

"我等你十天，你有良心，你就来——"说着，彭的一声把格子窗放下了。这时节眼睛一定已红了。

那一个还向吊脚楼喃喃说着什么，随即也上了船。我看看，那是一只深棕色的小货船。

我的小船行将开头时，那个青年水手牛保却跑来送了一包核桃。我以为他是拿来卖给我的，赶快取了一张值五角的票子递给他。这人见了钱只是笑。他把钱交还，把那包核桃从我手中抢了回去。

"先生，先生，你买我的核桃，我不卖！我不是做生意人。（他把手向吊脚楼指了一下，话说得轻了些。）那婊子同我要好，她送我的。送了我那么多，还有栗子，干鱼。还说了许多痴话，等我回来过年唡。……"

慷慨原是辰河水手一种通常的性格，既不要我的钱，皮箱上正搁了一包烟台苹果，我随手取了四个大苹果送给他，且问他：

"你回不回来过年？"

他只笑嘻嘻的把头点点，就带了那四个苹果飞奔而去。我要水手开了船。小船已开到长潭中心时，忽然又听到河边那个哑嗓子在喊嚷：

"牛保，牛保，你是怎么的？我 × 你的妈，还不下河，我翻你的三代，还……"

一会儿，一切皆沉静了，就只听到我小船船头分水的声音。

听到水手的辱骂，我方明白那个快乐多情的水手，原来得了苹果后，并不即返船，仍然又到吊脚楼人家去了。他一定把苹果献给那个妇人，且告给妇人这苹果的来源，说来说去，到后自然又轮着来听妇人说的痴话，把下河的时间完全忘掉了。

小船已到了辰河多滩的一段路程，长潭尽后就是无数大滩小滩。河水半月来已落下六尺，雪后又照例无风，较小船只即或可以不从大漕上行，沿着河边浅水处走去也仍然十分费事。水太干了，天气又实在太冷了点。我伏在舱口看水手们一面骂野话，一面把长篙向急流乱石间掷去，心中却念及那个多情水手，船上滩时浪头俨然只想把船上人攫走。水流太急，故常常眼看业已到了滩头，过了最紧要处，但在抽篙换篙之际，忽然又会为急流冲下。河水又大又深，大浪头拍岸时常如一个小山，但它总使人觉得十分温和。河水可同一股火，太热情了一点，时时刻刻皆想把人攫走，且仿佛完全只凭自己意见作去。但古怪的是这些弄船人，他们逃避急流同漩水的方法十分巧妙。他们得靠水为生，明白水，比一般人更明白水的可怕处；但他们为了求生，却在每个日子里每一时间皆有向水中跳去的准备。小船一上滩时，就不能不向白浪里钻去，可是他们却又必有方法从白浪里找到出路。

在一个小滩上，因为河面太宽，小漕河水过浅，小船缆绳不够长不能拉纤，必需尽手足之力用篙撑上，我的小船一连上了五次皆被急流冲下。船头全是水。到后想把船从对河另一处大漕走去，漂流过河时，从白浪中钻出钻进，篷上也沾了水。在大漕中又上了两次，还花钱加了个临时水手，方把这只小船弄上滩。上过滩后问水手是甚么滩，方知道这滩名"骂娘滩"。（说野话的滩！）即或是父子弄船，一面弄船也一面得互骂各种野话，方可以把船弄上滩口。

一整天小船尽是上滩，我一面欣赏那些从船舷驶过急于奔马的白浪，一面便用船上的小斧头，剥那个风流水手见赠的核桃吃。我估想这些硬壳果，说不定每一颗还都是那吊脚楼妇人亲手从树上摘下，用鞋底揉去一层苦皮，再一一加以选择，放到棕衣口袋里来的。望着那些棕色碎壳，那妇人说的"你有良心你就赶快来"一句话，也就尽在我耳边响着。那水手虽然这时节或许正在急水滩头趴伏到石头上拉船，或正脱了裤子涉水过溪，一定却记忆着吊脚楼妇人的一切，心中感觉十分温暖。每一个日子的过去，便使他与那妇人接近一点点。十天完了，过年了，那吊脚楼上，照例门楣上全贴了红喜钱，被捉的雄鸡啊呵呵呵的叫着，雄鸡宰杀后，把它向门角落抛去，只听到翅膀扑地的声音。锅中蒸了一笼糯米饭倒下，两人就开始在一个石臼里捣将起来。一切事皆两个人共力合作，一切工作中皆搀合有笑谑与善意的诅咒。于是当真过年了。又是叮咛与眼泪，在一分长长的日子里有所期待，留在船上另一个放声的辱骂催促着，方下了船，又是核桃与栗子，干鲤鱼与……

到了午后，天气太冷，无从赶路。时间还只三点左右，我的小船便停泊了。停泊地方名为杨家岨。依然有吊脚楼，飞楼高阁悬在半山中，结构美丽悦目。小船傍在大石边，只须一跳就可以上岸。岸上吊脚楼前枯树边，正有两个妇人，穿了毛蓝布衣裳，不知商量些甚么，幽幽的说着话。这里雪已极少，山头皆裸露作深棕色，远山则为深紫色。地方静得很，河边无一只船，无一个人，无一堆柴。不知河边哪一个大石后面，有人正在捶捣衣服，一下一下的捣。对河也有人说话，却看不清楚人在何处。

小船停泊到这些小地方，我真有点担心。船上那个壮年水手，是一个在军营中开过小差作过种种非凡事业的人物，成天在船上只唱着"过了一天又一天，心中好似滚油煎"，若误会了我箱中那些带回湘西送人的信笺信封，以为是值钱的东西，在唱过了埋怨生活的戏文以后，转念头来玩个新花样，说不定我还来不及被询问"吃板刀面或吃云吞"以前，就被他解决了。这些事我倒不怎么害怕，凡是蠢人做出的事我不知道甚么叫吓怕的。只是有点儿担心，因为若果这个人做出了这种蠢事，我完了，他跑了，这地方可糟了。地方既属于我那些同乡军官大老管辖，就会把他们可忙坏了。

我盼望牛保那只小船赶来，也停泊到这个地方，一面可以不用担心，一面还可以同这个有人性的多情水手谈谈。

直等到黄昏，方来了一只邮船，靠着小船下了锚。过不久，邮船那一面有个年青水手嚷着要支点钱上岸去吃"荤烟"，另一个管事的却不允许，两人便争吵起来了。只听到年青的那一个呶呶絮语，声音神气简直同大清早上那个牛保一个样子。到后来，这个水手负气，似乎空着个荷包，也仍然上岸过吊脚楼人家去了。过了一会儿还不见他回船，我很想知道一下他到了那里作些甚么事情，就要一个水手为我点上一段废缆，晃着那小小火把，引导我离了船，爬了一段小小山路，到了所谓河街。

五分钟后，我与这个穿绿衣的邮船水手，一同坐到一个人家正屋里火堆旁，默默的在烤火了。面前一个大油松树根株，正伴同一饼油渣，熊熊的燃着快乐的火焰。间或有人用脚或树枝拨了那么一下，便有好看的火星四散惊起。主人是一个中年妇人，另外还有两个老妇人，不断向水手提出种种问题，且把关于下河的油价，木价，米价，盐价，一件一件来询问他，他却很散漫的回答，只低下头望着火堆。从那个颈项同肩膊，我认得这个人性格同灵魂，竟完全同早上那个牛保一样。我明白他沉默的理由，一定是船上管事的不给他钱，到岸上来赊烟不到手。他那闷闷不乐的神气，可以说是很妩媚。我心想请他一次客，又不便说出口。到后机会却来了。门开处进来了一个年事极轻的妇人，头上裹着大格子花布首巾，身穿绿色土布袄子，挂着一条蓝色围裙，胸前还绣了一朵小小白花。那年青妇人把两只手插在围裙里，轻脚轻手进了屋，就站在中年妇人身后。说真话，这个女人真使我有点儿"惊讶"。我似乎在甚么地方另一时节见着这样一个人，眼目鼻子皆仿佛十分熟习。若不是当真在某一处见过，那就必定是在梦里了。公道一点说来，这妇人是个美丽得很的生物！

最先我以为这小妇人是无意中撞来玩玩，听听从下河来的客人谈谈下面事情，安慰安慰自己寂寞的。可是一瞬间，我却明白她是为另一件事而来的了。屋主人要她坐下，她却不肯坐下，只把一双放光的眼睛尽瞅着我，待到我抬起头去望她时，那眼睛却又赶快逃避了。她在一个水手面前一定没有这种羞怯，为这点羞怯我心中有点儿惆怅，引起了点儿怜悯。这怜悯一半给了这个小妇人，却留下一半给我自己。

那邮船水手眼睛为小妇人放了光，很快乐的说：

"夭夭，夭夭，你打扮得真像个观音！"

那女人抿嘴笑着不理会，表示这点阿谀并不稀罕，一会儿方轻轻的说：

"我问你，白师傅的大船到了桃源不到？"

邮船水手回答了，妇人又轻轻的问：

"杨金保的船？"

邮船水手又回答了，妇人又继续问着这个那个。我一面向火一面听他们说话，却在心中计算一件事情。小妇人虽同邮船水手谈到岁暮年末水面上的情形，但一颗心却一定在另外一件事情上驰骋。我几乎本能的就感到了这个小妇人是正在对我怀着一点痴想头的。不用惊奇，这不是稀奇事情。我们若稍懂人情，就会明白一张为都市所折磨而成的白脸，同一件称身软料细毛衣服，在一个小家碧玉心中所能引起的是一种如何幻想，对目前的事也便不用多提了。

对于身边这个小妇人，也正如先前一时对于身边那个邮船水手一样，我想不出用个甚么方法，就可以使这个有了点儿野心与幻想的人，得到她所要得到的东西。其实我在两件事上皆不能再吝啬了，因为我对于他们皆十分同情。但试想想看，倘若这个小妇人所希望的是我本身，我这点同情，会不会引起五千里外另一个人的苦痛？我笑了。

……假若我给这水手一笔钱，让这小妇人同他谈一个整夜？

我正那么计算着，且安排如何来给那个邮船水手的钱，使他不至于感觉难为情。忽然听那年青妇人问道：

"牛保那只船？"

那邮船水手吐了一口气，"牛保的船吗，我们一同上骂娘滩，溜了四次。末后船已上了滩，那拦头的伙计还同他在互骂，且不知为甚么互相用篙子乱打乱剿起来，船又溜下滩去了。看那样子不是有一个人落水，就得两个人同时落水。"

有谁发问："为甚么？"

邮船水手感慨似的说："还不是为那一张 ×！"

几人听着这件事，皆大笑不已。那年青小妇人，却长长的吁了一口气。

忽然河街上有个老年人嘶声的喊人：

"夭夭小婊子，小婊子婆，卖 × 的，你是怎么的，夹着那两片小 ×，一眨眼又跑到哪里去了！你来！……"

小妇人听门外街口有人叫她，把小嘴收敛做出一个爱娇的姿势，带着不高兴的神气自言自语说："叫骡子又叫了。你就叫吧。夭夭小婊子偷人去了！投河吊颈去了！"咬着下唇很有情致的盯了我一眼，拉开门，放进了一阵寒风，人却冲出去，消失到黑暗中不见了。

那邮船水手望了望小妇人去处那扇大门，自言自语的说："小婊子偏偏嫁老烟鬼，天晓得！"

于是大家便来谈说刚才走去那个小妇人的一切。屋主中年妇人，告给我那小妇人年纪还只十九岁，却为一个年过五十的老兵所占有。老兵原是一个烟鬼，虽占有了她，只要谁有土有财就让床让位。至于小妇人呢，人太年青了点，对于钱毫无用处，却似乎常常想得很远很远。屋主人且为我解释很远很远那句话的意思，给我证明了先前一时我所感觉到的一件事情的真实。原来这小妇人虽生在不能爱好的环境里，却天生有种爱好的性格。老烟鬼用名分缚着了她的身体，然而那颗心却无从拘束。一只船无意中在码头边停靠了，这只船又恰恰有那么一个年青男子，一切派头都和水手不同，夭夭那颗心，将如何为这偶然而来的人跳跃！屋主人所说的话增加了我对于这个年青妇人的关心。我还想多知道一点，请求她告给我，我居然又知道了些不应当写在纸上的事情。到后来，谈起命运，那屋主人沉默了，众人也沉默了。各人眼望着熊熊的柴火，心中玩味着"命运"两个字的意义，而且皆俨然有一点儿痛苦。

我呢，在沉默中体会到一点"人生"的苦味。我不能给那个小妇人甚么，也再不作给那水手一点点钱的打算了，我觉得他们的欲望同悲哀都十分神圣，我不配用钱或别的方法渗进他们命运里去，扰乱他们生活上那一份应有的哀乐。

下船时，在河边我听到一个人唱《十想郎》小曲，曲调卑陋声音却清圆悦耳。我知道那是由谁口中唱出且为谁唱的。我站在河边寒风中痴了许久。

一九三四年作

注释

1. 呶呶：形容说话唠叨。

2.笙管：即笙。笙有十三管，属管乐器，故称笙管。

3.启碇：碇就是现在的锚，用来固定船舶的。启碇就是起锚，开船的意思。

导读

　　本篇曾以《湘西散记——一个多情水手与一个多情妇人》为名，发表于1934年7月7日天津《大公报·文艺副刊》，署名沈从文。后收入《湘行散记》。

　　本文叙写了一个多情的水手牛保和一个多情的妇人夭夭，意在展现湘西世界中的生命形态，不同于"虎雏"的强悍有力，所呈现的是满含真情与深切之爱的生命与人性。文章的开篇即写一位水手和一位妓女的缠绵与离别。水手牛保不顾耽误开船的时间，与妓女依依惜别，两人在楼上楼下互喊着蕴满深情的话。而当他从作者那里得到苹果后，并不即刻返船，又跑回吊脚楼，把苹果献给那个妇人，于是又是一番离别前的痴话倾吐，所以把下河的时间完全忘掉了。

　　不论是小说抑或是散文，妓女与水手都是沈从文笔下经常出现的人物，他们生存于底层，并相濡以沫。我们从作者的文字中读不出肮脏交易的丑恶，而是妓女与水手之间深切的情爱，乃至被作者升华成一种神性的光辉，一种生命的真诚，热烈而多情。小妇人夭夭年纪还只十九岁，却为一个年过五十的老烟鬼所占有，而只要谁愿意出烟土和钱财，他就让床让位。夭夭的心灵敏感而多情，驰向辽远而虚幻的远方，所以见了作者自是跃跃而动，将希望寄托于他的身上，终是空幻不实的，而她对爱情的渴望却是动人的。在作者看来，这种欲望同他们的悲哀是一样神圣的，具有一种生的力量和人性之美好，而不似都市那般消沉、萎缩与扭曲。

箱子岩

十五年以前，我有机会独坐一只小篷船，沿辰河上行，停船在箱子岩[1]脚下。一列青黛崭削的石壁，夹江高矗，被夕阳烘炙成为一个五彩屏障。石壁半腰约百米高的石缝中，有古代巢居者的遗迹，石罅隙间横横的悬撑起无数巨大横梁，暗红色长方形大木柜尚依然好好的搁在木梁上。岩壁断折缺口处，看得见人家茅棚同水码头，上岸喝酒下船过渡人也得从这缺口通过。那一天正是五月十五，河中人过大端阳节[2]。箱子岩洞窟中最美丽的三只龙船，早被乡下人拖出浮在水面上。船只狭而长，船舷描绘有朱红线条，全船坐满了青年桨手，头腰各缠红布。鼓声起处，船便如一支没羽箭，在平静无波的长潭中来去如飞。河身大约一里路宽，两岸皆有人看船，大声呐喊助兴。且有好事者，从后山爬到悬岩顶上去，把"铺地锦"百子鞭炮从高岩上抛下，尽鞭炮在半空中爆裂，形成一团团五彩碎纸云尘。彭彭彭彭的鞭炮声与水面船中锣鼓声相应和，引起人对于历史回溯发生一种幻想，一点感慨。

当时我心想：多古怪的一切！两千年前那个楚国逐臣屈原，若本身不被放逐，疯疯癫癫来到这种充满了奇异光彩的地方，目击身经这些惊心动魄的景物，两千年来的读书人，或许就没有福分读《九歌》[3]那类文章，中国文学史也就不会如现在的样子了。在这一段长长岁月中，世界上多少民族皆堕落了，衰老了，灭亡了。即如号称东亚大国的一片土地，也已经有过多少次被从西北方远来沙漠中的蛮族，骑了膘壮的马匹，手持强弓硬弩，长枪大戟，到处践踏蹂躏！（辛亥革命前夕，在这苗蛮杂处的一个边镇上，向土民最后一次大规模施行杀戮的统治者，就是一个北方清朝的宗室！辛亥以后，老袁[4]梦想做皇帝时，又有两师北佬在这里和滇军作战了大半年。）然而这地方的一切，虽在历史中照样发生不断的杀戮，争夺，以及一到改朝换代时，派人民担负种种不幸命运，死的因此死去，活的被逼迫留发，剪发，在生活上受新朝代种种限制与支配。然而细细一想，这些人根本上又似乎与历史毫无关系。从他们应付生存的方法与排泄感情的娱乐看上来，竟好像今古相同，不分彼此。这时节我所眼见的光景，或许就和两千年前屈原所见的完全一样。

那次我的小船停泊在箱子岩石壁下，附近还有十来只小渔船，大致打渔人也有玩龙船竞渡的，所以渔船上妇女小孩们，精神无不十分兴奋，各站在尾梢上或船篷上锐声呼喊。其中有几个小孩子，我只担心他们太快乐兴奋了些，会把住家的小船跳沉。

日头落尽云影无光时，两岸渐渐消失在温柔暮色里。两岸看船人呼喝声越来越少，河面被一片紫雾笼罩，除了从锣鼓声中还能辨别那些龙船方向，此外已别无所见。然而岩壁缺口处却人声嘈杂，且闻有小孩子哭声，有妇女们尖锐叫唤声，综合给人一种悠然不尽的感觉。天气已经夜了，吃饭是正经事。我原先还以为再等一会儿，那龙船一定就会傍近岩边来休息，被人拖进石窟里，在快乐呼喊中结束这个节日了。谁知过了许久，那种锣鼓声尚在河面飘扬着，表示一班人还不愿意离开小船，回转家中。待到我把晚饭吃过后，爬出舱外一望，呀，天上好一轮圆月。月光下石壁同河面，一切如镀了银，已完全变换了一种调子。岩壁缺口处水码头边，正有人用废竹缆或油柴燃着火燎，火光下只见许多穿白衣人的影子移动。问问船上水手，方知道那些人正把酒食搬移上船，预备分派给龙船上人。原来这些青年人白日里划了一整天船，看船的已慢慢散尽了，划船的还不尽兴，并且谁也不愿意扫兴示弱，先行上岸，因此三只长船还得在月光下玩个上半夜。

提起这件事，使我重新感到人类文字语言的贫俭。那一派声音，那一种情调，真不是用文字语言可以形容的事情。要一个长年身在城市里住下，以读读《楚辞》[5]就"神往意移"的人，来描绘那月下竞舟的一切，更近于徒然的努力。我可以说的，只是自从我把这次水上所领略的印象保留到心上后，一切书本上的动人记载，全看得平平常常，不至于发生任何惊讶了。这正像我另外一时，看过人类许多不同花样的愚蠢杀戮，对于其余书上叙述到这件事情时，同样不能再给我如何感动。

十五年后我又有了机会乘坐小船沿辰河上行，应当经过箱子岩。我想温习温习那地方给我的印象，就要管船的不问迟早，把小船在箱子岩下停泊。这一天是十二月七号，快要过年的光景。没有太阳的阴沉酿雪[6]天，气候异常寒冷。停船时还只下午三点钟左右，岩壁上藤萝草木叶子多已萎落，显得那一带斑驳岩壁十分瘦削。悬岩高处红木柜，只剩下三四具，其余早不知到哪里去了。小船最先泊在岩壁下洞窟边，冬天水落得太多，洞口已离水面两三丈以上。我从石壁裂罅爬上洞口，到搁龙船处看了一下，旧船已不知坏了还是早被水冲去了，只见有四只新船搁在石梁上，船头还贴有鸡血同鸡毛，一望就明白是今年方下水的[7]。出得洞口时，见岩下左边泊定五只渔船，有几个老渔婆缩颈敛手在船头寒风中修补鱼网。上船后觉得这样子太冷落了，可不是个办法，就又要船上水手为我把小船撑到岩壁断折处有人家地方去，就便上岸，看看乡下人过年以前是甚么光景。

　　四点钟左右，黄昏已逐渐腐蚀了山峦与树石轮廓，占领了屋角隅。我独自坐在一家小饭铺柴火边烤火。我默默的望着那个火光煜煜的枯树根，在我脚边很快乐的燃着，爆炸出轻微的声音。铺子里人来来往往，有些说两句话又走了，有些就来镶在我身边长凳上，坐下吸他的旱烟[8]。有些来烘烘脚，把穿着湿草鞋的脚去热灰里乱搅。看看每一个人的脸子，我都发生一种奇异的乡情。这里是一群会寻快乐的正直善良乡下人，有捕鱼的，打猎的，有船上水手和编制竹缆工人。若我的估计不错，那个坐在我身旁，伸出两只手向火，中指节有个放光顶针[9]的，肯定还是一位乡村里的成衣人。这些人每到大端阳时节，都得下河去玩一整天的龙船。平常日子特别是隆冬严寒天气，却在这个地方，按照一种分定，很简单的把日子过下去。每日看过往船只摇橹扬帆来去，看落日同水鸟。虽然也同样有人事上的得失，到恩怨纠纷成一团时，就陆续发生庆贺或仇杀。然而从整个说来，这些人生活却仿佛同"自然"已相融合，很从容的各在那里尽其性命之理，与其他无生命物质一样，惟在日月升降寒暑交替中放射，分解。而且在这种过程中，人是如何渺小的东西，这些人比起世界上任何哲人，也似乎还更知道的多一些。

　　听他们谈了许久，我心中有点忧郁起来了。这些不辜负自然的人，与自然妥协，对历史毫无担负，活在这无人知道的地方。另外尚有一批人，与自然毫不妥协，想出种种方法来支配自然，违反自然的习惯，同样也那么尽寒暑交替，看日月升降。然而后者却在慢慢改变历史，创造历史。一份新的日月，行将消灭旧的一切。我们用甚么方法，就可以使这些人心中感觉一种对"明天"的"惶恐"，且放弃过去对自然和平的态度，重新来一股劲儿，用划龙船的精神活下去？这些人在娱乐上的狂热，就证明这种狂热能换个方向，就可使他们还配在世界上占据一片土地，活得更愉快更长久一些。不过有甚么方法，可以改造这些人的狂热到一件新的竞争方面去，可是个费思索的问题。

一个跛脚青年人，手中提了一个老虎牌新桅灯，灯罩光光的，洒着摇着从外面走进了屋子。许多人见了他都同声叫唤起来："什长[10]，你发财回来了！好个灯！"

那跛子年纪虽很轻，脸上却刻划了一种兵油子的油气与骄气，在乡下人中仿佛身份特高一层。把灯搁在木桌上，大洋洋的坐近火边来，拉开两腿摊出两只大手烘火，满不高兴的说："碰鬼，运气坏，甚么都完了。"

"船上老八说你发了财，瞒我们。怕我们开借。"

"发了财，哼。用得着瞒你们？本钱去七角，桃源行市只一块零，除了上下开销，二百两货有甚么捞头[11]，我问你。"

这个人接着且连骂带唱的说起桃源后江娘儿们种种有趣的情形，使得一班人活泼兴奋起来，话说得正有兴味时，一个人来找他，说"什长，猪蹄髈燉好了，酒已热好了，"他搓搓手，说声有偏[12]各位，提起那个新桅灯就走了。

原来这个青年汉子，是个打鱼人的独生子。三年前被省城里募兵委员看中了招去，训练了三个月，就开到江西边境去同共产党打仗。打了半年仗，一班兄弟中只剩下他一个人好好的活着，奉令调回后防招募新军补充时，他因此升了班长。第二次又训练三个月，再开到前线去打仗。于是碎了一只腿，抬回省中军医院诊治，照规矩这只腿得用锯子锯去。一群同乡都以为从辰州[13]地方出来的家乡人，"辰州符"[14]比截割高明得多了，信他个洋办法像话吗？就把他从医院中抢出，在外边用老办法找人敷水药治疗。说也古怪，不到三个月，那只腿居然不必截割全好了。战争是个甚么东西他也明白了。取得了本营证明，领得了些伤兵抚恤费后，于是回到家乡来，用什长名义受同乡恭维，又用伤兵名义做点特别生意。这生意也就正是有人可以赚钱，有人可以犯法，政府也设局收税，也制定法律禁止，又可以杀头，又可以发财，那种从各方面说来都似乎极有出息的生意。我想弄明白那什长的年龄，从那个当地惟一成衣人口中，方知道这什长今年还只二十一岁。那成衣人还说：

"这小子看事有眼睛，做事有魄力，蹶了一只腿，还会一月一个来回下常德府，吃喝玩乐发财走好运。若两只腿全弄坏，那就更好了。"

有个水手插口说："这是甚么话。"

"甚么画，壁上挂。穷人打光棍，一只腿打坏了不顶事。如两只腿全打坏了，他就不会卖烟土走私赚了钱，再到桃源县后江玩花姑娘了！"

成衣人末后一句打趣话，把大家都弄笑了。

回船时，我一个人坐在灌满冷气的小小船舱中，屈指计算那什长年龄，二十一岁减十五，得到个数目是六。我记起十五年前那个夜里一切光景，那落日返照，那狭长而描绘朱红线条的船只，那锣鼓与热情兴奋的呼喊……尤其是临近几只小渔船上欢乐跳掷的小孩子，其中一定就有一个今晚我所见到的跛脚什长。唉，历史是多么古怪的事物。生硬性痛疽[15]的人，照旧式治疗方法，可用一星一点毒药敷上，尽它溃烂，到溃烂净尽时，再用药物使新的肌肉生长，人也就恢复健康了。这跛脚什长，我对他的印象虽异常恶劣，想起他就是一个可以溃烂这乡村居民灵魂的人物，不由人不寄托一种幻想……

二十年前澧州镇守使[16]王正雅[17]部队一个平常马夫，姓贺名龙[18]，兵乱时，一菜刀切下了一个散兵的头颅，二十年后就得惊动三省集中二十万军队来解决这马夫。谁个人会注意这小小节目，谁个人想象得到人类历史是用甚么写成的！

一九三五年四月十日作

注释

1. 箱子岩：位于泸溪县浦市之间，沅水右岸，水路距县城约60公里。这个断崖同沅水流域许多滨河悬崖一样，都是石灰岩构成的，沈从文在《泸溪·浦市·箱子岩》中写道："那种赭色木柜一般方形木器，现今还有三五具好好搁在斩削岩石半空石缝石罅间。这是真的原人住居遗迹，还是古代蛮人寄存骨殖的木柜，不得而知。"

2. 大端阳节：在湖南、湖北地区，人们习惯称农历五月初五为"小端阳"，五月十五为"大端阳"。而在屈原的故乡湖北秭归则有三个端午节，农历五月初五为"头端阳"，五月十五为"大端阳"，五月二十五为"末端阳"。吃粽子、赛龙舟、挂艾蒿、插菖蒲、饮雄黄酒等是端阳节的传统活动。

3. 《九歌》：是屈原流放时期在楚民间祭歌的基础上加工整理而成的，共有 11 篇诗歌，分别祭祀 11 位神灵。

4. 老袁：即袁世凯（1859—1916 年），字慰亭，号容庵，河南项城人，曾是北洋军阀的领导人，在辛亥革命后，窃取了胜利果实，成为中华民国首任大总统，后因背叛民国，复辟称帝被推翻。

5. 《楚辞》："楚辞"又称"楚词"，是战国时代的伟大诗人屈原创造的一种诗体。作品运用楚地(今两湖一带)的文学样式、方言声韵，叙写楚地的山川人物、历史风情，具有浓厚的地方特色。西汉刘向把屈原的作品及宋玉等人"承袭屈赋"的作品编辑成集，名为《楚辞》。

6. 酿雪：空中水蒸气逐渐凝聚而形成为雪。

7. 船头还贴有鸡血同鸡毛，一望就明白是今年方下水的：渔俗的一种，新船下水时，船主焚香鸣炮，宰杀雄鸡，在船头滴点鸡血，贴上鸡毛，向河中奠酒，祈祷平安。

8. 旱烟：散装的烟丝或碎烟叶，一般用烟斗或纸条卷来吸。

9. 顶针：中国民间常用的缝纫用品，箍形，用金属或其他材料制成，上面布满小坑，一般套在中指用来顶针尾，以免伤手，而且能顶着针尾使手指更易发力，以穿透衣物。

10. 什长：旧军队中排长之下的军官叫什长。

11. 捞头：即赚头，有利可图。

12. 偏：客套话，表示先用茶饭等。

13. 辰州：地名，即今湖南省沅陵县。

14. 辰州符：属于巫傩文化，当地人认为"符"是一种威力巨大的固定法术，主要用于保护、治疗、镇守、驱逐等，因为"符"是辰州地区的巫师们首创，故名"辰州符"。这里即指用咒语化水来治病。古代人们相传，这种辰州符的治病方法又叫"祝由科"。辰州符流传极广，今天海内外众多的符咒书籍大多以"辰州符"为名。

15. 痈疽（yōng jū）：毒疮。

16. 镇守使：官名。北洋军阀统治时期设置，为地方军事长官，所辖军队有一混成旅或一师。至 20 世纪 20 年代末期，随着国民政府象征性统一中国后，镇守使官衔编制才陆续取消。

17. 王正雅：为一旧军官，辛亥武昌起义后，王率部取道湘西，攻克湖北荆州，守军开城迎降。后驻荆半载，终以客军被摒，退回湘西，初任湖南第四区守备队司令，后任澧州镇守使。

18. 姓贺名龙：贺龙（1896—1969 年），原名贺文常，字云卿，湖南桑植县人。中国无产阶级革命家、军事家，中国工农红军和中国共产党领导的军事力量的重要领导人。

导读

　　本篇写于 1935 年 4 月 10 日，曾以《湘行散记——箱子岩》为篇名，发表于 1935 年 4 月《水星》二卷一期，署名沈从文。后收入 1936 年 3 月商务印书馆版《湘行散记》，题为《箱子岩》，列为第七篇。戴乃迭英译文收入英文版《湘西散记》。1982 年收入广州花城、香港三联出版社出版的《沈从文文集》第九卷，2002 年收入北岳文艺出版社出版的《沈从文全集》第十一卷。

　　1934 年，沈从文因母病返乡，循着由沅水下游至上游的回乡路程，将沿途的见闻写在给夫人张兆和的书信中，《湘行散记》就是由此整理加工而成的。彼时，沈从文离开湘西已有 10 余年时间。在漫长的 10 多年之后，他又回到了曾经生活过的那片神奇的土地，看到了承载他生命和感情的这条长达千里的沅水。但显然，这所见所闻并不如记忆中美好，于是，这曾属于屈原，属于乡下人而现在属于兵油子的箱子岩，就成为沈从文寻觅历史踪迹、思索未来的一个支点，寄托了他对湘西人民的历史与现实、过去与未来的淡淡的哀愁和忧虑。

　　历史之于湘西，仿佛是静止的，朝代更迭、战争杀戮都不会影响湘西人民的生活，"从他们应付生存的方法与排泄感情的娱乐看上来，竟好像今古相同，不分彼此"。时代风云倏忽而逝，真正留下来的是一个又一个真实平凡的日子。而历史本身又是流动的，从 15 年前箱子岩的鲜艳明丽，到 15 年后的破败萧条；从端阳龙舟的生机勃勃，到过年前夕的死气沉沉；从一个天真烂漫的孩童，到不务正业、走私贩毒的兵油子……这一幕幕的改变都与时代息息相关。不难看出，沈从文在这里所表现出的对历史的态度是矛盾的，湘西的改变究竟是好是坏，人与历史究竟是一种怎样的关系，他不停地思考，却又找不到确切答案。

五个军官与一个煤矿工人

　　辰河弄船人有两句口号，旅行者无人不十分熟习。那口号是："走尽天下路，难过辰溪渡。"事实上辰溪渡也并不怎样难过，不过弄船人所见不广，用纵横长约千里路一条辰河与七个支流小河作准，因此说出那么两句天真话罢了。地险人蛮却为一件事实。但那个地方，任何时节实在是一个令人神往倾心的美丽地方。

　　辰溪县[1]的位置，恰在两条河流的交汇处，小小石头城临水倚山，建立在河口滩脚崖壁上。河水深到三丈尚清可见底。河面长年来往着湘黔边境各种形体美丽的船只。山头为石灰岩，无论晴雨，总可见到烧石灰人窑上飘扬的青烟与白烟。房屋多黑瓦白墙，接瓦连椽紧密如精巧图案。对河与小山城成犄角，上游是一个三角形小阜，阜上有修船造船的干坞与宽坪。位在下游一点，则为一个三角形黑色山岨，濒河拔峰，山脚一面接受了沅水激流的冲刷，一面被麻阳河长流的淘洗，岩石玲珑透空。半山有个壮丽辉煌的庙宇，名"丹山寺"，庙宇外岩石间且有成千大小不一的浮雕石佛。太平无事的日子，每逢佳节良辰，当地驻防长官，县知事，小乡绅及商会主席，税局头目，便乘小船过渡到那个庙宇里饮酒赋诗或玩牌下棋。在那个悬岩半空的庙里，可以眺望上行船的白帆，听下行船摇橹人唱歌。街市尽头下游便是一个长潭，名"斤丝潭"，历来传说水深到放一斤丝线才能到底。两岸皆五色石壁，矗立如屏障一般。长潭中日夜必有成百只渔船，载满了黑色沉默的鱼鹰，浮在河面取鱼。小船揢流而渡，艰难处与美丽处实在可以平分。

　　地方又出煤炭，是湘西著名产煤区。似乎无处无煤，故山前山后随处可见到用土法开掘的煤井。沿河两岸常有运煤船停泊，码头间无时不有若干黑脸黑手脚汉子，把大块烟煤运送到船上，向船舱中抛去。若过一个取煤斜井边去，就可见到无数同样黑脸黑手脚人物，全身光裸，腰前围上一片破布，头上戴了一盏小灯，向那个俨若地狱的黑井爬进爬出。

矿坑随时皆可以坍陷或被水灌入，坍了，淹了，这些到地狱讨生活的人自然也就完事了。

矿区同小山城各驻扎了相当军队。七年前，有一天晚上，一名哨兵扛了枪支，正从一个废弃了的煤井前面经过，忽然从黑暗里跃出了一个煤矿工人，一菜刀把那个哨兵头颅劈成两爿。这煤矿工人很敏捷的把枪支同子弹取下后，便就近埋藏在煤渣里。哨兵尸身被拖到那个浸了半井黑水的煤井边，冬的一声抛下去了。这个哨兵失了踪，军营里当初还以为人开了小差，照例下令各处通缉。直等到两个半月以后，尸身为人在无意中发现时，那个狡猾强悍的煤矿工人，在辰溪与芷江两县交界处的土匪队伍中称小舵把子，干打家劫舍捉肥羊的生涯已多日了。

三年后，这煤矿工人带领了约两千穷人，又在一种十分敏捷的手段下，占领了那个辰溪的小山城。防军受了相当损失，把其余部队集中在对河产煤区，准备反攻。一切船只不是逃往下游便是被防军扣留，河面一无所有，异常安静。上下行商船一律停顿到上下三五十里码头上，最美观的木筏也不能在河面见着了。两岸煤矿全停顿了，烧石灰人也逃走了。白日里静悄悄的，只间或还可听到一两声哨兵放冷枪声音。每日黄昏里及天明前后，两方面都担心敌人渡河袭击，便各在河边燃了大大的火堆，且把机关枪毕毕剥剥的放了又放。当机关枪如拍簸箕那么反复作响时，一些逃亡在山坳里的平民，以及被约束在一个空油坊里的煤矿工人，便各在沉默里，从枪声方面估计两方的得失。多数人虽明白这战争不出一个月必可结束，落草为寇的仍然逃入深山，驻防的仍然收复了原有防地。但这战事一延长，两方面的牺牲，谁也就不能估计得到了。

每次机关枪的响声下，照例必有防军方面渡江奇袭的船只过河。照例是五个八个一伙伏在船舱里，把水湿棉絮同砂包垒积到船头与船旁，乘黄昏天晓薄雾平铺江面时挹流偷渡。船只在沉默里行将到达岸边时，在强烈的手电筒搜索中被发现了，于是响了机关枪。船只仍然不顾一切在沉默中向岸边划去。再过一会儿，訇的一声，从船上掷出的手榴弹已抛到岸边哨兵防御工事边。接着两方面皆响起了机关枪声音，手榴弹也继续爆炸着。再过一阵，枪声已停止，很显然的，渡河的在猛烈炮火下，地势不利失败了。这些人或连同船只沉到水中去了，或已拢岸却依然在悬崖下牺牲了，或被炮火所逼，船中人死亡将尽，剩余一个两个受了伤，尽船只向下游漂去，在五里外的长潭中，方有机会靠拢自己防地那一个岸边。

半月以内，防军在渡头上下三里前后牺牲了大约有三连实力，与三十七只大小船只。到后却有五个教导团的年青学兵，在大雨中带了五支自动步枪，一堆手榴弹，三支连槽，用竹筏渡河，拢岸时，首先占领了土匪沿河一个重要码头，其余竹筏已陆续渡河，从占领处上了岸。在一场剧烈凶猛巷战中，那矿工统率的穷人队伍不能支持，在街头街尾一些公共建筑各处放了火，便带了残余部众，绑着县长同几个当地绅士，向东乡逃跑了。

三个月内，防军在继续追剿中，解决了那个队伍全部的实力，肉票[2]也皆被夺回了。但那个矿工出身土匪首领的漏网，却成为地方当局忧虑不安的事情。到后来虽悬赏探听明白了他的踪迹，却无方法可以诱出逮捕。

五个青年教导团学兵，那时节业已毕业，升了各连的见习，尚未归连。就请求上司允许他们冒一次险，且向上司说明这冒险的计划。

七天以后，辰溪沅州两县边境名为"窑上"的地方，一个制砖人小饭铺里，就有五个人吃饭。五个人全作贵州商人装束，其中有四个各扛了小扁担，扛了担贵州出产的松皮纸。只一人挑了一担有盖箩筐。这制砖人年纪已开六十岁，早为防军侦探明白是那个矿工的通信联络人。年青人把饭吃过后，几人便互相商量到一件事情。所说的话自然就是故意想让那老头子从一旁听去的话。这时节几个人正装扮成为一群从黔省来投靠那矿工的零伙，箩筐里白米下放的是一支已拆散了的捷克式轻机关枪同若干发子弹。箩筐中真是那玩意儿！几人一面说，一面埋怨这次来到这里的冒昧处。一片谎话把那个老奸巨猾的心说动了后，那老的搭讪着问了些闲话，相信几人真是来卖身投靠的同道了，就说他会卜课。他为卜了一课，那卦上说，若找人，等等向西方走去，一定可以遇到他们所要见的人。等待几人离开了饭铺向西走去时，制砖人早把这个消息递给了另一方面。两方面都十分得意，以为对面的一个上了套。

因此几个人不久就同一个"管事"在街口会了面。稍稍一谈，把箩筐盖甩去一看，机关枪赫然在箩筐里。管事的再不能有何种疑虑了。就邀约五个人入山去见"龙头"，吃血酒发誓，此后便祸福与共，一同作梁山上弟兄。几个年青人却说"光棍心多，请莫见怪"，以为最好倒是约"龙头"来窑上吃血酒发誓，再共同入山。管事的走去后，几个人就依然住在窑上制砖人家里等候消息。

第二天，那个机智结实矿工，带领四个散伙弟兄来到了窑上，见面后，很亲热的一谈，见得十分投契，点了香烛，杀了鸡，把鸡血开始与烧酒调和，各人正预备喝下时，在非常敏捷行为中，五个年青人各从身边取出了手枪同小宝（解首刀）动起手来，几个从山中来的豹子，在措手不及情形中全被放翻了。那矿工最先手臂和大腿各中了一枪，早躺在地下血泊里，等到其他几个人倒下时，那矿工就冷冷的向那五个年青人笑着说：

"弟兄，弟兄，你们手脚真麻利！慢一会儿，就应归你们躺到这里了。我早就看穿了你们的诡计，明白你们是从哪儿来的卖客，好胆量！"

几个年青人不说甚么，在沉默里把那些被放翻在地下的人首级一一割下。轮到矿工时，那矿工仍然十分沉静的说：

"弟兄，弟兄，不要尽做蠢事，留一个活口，你们好回去报功！"

五个年青人心想，真应该留一个活的，"好去报功"！就不说甚么，把他捆绑起来。

一会儿，五个年青人便押了受伤的矿工，且勒迫那个制砖的老头子挑了四个人头，沉默的一列回辰溪县了。走到去辰溪不远的白羊河时，几人上了一只小船。

船到了辰溪上游约三里路，那个受伤的矿工又开了口：

"弟兄，弟兄，一切是命。你们运气好，手面子快，好牌被你们抓上手了。那河边煤井旁，我还埋了四支连槽，爽性助和你们，你们谁同我去拿来吧。"

那煤矿原来去山脚不远，来回有二十分钟就可以了事。五个年青人对于这提议毫不疑惑。矿工既已身受重伤，无法逃遁，四支连槽照市价值一千块钱，引起了几个年青人的幻想，商量派谁守船都不成，于是五个人就又押了那个受伤矿工与制砖老头子，一同上了岸。走近一个废坑边，那矿工却说，枪支就埋在坑前左边一堆煤渣里。正当几个人争着去翻动煤渣寻取枪支时，矿工一瘸一拐的走近了那个业已废弃多年的矿井边，声音朗朗的从容的说道：

"弟兄，弟兄，对不起，你们送了我那么多远路，有劳有偏了！"

话一说完，猛然向那深井里跃去。几个人赶忙抢到井边时，只听到冬的一声，那矿工便完事了。

五个青年人呆了许久，骂了许久，也笑了许久。皆觉得被骗了一次，白忙了一阵。那废井深约四十公尺，有一半已灌了水。七年前那个哨兵，就是被矿工从这个井口抛下去的。……

在另外的一个篇章里，我不是曾经说过我抵辰州时，第一天就见着五个青年军官吗？当他们和我共同围坐在一个火炉边，向我说到他们的冒险，和那矿工临死前那份镇静时，我简直呆了。我问他们，为甚么当时不派个人拉那矿工的绳子。

"拉他的绳子吗，你真说得好。当真拉住他，谁拦他谁不就同时被他带下井去了吗？"说这个话的年青朋友，原来就正是当时被派定看守矿工的一个，为了忙于发现埋藏的手枪，幸而不至于被拉下井的。

一九三四年作

注释

1. 辰溪县：位于湖南省西部，怀化市北部。东连溆浦，南邻怀化，西与麻阳、泸溪接壤，北与沅陵交界。
2. 肉票：指被犯罪分子绑架去的人质，用以向其家属勒索财物。

导读

本篇曾以《湘行散记——五个军官与一个煤矿工人》为名，发表于 1934 年 7 月《国闻周报》十一卷二十九期，署名沈从文。后收入《湘行散记》。

同妓女和水手一样，军与匪也是沈从文笔下经常出现的人物。而饶有意味的是，军人身上常有匪气，而土匪的骨子里亦有军人的刚性，两者在沈从文的文字中都是一种兼具魔性与神性的形象，是一种强悍有力、洒脱不羁、热烈执著的生命形式，均有着传奇性的经历，如《虎雏再遇记》中的军人"虎雏"，《一个大王》中亦军亦匪的"大王"。而本篇中的"一个煤矿工人"也是一个土匪，自然也有着传奇色彩。其原本是煤矿工人，杀掉矿区里的一名哨兵后，落草成匪，在辰溪与芷江两县交界处的土匪队伍中称小舵把子。3年后，这位煤矿工人率领两千穷人，攻占了辰溪的小山城，并与防军发生激战。由于地势不利，防军久攻不下，最终5个年轻的学兵成功奇袭，方才击溃土匪。而那个矿工却漏网而逃了，成为当局一大隐患。那5个年轻学兵再次请缨，并机智地捉捕了那个矿工。最后，那个矿工以谎言诱开那5个学兵，纵身跃入矿井，自尽身亡，保住了自己的气节和尊严。

在这个矿工或者说土匪身上，作者一方面如前所述，要表现一种强悍的生命形式，而这种生命的蛮性、野性和力量正是湘西世界重要的审美资源。另一方面，从这位矿工身上，也反映出湘西底层人民对统治者的反抗精神。本文的传奇色彩，也正是沈从文关于湘西世界的创作的审美特征，是其作品好看的原因之一。

老　伴

　　我平日想到泸溪县时，回忆中就浸透了摇船人催橹的歌声，且被印象中一点儿小雨，仿佛把心也弄湿了。这地方在我生活史中占了一个位置，提起来真使我又痛苦又快乐。

　　泸溪县城界于辰州与浦市两地中间，上距浦市六十里，下达辰州也恰好六十里。四面是山，对河的高山逼近河边，壁立拔峰，河水在山峡中流去。县城位置在洞河与沅水汇流处，小河泊船贴近城边，大河泊船去城约三分之一里。（洞河通称小河，沅水通称大河。）洞河来源远在苗乡，河口长年停泊了五十只左右小小黑色洞河船。弄船者有短小精悍的花帕苗，头包格子花帕，腰围短短裙子。有白面秀气的所里[1]人，说话时温文尔雅，一张口又善于唱歌。洞河既水急山高，河身转折极多，上行船到此已不适宜于借风使帆。凡入洞河的船只，到了此地，便把风帆约成一束，作上个特别记号，寄存在城中店铺里去，等待载货下行时，再来取用。由辰州开行的沅水商船，六十里为一大站，停靠泸溪为必然的事。浦市下行船若预定当天赶不到辰州，也多在此过夜。然而上下两个大码头把生意全已抢去，每天虽有若干船只到此停泊，小城中商业却清淡异常。沿大河一方面，一个稍稍像样的青石码头也没有。船只停靠都得在泥滩与泥堤下，落了小雨，上岸下船不知要滑倒多少人！

　　十七年前的七月里，我带了"投笔从戎"的味儿，在一个"龙头大哥"兼"保安司令"的带领下，随同八百乡亲，乘了从高村抓封得到的三十来只大小船舶，浮江而下，来到了这个地方。靠岸停泊时正当傍晚，紫绛山头为落日镀上一层金色，乳色薄雾在河面流动。船只拢岸时摇船人照例促橹长歌，那歌声糅合了庄严与瑰丽，在当前景象中，真是一曲不可形容的音乐。

　　第二天，大队船只全向下游开拔去了，抛下了三只小船不曾移动。两只小船装的是旧棉军服，另一只小船，却装了十三名补充兵，全船中人年龄最大的一个十九岁，极小的一个十三岁。

十三个人在船上实在太挤了！船既不开动，天气又正热，挤在船上也会中暑发痧[2]。因此许多人白日里尽光身泡在长河清流中，到了夜里，便爬上泥堤去睡觉。一群小子身上全是空无所有，只从城边船户人家讨来一大捆稻草，各自扎了一个草枕，在泥堤上仰面躺了五个夜晚。

这件事对于我个人不是一个坏经验。躺在尚有些微余热的泥土上，身贴大地，仰面向天，看尾部闪放宝蓝色光辉的萤火虫匆匆促促飞过头顶。沿河是细碎人语声，蒲扇拍打声，与烟杆剥剥的敲着船舷声。半夜后天空有流星曳了长长的光明下坠。滩声长流，如对历史有所陈诉埋怨。这一种夜景，实是我终身不能忘掉的夜景！

到后落雨了，各人竞上了小船。白日太长，无法排遣，各自赤了双脚，冒着小雨，从烂泥里走进县城街上去观光。大街头江西人经营的布铺，铺柜中坐了白发皤然老妇人，庄严沉默如一尊古佛。大老板无事可作，只腆着肚皮，叉着两手，把脚拉开成为八字，站在门限边对街上檐溜出神。窄巷里石板砌成的行人道上，小孩子扛了大而朴质的雨伞，响着寂寞的钉鞋声。待到回船时，各人身上业已湿透，就各自把衣服从身上脱下，站在船头相互帮忙拧去雨水。天夜了，便满船是呛人的油气与柴烟。

在十三个伙伴中我有两个极要好的朋友。其中一个是我的同宗兄弟，名叫沈万林。年纪顶大，与那个在常德府开旅馆头戴水獭皮帽子的朋友，原本同在一个中营游击衙门里服务当差，终日栽花养金鱼，事情倒也从容悠闲。只是和上面管事头目合不来，忽然对职务厌烦起来，把管他的头目打了一顿，自己也被打了一顿，因此就与我们作了同伴。其次是那个年纪顶轻的，名字就叫"开明"，一个赵姓成衣人的独生子，为人伶俐勇敢，稀有少见。家中虽盼望他能承继先人之业，他却梦想作个上尉副官，头戴金边帽子，斜斜佩上条红色值星带，站在副官处台阶上骂差弁，以为十分神气。因此同家中吵闹了一次，负气出了门，这小孩子年纪虽小，心可不小！同我们到县城街上转了三次，就看中了一个绒线铺的和他年龄差不多的女孩子，问我借钱向那女孩子买了三次白棉线草鞋带子。他虽买了不少带子，那时节其实连一双多余的草鞋都没有，把带子买得同我们回转船上时，他且说："将来若作了副官，当天赌咒，一定要回来讨那女孩子做媳妇。"那女孩子名叫"小翠"，我写《边城》故事时，弄渡船的外孙女，明慧温柔的品性，就从那绒线铺小女孩印象而来。我们各人对于这女孩子，印象似乎都极好，不过当时却只有他一个人特别勇敢天真，好意思把那一点糊涂希望说出口来。

日子过去了三年，我那十三个同伴，有三个人由驻防地的辰州请假回家去，走到泸溪县境驿路 [3] 上，出了意外的事情，各被土匪砍了二十余刀，流一滩血倒在大路旁死掉了。死去的三人中，有一个就是我那同宗兄弟。我因此得到了暂时还家的机会。

那时节军队正预备从鄂西开过四川就食，部队中好些年青人一律被遣送回籍。那保安司令官意思就在让各人的父母负点儿责：以为一切是命的，不妨打发小孩子再归营报到，担心小孩子生死的，自然就不必再来了。

我于是和那个伙伴并其他二十多个年青人，一同挤在一只小船中，还了家乡。小船上行到泸溪县停泊时，虽已黑夜，两人还进城去拍打那人家的店门，从那个女孩手中买了一次白带子。

到家不久，这小子大约不忘却作副官的好处，借故说假期已满，同成衣人爸爸又大吵了一架，偷了些钱，独自走下辰州了。我因家中无事可作，不辞危险也坐船下了辰州。我到得辰州老参将衙门报到时，方知道本军部队四千人，业已于四天前全部开拔过四川，所有相熟伙伴也完全走尽了。我们已不能过四川，改成为留守部人员。留守部只剩下一个上尉军需官，一个老年上校副官长，一个跛脚中校副官，以及两班新刷下来的老弱兵士。开明被派作勤务兵，我的职务为司书生，两人皆在留守处继续供职。两人既受那个副官长管辖，老军官见我们终日坐在衙门里梧桐树下唱山歌，以为我们应找点正经事做做，就想出个巧办法，派遣两人到附近城外荷塘里去为他钓蛤蟆。两人一面钓蛤蟆一面谈天，我方知道他下行时居然又到那绒线铺买了一次带子。我们把蛤蟆从水荡中钓来，剥了皮洗刷得干干净净后，用麻线捆着那东西小脚，成串提转衙门时，老军官就加上作料，把一半熏了下酒，剩下一半还托同乡带回家中去给老太太享受。我们这种工作一直延长到秋天，才换了另外一种。

过了约一年，有一天，川边来了个特急电报：部队集中驻扎在一个湖北边上来凤小县城里，正预备拉夫派捐回湘。忽然当地切齿发狂的平民，受当地神兵煽动，秘密约定由神兵带头打先锋，发生了民变，各自拿了菜刀、镰刀、撇麻砍柴刀，大清早分头猛扑各个驻军庙宇和祠堂来同军队作战。四千军队在措手不及情形中，一早上就放翻了三千左右。总部中除那个保安司令官同一个副官侥幸脱逃外，其余所有高级官佐职员全被民兵砍倒了。（事后闻平民死去约七千，半年内小城中随处还可以发现白骨。）这通电报在我命运上有了个转机，过不久，我就领了三个月遣散费，离开辰州，走到出产香草香花的芷江县，每天拿了个紫色木戳，过各屠桌边验猪羊税去了。所有八个伙伴已在川边死去，至于那个同买带子同钓蛤蟆的朋友呢，消息当然从此也就断绝了。

　　整整过去十七年后，我的小船又在落日黄昏中，到了这个地方停靠下来。冬天水落了些，河水去堤岸已显得很远，裸露出一大片干枯泥滩。长堤上有枯苇刷刷作响，阴背地方还可看到些白色残雪。

　　石头城恰当日落一方，雉堞[4]与城楼皆为夕阳落处的黄天，衬出明明朗朗的轮廓。每一个山头仍然镀上了金，满河是橹歌浮动，（就是那使我灵魂轻举永远赞美不尽的歌声！）我站在船头，思索到一件旧事，追忆及几个旧人。黄昏来临，开始占领了整个空间。远近船只全只剩下一些模糊轮廓，长堤上有一堆一堆人影子移动。邻近船上炒菜落锅声音与小孩哭声杂然并陈。忽然间，城门边响了一声卖糖人的小锣，"铛……"

　　一双发光乌黑的眼珠，一条直直的鼻子，一张小口，从那一槌小锣声中重现出来。我忘了这份长长岁月在人事上所发生的变化，恰同小说书本上角色一样，怀了不可形容的童心，上了堤岸进了城。城中接瓦连椽的小小房子，以及住在这小房子里的本城人民，我似乎与他们都十分相熟。时间虽已过了十七年，我还能认识城中的道路，辨别城中的气味。

　　我居然没有错误，不久就走到了那绒线铺门前了。恰好有个船上人来买棉线；当他推门进去时，我紧跟着进了那个铺子。有这样稀奇的事情吗？我见到的不正是那个女孩吗？我真惊讶得说不出话来。十七年前那小女孩就成天站在铺柜里一垛棉纱边，两手反复交换动作挽她的棉线，目前我所见到的，还是那么一个样子。难道我如浮士德[5]一样，当真回到了那个"过去"了吗？我认识那眼睛，鼻子，和薄薄小嘴。我毫不含糊，敢肯定现在的这一个就是当年的那一个。

"要甚么呀？"就是那声音，也似乎与我极其熟习。

我指定悬在钩上一束白色东西，"我要那个！"

如今真轮到我这老军务来购买系草鞋的白棉纱带子了！当那女孩子站在一个小凳子上，去为我取钩上货物时，铺柜里火盆中有茶壶沸水声音，某一处有人吸烟声音。女孩子辫发上缠得是一绺白绒线，我心想："死了爸爸还是死了妈妈？"火盆边茶水沸了起来，小楄扇门后面有个男子哑声说话：

"小翠，小翠，水开了，你怎么的？"女孩子虽已即刻很轻捷灵便的跳下凳子，把水罐挪开，那男子却仍然走出来了。

真没有再使我惊讶的事了，在黄晕晕的煤油灯光下，我原来又见到了那成衣人的独生子！这人简直可说是一个老人。很显然的，时间同鸦片烟已毁了他。但不管时间同鸦片烟在这男子脸上刻下了甚么记号，我还是一眼就认定这人便是那一再来到这铺子里购买带子的赵开明。从他那点神气看来，却决猜不出面前的主顾，正是同他钓蛤蟆的老伴。这人虽作不成副官，另一糊涂希望可终究被他达到了。我憬然 6 觉悟他与这一家人的关系，且明白那个似乎永远年青的女孩子是谁的儿女了。我被"时间"意识猛烈的掴了一巴掌，摩摩我的面颊，一句话不说，静静的站在那儿看两父女度量带子，验看点数我给他的钱。完事时，我想多停顿一会儿，又借故买点白糖。他们虽不卖白糖，老伴却十分热心出门为我向别一铺子把糖买来。他们那份安于现状的神气，使我觉得若用我身份惊动了他，就真是我的罪过。

我拿了那个小小包儿出城时，天已断黑，在泥堤上乱走。天上有一粒极大星子，闪耀着柔和悦目的光明。我瞅定这一粒星子，目不旁瞬。

"这星光从空间到地球据说就得三千年，阅历多些，它那么镇静有它的道理。我现在还只三十岁刚过头，能那么镇静吗？……"

我心中似乎极其混乱，我想我的混乱是不合理的。我的脚正踏到十七年前所躺卧的泥堤上，一颗心跳跃着，勉强按捺也不能约束自己。可是，过去的，有谁人能拦住不让它过去，又有谁能制止不许它再来？时间使我的心在各种变动人事上感受了点分量不同的压力，我得沉默，得忍受。再过十七年，安知道我不再到这小城中来？世界虽极广大，人可总像近于一种宿命，给限制在一定范围内，经验到他的过去相熟的事情。

为了这再来的春天，我有点忧郁，有点寂寞。黑暗河面起了缥缈快乐的橹歌。河中心一只商船正想靠码头停泊，歌声在黑暗中流动，从歌声里我俨然彻悟了甚么。我明白"我不应当翻阅历史，温习历史"。在历史前面，谁人能够不感惆怅？

但我这次回来为的是甚么？自己询问自己，我笑了。我还愿意再活十七年，重来看看我能看到难于想象的一切。

一九三四年作

注释

1. 所里：今吉首，旧时属乾城县。
2. 发痧：是痧病的俗称，也称臭毒、青筋、瘴气，古称中暍。以出汗停止因而身体排热不足、体温极高、脉搏迅速、皮肤干热、肌肉松软、虚脱及昏迷为特征的一种病症，由于暴露于高温环境过久而引起身体体温调节机制的障碍所致。
3. 驿路：古代专门给马车之类通行的道路，也做驿道。
4. 雉堞（zhì dié）：又称垛墙，上有垛口，可射箭和瞭望。内侧矮墙称为女墙，无垛口，以防兵士往来行走时跌下。
5. 浮士德：是德国传说中的一位著名人物，相传可能是占星师或是巫师。传说中他为了换取知识而将灵魂出卖给了魔鬼。许多文学、音乐、歌剧或电影都是以这个故事为版本加以改编的，如歌德的《浮士德》。
6. 憬（jǐng）然：觉悟的样子。

导读

本篇曾以《湘西散记——老伴》为篇名，发表于1934年8月《文学》一卷四期，署名沈从文。后收入《湘行散记》。

虽是依旧书写湘西世界的生命与风物，《老伴》所处理的主题是时间、记忆（历史）和命运。17年前，赵开明是作者少年时的玩伴，为人伶俐勇敢，心怀壮志，稀有少见。在一次行军途中路过泸溪县时，为绒线铺里一个有着明慧温柔品性的女孩子所深深吸引，发誓将来做了副官一定回来娶她。17年后，作者重访暮色中的泸溪县，而那个绒线铺尚在，并奇迹般地与少时玩伴赵开明重逢于绒线铺中。原来他已经与那女子结婚，并生了一个与其母一模一样的女儿。当女儿出现在作者面前时，竟让他以为回到了过去，又见17年前那个少女。而从那女孩子辫发上缠的一绺白绒线可以推知，她的母亲已经辞世。此时的赵开明颓唐落寞，像一个老人，没有成为副官，已为鸦片所毁，也认不出眼前的这位故友了。于是作者发出了如是喟叹：在历史前面，谁人能够不感惆怅？

逝者如斯，季节更替，无可抗拒，所携来的人事变迁与轮回让作者感到震惊、悲哀、混乱和茫然，体会到一种强烈的时间意识和悲剧性的宿命感。往者不可追挽，来者亦不可阻止，我们似乎只能听凭命运的安排。全文是一声对生命的哀惋的叹息，往昔的勇敢伶俐的玩伴如今已俨若颓丧的老者，曾经为大家所喜爱的少女已辞别人世，而她的女儿又如当年的她一样出现在绒线铺中，俨然一个轮回。作者结尾处的感悟与思考，不仅仅指向这一具体事件和个体生命，更敞向湘西世界的历史与命运——它的常与变，它的近乎周期性的悲剧宿命。

虎雏再遇记

四年前我在上海时，曾经做过一次荒唐的打算，想把一个年龄只十四岁，生长在边陬僻壤小豹子一般的乡下孩子，用最文明的方法试来造就他。虽事在当日，就经那小子的上司预言，以为我一切设计将等于白费，所有美好的设想，到头必不免一切落空。我却仍然不可动摇的按照计划作去。我把那小子放在身边，勒迫他读书，打量改造他的身体改造他的心，希望他在我教育下将来成个知识界伟人。谁知不到一个月，就出了意外事情，那理想中的伟人，在上海滩生事打坏了一个人，从此便失踪了。一切水得归到海里，小豹子也只宜于深山大泽方能发展他的生命。我明白闹出了乱子以后，他必有他的生路。对于这个人此后的消息，老实说，数年来我就不大再关心了。但每当我想及自己所做那件傻事时，总不免为自己的傻处发笑。

这次湘行到达辰州地方后，我第一个见到的就是那只小豹子。除了手脚身个子长大了一些，眉眼还是那么有精神，有野性。见他时，我真是又惊又喜。当他把我从一间放满了兰草与茉莉的花房里引过，走进我哥哥住的一间大房里去，安置我在火盆边大柚木椅上坐下时，我一开口就说：

"祖送，祖送，你还活在这儿，我以为你在上海早被人打死了！"

他有点害羞似的微笑了，一面为我倒茶一面却轻轻的说：

"打不死的，日晒雨淋吃小米包谷长大的人，哪会轻易给人打死啊！"

我说："我早知道你打不死，而且你还一定打死了人。我一切都知道。（说到这里时，我装成一切清清楚楚的神气。）你逃了，我明白你是甚么诡计。你为的是不愿意跟在我身边好好读书，只想落草为王，故意生事逃走。可是你害得我们多难受！那教你算学的长胡子先生，自从你失踪后，他在上海各处托人打听你，奔跑了三天，为你差点儿不累倒！"

"那山羊胡子先生找我吗？"

"甚么，'山羊胡子先生'！"这字眼儿真用得不雅相，不斯文。被他那么一说，我预备要说的话也接不下去了。

可是我看看他那双大手以及右手腕上那个夹金表，就明白我如今正是同一个大兵说话，并不是同四年前那个"虎雏"说话了。我错了，得纠正自己，于是我模仿粗暴笑了一下，且学作军官们气魄向他说：

"我问你，你为甚么打死人？怎么又逃了回来？不许瞒我一字，全为我好好说出来！"

他仍然很害羞似的微笑着，告给我那件事情的一切经过。旧事重提，显然在他这种人并不怎么习惯，因此不多久，他就把话改到目前一切来了。他告我上一个月在铜仁[1]方面的战事，本军死了多少人。且告我乡下种种情形，家中种种情形。谈了大约一点钟，我那哥哥穿了他新作的宝蓝缎面银狐长袍，夹了一大卷京沪报纸，口中嘘嘘吹着奇异调门，从军官朋友家里谈论政治回来了，我们的谈话方始中断。

到我生长那个石头城苗乡里去，我的路程尚应当有四个日子，两天坐原来那只小船，两天还坐了小而简陋的山轿，走一段长长的山路。在船上虽一切陌生，我还可以用点钱使划船的人同我亲热起来。而且各个码头吊脚楼的风味，永远又使我感觉十分新鲜。至于这样严冬腊月，坐两整天的轿子，路上过关越卡，且得经过几处出过杀人流血案子的地方，第一个晚上，又必须在一个最坏的站头上歇脚，若没有熟人，可真有点儿麻烦了。吃晚饭时，我向我那个哥哥提议，借这个副爷送我一趟。因此第二天上路时，这小豹子就同我一起上了路。临行时哥哥别的不说，只嘱咐他"不许同人打架"。看那样子，就可知道"打架"还是这个年青人的快乐行径。

在船上我得了同他对面谈话的方便，方知道他原来八岁里就用石头从高处砸坏了一个比他大过五岁的敌人，上海那件事发生时，在他面前倒下的，算算已是第三个了。近四年来因为跟随我那上校弟弟驻防溆浦，派归特务连服务，于是在正当决斗情形中，倒在他面前的敌人数目比从前又增加了一倍。他年纪到如今只十八岁，就亲手放翻了六个敌人，而且照他说来，敌人全超过了他一大把年龄。好一个漂亮战士！这小子大致因为还有点怕我，所以在我面前还装得怪斯文，一句野话不说，一点蛮气不露，单从那样子看来，我就不很相信他能同甚么人动手，而且一动手必占上风。

船上他一切在行，篙桨皆能使用，做事时灵便敏捷，似乎比那个小水手还得力。船搁了浅，弄船人无法可想，各跳入急水中去扛船时，他也就把上下衣服脱得光光的，跳到水中去帮忙。（我得提一句，这是阴历十二月！）

照风气，一个体面军官的随从，应有下列几样东西：一个奇异牌的手电灯，一枚金手表，一支匣子炮。且同上司一样，身上军服必异常整齐。手电灯用来照路，内地真少不了它。金手表则当军官发问："护兵，甚么时候了？"就举起手看一看来回答。至于匣子炮，用处自然更多了。我那弟弟原是一个射击选手，每天出野外去，随时皆有目标拍的来那么一下。有时自己不动手，必命令勤务兵试试看。（他们每次出门至少得耗去半夹子弹。）但这小豹子既跟在我身边，带枪上路除了惹祸可以说毫无用处。我既不必防人刺杀，同时也无意打人一枪，故临行时我不让他佩枪，且要他把军服换上一套爱国呢中山服。解除了武装，看样子，他已完全不像个军人，只近于一个喜事好弄的中学生了。

我不曾经提到过，我这次回来，原是翻阅一本用人事组成的历史吗？当他跳下水去扛船时，我记起四年前他在上海与我同住的情形。当时我曾假想他过四年后能入大学一年级。现在呢，这个人却正同船上水手一样，为了帮水手忙扛船不动，又湿淋淋的攀着船舷爬上了船，捏定篙子向急水中乱打，且笑嘻嘻的大声喊嚷。我在船舱里静静的望着他，我心想：幸好我那荒唐打算有了岔儿，既不曾把他的身体用学校锢定，也不曾把他的性灵用书本锢定。这人一定要这样发展才像个人！他目前一切，比起住在城里大学校的大学生，开运动会时在场子中呐喊吆喝两声，饭后打打球，开学日集合好事同学通力合作折磨折磨新学生，派头可来得大多了。

等到船已挪动水手皆上了船时，我喊他：

"祖送，祖送，唉唉，你不冷吗？快穿起你的衣来！"

他一面舞动手中那支篙子，一面却说：

"冷呀，我们在辰州前些日子还邀人泅过大河！"

到应吃午饭时，水手无空闲，船上烧水煮饭的事皆完全由他做。

把饭吃过后，想起临行时哥哥嘱咐他的话，要他详详细细的来告给我那一点把对手放翻时的"经验"，以及事前事后的"感想"。"故事"上半天已说过了，我要明白的只是那些故事对于他本人的"意义"。我在他那种叙述上，我敢说我当真学了一门稀奇的功课。

他的坦白，他的口才，皆帮助我认识一个人一颗心在特殊环境下所有的式样。他虽一再犯罪却不应受何种惩罚。他并不比他的敌人如何强悍，不过只是能忍耐，知等待机会，且稍稍敏捷准确一点儿罢了。当他一个人被欺侮时，他并不即刻发动，他显得很老实，沉默，且常常和气的微笑。"大爷，你老哥要这样，还有甚么话说？谁敢碰你老哥？请老哥海涵一点……"可是，一会儿，"小宝"飕的抽出来，或是一板凳一柴块打去，这"老哥"在措手不及情形中，哽了一声便被他弄翻了。完事后必需跑的自然就一跑，不管是税卡，是营上，或是修械厂，到一个新地方，住在棚里闲着，有甚么就吃甚么，不吃也饿得起，一见别人做事，就赶快帮忙去做，用勤快溜刷引起头目的注意。直到补了名字，因此把生活又放在一个新的境遇新的门路上当作赌注押去。这个人打去打来总不离开军队，一点生存勇气的来源却亏得他家祖父是个为国殉职的游击。"将门之子"的意识，使他到任何境遇里皆能支撑能忍受。他知道游击同团长名分差不多，他希望作团长。他记得一句格言："万丈高楼平地起"，他因此永远能用起码名分在军队里混。

对于这个人的性格我不稀奇，因为这种性格从三厅[2]屯垦军子弟中随处可以发现。我只稀奇他的命运。

小船到辰河著名的"箱子岩"上游一点，河面起了风，小船拉起一面风帆，在长潭中溜去。我正同他谈及那老游击在台湾与日本人作战殉职的遗事，且劝他此后忍耐一点，应把生命押在将来对外战争上，不宜于仅为小小事情轻生决斗。想要他明白私斗一则不算脚色，二则妨碍事业。见他把头低下去，长长的叹了一口气，我以为所说的话有了点儿影响，心中觉得十分快乐。

经过一个江村时，有个跑差军人身穿军服斜背单刀正从一只方头渡船上过渡，一见我们的小船，装载极轻，走得很快，就喊我们停船，想搭便船上行。船上水手知道包船人的身份，就告给那军人，说不方便，不能停船。

赶差军人可不成，非要我们停船不可。说了些恐吓话，水手还是不理会。我正想告给水手要他收帆停船，让那个军人搭坐搭坐，谁知那军人性急火大，等不得停船，已大声辱骂起来了。小豹子原蹲在船舱里，这时方爬出去打招呼：

"弟兄，弟兄，对不起，请不要骂！我们船小，也得赶路。后面有船来，你搭后面那一只船吧。"

那一边看看船上是一个中学生样子人物，就说：

"甚么对不起，赶快停停！掌舵的，你不停船我×你的娘，到码头时我要用刀杀你这狗杂种！"

那个掌艄人正因为风紧帆饱，一面把帆绳拉着，一面就轻轻的回骂："你杀我个鸡公，我怕你！"

小豹子却依然向那军人很和气的说："弟兄，弟兄，你不要骂人！全是出门人，不要开口就骂人！"

"我要骂人怎么样，我骂你，我就骂你，你个小狗崽子，你到码头等我！"

我担心这口舌，便喊叫他，"祖送！"

小豹子被那军人折辱了，似乎记起我的劝告，一句话不说，摇摇头，默然钻进了船舱里。只自言自语的说："开口就骂人，不停船就用刀吓人，真丢我们军人的丑。"

那时节跑差军人已从渡船上了岸，还沿河追着我们的小船大骂。

我说："祖送，你同他说明白一下好些，他有公事我们有私事，同是队伍里的人，请他莫骂我们，莫追我们。"

"不讲道理让他去，不管他。他疑心这小船上有女人，以为我们怕他！"

小船挂帆走风，到底比岸上人快一些，一会儿，转过山岨时，那个军人就落后了。

小船停到××时，水手全上岸买菜去了，小豹子也上岸买菜去了，各人去了许久方回来。把晚饭吃过后，三个水手又说得上岸有点事，想离开船，小豹子说：

"你们怕那个横蛮兵士找来，怕甚么？不要走，一切有我！这是大码头，有我们部队驻扎，凡事得讲个道理！"

几个船上人虽分辩，仍然一同匆匆上岸去了。

到了半夜水手们还不回来睡觉，我有点儿担心，小豹子只是笑。我说：

"几个人会被那横蛮军人打了，祖送，你上去找找看！"

他好像很有把握笑着说："让他们去，莫理他们。他们上烟馆同大脚妇人吃荤烟去了，不会挨打。"

"我担心你同那兵士打架，惹了祸真麻烦我。"

他不说甚么，只把手电灯照他手上的金表，大约因为表停了，轻轻的骂了两句野话。待到三个水手回转船上时，已半夜过了。

第二天一早，天还未大明，船还不开头，小豹子就在被中咕喽咕喽笑。我问他笑些甚么，他说：

"我夜里做梦，居然被那横蛮军人打了一顿。"

我说："梦由心造，明明白白是你昨天日里想打他，所以做梦就挨打。"

那小豹子睡眼迷朦的说："不是日里想打他，只是昨天煞黑时当真打了那家伙一顿！"

"当真吗？你不听我话，又闹乱子打架了吗？"

"哪里哪里，我不说同谁打甚么架！"

"你自己承认的，我面前可说谎不得！你说谎我不要你跟我。"

他知道他露了口风，把话说走，就不再作声了，咕咕笑将起来。原来昨天上岸买菜时，他就在一个客店里找着了那军人，把那军人嘴巴打歪，并且差一点儿把那军人膀子也弄断了。我方明白他昨天上岸买菜去了许久的理由。

作于一九三四年

注释

1. 铜仁：地名，属贵州省。
2. 三厅：清政府所设置的凤凰、乾城和永绥三个直隶厅的总称。为了防止苗民叛乱，清政府派绿营兵在三厅戍守。

导读

本篇曾以《湘西散记——虎雏再遇记》为名，发表于1934年10月《水星》一卷一期，署名沈从文。后收入《湘行散记》。

本文记述一个颇有鲜活感而命运又极富传奇性的人物祖送，旨在展现湘西的一种美丽而强悍的生命形式，这是来自泥土、草根与河流的健康而自然的人性。作者称祖送为"虎雏"和"小豹子"，意在形象地概括他的身体、性情和未经规范的原始生命形态。作者曾试图把他从乡下带到大都会上海，以现代文明来"启蒙"他，改造他，使之成为知识精英和文化伟人，然而如今在作者看来，这是一个荒唐的打算，"小豹子"在上海滩打坏了人而杳然无踪，这无疑是"启蒙"之失败。作者说："一切水得归到海里，小豹子也只宜于深山大泽方能发展他的生命。"这个虎雏骨子中有军人的强韧，有"将门之子"的意识，性情刚烈，凶猛好斗，到18岁时已然放倒了6个敌人，而在本篇中又将一个蛮横的军人的嘴巴打歪。如是身体与性灵，其生长当在充满生气的乡下，而非患了"现代文明病"的都市。此处，既是作者对湘西生命形式和文化形态的赞美与认同，也暗含着对城市萎缩的生命和扭曲的人性的批判。

滕回生堂今昔

我六岁左右时害了疳疾[1]，一张脸黄僵僵的，一出门身背后就有人喊"猴子猴子"。回过头去搜寻时，人家就咧着白牙齿向我发笑。扑拢去打吧，人多得很。装作不曾听见吧，那与本地人的品德不相称。我很羞愧，很生气。家中外祖母听从佣妇、挑水人、卖炭人与隔邻轿行老妇人出主意，于是轮流要我吃热灰里焙过的"偷油婆"[2]、"使君子"[3]，吞雷打枣子木的炭粉，黄纸符烧纸的灰渣，诸如此类药物，另外还逼我诱我吃了许多古怪东西。我虽然把这些很稀奇的丹方试了又试，蛔虫成绞成团的排出，病还是不得好，人还是不能够发胖。照习惯说来，凡为一切药物治不好的病，便同"命运"有关。家中有人想起了我的命运，当然不乐观。

关心我命运的父亲，特别请了一个卖卦算命土医生来为我推算流年，想法禳解[4]命根上的灾星。这算命人把我生辰干支排定后，就向我父亲建议：

"大人，把少爷拜给一个吃四方饭的人作干儿子，每天要他吃习皮草蒸鸡肝，有半年包你病好。病不好，把我回生堂牌子甩了丢到大河潭里去！"

父亲既是个军人，毫不迟疑的回答说：

"好，就照你说的办。不用找别人，今天日子好，你留在这里喝酒，我们打了干亲家吧。"

两个爽快单纯的人既同在一处，我的命运便被他们派定了。

一个人若不明白我那地方的风俗，对于我父亲的慷慨处会觉得稀奇。其实这算命的当时若说："大人，把少爷拜寄给城外碉堡旁大冬青树吧，"我父亲还是会照办的。一株树或一片古怪石头，收容三五十个寄儿，照本地风俗习惯，原是件极平常事情。且有人拜寄牛栏拜寄井水的，人神同处日子竟过得十分调和，毫无龃龉。

我那寄父除了算命卖卜以外，原来还是个出名草头医生，又是个拳棒家。尖嘴尖脸如猴子，一双黄眼睛炯炯放光，身材虽极矮小，实可谓心雄万夫。他把铺子开设在一城热闹中心的东门桥头上，字号名"滕回生堂"。那长桥两旁一共有二十四间铺子，其中四间正当桥垛墩，比较宽敞，许多年以前，他就占了有垛墩的一间。住处分前后两进，前面是药铺，后面住家。铺子中罗列有羚羊角、穿山甲、马蜂巢、猴头、虎骨、牛黄、马宝，无一不备。最多的还是那几百种草药，成束成把的草根木皮，堆积如山，一屋中也就长年为草药蒸发的香味所笼罩。

铺子里间房子窗口临河，可以俯瞰河里来回的柴炭船、米船、甘蔗船。河身下游约半里，有了转折，因此迎面对窗便是一座高山。那山头春夏之际作绿色，秋天作黄色，冬天则为烟雾包裹时作蓝色，为雪遮盖时只一片眩目白色。屋角隅陈列了各种武器，有青龙偃月刀、齐眉棍、连枷、钉耙。此外还有一个似桶非桶似盆非盆的东西，原来这是我那寄父年青时节习站功所用的宝贝。他学习拉弓，想把腿脚姿势弄好，每个晚上蜷伏到那水桶里去熬夜。想增加气力，每早从桶中爬出时还得吃一条黄鳝的鲜血。站了木桶两整年，吃了黄鳝数百条，临到应考时，却被一个习武的仇人摘发他身份不明，取消了考试资格。他因此赌气离开了家乡，来到武士荟萃的凤凰县卖卜行医。为人既爽直慷慨，且能喝酒划拳，极得人缘，生涯也就不恶。作了医生尚舍不得把那个木桶丢开，可想见他还不能对那宝贝忘情。

他家中有个太太，两个儿子。太太大约一年中有半年都把手从大袖筒缩到衣里去，藏了一个小火笼在衣里烘烤，眯着眼坐在药材中，简直是一只大猫。两个儿子大的学习料理铺子，小的上学读书。两老夫妇住在屋顶，两个儿子住在屋下层桥墩上。地方虽不宽绰，那里也用木板夹好，有小窗小门，不透风，光线且异常良好。桥墩尖劈形处，石罅里有一架老葡萄树，得天独厚，每年皆可结许多球葡萄。另外还有一些小瓦盆，种了牛膝、三七、铁钉台、隔山消等等草药。尤其古怪的是一种名为"罂粟"的草花，还是从云南带来的，开着艳丽煜目的红花，花谢后枝头缀绿色果子，果子里据说就有鸦片烟。

当时一城人谁也不见过这种东西，因此常常有人老远跑来参观。当地一个拔贡[5]还做了两首七律诗，赞咏那个稀奇少见的植物，把诗贴到回生堂武器陈列室板壁上。

桥墩离水面高约四丈，下游即为一潭，潭里多鲤鱼鳜鱼，两兄弟把长绳系个钓钩，挂上一片肉，夜里垂放到水中去，第二天拉起就常常可以得一尾大鱼。但我那寄父却不许他们如此钓鱼，以为那么取巧，不是一个男子汉所当为。虽然那么骂儿子，有时把钓来的鱼不问死活依然扔到河里去，有时也会把鱼煎好来款待客人。他常奖励两个儿子过教场去同兵将子弟寻衅打架，大儿子常常被人打得头破血流回来时，作父亲的一面为他敷那秘制药粉，一面就说："不要紧，不要紧，三天就好了。你怎么不照我教你那个方法把那苗子放倒？"说时有点生气了，就在儿子额角上一弹，加上一点惩罚，看他那神气，就可明白站木桶考武秀才被屈，报仇雪耻的意识还存在。

　　我得了这样一个寄父，我的命运自然也就添了一个注脚，便是"吃药"了。我从他那儿大致尝了一百样以上的草药。假若我此后当真能够长生不老，一定便是那时吃药的结果。我倒应当感谢我那个命运，从一分吃药经验里，因此分别得出许多草药的味道、性质以及它们的形状。且引起了我此后对于辨别草木的兴味。其次是我吃了两年多鸡肝。这一堆药材同鸡肝，显然对于此后我的体质同性情都大有影响。

　　那桥上有洋广杂货店，有猪牛羊屠户案桌，有炮仗铺与成衣铺，有理发馆，有布号与盐号。我既有机会常常到回生堂去看病，也就可以同一切小铺子发生关系。我很满意那个桥头，那是一个社会的雏型，从那方面我明白了各种行业，认识了各样人物。凸了个大肚子胡须满腮的屠户，站在案桌边，扬起大斧"擦"的一砍，把肉剁下后随便一秤，就猛向人菜篮中掼去，"镇关西"[6]式人物，那神气真够神气。平时以为这人一定极其凶横蛮霸，谁知他每天拿了猪脊髓到回生堂来喝酒时，竟是个异常和气的家伙！其余如剃头的、缝衣的，我同他们认识以后，看他们工作，听他们说些故事新闻，也无一不是很有意思。我在那儿真学了不少东西，知道了不少事情。所学所知比从私塾里得来的书本知识当然有趣得多，也有用得多。

　　那些铺子一到端午时节，就如我写《边城》故事那个情形，河下竞渡龙船，从桥洞下来回过身时，桥上有人用叉子挂了小百子鞭炮悬出吊脚楼，必必拍拍的响着。夏天河中涨了水，一看上游流下了一只空船，一匹牲畜，一段树木，这些小商人为了好义或好利的原因，必争着很勇敢的从窗口跃下，凫水去追赶那些东西。不管漂流多远，总得把那东西救出。关于救人的事，我那寄父总不落人后。

　　他只想亲手打一只老虎，但得不到机会。他说他会点血[7]，但从不见他点过谁的血。一口典型的麻阳话，开口总给人一种明朗愉快印象。

　　民国二十二年旧历十二月十九日，距我同那座大桥分别时将近十二年，我又回到了那个桥头了。这是我的故乡，我的学校，试想想，我当时心中怎样激动！离城二十里外我就见着了那条小河。傍着小河溯流而上，沿河绵亘数里的竹林，发蓝叠翠的山峰，白白阳光下造纸坊与制糖坊，水磨与水车，这些东西皆使我感动得厉害！后来在一个石头碉堡下，我还看到一个穿号褂的团丁，送了个头裹孝布的青年妇人过身。那黑脸小嘴高鼻梁青年妇人，使我想起我写的《凤子》故事中角色。她没有开口唱歌，然而一看却知道这妇人的灵魂是用歌声喂养长大的。我已来到我故事中的空气里了，我有点儿痴。环境空气，我似乎十分熟习，事实上一切都已十分陌生！

见大桥时约在下午两点左右，正是市面最热闹时节。我从一群苗人一群乡下人中拥挤上了大桥，各处搜寻没有发现"滕回生堂"的牌号。回转家中我并不提起这件事。第二天一早，我得了出门的机会，就又跑到桥上去，排家注意，终于在桥头南端，被我发现了一家小铺子。铺子中堆满了各样杂货。货物中坐定了一个瘦小如猴干瘪瘪的中年人。从那双眯得极细的小眼睛，我记起了我那个干妈。这不是我那干哥哥是谁？

我冲近他身边时，那人就说，

"唉，你要甚么？"

"我要问你一个人，你是不是松林？"

里间屋孩子哭起来了，顺眼望去，杂货堆里那个圆形大木桶里，正睡了一对大小相等仿佛孪生的孩子。我万万想不到圆木桶还有这种用处，我话也说不来了。

但到后我告诉他我是谁，他把小眼睛楞着瞅了我许久，一切弄明白后，便慌张得只是搓手，赶忙让我坐到一捆麻上去。

"是你！是茂林！……""茂林"是我干爹为我起的名字。

我说，"大哥，正是我！我回来了！老人家呢？"

"五年前早过世了！"

"嫂嫂呢？"

"六月里过去了！剩下两只小狗。"

"保林二哥呢？"

"他在辰州，你不见到他？他作了王村禁烟局长，有出息，讨了个乖巧屋里人，乡下买得三十亩田，作员外！"

我各处一看，卦桌不见了，横招不见了，触目全是草药。"你不算命了吗？"

"命在这个人手上，"他说时翘起一个大拇指。"这里人已没有命可算！"

"你不卖药了吗？"

"城里有四个官药铺，三个洋药铺。苗人都进了城，卖草药人多得很，生意不好作！"

他虽说不卖药了，小屋子里其实还有许多成束成捆的草药。而且恰好这时就有个兵士来买专治腹痛的"一点白"，把药找出给人后，他只捏着那两枚当一百的铜元，向我呆呆的笑。大约来买药的也不多了，我来此给他开了一个利市。

他一面茫然的这样那样数着老话，一面还尽瞅着我。忽然发问：

"你从北京来南京来？"

"我在北平做事！"

"做甚么事？在中央，在宣统皇帝手下？"

我就告诉他，既不在中央，也不是宣统手下。他只作成相信不过的神气，点着头，且极力退避到屋角隅去，俨然为了安全非如此不成。他心中一定有一个新名词作祟："你可是个共产党？"他想问却不敢开口，他怕事。他只轻轻的自言自语说："城内前年杀了两个，一刀一个。那个韩安世是韩老丙的儿子。"

有人来购买烟扦[8]，他便指点人到对面铺子去买。我问他这桥上铺子为甚么都改成了住家户。他就告我，这桥上一共有十家烟馆，十家烟馆里还有三家可以买黄吗啡。此外又还有五家卖烟具的杂货铺。

一出铺子到城边时，我就碰一个烟帮过身。两连护送兵各背了本地制最新半自动步枪，人马成一个长长队伍，共约三百二十余担黑货，全是从贵州来的。

我原本预备第二天过河边为这长桥摄一个影留个纪念，一看到桥墩，想起二十七年前那钵罂粟花，且同时想起目前那十家烟馆三家烟具店，这桥头的今昔情形，把我照相的勇气同兴味全失去了。

注释

1. 疳疾：指小儿脾胃虚弱，运化失常，以致干枯羸瘦的疾患。

2. 偷油婆：蟑螂。

3. 使君子：中药名，具有驱蛔虫的作用。

4. 禳解：向神祈求解除灾祸。

5. 拔贡：科举制度中由地方贡入国子监的生员之一种。清朝制度，初定六年一次，乾隆中改为逢酉一选，也就是十二年考一次，优选者以小京官用，次选以教谕用。每府学二名，州、县学各一名，由各省学政从生员中考选，保送入京，作为拔贡。

6. 镇关西：古典名著《水浒传》中的人物，屠夫，因欺压金老汉父女，被打抱不平的鲁智深三拳打死。

7. 点血：可能是指点穴。

8. 烟扦（qiān）：即烟扦子，用金属或竹木制成的小扦子，吸食鸦片时用以挑取烟膏、剔除烟垢。

导读

　　本篇曾以《滕回生堂的今昔——湘行散记之一》为名，发表于1935年1月《国闻周报》十二卷二期。署名沈从文。《湘行散记》本为12篇，但1936年由商务印书馆出版时，这篇《滕回生堂的今昔》被编辑漏掉，而没能录入。直到1983年、1984年才分别补入《沈从文选集》和《沈从文文集》中，读者方得以一见。

　　在这篇散文中，作者回到了家乡，目光也离开了沅水长河，而投向一家草药店，通过它的今昔变化来反映一个城市的兴衰，表现出作者对历史变动中的湘西的深深忧思。文章中，作者追忆着20多年前故乡桥上那些趣味盎然的人与事，以及端午节时桥下竞渡龙船的热闹景象。而"寄父"的草药店"滕回生堂"就开设在东门桥头上，作者少时在药铺里见识了各种草药，其中便有从云南带来的罂粟。这在当时极为罕见，"因此常常有人老远跑来参观。当地一个拔贡还做了两首七律诗，赞咏那个稀奇少见的植物，把诗贴到回生堂武器陈列室板壁上。"而如今作者重返故土，"滕回生堂"的牌号已然不在，"寄父"也于5年前过世，而当年的桥上如今已是烟馆遍布，且有烟帮来往此城。当年此处仅一钵罕见的罂粟花，目前这里已然有十家烟馆三家烟具店。前者是稀少的救命草药，后者是泛滥成灾的害人毒药。从今昔的对比中，作者看到了湘西故乡的堕落和衰败。文章以小见大，作者总是能由具体的人与事而引发深广的回顾和思考，以草药店的衰落和桥头店铺的变化，来投射湘西的历史命运和未来趋向，引发读者的深思和感慨。

常德的船

　　常德就是武陵，陶潜的《搜神后记》[1]上《桃花源记》说的渔人老家，应当摆在这个地方。德山在对河下游，离城市二十余里，可说是当地惟一的山。汽车也许停德山站，也许停县城对河另一站。汽车不必过河，车上人却不妨过河，看看这个城市的一切。地理书上告给人说这里是湘西一个大码头，是交换出口货与入口货的地方。桐油、木料、牛皮、猪肠子和猪鬃毛，烟草和水银，五倍子[2]和鸦片烟，由川东、黔东、湘西各地用各色各样的船只装载到来，这些东西全得由这里转口，再运往长沙武汉的。子盐、花纱、布匹、洋货、煤油、药品、面粉、白糖，以及各种轻工业日用消耗品和必需品，又由下江轮驳运到，也得从这里改装，再用那些大小不一的船只，分别运往沅水各支流上游大小码头去卸货的。市上多的是各种庄号。各种庄号上的坐庄人，便在这种情形下成天如一个磨盘，一种机械，为职务来回忙。邮政局的包裹处，这种人进出最多。长途电话的营业处，这种坐庄人是最大主顾。酒席馆和妓女的生意，靠这种坐庄人来维持。

　　除了这种繁荣市面的商人，此外便是一些寄生于湖田的小地主，作过知县的小绅士，各县来的男女中学生，以及外省来的参加这个市面繁荣的掌柜、伙计、乌龟、王八。全市人口过十万，街道延长近十里，一个过路人到了这个城市中时，便会明白这个湘西的咽喉，真如所传闻，地方并不小。可是却想不到这咽喉除吐纳货物和原料以外，还有些甚么东西。作这种吐纳工作，责任大，工作忙，性质杂，又是些甚么人。假若一旦没有了他们，这城市会不会忽然成为河边一个废墟？这种人照例触目可见，水上城里无一不可以碰头，却又最容易为旅行者所疏忽。我想说的是真正在控制这个咽喉，支配沅水流域的几万船户。

　　这个码头真正值得注意令人惊奇处，实也无过于船户和他所操纵的水上工具了。要认识湘西，不能不对他们先有一种认识。要欣赏湘西地方民族特殊性，船户是最有价值材料之一种。

一个旅行者理想中的武陵，渔船应当极多。到了这里一看，才知道水面各处是船只，可是却很不容易发现一只渔船。长河两岸浮泊的大小船只，外行人一眼看去，只觉得大同小异，事实上形制复杂不一，各有个性，代表了各个地方的个性。让我们从这方面来多知道一点点，对于我们也许有些便利处。

船只最触目的三桅大方头船，这是个外来客，由长江越湖[3]来的，运盐是它主要的职务。它大多数只到此为止，不会向沅水上游走去。普通人叫它做"盐船"，名实相副。船家叫它做"大鳅鱼头"，《金陀粹编》[4]上载岳飞[5]在洞庭湖水擒杨幺[6]故事，这名字就见于记载了，名字虽俗，来源却很古。这种船只大多数是用乌油漆过，所以颜色多是黑的。这种船按季候行驶，因为要大水大风方能行动。杜甫[7]诗上描绘的"洋洋万斛船，影若扬白虹"[8]，也许指的就是这种水上东西。

比这种盐船略小，有两桅或单桅，船身异常秀气，头尾突然收敛，令人入目起尖锐印象，全身是黑的，名叫"乌江子"。它的特长是不怕风浪，运粮食越湖。它是洞庭湖上的竞走选手。形体结构上的特点是桅高，帆大，深舱，锐头。盖舱篷比船身小，因为船舷外还有护舱板。弄船人同船只本身一样，一看很干净，秀气斯文。行船既靠风，上下行都使帆，所以帆多整齐。船上用的水手不多，仅有的水手会拉篷，摇橹，撑篙，不会荡桨，——这种船上便不常用桨。放空船时妇女还可代劳掌舵。这种船间或也沿河上溯，数目极少，船身材料薄，似不宜于冒险。这种船在沅水流域也算是外来客。

在沅水流域行驶，表现得富丽堂皇，气象不凡，可称为巨无霸的船只，应当数"洪江油船"。这种船多方头高尾，颜色鲜明，间或且有一点金漆装饰。尾梢有舵楼，可以安置家眷。大船下行可载三四千桶桐油，上行可载两千件棉花，或一票食盐。用橹手二十六人到四十人，用纤手三十人到六七十人。必待春水发后方上下行驶，路线系往返常德和洪江。每年水大至多上下三五回，其余大多时节都在休息中，成排结队停泊河面，俨然是河上的主人。船主照例是麻阳人，且照例姓滕，善交际，礼数清楚。常与大商号中人拜把子，攀亲家。行船时站在船后檀木舵把边，庄严中带点从容不迫神气，口中含了个竹马鞭短烟管，一面看水，一面吸烟。遇有身份的客人搭船，喝了一杯酒后，便向客人一五一十叙述这只油船的历史，载过多少有势力的军人、阔佬，或名驰沅水流域的妓女。换言之，就是这只船与当地"历史"发生多少关系！这种船只上的一切东西，无一不巨大坚实。船主的装束在船上时看不出甚么特别处，上岸时却穿长袍（下脚过膝三四寸），罩青羽绫马褂，戴呢帽或小缎帽，佩小牛皮抱肚[9]，用粗大银链系定，内中塞满了银元。穿生牛皮靴子，走路时踏得很重。个子高高的，瘦瘦的。有一双大手，手上满是黄毛和青筋。会喝酒、打牌，且豪爽大方，吃花酒应酬时，大把银元钞票从抱肚掏出，毫不吝啬。水手多强壮勇敢，眉目精悍，善唱歌、泅水、打架、骂野话。下水时如一尾鱼，上岸接近妇人时像一只小公猪。白天弄船，晚上玩牌，同样做得极有兴致。船上人虽多，却各有所事，从不紊乱。舱面永远整洁如新。拔锚开头时，必擂鼓敲锣，在船头烧纸烧香，煮白肉祭神，燃放千子头鞭炮，表示人神和乐，共同帮忙，一路福星。在开船仪式与行船歌声中，使人想起两千年前《楚辞》发生的原因，现在还好好的保留下来，今古如一。

比洪江油船小些，形式仿佛也较笨拙些，（一般船只用木板作成，这种船竟像用木柱作成，）平头大尾，一望而知船身十分坚实，有斗拳师的神气，名叫"白河船"。白河即酉水的别名。这种船只即行驶于沅水由常德到沅陵一段，酉水由沅陵到保靖一段。酉水滩流极险，船只必经得起磕撞。船只必载重方能压浪，因此尾部如臀，大而圆。下行时在船头缚大木桡一两把。木桡的用处是船只下滩，转头时比舵切于实际。照水上人俗谚说："三桨不如一篙，三橹不如一桡。"桡读作招。酉水浅而急，不常用橹，篙桨用处多，因此篙多特别长大，桨较粗硕，肥而短。船篷用粽子叶编成，不涂油。船主多永顺、保靖人，姓向姓王姓彭占多数。酉水河床窄，滩流多，为应付自然，弄船人所需要的勇敢能耐也较多。行船时常用相互诅骂代替共同唱歌，为的是受自然限制较多，脾气比较坏一点。酉水是传说中古代藏书洞穴所在地，多的是高大宏敞、充满神秘的洞穴。由沅陵起到酉阳止，沿酉水流域的每个县分总有几个洞穴。可是如沅陵的大酉洞，二酉洞，保靖的狮子洞，酉阳的龙洞，这些洞穴纵有书籍也早已腐烂了。到如今这条河流最多的书应当是宝庆纸客贩卖的石印[10]本历书[11]，每一条船上照例都有一本"皇历"。船家禁忌多，历书是他们行动的宝贝。河水既容易出事情，个人想减轻责任，因此凡事都俨然有天作主，由天处理，照书行事，比较心安，也少纠纷，船只出事时有所借口。酉水流域每个县分的船只，在形式上又各不相同，不过这些小船不出白河，在常德能看到的白河油船，形体差不多全是一样。

　　沅水中部的辰溪县，出白石灰和黑煤，运载这两种东西的本地船叫做"辰溪船"，又名"广舶子"。它的特点和上述两种船只比较起来，显得材料脆薄而缺少个性。船身多是浅黑色，形状如土布机上的梭子，款式都不怎么高明。下行多满载这些不值钱的货，上行因无回头货便时常放空。船身脏，所运货又少时间性，满载下驶，危险性多，搭客不欢迎，因之弄船人对于清洁时间就不甚关心。这种船上的席篷照例是不大完整的，布帆是破破碎碎的，给人印象如同一个破落户。弄船人因闲而懒，精神多显得萎靡不振。

　　洞河（即泸溪）发源于乾城苗乡大小龙洞和凤凰苗乡鸟巢河，两条小河在乾城县的所里相汇。向东流，到泸溪县，方和沅水同流，在这条河里的船就叫"洞河船"。河源主流由苗乡两个洞穴中流出，河床是乱石底子，所以水质特别清，水性特别猛。船必须从撞磕中挣扎，河身既小，船身也较轻巧。船舷低而平，船头窄窄的。在这种船上水手中，我们可以发现苗人。不过见着他时我们不会对他有何惊奇，他也不会对我们有何惊奇。这种人一切和别的水上人都差不多，所不同处，不过是他那点老实、忠厚、纯朴、戆[12]直性情——原人的性情，因为住在山中，比城市人保存得多点罢了。乾城人极聪明文雅，小手小脚小身材，唱山歌时嗓子非常好听，到码头边时，可特别沉默安静。船只太小了，不常有机会到这大码头边靠船。这种船停泊在河面时似乎很羞怯，正如水手们上街时一样羞怯。

　　乾城用所里作本县吐纳货物的水码头。地方虽不大，小小石头城却很整齐干净，且出了几个近三十年来历史上有名姓的人物。段祺瑞[13]时代的陆军总长傅良佐[14]将军，是生长在这个小县城里的。东北军宿将，国内当前军人中称战术权威的杨安铭[15]将军，也是这地方人。

　　在河上显得极活动，极有生气，而且数量极多的，是普通的中型"麻阳船"。这种船头尾高举，秀拔而灵便。这种船只的出处是麻阳河（即辰溪）。每只船上都可见到妇人、孩子、童养媳。弄船人一面担负商人委托的事务，一面还担负上帝派定的工作，两方面都异常称职。沅水流域的转运事业，大多数由这地方人支配，人口繁荣的结果，且因此在常德城外多了一条麻阳街。"一切成功都必须争斗"，这原则也可用作麻阳街的说明。据传说，这条街是个姓滕的水手滕老九双拳打出来的。我们若有兴趣特意到那条街上走走，可知道开小铺子的，做理发店生意的，卖船上家伙的，经营不用本钱最古职业的，全是麻阳乡亲，我们就会明白，原来参加这种争斗，每人都有一份。麻阳人的精力绝伦处，或者与地方出产有点关系。麻阳出各种橘子，糯米也极好，作甜酒特别相宜。人口加多，船只也越来越多，因此沅水水面的世界，一大半是麻阳人占有的。大凡船只停靠处，都有叫"乡亲"的麻阳人。乡亲所得的便利极多，平常外乡人，坐船时于是都叫麻阳人作"乡亲"。乡亲的特点是面目精悍而性情快乐，作水手的都能吃，能做，能喝，能打架。船主上岸时必装扮成为一个小乡绅，如驾洪江油船的大老板一样穿袍穿褂，着生牛皮盘云长统钉靴，戴有皮封耳的毡帽或博士帽，手指套上分量沉重的金戒指，皮抱肚里装上许多大洋钱，短烟管上悬个老虎爪子，一端还镶包一片镂花银皮。见人就请教仙乡何处，贵府贵姓。本人大多数姓滕，名字"代富""宜贵"。对三十年来的本省政治，比起任何地方船主都熟习，都关心。欢喜讲礼教，臧否人物，且善于称引经典格言和当地俗谚，作为谈天时章本。恭维客人时必从恭维上增多一点收入，被客人恭维时便称客人为"知己"，笑嘻嘻的请客人喝包谷子酒。妇女在船上不特[16]对于行船毫无妨碍，且常常是一个好帮手。妇女多壮实能干，大脚大手，善于生男育女。

麻阳人中另外还有一双值得称赞的手，在湘西近百年实无匹敌，在国内也是一个少见的艺术家，是塑像师张秋潭[17]那双手。小件艺术品多在烟盘边靠灯时用烟签完成的，无一不作得栩栩如生，至今还留下些在湘西私人手中。大件是各县庙宇天王观音等神像，辛亥以后破除迷信，毁去极多。

在常德水码头船只极小，飘浮水面如一片叶子，数量之多如淡干鱼，是专载客人用的"桃源划子"。木商与烟贩，上下办货的庄客，过路的公务员，放假的男女学生，同是这种小船的主顾。船身既轻小，上下行的速度较之其他船只快过一倍，下滩时可从边上小急流走，决不会出事。在平潭中且可日夜赶程，不会受关卡留难。因此在有公路以前，这种小小船只实为沅水流域交通利器。弄船人工作不需如何紧张，开销又少，收入却较多。装载客人且多阔老，同时桃源县人的性格又特别随和（沅水一到桃源后就变成一片平潭，再无恶滩急流，自然影响到水上人性情很大），所以弄船人脾气就马虎得多，很多是瘾君子，白天弄船，晚上便靠灯。有些家中人说不定还留在县里，经营一种不必要本钱的职业，分工合作，都不闲散。且能作客人向导，带访桃源洞的客人到所要到的新奇地方去。

在沅水流域上下行驶，停泊到常德码头应当称为"客人"的船只，共有好几种，有从芷江上游黔东玉屏来的，有从麻阳河上游黔东铜仁来的，有从白河上游川东龙潭来的。玉屏船多就洪江转口，下行不多。龙潭船多从沅陵换货，下行不多。铜仁船装油硋下行的，有些庄号在常德，所以常直放常德。船只最引人注意处是颜色黄明照眼，式样轻巧，如竞赛用船。船头船尾细狭而向上翘举，舱底平浅，材料脆薄，给人视觉上感到灵便与愉快，在形式上可谓秀雅绝伦。弄船人语言清婉，装束素朴，有些水手还穿齐膝的长衣，裹白头巾，风度整洁和船身极相称。船小而载重，故下行时船舷必缚茅束挡水。这种船停泊河中，仿佛极其谦虚，一种作客应有的谦虚。然而比同样大小的船只都整齐，一种作客不能不注意的整齐。

此外常德河面还有一种船只，数量极多，有的时常移动，有的又长久停泊。这些船的形式一律是方头，方尾，无桅，无舵。用木板作舱壁，开小小窗子，木板作顶。有些当作船主的金屋，有些又作逋[18]逃者的窟穴。船上有招纳水手客人的本地土娼，有卖烟和糖食、小吃、猪蹄子粉面的生意人。此外算命卖卜的，圆光关亡[19]的，无不可以从这种船上发现。船家做寿成亲，也多就方便借这种水上公馆举行，因此一遇黄道吉日，总是些张灯结彩，响器声，弦索声，大小炮仗声，划拳歌呼声，点缀水面热闹。

常德县城本身也就类乎一只旱船，女作家丁玲[20]，法律家戴修瓒[21]，国学家余嘉锡[22]，是这只旱船上长大的。较上游的河堤比城中高得多，涨水时水就到了城边，决堤时城四围便是水了。常德沿河的长街，街市上大小各种商铺不下数千家，都与水手有直接关系。杂货店铺专卖船上用件及零用物，可说是它们全为水手而预备的。至如油盐、花纱、牛皮、烟草等等庄号，也可说水手是为它们而有的。此外如茶馆、酒馆和那经营最素朴职业的户口，水手没有它不成，它没水手更不成。

常德城内一条长街，铺子门面都很高大（与长沙铺子大同小异，近于夸张），木料不值钱，与当地建筑大有关系。地方滨湖，河堤另一面多平田泽地，产鱼虾、莲藕，因此鱼栈莲子栈延长了长街数里。多清真教门，因此牛肉特别肥鲜。

　　常德沿沅水上行九十里，才到桃源县，再上行二十五里，方到桃源洞。千年前武陵渔人如何沿溪走到桃花源，这路线尚无好事的考古家说起。现在想到桃源访古的"风雅人"，大多数只好坐公共汽车去。到过了桃源，兴趣也许在彼而不在此，留下印象较深刻的东西，不是那个传说的洞穴，倒是另外一些传说所不载的较新洞穴。在桃源县想看到老幼黄发垂髫，怡然自乐的光景，并不容易。不过或者因为历史的传统，地方人倒很和气，保存一点古风。也知道欢迎客人，杀鸡作黍[23]，留客住宿。虽然多少得花点钱，数目并不多。可是一个旅行者应当知道，这些人赠送游客的礼物，有时不知不觉太重了点，最好倒是别大意，莫好奇，更不要因为记起宋玉[24]所赋的高唐神女，刘晨阮肇天台所遇的仙女，想从经验中去证实故事。换言之，不妨学个"老江湖"，少生事！当地纵多神女仙女，可并不是为外来读书人游客预备的，沅水流域的木竹簰商人是惟一受欢迎者。好些极大的木竹簰，到桃源后不久就无影无踪不见了，照俚话所说，是"进了桃源的洞穴"的。

　　政治家宋教仁[25]，老革命党覃振[26]，同是桃源县人。桃源县有个省立第二女子师范学校，五四运动谈男女解放平等，最先要求男女同校，且实现它，就是这个学校的女学生。

注释

1.《搜神后记》：又名《续搜神记》，是《搜神记》的续书，志怪小说集。传为陶渊明所作，但因其记载的都是陶渊明死后之事，故真伪不可断。

2. 五倍子：中药名。为倍蚜科昆虫五倍子蚜和倍蛋蚜寄生在漆树科植物盐肤木或青麸杨等叶上形成的虫瘿。用于敛肺降火、止咳止汗等。

3. 湖：即洞庭湖。

4.《金陀粹编》：一部有关岳飞传记资料的汇编，编者为岳飞之孙岳珂。

5. 岳飞（1103—1142年）：字鹏举，谥武穆，后改谥忠武，河北人，南宋著名的军事家。有《岳武穆集》。

6. 杨幺（？—1135年）：名太，南宋初年洞庭湖地区农民起义首领，因其在义军诸首领中年龄最幼，土语称幼为幺，故称杨幺。绍兴五年（1135），为岳飞所破。

7. 杜甫（712—770年）：字子美，号少陵野老，世称杜少陵、杜工部，唐代诗人。

8. 洋洋万斛船，影若扬白虹：语见《三韵三篇》，原句为"荡荡万斛船"。

9. 抱肚：在《中国古代服饰研究》里，沈从文称它为"腰袄"。唐后期开始出现，最常见于武将服装，成半圆形围于腰间，其作用是为了防止腰间佩挂的武器与铁甲因碰击、摩擦而相互损坏。后来逐渐演变为特别形制的腰带，用布或牛皮、麂（ní）皮做成，有夹层或两三层，两端有带，系在腰间。内可放钱钞。爱漂亮的还可在上面绣花和系缎带子。

10. 石印：用石版印刷。先把原稿用特制的墨写在药纸上，再轧印在石版上，涂上桃胶，干后用水擦净，然后涂油墨印刷。

11. 历书：是按一定历法排列年、月、日、节气并提供有关数据的书，反映了自然界的时间更替和气象变化的客观规律，对农业生产和人民日常生活有指导意义。在封建社会，由于它是由皇帝颁布的，所以又称"皇历"。

12. 戆：刚直。

13. 段祺瑞（1865—1936年）：原名启瑞，字芝泉，安徽合肥人。北洋军阀首领。民国初年，北洋军阀集团把持政局，领导人更迭频繁，段祺瑞曾六次主政。

14. 傅良佐（1873—1924年）：字清节，湖南省吉首市乾州镇人。国民革命军陆军上将。1916年出任陆军次长，旋为湖南督军，后任边防事务处参谋长。

15. 杨安铭：湖南省吉首市乾州镇人，国民革命军陆军中将，国防部部员。

16. 不特：不仅，不但。

17. 张秋潭（1865—1942年）：湖南麻阳岩门人。自幼爱玩泥巴，8岁入私塾，其书篮、课桌里皆藏泥。后罢读归田，无事时就捏泥作像，技艺愈发精湛，所作的龙、兔、狮等泥塑像，无不惟妙惟肖。

18. 逋：逃亡。

19. 圆光关亡：利用人们迷信心理的封建陋习。圆光，用镜或白纸施以咒语，让小孩看镜子或白纸上有什么形象出现，凭借所见形象可以知道失物所在或预测吉凶、祸福。关亡则是认为人死后有灵魂存在，将死者的灵魂附在关亡人身上，然后死者就会通过关亡人的口说出死者要说的话。

20. 丁玲（1904—1986年）：原名蒋伟，字冰之，又名蒋炜、蒋玮、丁冰之，湖南临澧人，现代女作家，代表作有《莎菲女士的日记》、《太阳照在桑干河上》等。

21. 戴修瓒（1887—1957年）：字君亮，湖南常德人，法学家。中央大学法科毕业后留学日本。回国后，历任北京法政大学法律系主任兼教务长，京师地方检察厅检察长，河南省司法厅厅长，最高法院首席检察官，上海法学院法律系主任，北京大学教授兼法律系主任。新中国成立后任中央人民政府法制委员会委员，国务院参事等。主要著作有《民法债编总论》、《票据法》、《刑事诉讼法释义》等。

22. 余嘉锡（1884—1955年）：字季豫，号狷庵，湖南常德人，著名目录学家，古文献学家，生前曾任辅仁大学文学院院长，国文系教授，中国科学院语言研究所专门委员等职。著有《四库提要辨证》、《古书通例》等。

23. 作黍：备家常饭诚意待客的谦称。黍，一年生草本植物，子实叫黍子，碾成米叫黄米，性黏，可酿酒。

24. 宋玉：生卒年不详，又名子渊，湖北钟祥人。战国后期楚国辞赋作家，他是屈原诗歌艺术的直接继承者，后世常将两人合称为"屈宋"。有《高唐赋》《神女赋》等。

25. 宋教仁（1882—1913 年）：字遁初，号渔父，湖南桃源人，中国近代的民主革命家、政治家。

26. 覃振（1885—1947 年）：原名道让，字理鸣，湖南桃源人。早年加入同盟会，辛亥后曾任黎元洪执政时的秘书长、国会议员，后为"西山会议派"成员。宁汉合流后，曾任国民党立法院副院长。

导读

　　本篇是沈从文后期散文集《湘西》的首篇，体现了作者这一时期散文的特色。《湘西》是抗战爆发，作者第二次回乡所写，曾于 1938 年 8 月 25 日—1938 年 11 月 17 日在复刊后的香港《大公报·文艺》上连载，共连载四十三期，署名沈从文。商务印书馆 1939 年 8 月出版单行本，1982 年收入广州花城、香港三联出版社出版的《沈从文文集》第九卷，2002 年收入北岳文艺出版社出版的《沈从文全集》第十一卷。

　　在散文《常德的船》中，作者以旅行者的视角写沿途的见闻，描绘了沅水上的各种船只，但究其目的，显然不只是向读者介绍这些船，而是在写船的过程中，写操纵着这些水上工具的湘西民众。以船写人，以船喻人，可以说是本篇的最大特色。在对船和船户的描写中，寄寓了作者明确的情感取向，如对"乌江子"、"洪江油船"等，作者的态度是欣赏、赞许的，对于"辰溪船"、"桃源划子"等，则表露了不满与批评的口气。通过这种褒贬暗喻，细致地刻画了各种船户的性格，表达了作者对湘西民族性格的思考。而这种思考，显然是满含深情的。作者不厌其烦地介绍各种船的形状构造，船户的性格、动作、穿着、言谈举止、交际礼数、开船仪式等，琐碎而细致，在结尾几段更是热情难抑地推出了女作家丁玲、法学家戴修瓒，以及油盐、花纱等可以让湘西人引以自豪的人和物，就是想通过这些描述来让人们认识真正的湘西，反映了他对乡土的无限热爱，对湘西充满无限的希望。

　　《常德的船》，是作者为帮助他人对湘西的认识而精心谱写的一曲充满乡情的船歌。

沅陵的人

由常德到沅陵，一个旅行者在车上的感触，可以想象得到，第一是公路上并无苗人，第二是公路上很少听说发现土匪。

公路在山上与山谷中盘旋转折虽多，路面却修理得异常良好，不问晴雨都无妨车行。公路上的行车安全的设计，可看出负责者的最大努力。旅行的很容易忘了车行的危险，乐于赞叹自然风物的美秀。在自然景致中见出宋院画[1]的神采奕奕处，是太平铺过河时入目的光景。溪流萦回，水清而浅，在大石细沙间漱流。群峰竞秀，积翠凝蓝，在细雨中或阳光下看来，颜色真无可形容。山脚下一带树林，一些俨如有意为之布局恰到好处的小小房子，绕河洲树林边一湾溪水，一道长桥，一片烟。香草山花，随手可以掇拾。《楚辞》中的山鬼[2]，云中君[3]，仿佛如在眼前。上官庄的长山头时，一个山接一个山，转折频繁处，神经质的妇女与懦弱无能的男子，会不免觉得头目晕眩。一个常态的男子，便必然对于自然的雄伟表示赞叹，对于数年前裹粮负水来在这高山峻岭修路的壮丁表示敬仰和感谢。这是一群默默无闻沉默不语真正的战士！每一寸路都是他们流汗筑成的。他们有的从百里以外小乡村赶来，沉沉默默的在派定地方担土，打石头，三五十人躬着腰肩共同拉着个大石碾子碾压路面，淋雨，挨饿，忍受各式各样虐待，完成了分派到头上的工作。把路修好了，眼看许多的各色各样稀奇古怪的物件吼着叫着走过了，许多这些可爱的乡下人，知道事情业已办完，笑笑的，各自又回转到那个想象不到的小乡村里过日子去了。中国几年来一点点建设基础，就是这种无名英雄作成的。他们甚么都不知道，可是所完成的工作却十分伟大。

单从这条公路的坚实和危险工程看来，就可知道湘西的民众，是可以为国家完成任何伟大理想的。只要领导有人，交付他们更困难的工做，也可望办得很好。

看看沿路山坡桐茶树木那么多，桐茶山整理得那么完美，我们且会明白这个地方的人民，即或无人领导，关于求生技术，各凭经验在不断努力中，也可望把地面征服，使生产增加。

只要在上的不过分苛索[4] 他们鱼肉他们，这种勤俭耐劳的人民，就不至于铤而走险发生问题。可是若到任何一个停车处，试同附近乡民谈谈，我们就知道那个"过去"是种甚么情形了。任何捐税，乡下人都有一份，保甲在糟塌乡下人这方面的努力，"成绩"真极可观！然而促成他们努力的动机，却是照习惯把所得缴一半，留一半。然而负责的注意到这个问题时，就说"这是保甲的罪过，"从不认为是"当政的耻辱"。负责者既不知如何负责，因此使地方进步永远成为一种空洞的理想。

然而这一切都不妨说已经成为过去了。

车到了官庄交车处，一列等候过山的车辆，静静的停在那路旁空阔处，说明这公路行车秩序上的不苟。虽在军事状态中，军用车依然受公路规程辖制，不能占先通过，此来彼往，秩序井然，这条公路的修造与管理统由一个姓周的工程师负责。

车到了沅陵，引起我们注意处，是车站边挑的，抬的，负荷的，推挽的，全是女子。凡其他地方男子所能做的劳役，在这地方统由女子来做。公民劳动服务也还是这种女人。公路车站的修成，就有不少女子参加。工作既敏捷，又能干。女权运动者在中国二十年来的运动，到如今在社会上露面时，还是得用"夫人"名义来号召，并不以为可羞。而且大家都集中在大都市，过着一种腐败生活。比较起这种女劳动者把流汗和吃饭打成一片的情形，不由得我们不对这种人充满尊敬与同情。

这种人并不因为终日劳作就忘记自己是个妇女，女子爱美的天性依然还好好保存。胸口前的扣花装饰，裤脚边的扣花装饰，是劳动得闲在茶油灯光下做成的。（围裙扣花工作之精和设计之巧，外路人一见无有不交口称赞。）这种妇女日常工作虽不轻松，衣衫却整齐清洁。有的年纪已过了四十岁，还与同伴竞争兜揽生意。两角钱就为客人把行李背到河边渡船上，跟随过渡，到达彼岸，再为背到落脚处。外来人到河码头渡船边时，不免十分惊讶，好一片水！好一座小小山城！尤其是那一排渡船，船上的水手，一眼看去，几乎又全是女子，过了河，进得城门，向长街走走，就可见到卖菜的，卖米的，开铺子的，做银匠的，无一不是女子。再没有另一个地方女子对于参加各种事业各种生活，做得那么普通那么自然了。看到这种情形时，真不免令人发生疑问：一切事几乎都由女子来办，如《镜花缘》[5]一书上的女儿国现象了。本地的男子，是出去打仗，还是在家纳福[6]看孩子？

不过一个旅行者自觉已经来到辰州时，兴味或不在这些平常问题上。辰州地方是以辰州符闻名的，辰州符的传说奇迹中又以赶尸[7]著闻。公路在沅水南岸，过北岸城里去，自然盼望有机会弄明白一下这种老玩意儿。

可是旅行者这点好奇心会受打击。多数当地人对于辰州符都莫名其妙，且毫无兴趣，也不怎么相信。或许无意中会碰着一个"大"人物，体魄大，声音大，气派也好像很大。他不是姓张，就是姓李（他应当姓李！一个典型市侩，在商会任职，以善于吹拍混入行署任名誉参议），会告你，辰州符的灵迹，就是用刀把一只鸡颈脖割断，把它重新接上，喷一口符水，向地下抛去，这只鸡即刻就会跑去，撒一把米到地上，这只鸡还居然赶回来吃米！你问他："这事曾亲眼见过吗？"他一定说："当真是眼见的事。"或许慢慢的想一想，你便也会觉得同样是在甚么地方亲眼见过这件事了。原来五十年前的甚么书上，就这么说过的。这个大人物是当地著名会说大话的。世界上事甚么都好像知道得清清楚楚，只不大知道自己说话是假的还是真的，是书上有的还是自己造作的。多数本地人对于"辰州符"是个甚么东西，照例都不大明白的。

对于赶尸传说呢，说来实在动人。凡受了点新教育，血里骨里还浸透原人迷信的外来新绅士，想满足自己的荒唐幻想，到这个地方来时，总有机会温习一下这种传说。绅士、学生、旅馆中人，俨然因为生在当地，便负了一种不可避免的义务，又如为一种天赋的幽默同情心所激发，总要把它的神奇处重述一番。或说朋友亲戚曾亲眼见过这种事情，或说曾有谁被赶回来。其实他依然和客人一样，并不明白，也不相信，客人不提起，他是从不注意这个问题的。客人想"研究"它（我们想象得出有许多人最乐于研究它的），最好还是看《奇门遁甲》[8]，这部书或者对他有一点帮助，本地人可不会给他多少帮助。本地人虽乐于答复这一类傻不可言的问题，却不能说明这事情的真实性。就中有个"有道之士"，姓阙，当地人统称之为阙五老，年纪将近六十岁，谈天时精神犹如一个小孩子。据说十五岁时就远走云贵，跟名师学习过这门法术。作法时口诀并不稀奇，不过是念文天祥的《正气歌》[9] 罢了。死人能走动便受这种歌词的影响。辰州符主要的工具是一碗水；这个有道之士家中神主前便陈列了那么一碗水，据说已经有了三十五年，碗里水减少时就加添一点。一切病痛统由这一碗水解决。一个死尸的行动，也得用水迎面的一噀。这水且能由昏浊与沸腾表示预兆，有人需要帮忙或卜家事吉凶的预兆，登门造访者若是一个读书人，一个假洋人教授，他把这一碗水的妙用形容得将更惊心动魄。使他舌底翻莲的原因，或者是他自己十分寂寞，或者是对于客人具有天赋同情，所以常常把书上没有的也说到了。客人要老老实实发问："五老，那你看过这种事了？"他必装作很认真神气说："当然的。我还亲自赶过！那是我一个亲戚，在云南做官，死在任上，赴回湖南，每天为死者换新草鞋一双，到得湖南时，死人脚趾头全走脱了。只是功夫不练就不灵，早丢下了。"至于为甚么把它丢下，可不说明。客人目的在"表演"，主人用意在"故神其说"，末后自然不免使客人失望。不过知道了这玩意儿是读《正气歌》作口诀，同儒家居然大有关系时，也不无所得。关于赶尸的传说，这位有道之士可谓集其大成，所以值得找方便去拜访一次，他的住处在上西关，一问即可知道。可是一个读书人也许从那有道之士服尔泰[10] 风格的微笑，服尔泰风格的言谈，会看出另外一种无声音的调笑，"你外来的书呆子，世界上事你知道许多，可是书本不说，另外还有许多就不知道了。用《正气歌》赶走了死尸，你充满好奇的关心，你这个活人，是被甚么邪气歌赶到我这里来？"那时他也许正坐在他的杂货铺里面（他是隐于医与商的），忽然用手指着街上一个长头发的男子说："看，疯子！"那真是个疯子，沅陵地方惟一的疯子，可是他的语气也许指得是你拜访者。你自己试想想看，为了一种流行多年的荒唐传说，充满了好奇心来拜访一个透熟人生的人，问他死了的人用甚么方法赶上路，你用意说不定还想拜老师，学来好去外国赚钱出名，至少也弄得个哲学博士回国，再来用它骗中国学生，在他饱经世故的眼中，你和疯子的行径有多少不同！

这个人的言谈，倒真是一种杰作，三十年来当地的历史，在他记忆中保存得完完全全，说来时庄谐杂陈，实在值得一听。尤其是对于当地人事所下批评，尖锐透入，令人不由得不想起法国那个服尔泰。

至于辰砂的出处，出产于离辰州地还远得很，远在三百里外凤凰县的苗乡猴子坪。

凡到过沅陵的人，在好奇心失望后，依然可从自然风物的秀美上得到补偿。由沅陵南岸看北岸山城，房屋接瓦连橼，较高处露出雉堞，沿山围绕，丛树点缀其间，风光入眼，实不俗气。由北岸向南望，则河边小山间，竹园、树木、庙宇、高塔、民居，仿佛各个都位置在最适当处。山后较远处群峰罗列，如屏如障，烟云变幻，颜色积翠堆蓝。早晚相对，令人想象其中必有帝子天神，驾螭乘蜺，驰骤其间。绕城长河，每年三四月春水发后，洪江油船颜色鲜明，在摇橹歌呼中连翻下驶。长方形大木筏，数十精壮汉子，各据筏上一角，举桡激水，乘流而下。就中最令人感动处，是小船半渡，游目四瞩，俨然四围是山，山外重山，一切如画。水深流速，弄船女子，腰腿劲健，胆大心平，危立船头，视若无事。同一渡船，大多数都是妇人，划船的是妇女，过渡的也是妇女较多。有些卖柴卖炭的，来回跑五六十里路，上城卖一担柴，换两斤盐，或带回一点红绿纸张同竹篾作成的简陋船只，小小香烛，问她时，就会笑笑的回答："拿回家去做土地会。"你或许不明白土地会的意义，事实上就是酬谢《楚辞》中提到的那种云中君——山鬼。这些女子一看都那么和善，那么朴素，年纪四十以下的，无一不在胸前土蓝布或葱绿布围裙上绣上一片花，且差不多每个人都是别出心裁，把它处置得十分美观，不拘写实或抽象的花朵，总那么妥帖而雅相。在轻烟细雨里，一个外来人眼见到这种情形，必不免在赞美中轻轻叹息。天时常常是那么把山和水和人都笼罩在一种似雨似雾使人微感凄凉的情调里，然而却无处不可以见出"生命"在这个地方有光辉的那一面。

外来客会自然有个疑问发生：这地方一切事业女人都有份，而且像只有"两截穿衣"的女子有份，男子到哪里去了呢？

在长街上，我们固然时常可以见到一对少年夫妻，女的眉毛俊秀，鼻准完美，穿浅蓝布衣，用手指粗银链系扣花围裙，背小竹笼。男的身长而瘦，英武爽朗，肩上扛了各种野兽皮向商人兜卖，令人一见十分惊诧。可是这种男子是特殊的。是出了钱，得到免役的瑶族。

男子大部分都当兵去了。因兵役法的缺陷，和执行兵役法的中间层保甲制度人选不完善，逃避兵役的也多，这些壮丁抛下他的耕牛，向山中走，就去当匪，匪多的原因，外来官吏苛索实为主因。乡下人照例都愿意好好活下去，官吏的老式方法居多是不让他们那么好好活下去。乡下人照例一入兵营就成为一个好战士，可是办兵役的，却觉得如果人人都乐于应兵役，就毫无利益可图。土匪多时，当局另外派大部队伍来"维持治安"，守在几个城区，别的不再过问。分布乡下土匪得了相当武器后，在报复情绪下就是对公务员特别不客气，凡搜刮过多的外来人，一落到他们手里时，必然是先将所有的得到，再来取那个"命"。许多人对于湘西民或匪都留下一个特别蛮悍嗜杀的印象，就由这种教训而来。许多人说湘西有匪，许多人在湘西虽遇匪，却从不曾遭遇过一次抢劫，就是这个原因。

　　一个旅行者若想起公路就是这种蛮悍不驯的山民或土匪，在烈日和风雪中努力作成的，乘了新式公共汽车由这条公路经过，既感觉公路工程的伟大结实，到得沅陵时，更随处可见妇人如何认真称职，用劳力讨生活，而对于自然所给的印象，又如此秀美，不免感慨系之。这地方神秘处原来在此而不在彼。人民如此可用，景物如此美好，三十年来牧民者来来去去，新陈代谢，不知多少，除认为"蛮悍"外，竟别无发现。外来为官作宦的，回籍时至多也只有把当地久已消灭无余的各种画符捉鬼荒唐不经的传说，在茶余酒后向陌生者一谈。地方真正好处不会欣赏，坏处不能明白，这岂不是湘西的另一种神秘？

　　沅陵算是个湘西受外来影响较久较大的地方，城区教会的势力，造成一批吃教饭的人物，蛮悍性情因之消失无余，代替而来的或许是一点青年会办事人的习气。沅陵又是沅水几个支流货物转口处，商人势力较大，以利为归的习惯，也自然很影响到一些人的打算行为。沅陵位置在沅水流域中部，就地形言，自为内战时代必争之地。因此麻阳县的水手，一部分登陆以后，便成为当地有势力的小贩。凤凰县屯垦子弟兵官佐，留下住家的，便成为当地有产业的客居者。慷慨好义，负气任侠[11]，楚人中这类古典的热诚，若从当地人寻觅无着时，还可从这两个地方的男子中发现。一个外来人，在那山城中石板作成的一道长街上，会为一个矮小、瘦弱，眼睛又不明，听觉又不聪，走路时匆匆忙忙，说话时结结巴巴，那么一个平常人引起好奇心。说不定他那时正在大街头为人排难解纷！说不定他的行为正需要旁人排难解纷！他那样子就古怪，神气也古怪。一切像个乡下人，像个官能为嗜好与毒物所毁坏，心灵又十分平凡的人。可是应当找机会去同他熟一点，谈谈天。应当想办法更熟一点，跟他向家里走（他的家在一个山上。那房子是沅陵住户地位最好，花木最多的）。如此一来，结果你会接触一点很新奇的东西，一种混合古典热诚与近代理性在一个特殊环境特殊生活里培养成的心灵。你自然会"同情"他，可是最好倒是"信托"他。他需要的不是同情，因为他成天在同情他人，为他人设想帮忙尽义务，来不及接受他人的同情。他需要人信托，因为他那种古典的作人的态度，值得信托。同时他的性情充满了一种天真的爱好，他需要信托，为的是他值得信托。他的视觉同听觉都毁坏了，心和脑可极健全。凤凰屯垦兵子弟中出壮士，体力胆气两方面都不弱于人。这个矮小瘦弱的人物，虽出身世代武人的家庭中，因无力量征服他人，失去了作军人的资格。可是那点有遗传性的军人气概，却征服了他自己，统制自己，改造自己，成为沅陵县一个顶可爱的人。他的名字叫做"大先生"，或"大大"[12]，一个古怪到家的称呼。商人、妓女、屠户、教会中的牧师和医生，都这样称呼他。到沅陵去的人，应当认识认识这位大先生。

沅陵县沿河下游四里路远近，河中心有个洲岛，周围高山四合，名"合掌洲"，名目与情景相称。洲上有座庙宇，名"和尚洲"，也还说得去。但本地的传说却以为是"和涨洲"，因为水涨河面宽，淹不着，为的是洲随河水起落！合掌洲有个白塔，由顶到根雷劈了一小片，本地人以为奇，并不足奇。河南岸村名黄草尾，人家多在橘柚林里，橘子树白华朱实，宜有小腰白齿于其间。一个种菜园的周家，生了四个女儿，最小的一个四妹，人都呼为夭妹，年纪十七岁，许了个成衣店学徒，尚未圆亲。成衣店学徒积蓄了整年工钱，打了一副金耳环给夭妹，女孩子就戴了这副金耳环，每天挑菜进东门城卖菜。因为性格好繁华，人长得风流俊俏，一个东门大街的人都知道卖菜的周家夭妹。

因此县里的机关中办事员，保安司令部的小军佐，和商店中小开，下黄草尾玩耍的就多起来了。但不成，肥水不落外人田，有了主子。可是"人怕出名猪怕壮"，夭夭的名声传出去了，水上划船人全都知道周家夭夭。去年（一九三七年）冬天一个夜里，忽然来了四百武装喽罗攻打沅陵县城，在城边响了一夜枪，到天明以前，无从进城，这一伙人依然退走了。这些人本来目的也许就只是在城外打一夜枪。其中一个带队的称团长，却带了兄弟伙到夭妹家里去拍门。进屋后别的不要，只把这女孩子带走。

女孩子虽又惊又怕，还是从容的说，"你抢我，把我箱子也抢去，我才有衣服换！"

带到山里去时那团长问！"夭夭，你要死，要活？"

女孩子想了想，轻声的说，"要死。你不会让我死。"

团长笑了，"那你意思是要活了！要活就嫁我，跟我走。我把你当官太太，为你杀猪杀羊请客，我不负你。"

女孩子看看团长，人物实在英俊标致，比成衣店学徒强多了，就说："人到甚么地方都是吃饭，我跟你走。"

于是当天就杀了两个猪，十二只羊，一百对鸡鸭，大吃大喝大热闹，团长和夭妹结婚。女孩子问她的衣箱在甚么地方，待把衣箱取来打开一看，原来全是预备陪嫁的！英雄美人，可谓美满姻缘。过三天后，那团长就派人送信给黄草尾种菜的周老夫妇，称岳父岳母，报告夭妹安好，不用挂念。信还是用红帖子写的，词句华而典，师爷的手笔。还同时送来一批礼物！老夫妇无话可说，只苦了成衣店那个学徒，坐在东门大街一家铺子里，一面裁布条子做纽绊，一面垂泪。

这也可说是沅陵县人物之一型。

至于住城中的几个年高有德的老绅士，那倒正像湘西许多县城里的正经绅士一样，在当地是很闻名的，庙宇里照例有这种名人写的屏条，名胜地方照例有他们题的诗词。儿女多受过良好教育，在外做事。家中种植花木，蓄养金鱼和雀鸟，门庭规矩也很好。与地方关系，却多如显克微支[13]在他《炭画》那本书里所说的贵族，凡事取"不干涉主义"。因为名气大，许多不相干的捐款，不相干的公事，不相干的麻烦不会上门，乐得在家纳福，不求闻达，所以也不用有甚么表现。对于生活劳苦认真，既不如车站边负重妇女，生命活跃，也不如卖菜的周家夭妹，然而日子还是过得很好，这就够了。

由沅水下行百十里到沅陵属边境地名柳林岔——就是湘西出产金子，风景又极美丽的柳林岔。那地方过去一时也有个人，很有意思。这个人据说母亲貌美而守寡，住在柳林岔镇上，对河高山上有个庙，庙中住下一个青年和尚，诚心苦修。寡妇因爱慕和尚，每天必借烧香为名去看看和尚，二十年如一日。和尚诚心修苦，不作理会，也同样二十年如一日。儿子长大后，慢慢的知道了这件事。儿子知道后，不敢规劝母亲，也不能责怪和尚，惟恐母亲年老眼花，一不小心，就会堕入深水中淹死。又见庙宇在一个圆形峰顶，攀援实在不容易。因此特意雇定一百石工，在临河悬崖上开辟一条小路，仅可容足，更找一百铁工，制就一条粗而长的铁链索，固定在上面，作为援手工具。又在两山间造一拱石头桥，上山顶庙里时就可省一大半路。这些工作进行时自己还参加，直到完成。各事完成以后，这男子就出远门走了，一去再也不回来了。

　　这座庙，这个桥，濒河的黛色悬崖上这条人工凿就的古怪道路，路旁的粗大铁链，都好好的保存在那里，可以为过路人见到。凡上行船的纤手，还必需从这条路把船拉上滩。船上人都知道这个故事。故事虽还有另一种说法，以为一切是寡妇所修的，为的是这寡妇……总之，这是一个平常人为满足他的某种心愿而完成的伟大工程。这个人早已死了，却活在所有水上人的记忆里。传说和当地景色极和谐，美丽而微带忧郁。

　　沅水由沅陵下行三十里后即滩水连接，白溶、九溪、横石、青浪，……就中以青浪滩最长，石头最多，水流最猛。顺流而下时，四十里水路不过二十分钟可完事，上行船有时得一整天。

　　青浪滩滩脚有个大庙，名伏波宫，敬奉的是汉老将马援[14]。行船人到此必在庙里烧纸献牲。庙宇无特点，不出奇。庙中屋角树梢栖息的红嘴红脚小小乌鸦，成千累万，遇下行船必飞往接船送船，船上人把饭食糕饼向空中抛去，这些小黑鸟就在空中接着，把它吃了。上行船可照例不光顾。虽上下船只极多，这小东西知道向甚么船可发利市，甚么船不打抽丰[15]。船夫说这是马援的神兵，为迎接船只的神兵，照老规矩，凡伤害的必赔一大小相等银乌鸦，因此从不会有人敢伤害它。

　　几件事都是人的事情。与人生活不可分，却又杂糅神性和魔性。湘西的传说与神话，无不古艳动人。同这样差不多的还很多。湘西的神秘，和民族性的特殊大有关系。历史上"楚"人的幻想情绪，必然孕育在这种环境中，方能滋长成为动人的诗歌。想保存它，同样需要这种环境。

注释

1. 宋院画：即宋翰林图画院及其后宫廷画家的绘画。其多以花鸟山水宗教为题材，讲究法度，风格华丽。
2. 山鬼：山神，屈原《九歌》中神名。
3. 云中君：云神，屈原《九歌》中神名。
4. 苛索：苛刻地索取。
5. 《镜花缘》：清代长篇小说，李汝珍著。
6. 纳福：指享福。
7. 赶尸：赶尸是传说中可以驱动尸体行走的法术，属于苗族蛊术的一种，是楚巫文化的一部分。
8. 《奇门遁甲》：书名。奇门遁甲，是中国古老的一种术数。在中国传统文化中，奇门遁甲以易经八卦为基础，结合星相历法、天文地理、八门九星、阴阳五行、三奇六仪等要素，是我国预测学中集大成者，是易经最高层次的预测学，因此奇门遁甲自古被称为帝王学。
9. 《正气歌》：是南宋末代右宰相文天祥所作的诗，创作于元大都的监狱中。该诗慷慨激昂，充分表现了文天祥的坚贞不屈的爱国情操。
10. 服尔泰：即伏尔泰，法国启蒙思想家、文学家、哲学家。
11. 任侠：凭借权威、勇力或财力等手段扶助弱小，帮助他人。
12. 大大：系作者大哥沈云六。
13. 显克微支：波兰 19 世纪著名的批判现实主义作家，1905 年获得诺贝尔文学奖。
14. 马援：东汉开国功臣。
15. 抽丰：亦作"秋风"。意近分肥。指利用各种关系向人索取财物。

导读

本篇原载《湘西》，商务印书馆 1939 年 8 月初版。

在文中，作者俨然一位谙熟沅陵人事、风俗和传说的导游，引导旅行者们去见识沅陵之地的种种生命样态、丰富的人事及传说，旨在赞美沅陵人的生命特质：勤劳、强韧、任侠和雄强。外来者对湘西多存误解与偏见，认为此地是"匪区"，男子嗜杀，女子放蛊，而且公路极坏，地极险难。沈从文书写《湘西》一书，无疑要扫除这些偏见，为神秘的湘西去蔽，同时又以理性的目光去看待当地的奇风异俗，为其祛魅。

作者在开篇便写到公路。"公路在山上与山谷中盘旋转折虽多，路面却修理得异常良好，不问晴雨都无妨车行。"这既是驳斥"公路极坏的"谬见，更是为了礼赞那些默默的修路者。他们是真正的战士与无名的英雄，裹粮负水来在这高山峻岭之间修筑公路，淋雨挨饿，承受酷虐，可以说这里的每一寸公路都是由他们的血汗所铺就的。这里展现出沅陵人生命的强韧和伟大，似乎能够跨过一切险阻，负起所有人世的沉重。由于男子都去参军打仗，所以本地各项劳务均由妇女肩负，一眼望去，全是妇女，俨然"女儿国"。而这些劳作的妇女依然不失爱美之心，装饰精美，衣衫整洁，令外人无不交口称赞。这里作者所表现的是沅陵女性的勤劳与美丽，而非外人所臆想的喜爱"放蛊"。同时，对留给外人的"匪区"印象，作者也在文中给予了辩护："匪多的原因，外来官吏苛索实乃主因。"随后作者又向我们介绍了一系列人物及其传奇性的故事，如慷慨好义、负气任侠而有古典人格的"大先生"，抢走周家夭妹的土匪团长和寡妇修桥的故事等。所有这些都是要在读者面前展现沅陵人民的人情和多姿多彩的生命形态。

沅水上游几个县份

由辰溪大河上行，便到洪江，洪江是湘西中心。出口货以木材、桐油、鸦片烟为交易中心。市区在两水汇流一个三角形地带，三面临水，通常有"小重庆"称呼。地方归会同县管辖。湖南人吃的"洪江柚子"，就是由会同、黔阳、溆浦各县属乡下集中到洪江来的。洪江商务增加了地方的财富与市面繁荣，同时也增加了军人的争夺机会。民国三十年来贵州省的政治变局，都是洪江地方直接间接促成的。贵州军人卢焘、王殿轮、王小珊、周西成、王家烈，全用洪江为发祥地，终于又被部下搞垮。湖南军人周则范、蔡钜猷、陈汉章，全用洪江为根据地，找了百十万造孽钱，负隅自固，周陈二人并且同样是在洪江被刺的。可是这些事对本地又似乎竟无多少关系。这些无知识的小军阀尽管新陈代谢，打来打去，除洪江商人照例吃点亏，与会同却并无关系。地方既不因此而衰败，也不因此而繁荣。溆浦地方在湘西文化水准特别高，读书人特别多，不靠洪江的商务，却靠一片田地，一片果园——蔗糖和橘子园的出产，此外便是几个热心地方教育的人。女子教育的基础，是个姓向女子做成的（即十年前在共产党中做妇女运动被杀的向警予[1]，五四时代写工运文章最有声色的蔡和森[2]的夫人）。史学家向达，经济学家武堉干，出版家舒新城，同是溆浦人。洪江沿沅水上行到黔阳，县城里有一个阳明书院，留下王阳明[3]的一点传说，此外这个地方竟似乎不能引起外人的关心注意，也引不起本地人的自信或自骄。地方在外面读书做事的人相当多，湘西人的个性强悍处，似乎也因之较少。黔阳毗连芷江，"澧兰沅芷"[4]在历史上成一动人名词。芷江的香草香花，的确不少。公路由辰溪往芷江，不经过溆浦黔阳，是由麻阳河沿河上行一阵，到后向西走，经芷江属的东乡两个市镇，方到芷江。

车由辰溪过渡，沿麻阳河南岸上行时，但见河身平远静穆，嘉树四合，绿竹成林，郁郁葱葱，别有一种境界。沿河多油坊、祠堂，房子多用砖砌成立体方形或长方形，同峻拔不群的枫杉相衬，另是一种格局，有江浙风

景的清秀，同时兼北方风景的厚重。河身虽不大，然而屈折平衍，因之引
水灌溉两岸，十分便利，土地极其膏腴。急流处本地人多缚大竹作圆形，
安置在河边小水堰道间。引水灌高处田地，且联接枧筒长数十丈，将水远引。
两岸树木多，因之美丽水鸟也特别多。弄船人除少数铜仁船水手，此外全
部是麻阳人，在二百五十里内，这一条河中有多少滩，多少潭，有多少碾房，
有多少出名石头，无不清清楚楚。水手们互相谈论争吵的事也常不离这条
河流所有的故事，和急流石头的情形。有一个地方名"失马湾"，四围是山，
山下有大小村落无数，都隐在树丛中，河面宽而平，平潭中黄昏时静寂无声，
惟见水鸟掠水飞去，消失在苍茫烟浦里。一切光景美丽而忧郁，见到时不
免令人生"大好河山"之感。公路虽不经从失马湾过，失马湾地方有一个
故事，却常常给人带走很远。

　　公路入芷江境后，较大站口名怀化镇。经过的旅客除了称羡草木田地
美好，以及公路宽广平坦，此外将无何等奇异感想。可是事实上这个地方
的过去，正是中国三十年来的缩影。地方民性强悍，好械斗，多相互仇杀，
强梁[5]好事者既容易生事，老实循良的为生存也就力图自卫。蔡锷护法军
兴，云南部队既在这里和北洋军作战。结果遗下枪支不少。本地人有钱的
买枪，称为团总，个人有枪，称为练丁。枪支一多，各有所恃，于是由仇
怨变成劫掠。杂牌军来，收枪裹匪膨胀势力。军队打散后，于是或入山落
草保存实力，或收编成军以图挟制。内战既多，新陈代谢之际，惟一可作
的事就是相互杀戮。二十年间的混乱局面，闹得至少有一万良民被把头颅
割下示众（作者个人即眼见到有三千左右农民被割头示众），为本地人留
下一笔结不了的血账。然而时间是个古怪东西，这件事到如今，当地人似
乎已渐渐忘掉了。遗忘不掉且居然还能够引起旅客一点好奇心对之注意的，
是一座光头山顶上留下一列堡垒形的石头房子，不像庙宇也不像住户人家，
与山下简陋小市镇对照时，尤其显得两不调和。一望而知这房子是有个动
人故事的。这是一个由地主而成团绅，由团绅而作大王，由大王升充军长，
由军长获得巨富，由巨富被人暗杀的一个姓陈的产业。这座房子同中国许
多地方堂皇富丽的建筑相似，大部分可说是用人血作成的，这房子结束了
当地人对于由土匪而大王作军官成巨富的浪漫情绪。如今业已成为一个古
迹，只能供过路人凭吊了。车站旁的当地妇人多显得和平而纯良，用惊奇

眼光望着外来车辆和客人。客人若问"那房子是谁的产业？谁在那里住？"一定会听到那些老妇人可怜的回答："房子是我们这里陈军长的，军长名陈汉章，五年前在洪江被人杀了，房子空空的。"且可怜的微笑。也许这妇人正想起自己被杀死的丈夫，被打死的儿子。也许想起的却是那军长死后相传留下三百五十条金子，和几个美丽姨太太的下落。谁知道她想的是甚么事。

怀化镇过去二十里有小村市，名"石门"，出产好梨，大而酥脆，甜如蜜汁，也和中国别的地方一样，是有好出产，并不为人注意，专家也从不曾在他著作上提及，县农场和农校更不见栽培过这种果木。再过去二十五里名"榆树湾"，地方出好米，好柿饼。与怀化镇历史相同，小小一片地面几乎用血染赤，然而人性善忘，这些事已成为过去了。民性强直，二十年前乡下人上场决斗时，尚有手携着手，用分量同等的刀相砍的公平习惯，若凑巧碰着，很可能增长旅行者一分见识。一个商人的十八岁闺女死了，入土三天后，居然还有一个卖豆腐的青年男子，把这女子从土中刨出，背到山洞中去睡她三夜的热情。这种疯狂离奇的情感，到近年来自然早消灭了。新的普通教育，造成一种无个性无特性带点世故与诈气的庸碌人生观。这种人生观，一部分人自然还以为教育成功，因此为多数人所扶持。正因为如此一来，住城市中的地主阶级，方不至于田园荒芜，收租无着。按规矩，芷江的佃户对地主除缴纳正租外，还应当在每一石租谷中认缴鸡肉一斤，数量多少照算，所以有千来石净收入的人家，到收租时照例可从各佃户处捉回百十只肥鸡。常日吃鸡，吃到年底，还有富余。单是这一点，东乡的民俗如何宜于改造，便很显然了。

榆树湾离芷江还有九十里，公路上行，一部分即沿沅水西岸拉船人纤路扩大改造而成。公路一面傍山，一面临水。地势到此形成一小盆地，无高山重岭，汽车路因之较宽大，较平宜。到芷江时，一个过路人一瞥所得印象必不怎么坏。城西有个明代万历年的古塔，名雁塔，形制拙而壮，约略与杭州坍圮的雷峰塔相似。城楼与城中心望楼，从万户人家屋瓦上浮，气象相当博大厚重，像一个府治。河流到了这里忽然展宽许多，约三分之二里。一个十七墩的长桥，由城外河边接连西岸，西岸名王家街，住户店铺也不少。三十年前通云贵的大驿道由此通过（传说中的赶尸必由之路），现在又成为公路站头。城内余地有限，将来发展自然还在西岸。表示这繁荣的起点，是小而简陋的木房子无限量的增加。

　　有个大佛寺，也是明朝万历年间的建筑，殿中大佛头耳朵可容八个人盘旋而上，佛顶可摆四桌酒席绰绰有余。好风雅的当地绅士，每逢重阳节便到佛头上登高，吃酒划拳，觉得十分有趣。本地绅士有"维新派"，知去掉迷信不知道保存古迹，民国九年佛殿圮坍后，因此各界商议，决定打倒大佛。当时南区的警察所长是个麻脸大胖子，凤凰县人，人大心细，身圆姓方，性情恰恰如吉诃德⁶先生的仆人，以为这是一件极有意义的工作，就亲自用锹头去掘佛头，并督率警士参加这种工作。事后向熟人说："今天真做了一件平生顶痛快事情（不说顶蠢事情），打倒了一尊五百年的偶像。人说大佛是金肝银肠朱砂心，得到它岂不是可以大发一笔洋财？哪知道打倒了它。甚么也得不到。肚子里一堆古里古怪的玩意儿，手写的经书，泥做的小佛，绸子上画了些花花朵朵，——鬼知道有甚么用。五百年宝贝，一钱不值。大脑袋里装了六十担茶叶，一个茶叶库，一点味道都没有，谁都不要，只好堆在坪里，一把火烧掉。"把话说完时，伸出两只蒲扇手，"狗×的，一把火烧完了，痛快。"总而言之，除了一大殿，当时能放火烧的都被这位开明警察所长烧了。保存得上好的五百卷手抄本经卷，和五彩壁画的版子，若干漆胎的佛像，全烧光了。大佛泥土堆积如一座小山。这座山的所在处，现在本地年青人已经不大知道了。当地毁去了那么一座偶像，其实却保存另外一个活偶像。城里东门大街福音堂里，住下一个基督教包牧师，在当时是受本城绅士特别爱护尊敬的。受尊敬的原因，为的是当时土匪不敢惊动洋人。有时城中绅士被当作肥羊吊去时，无从接头，这牧师便放下侍奉上帝的神圣的职务，很勇敢慷慨深入匪区去代人说票。离县城三十里的西望山，早已成为土匪老巢，有枪兵一排人还不敢通过，大六月天这位牧师去避暑，却毫不在意，既不引起众人对于这个牧师身份的怀疑，反而增加这个牧师在当地"所向无敌"的威信。这事说来已二十年，上帝大约已把那牧师收回天国，也近于一篇故事了。

　　二十年来本地绅士半数业已谢世，余下的都渐渐衰老了，子侄辈长大成人，当前问题恐不是毁佛学道，必是如何想法不让子侄辈向西北走。担心的并不是社会革命，倒是家庭革命。家庭一革命，作严父作慈父两不讨好。

芷江的绅士多是地主，正因为有钱，因此吃喝享乐之外历来还受两重压迫，土匪和外来驻防剿匪军，两者的苛索都不容易侍候。近年来一切都不同了，最大的威胁，恐怕是自己家里的子女"自由"。子女在外受教育的多，对于本地是一种转机，对于少数人，看来却似乎是一种危机。

广西民政厅厅长邱昌渭先生，是这个地方人。

芷江大桑和蚕种都相当好，白蜡收成也极可观。又出产好米，西望山下有一种特别玉腰米，作饭时长到五分。此外桃子和冬菌，在湖南应当首屈一指。可是当地农校林场却只能发现些不高不矮的洋槐树、黄金树。稻种改良，蚕桑推广，蜡虫研究，和果木栽培，都不曾作，作来也无良好成绩可言。这就要后来者想办法了，后来者可作的事正多。

由芷江往晃县，给人的印象是沿公路山头渐低渐小，山上树木转增密蒙。一个初到晃县的人，爱热闹必觉得太不热闹，爱孤僻又必觉得不够孤僻。就地形看来，小小的红色山头一个接连一个，一条河水弯弯曲曲的流去，山水相互环抱，气象格局小而美，读过历史的必以为传说中的古夜郎国[7]，一定是在这里。对湘西人民生活状况有兴味的人，必立刻就可发现当地妇女远不如沅陵妇女之勤苦耐劳而富于艺术爱好。妇女比例数目少一点，重视一点，也就懒惰一点。男子呢，与产烟区域的贵州省太接近，并且是贵州烟转口的地方，许多人血里都似乎有了烟毒。一瞥印象是愚、穷、弱。三种气分表现在一般市民的脸上，服饰上，房屋建筑上。

晃县的市场在龙溪口。公路通车以前，烟贩、油商、木商等客人，收买水银坐庄人，都在龙溪口作生意。地方被称为"小洪江"，由于繁荣的原因和洪江大同小异。地方离老县城约三里，有一段短短公路可通行，公路上且居然还有十多辆人力车点缀，一里两毛，还是求过于供。主顾最多的大约是本地小土娼，因为奔跑两处，必需以车代步，不然真不免夜行多露，跋涉为劳。

烟土既为本地转口货大宗生意，烟帮客人是到处受欢迎的客人，护送烟帮出差为军人最好的差事，特税查缉员在中国公务员中最称尽职。本地多数人的生存意义或生存事实，都和烟膏烟土不可分。因之令人发生疑问，假若禁烟事对于禁吸禁运办法实行以后，这地方许多人家许多商务如何维持？也许有人真那么想到，结果却默然无言。

四月里一个某某部队过路，在河西车站边借了一个民居驻防，开拔后，屋主人去清察房屋，才发现有个兵士模样的男子，被反缚两手，胸脯上戳了三刀，抛在粪坑边死了。部队还是当天开拔的。谁作的事，不知道。被杀的是谁？传说是查缉处兵士。官方对于这类事照例搁下，保留，无从追究。过不久，大家一定就忘记这件不愉快事情了。

另外有个烟贩，由贵阳乘车到达，行李衣箱内藏了一万块钱法币，七千块钱烟土印花，落店后，半夜里突然有人来检查。翻了一阵，发现了那个衣箱，打开一看，把那个钱拿跑了。这烟贩不声不响，第二天就包赁一辆汽车回转贵阳。好像一抢便已完事。县知事不知道是谁作的事，烟贩倒似乎知道，除老乡外别无他人，只是不说。君子报仇三年，冤有头，债有主，不用麻烦官家。

两件事都发生在车站近旁，所谓边境，从这两件事情上可知道一二。边境的悲剧或喜剧，常常与烟土有密切关系。

边境有边境古风，每夜查铺子共计警务人员四位，高举扁方纸糊灯笼，进门问问姓氏，即刻就走了。查铺子的怕"委员"，怕"中央"，怕"军人"，怕许多许多，灯笼高举各家走去为的是尽职。更主要的还是旅客必需将姓名注上循环簿，旅馆用完时好到警局去领，每本缴三毛法币。就市价估计，成本约一毛五分。

小公务员还保留一种特别权利，在小客栈中开一房间，叫两个条子打麻将取乐，消遣此有涯之生。这种公务员自然也有从外路来到此地，享受这种特别权利的。总之多数人都认为这是一种权利，一种娱乐，不觉得可羞，所以在任何地方都可见到。

本地人口货销行最好的是纸烟。许多普通应用药品，到这地方都不容易得到，至于纸烟，无不应有尽有。各种甜咸罐头也卖得出。只是无一个书店，可知书籍在这地方并无多大用处。

经营"最古职业"的娘儿们，多数身子小小的，瘦瘦的，露出睡眠不足营养不足的神气，着短衣大脚裤，并在腰边扎一条粉红绸巾，会唱多种小曲，也会唱党歌、军歌、抗战歌，因为得应酬当地军警政商各界，也必需懂流行的歌曲。世人常说妓女生活很苦，大都会中低级妓女给人的印象的确很苦，每日与生活挣扎，受自然限制，为人事挫折，事事可以看出。

这小小边城妓女，与其说是在挣扎生活，不如说是在混生活。生存是无目的的无所为的，正与若干小公务员小市民情形极其相同，同样是混日子，迷迷糊糊混下去，听机会分派哀乐得失，在小小生活范围内转。活时，活下去；死了，完事。"野心"在多数人生活中都不存在，"希望"也不会存在。十分现实，因此带点抽象骗人玩意儿，航空奖券和百龄机，发卖地方相去太远，对于这类人的刺激也无多大意义，刺激不了他们的任何冲动感情。若说这些妇女生活可悲可悯，公务员和小市民同样可悯。这是传说中的古夜郎国，可是到如今来"自大"两字也似乎早已消灭了。

多数人一眼望去都很老实，这老实另一面即表现"愚"与"惰"。妇人已很少看到胸前有精美扣花围裙，男子雄赳赳担着山兽皮上街找主顾的瑶族人民也不多见，贵州烟帮商人在这里势力特别大，由于烟土是贵州省运来的，这是烟帮入境的第一站。

妇人小孩大都患瘰疬[8]，营养不良是一般人普遍现象。

木材在这里不大值钱，然而处置木材的方式，亦因无知与懒惰，多不得其法，这事从当地各式建筑都可见出。

湖南境的沅水到此为止，自然景物到此越加美丽，人事无章次处到此也就越加显著。正如造物者为求均衡，有意抑彼扬此，恰到好处。本地见出受对日战事影响，除了上行车辆加大，乘车人骤增成千上万，市面上呈现一种前所未有的异常活跃，到处有新房子在兴建，此外直接使本地人受拘束，在改造，起变化的，是壮丁训练。每早上六点钟左右，汽车西站旁大坪里就有个老妇人筛锣，告大家应当起床。于是来了一个着军服的年青人，精神饱满，夹了三四个薄薄本子（唱歌的抄本），吹哨子集合，各处人家于是走出二十来个大小不等制服不齐的候补壮丁，在坪里集合点名，经过短短训话后即上操，唱歌。大约训练工作还不很久，因此唱歌得一句一句教。教者十分吃力，学者对于歌中意义也不易懂。而且所有歌曲都是那些城里知识分子编的，实在不大好听，调子也古怪难于记忆，对于乡下人真是一种拗口"训练"。若把调子编成沅水流域弄船摇橹人打呼号的声音，或保靖花灯戏调子，或麻阳春官唱的农事节会的歌词腔调，一定好听得多易学得多了。可是这个指导训练工作人员，在本地却是惟一见出有生气有朝气的青年。地方一切会在他们努力下慢慢改变过来的。青年之觉醒是必然的。

十五年前在沅水上游称一霸，由教学先生而变为土匪，由大王而变为军人，由司令而卡察一刀。外县人来到晃县，提出这个人的名字时，如今尚可以听到许多故事。这人名姚继虞，就是晃县人。十年前又有个北京农科大学毕业生，为人热情而正直，身个子小小的，同学中叫他"毛胡子"。大革命时回到故乡作农会主席、党务特派员。领导两万武装农民到芷江县入城示威，清党时死于芷江南城城门前。这人名唐伯赓[9]，也是晃县人。

注释

1. 向警予（1895—1928年）：原名向俊贤，女，土家族，湖南省溆浦县人，中共党员，是我党最早的女党员之一，被誉为"我国妇女运动的先驱"。向警予是杰出的共产主义战士，忠诚的无产阶级革命家，党的早期卓越领导人，中国妇女运动的先驱和领袖。

2. 蔡和森（1895—1931年）：字润寰，号泽膺，复姓蔡林，学名彬。祖籍湖南湘乡永丰镇（今属双峰县管辖）。中国无产阶级杰出的革命家，中国共产党早期卓越领导人之一，著名政治活动家、理论家、宣传家，新民学会发起人之一，法国勤工俭学组织者、实践者之一。

3. 王阳明（1472—1529年）：即王守仁，浙江余姚人。字伯安，号阳明子，世称阳明先生，故又称王阳明。中国明代最著名的思想家、哲学家、文学家和军事家。

4. 澧兰沅芷：沅、澧，都是水名；兰、芷，都是香草。比喻高洁的人品或高尚的事物。语出屈原《九歌·湘夫人》："沅有茝兮澧有兰。"

5. 强梁：强劲有力、勇武有力的人，也指强横凶暴。

6. 吉诃德：小说人物，西班牙作家塞万提斯的《堂·吉诃德》中的主人公是堂·吉诃德，其仆人为桑丘·潘沙。前者一个是可笑的理想主义者，而后者一个是可笑的实用主义者。

7. 古夜郎国：汉代西南夷中较大的一个部族。或称南夷。原居地为今贵州西部、北部，云南东北及四川南部部分地区。秦及汉初，夜郎已进入定居的农业社会。

8. 瘰疬：俗称"疬子颈"或"老鼠疮"，相当于西医说的淋巴结核。

9. 唐伯赓（1899—1927年）：原名昭勋，又名省吾、鸣凤，晃县人。少时随父定居芷江县城。早年就读省立第二甲种农业学校（设芷江）。1922年，考入北京农业大学。受到进步思潮的熏陶，积极投身学生运动。1925年加入中国共产党。1926年，回家探亲，受中共湖南省委之命去常德地委，被委派为芷江农运特派员。

导读

　　本篇原载《湘西》，商务印书馆 1939 年 8 月初版。

　　本文叙写了沅水上游几个县的自然、社会、人事及历史。毋庸置疑，沈从文在湘西系列散文中热情地赞美湘西世界的美好，表现那里"优美、健康、自然而又不悖乎人性的人生形式"。然而作者却也不乏批判和忧思的笔墨，如《滕回生堂今昔》一文，而本篇亦复如是。作者行文节奏极快，匆匆地便掠过了几个县份，几笔就写尽一些人的人生和当地的历史，撷取诸多纷杂而最为切中本质的印象。

　　本文信息量不可谓不大：军阀逐利而彼此混战，民众好斗而相互仇杀，"维新派"却愚昧无知而毁掉文物，烟土成为大宗生意而四处泛滥，底层人民的挣扎与悲惨、愚昧与懒惰，不一而足。总而言之，作者要揭露的是这几个县份中民众的愚昧和麻木、统治者的腐败与残暴，呈现出一片衰败和堕落的气象，透露出作者对湘西历史命运的深深忧虑。

凤　凰

这是从我一个作品里摘录出关于凤凰的轮廓：

　　一个好事的人，若从百年前某种较旧一点的地图上寻找，一定可在黔北、川东、湘西一处极偏僻的角隅上，发现了一个名为"镇筸"[1]的小点。那里同别的小点一样，事实上应有一个小小城市，在那城市中，安顿下了三五千人口的。不过一切城市的存在，大部分皆在交通、物产、经济的情形下面，成为那个城市荣枯的因缘。这一个地方，却以另外意义无所依附而独立存在。将那个用粗糙而坚实巨大石头砌成的圆城作为中心，向四方展开，围绕了这边疆僻地的孤城，约有五百余苗寨，各有千总[2]守备[3]镇守其间。有数十屯仓，每年屯数万石粮食为公家所有。七百多座碉堡，二百左右的营汛[4]。碉堡各用大石作成，位置在山顶头，随了山岭脉络蜿蜒各处；营汛各位置在驿路上，布置得极有秩序。这些东西是在一百八十年前，按照一种精密的计划，各保持到相当距离，在周围附近三县数百里内，平均分配下来，解决了退守一隅常作暴动的边地苗族叛变的。两世纪来，满清的暴政，以及因这暴政而引起的反抗，血染赤了每一条官道同每一个碉堡。到如今，一切不同了。碉堡多数业已残毁了，营汛多数成为民房了，人民已大半同化了。落日黄昏时节，站到那个巍然独在万山环绕的孤城高处，眺望那些远近残毁碉堡，还可依稀想见当时角鼓火炬传警告急的光景。这地方到今日此时，因为另一军事重心，一切均以一种迅速的情形在改变，在进步，同时这种进步，也就正消灭到过去一切隔阂和仇恨。……

　　地方统治者分数种，最上为天神，其次为官，又其次才为村长同执行巫术的神的侍奉者，人人洁身信神，守法怕官。城中居民每家俱有兵役，可按月各到营上领取一点银子，一份米粮，且可从官家领取二百年前被政府所没收的公田耕耨播种。

这地方本名镇箪城，后改凤凰厅，入民国后，改名凤凰县。清时辰沅永靖兵备道[5]、镇箪镇均驻节此地。辛亥革命后，湘西镇守使、辰沅道仍在此办公。除屯谷外，国家每月约用银八万两经营此小小山城。地方居民不过五六千，驻防所属各处的正规兵士却有七千。由于环境不同，直到现在其地绿营[6]兵役制度尚保存不废，为中国绿营军制惟一残留之物。（引自《凤子》）

苗人放蛊[7]的传说，由这个地方出发。辰州符的实验者，以这个地方为集中地。三楚[8]子弟的游侠[9]气概，这个地方因屯丁[10]子弟兵制度，所以保留得特别多。在宗教仪式上，这个地方有很多特别处，宗教情绪（好鬼信巫的情绪）因社会环境特殊，热烈专诚到不可想象。小小县城里外大型建筑不是庙宇就是祠堂，江西人经营的绸布业会馆，建筑特别壮丽华美。湘西之所以成为问题，这个地方人应当负较多责任。湘西的将来，不拘好或坏，这个地方人的关系都特别大。湘西的神秘，只有这一个区域不易了解，值得了解。

它的地域已深入苗区，文化比沅水流域任何一县都差得多，然而民国以来湖南的第一流政治家熊希龄先生，却出生在那个小小县城里。地方可说充满了迷信，然而那点迷信却被历史很巧妙的糅合在军人的情感里，因此反而增加了军人的勇敢性与团结性。去年在嘉善守兴登堡国防线抗敌[11]时，作战之沉着，牺牲之壮烈，就见出迷信实无碍于它的军人职务。县城一个完全小学也办不好，可是许多青年却在部队中当过一阵兵后，辗转努力，得入正式大学或陆军大学，成绩都很好。一些由行伍出身的军人，常识且异常丰富；个人的浪漫情绪与历史的宗教情绪结合为一，便成游侠者精神，领导得人，就可成为卫国守土的模范军人。这种游侠精神若用不得其当，自然也可以见出种种短处。或一与领导者离开，即不免在许多事上精力浪费。甚焉者即糜烂地方，尚不自知。总之，这个地方的人格与道德，应当归入另一型范。由于历史环境不同，它的发展也就大大不同。

凤凰军校阶级不独支配了凤凰，且支配了湘西沅水流域二十县。它的弱点与二十年来中国一般军人弱点相似，即知道管理群众，不大知道教育群众。知道管理群众，因此在统治下社会秩序尚无问题。不大知道教育群众，因此一切进步的理想都难实现。地方边僻，且易受人控制，如数年前领导者陈渠珍[12]被何健[13]压迫离职，外来贪污与本地土劣即打成一片，地方受剥削宰割，毫无办法。民性既刚直，团结性又强，领导者如能将这种优点成为一个教育原则，使湘西群众普遍化，人人各有一种自尊和自信心，认为湘西人可以把湘西弄好，这工作人人有份，是每人责任也是每人权利，能够这样，湘西之明日，就大不相同了。

典籍上关于云贵放蛊的记载，放蛊必与仇怨有关，仇怨又与男女事有关。换言之，就是新欢旧爱得失之际，蛊可以应用作争夺工具或报复工具。中蛊者非狂必死，惟系铃人可以解铃。这倒是蛊字古典的说明，与本意相去不远。看看贵州小乡镇上任何小摊子上都可以公开的买红砒[14]，就可知道蛊并无如何神秘可言了。但蛊在湘西却有另外一种意义，与巫，与此外少女的落洞[15]致死，三者同源而异流，都源于人神错综，一种情绪被压抑后变态的发展。因年龄、社会地位和其他分别，穷而年老的，易成为蛊婆[16]，三十岁左右的，易成为巫，十六岁到二十二三岁，美丽爱好而婚姻不遂的，易落洞致死。三者都以神为对象，产生一种变质女性神经病。年老而穷，怨愤郁结，取报复形式方能排泄感情，故蛊婆所作所为，即近于报复。三十岁左右，对神力极端敬信，民间传说如"七仙姐下凡"[17]之类故事又多，结合宗教情绪与浪漫情绪而为一，因此总觉得神对她特别关心，发狂，呓语，天上地下，无往不至，必须作巫，执行人神传递愿望与意见工作，经众人承认其为神之子后，中和其情绪，狂病方不再发。年青貌美的女子，一面为戏文才子佳人故事所启发，一面由于美貌而有才情，婚姻不谐，当地武人出身中产者规矩又严，由压抑转而成为人神错综，以为被神所爱，因此死去。

善蛊的通称"草蛊婆"[18]，蛊人称"放蛊"。放蛊的方法是用蛊类放果物中，毒蛊不外蚂蚁、蜈蚣、长蛇，就本地所有且常见的。中蛊的多小孩子，现象和通常害疳疾腹中生蛔虫差不多，腹胀人瘦，或梦见虫蛇，终于死去。病中若家人疑心是同街某妇人放的，就走去见见她，只作为随便闲话方式，客客气气的说："伯娘，我孩子害了点小病，总治不好，你知道甚么小丹方，告我一个吧。小孩子怪可怜！"那妇人知道人疑心到她了，必说："那不要紧，吃点猪肝（或别的）就好了。"回家照方子一吃，果然就好了。病好的原因是"收蛊"[19]。蛊婆的家中必异常干净，本人眼睛发红。蛊婆放蛊出于被蛊所逼迫，到相当时日必来一次。通常放一小孩子可以经过一年，放一树木（本地凡树木起瘰有蚁穴因而枯死的，多认为被放蛊死去）只抵两月，放自己孩子却可抵三年。蛊婆所住的街上，街邻照例对她都敬而远之的客气，她也就从不会对本街孩子过不去（甚至于不会对全城孩子过不去）。但某一时若迫不得已使同街孩子致死，或城中孩子因受蛊死去，好事者激起公愤，必把这个妇人捉去，放在大六月天酷日下晒太阳，名为"晒草蛊"。或用别的更残忍方法惩治。这事官方从不过问。即或这妇人在私刑中死去，也不过问。受处分的妇人，有些极口呼冤，有些又似乎以为罪有应得，默然无语。然情绪相同，即这种妇人必相信自己真有致人于死的魔力。还有些居然招供出有多少魔力，施行过多少次，某时在某处蛊死谁，某地方某大树枯树自焚也是她做的。在招供中且俨然得到一种满足的快乐。这样一来，照习惯必在毒日下晒三天，有些妇人被晒过后，病就好了，以为蛊被太阳晒过就离开了，成为一个常态的妇人。有些因此就死掉了，死后众人还以为替地方除了一害。其实呢，这种妇人与其说是罪人，不如说是疯婆子。她根本上就并无如此特别能力蛊人致命。这种妇人是一个悲剧的主角，因为她有点隐性的疯狂，致疯的原因又是穷苦而寂寞。

行巫者其所以行巫，加以分析，也有相似情形。中国其他地方巫术的执行者，同僧道相差不多，已成为一种游民懒妇谋生的职业。视个人的诈伪聪明程度，见出职业成功的多少。他的作为重在引人迷信，自己却清清楚楚。这种行巫，已完全失去了他本来性质，不会当真发疯发狂了。但凤凰情形不同。行巫术多非自愿的职业，近于"迫不得已"的差使。大多数本人平时为人必极老实忠厚，沉默寡言。常忽然发病卧床不起，如有神附体，语音神气完全变过，或胡唱胡闹，天上地下，无所不谈。且哭笑无常，殴打自己。长日不吃，不喝，不睡觉。过三两天后，仿佛生命中有种东西把它稳住了，因极度疲乏，要休息了，长长的睡上一天，人就清醒了。醒后对病中事竟毫无所知，别的人谈起她病中情形时，反觉十分羞愧。

可是这种狂病是有周期性的（也许还同经期有关系），约两三个月一次。每次总弄得本人十分疲乏，欲罢不能。按照习惯只有一个方法可以治疗，就是行巫。行巫不必学习，无从传授，只设一神坛，放一平斗，斗内装满谷子，插上一把剪刀。有的甚么也不用，就可正式营业。执行巫术的方式，是在神前设一座位，行巫者坐定，用青丝绸巾覆盖脸上。重在关亡，托亡魂说话，用半哼半唱方式，谈别人家事长短，儿女疾病，远行人情形。谈到伤心处，谈者涕泗横溢，听者自然更嘘泣不止。执行巫术后，已成为众人承认的神之子，女人的潜意识因中和作用，得到解除，因此就不会再发狂病。初初执行巫术时，且照例很灵，至少有些想不到的古怪情形，说来十分巧合。因为有事前狂态作宣传，本城人知道的多，行巫近于不得已，光顾的老妇人必甚多，生意甚好。行巫虽可发财，本人通常倒不以所得多少关心，受神指定为代理人，不作巫即受惩罚，设坛近于不得已。行巫既久，自然就渐渐变成职业，使术时多做作处。世人的好奇心这时又转移到新近设坛的别一妇人方面去。这巫婆若为人老实，便因此撤了坛，依然恢复她原有的职业，或作奶妈，或做小生意，或带孩子。为人世故，就成为三姑六婆[20]之一，利用身份，串当地有身份人家的门子，陪老太太念经，或如《红楼梦》[21]中与赵姨娘[22]合作同谋马道婆[23]之流妇女，行使点小法术，埋在地下，放在枕边，使"仇人"吃亏。或更作媒作中，弄一点酬劳脚步钱。小孩子多病，命大，就拜寄[24]她作干儿子。小孩子夜惊，就为"收黑"，用个鸡蛋，咒过一番后，黄昏时拿到街上去，一路喊小孩名字，"八宝回来了吗？"另一个就答，"八宝回来了"，一直喊到家。到家后抱着孩子手蘸唾沫抹抹孩子头部，事情就算办好了。行巫的本地人称为"仙娘"[25]。她的职务是"人鬼之间的媒介"，她的群众是妇人和孩子。她的工作真正意义是她得到社会承认是神的代理人后，狂病即不再发，当地妇女实为生活所困苦，感情无所归宿，将希望与梦想寄在她的法术上，靠她得到安慰。这种人自然间或也会点小丹方，可以治小儿夜惊，膈食[26]。用通常眼光看来，殊不可解，用现代心理学来分析，它的产生同它在社会上的意义，都有它必然的原因。一知半解的读书人，想破除迷信，要打倒它，否认这种"先知"，正说明另一种人的"无知"。

至于落洞，实在是一种人神错综的悲剧，比上述两种妇女病更多悲剧性。地方习惯是女子在性行为方面的极端压制，成为最高的道德。这种道德观念的形成，由于军人成为地方整个的统治者。军人因职务关系，必时常离开家庭外出，在外面取得对于妇女的经验，必使这种道德观增强，方能维持他的性的独占情绪与事实。因此本地认为最丑的事无过于女子不贞，男子听妇女有外遇。妇女若无家庭任何拘束，自愿解放，毫无关系的旁人亦可把女子捉来光身游街，表示与众共弃。下面故事是另外一个最好的例。

旅长刘俊卿，夫人是一个女子学校毕业生，平时感情极好。有同学某女士，因同学时要好，在通信中不免常有些女孩子的感情的话。信被这位军官见到后，便引起疑心。后因信中有句话语近于男子说的："嫁了人你就把我忘了"，这位军官疑心转增。独自驻防某地，有一天，忽然要马弁[27]去接太太，并告马弁："你把太太接来，到离这里十里，一枪给我把她打死，我要死的不要活的。我要看看她还有一点热气，不同她说话。你事办得好，一切有我；事办不好，不必回来见我。"马弁当然一切照办。当真把旅长太太接来防地，到要下手时，太太一看情形不对，问马弁是甚么意思。马弁就告她这是旅长的意思。太太说："我不能这样冤枉死去，你让我见他去说个明白！"马弁说："旅长命令要这么办，不然我就得死。"末了两人都哭了。太太让马弁把枪口按在心子上一枪打死了，（打心子好让血往腔子里流！）轿夫快快的把这位太太抬到旅部去见旅长，旅长看看后，摸摸脸和手，看看气已绝了，不由自主淌了两滴英雄泪，要马弁看一副五百块钱的棺木，把死者装殓埋了。人一埋，事情也就完结了。

这悲剧多数人就只觉得死者可悯，因误会得到这样结果，可不觉得军官行为成为问题。倘若女的当真过去一时还有一个情人，那这种处置，在当地人看来，简直是英雄行为了。

女子在性行为所受的压制既如此严酷，一个结过婚的妇人，因家事儿女勤劳，终日织布，绩[28]麻，作醃[29]菜，家境好的还玩骨牌，尚可转移她的情绪，不至于成为精神病。一个未出嫁的女子，尤其是一个爱美好洁，知书识字，富于情感的聪明女子，或因早熟，或因晚婚，这方面情绪上所受的压抑自然更大，容易转成病态。地方既在边区苗乡，苗族半原人的神怪观影响到一切人，形成一种绝大力量。大树、洞穴、岩石，无处无神。狐、虎、蛇、龟，无物不怪。神或怪在传说中美丑善恶不一，无不赋以人性。因人与人相互爱悦，和当前道德观念极端冲突，便产生人和神怪爱悦的传说，女性在性方面的压抑情绪，方借此得到一条出路。落洞即人神错综之一种形式。背面所隐藏的悲惨，正与表面所见出的美丽相等。

凡属落洞的女子，必眼睛光亮，性情纯和，聪明而美丽。必未婚，必爱好，善修饰。平时贞静自处，情感热烈不外露，转多幻想。间或出门，即自以为某一时无意中从某处洞穴旁经过，为洞神一瞥见到，欢喜了她。因此更加爱独处，爱静坐，爱清洁，有时且会自言自语，常以为那个洞神已驾云乘虹前来看她。这个抽象的神或为传说中的像貌，或为记忆中庙宇里的偶像样子，或为常见的又为女子所畏惧的蛇虎形状。总之这个抽象对手到女人心中时，虽引起女子一点羞怯和恐惧，却必然也感到热烈而兴奋。事实上也就是一种变形的自渎。等待到家中人注意这件事情深为忧虑时，或正是病人在变态情绪中恋爱最满足时。

通常男巫的职务重在和天地，悦人神，对落洞事即付之于职权以外，不能过问。辰州符重在治大伤，对这件事也无可如何。女巫虽可请本家亡灵对于这件事表示意见，或阴魂入洞探询消息，然而结末总似乎凡属爱情，即无罪过。洞神所欲，一切人力都近于白费。虽天王佛菩萨，权力广大，人鬼同尊，亦无从为力（迷信与实际社会互相映照，可谓相反相成）。事到末了，即是听其慢慢死去。死的迟早，都认为一切由洞神作主。事实上有一半近于女子自己作主。死时女子必觉得洞神已派人前来迎接她，或觉得洞神亲自换了新衣骑了白马来接她，耳中有箫鼓竞奏，眼睛发光，脸色发红，间或在肉体上放散一种奇异香味，含笑死去。死时且显得神气清明，美艳照人。真如诗人所说："她在恋爱之中，含笑死去。"家中人多泪眼莹然相向，无可奈何。只以为女儿被神所眷爱致死。料不到女儿因在人间无可爱悦，却爱上了神，在人神恋与自我恋情形中消耗其如花生命，终于衰弱死去。

凡女子落洞致死的年龄，迟早不等，大致在十六到二十四五左右。病的久暂也不一，大致由两年到五年。落洞女子最正当的治疗是结婚，一种正常美满的婚姻，必然可以把女子从这种可怜的生活中救出。可是照习惯这种为神眷顾的女子，是无人愿意接回家中作媳妇的。家中人更想不到结婚是一种最好的法术和药物。因此末了终是一死。

湘西女性在三种阶段的年龄中，产生蛊婆女巫和落洞女子。三种女性的歇思底里亚，就形成湘西的神秘之一部。这神秘背后隐藏了动人的悲剧，同时也隐藏了动人的诗。至如辰州符，在伤科方面用催眠术和当地效力强不知名草药相辅为治，男巫用广大的戏剧场面，在一年将尽的十冬腊月，杀猪宰羊，击鼓鸣锣，来作人神和乐的工作，集收人民的宗教情绪和浪漫情绪，比较起来，就见得事很平常，不足为异了。

浪漫情绪和宗教情绪两者混而为一，在女子方面，它的排泄方式，有如上所述说的种种。在男子方面，则自然而然成为游侠者精神。这从游侠者的道德规律所表现的宗教性和戏剧性也可看出。妇女道德的形成，与游侠者的规律大有关系。游侠者对同性同道称哥唤弟，彼此不分。故对于同道眷属亦视为家中人，呼为嫂子。子弟儿郎们照规矩与嫂子一床同宿，亦无所忌。但条款必遵守，即"只许开弓，不许放箭"。条款意思就是同住无妨，然不能发生关系。若发生关系，即为犯条款，必受严重处分。这种处分仪式，实充满宗教性和戏剧性。下面一件记载，是一个好例。这故事是一个参加过这种仪式的朋友说的。

在野地排三十六张方桌（象征梁山三十六天罡[30]），用八张方桌重叠为一个高台，桌前掘一见方一丈八尺的土坑，用三十六把尖刀竖立坑中，刀锋向上，疏密不一。预先用浮土掩着，刀尖不外露。所有弟兄哥子都全副戎装到场，当时流行的装束是：青绉绸巾裹头，视耳边下垂巾角长短表示身份。穿纸甲，用棉纸捶炼而成，中夹头发，作成背心式样，轻而柔韧，可以避刀刃。外穿密钮打衣，袖小而紧。佩平时所长武器，多单刀双刀，小牛皮刀鞘上绘有绿云红云，刀环上系彩绸，作为装饰。着青裤，裹腿，腿部必插两把黄鳝尾小尖刀。赤脚，穿麻练鞋[31]。桌上排定酒盏，燃好香烛，发言的必先吃血酒盟心（或咬一公鸡头，将鸡血滴入酒中，或咬破手指，将本人血滴入酒中）。"管事"将事由说明，请众议处。事情是一个作大哥的嫂子有被某"老幺"调戏嫌疑，老幺犯了某条某款。女子年青而貌美，长眉弱肩，身材窈窕，眼光如星子流转。男的不过二十岁左右，黑脸长身，眉目英悍。管事把事由说完后，女子继即陈述经过，那青年男子在旁沉默不语。此后轮到青年开口时，就说一切都出于诬蔑。至于为甚么诬蔑，他不便说，嫂子应当清清楚楚。那意思就是说嫂子对他有心，他无意。既经否认，各执一说，"执法"无从执行处分，因此照规矩决之于神。青年男子把麻鞋脱去，把衣甲脱去，光身赤脚爬上那八张方桌顶上去。毫无惧容，理直气壮，奋身向土坑跃下。出坑时，全身丝毫无伤。照规矩即已证实心地光明，一切出于受诬。其时女子头已低下，脸色惨白，知道自己命运不佳，业已失败，不能逃脱。那大哥揪着女的发髻，跪到神桌边去，问她："还有甚么话说？"女的说："没有甚么说的。冤有头，债有主。凡事天知道。"引颈受戮，不求饶也不狡辩。一切沉默。这大哥看看四面八方，无一个人有所表示，于是拔出背上单刀，一刀结果了这个因爱那小兄弟不遂心，反诬他调戏的女子。头放在神桌前，眉目下垂如熟睡。一伙哥子弟兄见事已完，把尸身拖到原来那个土坑里去，用刀掘土，把尸身掩埋了。那个大哥和那个么兄弟，在情绪上一定都需要流一点眼泪，但身份上的习惯，却不许一个男子为妇人显出弱点，都默然无言，各自走开。

类乎这种事情还很多。都是浪漫与严肃，美丽与残忍，爱与怨交缚不可分。

游侠者行径在当地也另成一种风格，与国内近代化的青红帮[32]稍稍不同。重在为友报仇，扶弱锄强，挥金如土，有诺必践。尊重读书人，敬事同乡长老。换言之，就是还能保存一点古风。有些人虽能在川黔湘鄂数省边境号召数千人集会，在本乡却谦虚纯良，犹如一乡巴佬。有兵役的且依然按时入衙署当值，听候差遣作小事情，凡事照常。赌博时用小铜钱三枚跌地，名为"板三"，看反覆、数目，决定胜负，一反手间即输黄牛一头，银元一百两百，输后不以为意，扬长而去，从无反悔放赖情事。决斗时两人用分量相等武器，一人对付一人，虽亲兄弟只能袖手旁观，不许帮忙。仇敌受伤倒下后，即不继续填刀，否则就被人笑话，失去英雄本色，虽胜不武。犯条款时自己处罚自己，割手截脚，脸不变色，口不出声。总之，游侠观念纯是古典的，行为是与太史公[33]所述相去不远的。二十年闻名于川黔湘鄂各边区凤凰人田三怒，可为这种游侠者一个典型。年纪不到十岁，看木傀儡戏时，就携一血梼木短棒，在戏场中向屯垦军子弟不端重的横蛮的挑衅，或把人痛殴一顿，或反而被人打得头破血流，不以为意。十二岁就身怀黄鳝尾小刀，称"小老么"，三江四海口诀背诵如流。家中老父开米粉馆，凡小朋友照顾的，一例招待，从不接钱。十五岁就为友报仇，走七百里路到常德府去杀一木客[34]镖手[35]，因听人说这个镖手在沅州有意调戏一个妇人，曾用手触过妇人的乳部，这少年就把镖手的双手砍下，带到沅州去送给那朋友。年纪二十岁，已称"龙头[36]大哥"，名闻边境各处，然在本地每日抱大公鸡往米场斗鸡时，一见长辈或教学先生，必侧身在墙边让路，见女人必低头而过，见作小生意老妇人，必叫伯母，见人相争相吵，必心平气和劝解，且用笑话使大事化为小事。周济逢丧事的孤寡，从不出名露面。各庙宇和尚尼姑行为有不正常的，恐败坏当地风俗，必在短期中想方法把这种不守清规的法门弟子逐出境外。作龙头后身边子弟甚多，龙蛇不一，凡有调戏良家妇女，或赌博撒赖，或倚势强夺，经人告诉的，必招来把事情问明白，照条款处办。执法老幺，被派往六百里外杀人，随时动员，如期带回证据。结怨甚多，积德亦多。身体瘦黑而小，秀弱如一小学教员，不相识的绝不会相信这是湘西一霸。

光棍服软不服硬，白羊岭有一张姓汉子，出门远走云贵二十年，回家时与人谈天，问："本地近来谁有名？"或人说："田三怒。"姓张的稍露出轻视神气："田三怒不是正街卖粉的田家小儿子？"当夜就有人去叫张家的门，在门外招呼说："姓张的，你明天天亮以前走路[37]，不要在这个地方住。不走路后天我们送你回老家。"姓张的不以为意，可是到后天大清早，有人发现他在一个桥头上斜坐着。走近身看看，原来两把刀插在心窝上，人已经死了。另外有个姓王的，卖牛肉讨生活，过节喝了点酒，酒后忘形，当街大骂田三怒不是东西，若有勇气，可以当街和他比比。正闹着，田三怒却从街上过身[38]，一切听得清清楚楚。事后有人赶去告给那醉汉的母亲，老妇人听说吓慌了，赶忙去找他，哭哭啼啼，求他不要见怪。并说只有这个儿子，儿子一死，自己老命也完了。田三怒只是笑，说："伯母，这是小事情，他喝了酒，乱说玩的。我不会生他的气。谁也不敢挨他，你放心。"事后果然不再追究。还送了老妇人一笔钱，要那儿子开个面馆。

田三怒四十岁后，已豪气稍衰，厌倦了风云，把兄弟遣散，洗了手，在家里养马种花过日子。间或骑了马下乡去赶场，买几只斗鸡，或携细尾狗，带长网去草泽地打野鸡，逐鹌鹑，猎猎野猪，人料不到这就是十年前在川黔边境增加了凤凰人光荣的英雄田三怒。本人也似乎忘记自己作了些甚事。一天下午，牵了他那两匹骏健白马出城下河去洗马。城头上有两个懦夫居高临下，用两支匣子炮由他身背后打了约十三发子弹，有两粒子弹打在后颈上，五粒打在腰背上。两匹白马受惊，脱了缰沿城根狂奔而去。老英雄受暗算后，伏在水边石头上，勉强翻过身来，从怀中掏出小勃朗宁拿在手上，默默无声。他知道等等就会有人出城来的。不一会儿，懦夫之一果然提着匣子炮出城来了，到离身三丈左右时，老英雄手一扬起，枪声响处那懦夫倒下，子弹从左眼进去，即刻死了。城头上那个懦夫在隐蔽处重新打了五枪。田三怒教训他："狗杂种，你做的事丢了镇篁人的丑。在暗中射冷箭，不像个男子。你怎不下来？"懦夫不作声。原来城上来了另外的人，这行刺的就跑了。田三怒知道自己不济事了，在自己太阳穴上打了一枪，便如此完结了自己，也完结了当地最后一个游侠者。

派人作这件事情的，到后才知道是一个姓唐的。这个人也可称为苗乡一霸。辛亥革命领率苗民万人攻城，牺牲苗民将近六千人，北伐时随军下长江，曾任徐海警备司令。卸职还乡后称"司令官"，在离城十里长宁哨新房子中居家纳福。事有凑巧，作了这件事后，过后数年，这人居然被一个驻军团长，不知天高地厚，把他捉来放在牢里，到知道这事不妥时，人已病死狱中了。

田三怒子弟极多，十年来或因年事渐长，血气已衰，改业为正经规矩商人。或带剑从军，参加各种内战，牺牲死去。或因犯案离乡，漂流无踪。在日月交替中，地方人物新陈代谢，风俗习惯日有不同。因此到近年来，游侠者精神虽未绝，所有方式已大大有了变化。在那万山环绕的小小石头城中，田三怒的姓名，已逐渐为人忘却，少年子弟中有从图书杂志上知道"飞将军"、"小黑炭"、"美人鱼"等人的事业，却不知道田三怒是谁。

当年田三怒得力助手之一，到如今还好好存在，为人依然豪侠好客，待友以义，在苗民中称领袖，这人就是去年使湘西发生问题，迫何键去职，使湖南政治得一转机的龙云飞[39]。二十年前眼目精悍，手脚麻利，勇敢如豹子，轻捷如猿猴，身体由城墙头倒掷而下，落地时尚能作矮马桩姿势。在街头与人决斗，杀人后下河边去洗手时，从从容容如毫不在意。现在虽尚精神矍烁，面目光润，但已白发临头，谦和宽厚如一长者。回首昔日，不免有英雄老去之慨！

这种游侠者精神既浸透了三厅子弟的脑子，所以在本地读书人观念上也发生影响。军人政治家，当前负责收拾湘西的陈老先生，年近六十，体气精神，犹如三十许青年壮健，平时律己之严，驭下之宽，以及处世接物，带兵从政，就大有游侠者风度。少壮军官中，如师长顾家齐[40]、戴季韬[41]辈，虽受近代化训练，面目文弱和易如大学生，精神上多因游侠者的遗风，勇鸷慓悍，好客喜弄，如太史公传记中人。诗人田星六[42]，诗中就充满游侠者霸气。山高水急，地苦雾多，为本地人性格形成之另一面。游侠者精神的浸润，产生过去，且将形成未来。

注释

1. 镇筸：湖南凤凰县南，地方在湖南原属湘西边远落后县份。地方多外来商人屯丁和苗民混合居住，由于习惯上的歧视和轻视，历来都一例被省中人叫做"镇筸苗子"。

2. 千总：明清时武官名。明初京军三大营置把总，嘉靖中增值千总，皆以功臣担任。以后职权日轻，至清为武职中的下级，位次于守备。

3. 守备：明清时武官名。明镇守边防的军官，位次于游击将军，无品级，无定员，因事增置，统兵戍守。明代设南京守备，节制本区各卫所，为重要军职；又总兵下亦设守备，驻守城哨。清代绿营统兵官，分领营兵，称营守备。

4. 营汛：军队戍防地。

5. 辰沅永靖兵备道：是清政府设在镇筸城的军政机构。军政合一，常驻二品大员（有资料为四品），军民两管，所谓"上马管兵，下马管民"，是清代湖南西部最高的长官公署。

6. 绿营：清朝常备兵之一。顺治初年，清廷在统一全国过程中将收编的明军及其他汉兵，参照明军旧制，以营为基本单位进行组建，以绿旗为标志，称为绿营，又称绿旗兵。绿营是清朝的正规军，在清朝大部分的时间里它都是清军的主力。

7. 放蛊：俗称"放草鬼"，蛊是一种化验无毒的毒粉，在湘西地区俗称"草鬼"。所谓放蛊，就将一种特制的药粉投入食物之中，使误食的人吃后心智迷乱，受投药者的控制。

8. 三楚：战国楚地疆域广阔，秦汉时分为西楚、东楚、南楚，合称三楚。多以泛指长江中游以南、今湖南湖北一带地区。

9. 游侠：古代称豪爽好交游、轻生重义、勇于排难解纷的人。

10. 屯丁：屯田之人。

11. 嘉善守兴登堡国防线抗敌：兴登堡防线是第一次世界大战期间著名的防御工事。1916年协约国英、法联军发起凡尔登战役和索姆河战役，德军损失100万人。有鉴于此，新上任的德军司令兴登堡元帅紧急构筑西线的这一防御工事。此处所说兴登堡国防线指蒋介石在1937年淞沪会战日军占领上海后，为阻挡日军侵入南京，采纳新上任的德国军事顾问团团长法肯豪森的建议，在嘉善（地名。位于中国长江三角洲东南侧，江、浙、沪两省一市交会处）一带修建的国防线，时称"中国兴登堡防线"。嘉善守兴登堡国防线抗敌指国民党一二八师在淞沪会战后，奉命在嘉善中国兴登堡防线狙击日军。此役全师官兵大部战死，沈从文之弟沈岳荃参加了这次战役并负伤。

12. 陈渠珍（1882—1925年）：湖南省凤凰县人。国民革命军新六军军长，国民政府军事委员会中将参议。

13. 何健（1887—1956年）：字云樵，湖南省醴陵县（今醴陵市）人。国民党军上将，曾任国民党中央委员会执行委员、湖南省政府主席。

14. 红矾：矾霜的一种。

15. 落洞：苗语的一种叫法是"抓顶帕略"，另一种叫法是"了滚巴"。"抓顶帕略"意思是"天崩地裂"，它包含两层含义，一是从平地陷下去，与周围隔开；二是指心灵世界的与世隔绝，人进入另一个世界，失去与正常人的正常交往和交流。"了滚巴"的"巴"读"bia"，意为"岩洞"，"滚"是"鬼"，"了"是"丢掉"的意思，"了滚巴"意思是把魂掉到洞里去了。无论是哪种叫法，都包含有人的精神"失去常态"的意思。湘西民间如果碰上一个女子精神失去常态，往往会断定这女子是"落洞"了。"落洞"的人，多为年轻漂亮女性。

16. 蛊婆：蛊在湘西地区俗称"草鬼"，相传它只寄附于女子身上危害他人。那些所谓有蛊的妇女，被称为"草鬼婆"，又叫"蛊婆"。

17. 七仙姐下凡：神话传说中玉帝的第七个女儿，被丹阳境内（今湖北孝感）卖身葬父的孝子董永打动，私自下凡与之结合，在大槐树下成就姻缘。后玉帝派天兵天将把她追回天廷。

18. 草蛊婆：同"蛊婆"。

19. 收蛊：指蛊婆解除魔法，收回自己放出的蛊。

20. 三姑六婆：原本指的是古代中国民间女性的几种职业。三姑指的是三种宗教的出家女性。尼姑是佛教、道姑是道教、卦姑是占卦的。六婆指牙婆、媒婆、师婆、虔婆、药婆、稳婆。牙婆是人口贩子。媒婆是专为人介绍姻亲的女性。师婆是专门画符施咒、请神问命的巫婆。虔婆是妓院内的鸨母。药婆是专门卖药的女人。稳婆则是专门接生的接生婆；如果发现女尸，亦由稳婆负责验查。六婆是各种专业的名称，有时一人可以身兼数职。现代汉语中的"三姑六婆"常指社会上各式市井女性。

21.《红楼梦》：我国古代四大名著之一，章回体长篇小说，成书于清乾隆帝四十九年（1784年），原名《石头记》《情僧录》《风月宝鉴》《金陵十二钗》等。书中以贾、史、王、薛四大家族为背景，以贾宝玉、林黛玉爱情悲剧为主线，着重描写荣、宁二府由盛到衰的过程。全面地描写了封建社会末世的人性世态及种种无法调和的矛盾。

22. 赵姨娘：《红楼梦》中贾政之妾，是贾环和贾探春之母。

23. 马道婆：《红楼梦》中贾宝玉寄名的干娘，是个见钱眼开，邪魔外道的人。她一面要贾母每日捐五斤或七斤油点海灯让宝玉免灾，一面又调唆赵姨娘给她钱，让她作法去暗地里算计宝玉和王熙凤。因作恶被告发，让锦衣府拿住送入刑部监，问了死罪。

24. 拜寄：指认某人或某物为自己或自己子女的干爹或干妈的风俗。

25. 仙娘：即女巫。

26. 膈食：膈音 gé，中医称具有下咽困难、胸腹胀痛、吐酸水等症状的病。

27. 马弁：旧时军官的护兵。

28. 绩：缉麻，把麻纤维拧成线。《诗经·陈风·东门之枌》："不绩其麻，市也婆娑。"（枌：树名，白榆树。）

29. 醃：同"腌"，用盐等浸渍食物。

30. 梁山三十六天罡：道教认为北斗众星中有三十六个天罡星。小说家即以附会于《水浒传》梁山泊中的三十六位头领。

31. 麻练鞋：麻练就是用麻搓成的细绳，用它做成的草鞋叫麻练鞋。

32. 青红帮：是旧时帮会的两种青帮、红帮的并称。青帮最初参加的人多半以漕运为职业，在长江南北的大中城市里活动。后来由于组成分子复杂、为首的人勾结官府，变成统治阶级的爪牙。红帮是旧社会民间秘密社团天地会的一个支派，又称洪帮。相传起于清初，活动于闽台沿海一带，后来扩大到长江流域和珠江流域。清末曾参加反清革命。

33. 太史公：汉代司马谈为太史令,子司马迁继之,《史记》中皆称"太史公"。其说不一。一说太史公为官名，汉武帝时置，因位在丞相之上，与三公相等，故称。一说司马谈为太史令，司马迁尊其父，故称。一说太史令掌天文图书等，古代主天官者皆上公，故沿旧名而称之。后世多以"太史公"称司马迁，此处指司马迁。

34. 木客：最早被解释为"山栖之精怪"。据明张岱《夜航船》载："兴国上洛山有木客，乃鬼类，形颇似人。自言秦时造阿房宫采木者，食木实，得不死，能诗，时就民间饮食。"后来则演变成称久居深山的伐木者为"木客鬼"。到了清代，则把贩运木材的人统称作木客。

35. 镖手：同镖客。

36. 龙头：江湖上称帮会的头领。

37. 走路：离开。

38. 过身：经过、路过。

39. 龙云飞（1896—1952 年）：国民党少将。苗族，又名腾汉，湖南凤凰人，山江苗族首领，俗称"青帕苗王"。历任护法第一路军团长、国民革命军独立第十九师三团团长、湖南警备军三团团长、湘西游击司令、凤麻警备司令、湖南省新编第一旅少将旅长、新编第六军暂编六师师长、第九战区司令长官部少将高参等职。

40. 顾家齐（1894—1949 年）：号修之。湖南凤凰人。历任国民革命军第十九独立师团长，新编三十四师旅长、少将师长，七十军中将副军长。

41. 戴季韬（1891—1976 年）：又名宏顺，湖南凤凰沱江镇人。历任国民革命军第十九独立师军官教育团副团长、湖南省第一警备司令部警卫团团长、警卫独立旅副旅长、新编三十四师少将参谋长，后升副师长、陆军暂编第五师师长、第九战区桂郴师管区司令等职。

42. 田星六（1872—1958 年）：又名田兴奎，号晚秋堂居士，湖南凤凰沱江镇人。爱国诗人。1903 年秋，以品学兼优补选入常德西路师范学堂，次年被送往日本，就读于弘文师范学院，曾先后加入中华同志会、中国同盟会。青年时代入南社及国学会。

导读

《凤凰》最初发表于香港 1938 年《大公报·文艺》，是《湘西》集中最重要的一篇，被司马长风认为是《湘西》中最好的一篇。

本文从介绍凤凰的山川形势、民情物理和历史沿革开篇，从湘西地域文化的独特处切入，给读者一个凤凰城的整体印象。散文重点写了凤凰的女人和男人，写女人重在极少数的行巫、放蛊和落洞背后的神秘，通过分析"人神错综的风俗"背后残忍与美丽交织的因由，使我们看到湘西社会人性、人情美背后的凄凉。写男人则重在大多数人人格中的游侠者精神及其来源，随着"最后一个游侠者"田三怒的死去，使读者产生一种"英雄老去"、"游侠不再"的遗憾。优美的文笔，强烈的抒情气息背后蕴藉着的悲凉与遗憾，展示了在湘西人文景观浪漫与诗意的背后深刻的悲剧性一面，具有风俗史的意味。

本文展示了一个和小说湘西迥异的散文湘西世界，由于破败的现实击碎了沈从文的"湘西梦"，使他终于放弃了中国式理想主义的审美诉求，从对湘西的"想象"回到了湘西的现实。在小说中被张扬到极致的湘西之美在散文中逐渐走向了湘西的真，小说文本中"唯美"的湘西在散文文本中被"缺憾"的湘西所取代，文化的湘西向历史的湘西回溯，显示了沈从文对故乡传统文化的隐忧和自身文化立场的变化。

昆明冬景 [1]

新居移上了高处，名叫北门坡，从小晒台上可望见北门门楼上用虞世南体写的"望京楼"的匾额。上面常有武装同志向下望，过路人马多，可减去不少寂寞。我的住屋前面是个大敞坪，敞坪一角有杂树一林。尤加利树瘦而长，翠色带银的叶子，在微风中荡摇，如一面一面丝绸旗帜，被某种力量裹成一束，想展开，无形中受着某种束缚，无从展开。一拍手，就常常可见圆头长尾的松鼠，在树枝间惊窜跳跃。这些小生物又如把本身当成一个球，在空中抛来抛去，俨然在这种抛掷中，能够得到一种生命自足的乐趣，一种从行为中证实生命存在的快乐。且间或稍微休息一下，四处顾望，看看它这种行为能不能够引起其他生物的注意。或许会发现，原来一切生物都各有它的心事。那个在晒台上拍手的人，眼光已离开尤加利树，向虚空凝眸了。虚空一片明蓝，别无他物。这也就是生物中之一种，"人"，多数人中一种人，目前对于生命存在的意义，他的想象或情感，正在不可见的一种树枝间攀援跳跃，同样略带一点惊惶，一点不安，在时间上转移，由彼到此，始终不息。他是三月前由沅陵坐了二十四天的公路汽车，才独自来到昆明的。

敞坪中妇人孩子虽多，对这件事却似乎都把它看得十分平常，从不曾有谁将头抬起来看看。昆明地方到处是松鼠，许多人对于这小小生物的知识，不过是把它捉来卖给"上海人"，值"中央票子"两毛钱到一块钱罢了。站在晒台上的那个人，就正是被本地人称为"上海人"，花用中央票子，来昆明租房子住、工作、过日子的。住到这里来近于凑巧，因为凑巧反而不会令人觉得稀奇了。妇人多受雇于附近一个小小织袜厂，终日在敞坪中摇纺车纺棉纱。孩子们无所事事，便在敞坪中追逐吵闹，拾捡碎瓦小石子打狗玩。敞坪四面是路，时常有无家狗在树林中垃圾堆边寻东觅西，鼻子贴地各处闻嗅，一见孩子们蹲下，知道情形不妙，就极敏捷的向坪角一端逃跑。有时只露出一个头来，两眼很温和的对孩子们看着，意思像是要说："你玩你的，我玩我的，不成吗？"有时也成。那就是一个卖牛羊肉的，扛了个木架子，带着官秤，方形的斧头，雪亮的牛耳尖刀，来到敞坪中，搁下架子找寻主顾时。妇女们多放下工作，来到肉架边，讨价还钱。孩子们的兴趣转移了方向。几只野狗便公然到敞坪中来，由经验提高了警惕，先是坐在敞坪一角便于逃跑的地方，远远的看热闹。其次是在一种试探形式中，慢慢的走近人丛中来。直到忘形挨近了肉架边，被那羊屠户见着，扬起长把手斧，大吼一声"畜生，走开！"方肯略略走开，站在人圈子外边，用一种非常诚恳非常热情的态度，略微偏着头，欣赏肉架上的前腿、后腿，以及后腿末端那条带毛小羊尾巴，和搭在架旁那些花油。意思像是觉得不拘甚么地方都很好，都无话可说，因此它不说话。它在等待，无望无助的等待。照例妇人们在集群中向羊屠户连嚷带笑，加上各种"神明在上，报应分明"的誓语，这一个证明实在赔了本，那一个证明买了它家用的秤并不大，好好歹歹作成了交易，过了秤，数了钱，得钱的走路，得肉的进屋里去，把肉挂在悬空钩子上，孩子们也随同进到屋里去时，这些狗方趁空走近，把鼻子贴在先前一会搁肉架的地面，闻嗅闻嗅，或得到点骨肉碎渣，一口咬住，就忙匆匆向敞坪空处跑去，或向尤加利树下跑去。树上正有松鼠剥果子吃，果子掉落地上。上海人走过来拾起嗅嗅，有"万金油"气味，微辛而芳馥。

早上六点钟，阳光在尤加利树高处枝叶间，敷上一层银灰光泽。空气寒冷而清爽。敞坪中很静，无一个人，无一只狗。几个竹制纺车瘦骨伶精的搁在一间小板屋旁边。站在晒台上望着这些简陋古老工具,感觉"生命"形式的多方。敞坪中虽空空的，却有些声音仿佛从敞坪中来，在他耳边响着。

"骨头太多了，不要这个腿上大骨头。"

"嫂子，没有骨头怎么走路？"

"曲蟮有不有骨头？"

"你吃曲蟮？"

"哎哟，菩萨。"

"菩萨是泥的木的，不是骨头做成的。"

"你毁佛骂佛，死后会入三十三层地狱，磨石碾你，大火烧你，饿鬼咬你。"

"活下来做屠户，杀羊杀猪，给你们善男信女吃，做赔本生意，死后我会坐在莲花上，只往上飞，飞到西天一个池塘里，洗个大澡，把一身罪过，一身羊臊血腥气，洗得干干净净！"

"西天是你们屠户去的？白做梦！"

"好，我不去让你们去。我们做屠户的都不去了，怕你们到那地方肉吃不成！你们都不吃肉，吃长斋，将来西天住不下，急坏了佛爷，还会骂我们做屠户的不会做生意。一辈子做赔本生意，不光落得人的骂名，还落个佛的骂名。肉你不要，我拿走。"

"你拿走好！肉臭了，看你喂狗吃。"

"臭了我就喂狗吃，不很臭，我把人吃。红焖好了请人吃，还另加三碗包谷烧酒，怕不有人叫我做伯伯、舅舅、干老子。许我每天念《莲花经》[2]一千遍，等我死后坐朵方桌大金莲花到西天去！"

"送你到地狱里去，投胎变一只蛤蟆，日夜哗哗呱呱叫。"

"我不上西天，不入地狱。忠贤区区长告我说，姓曾的，你不用卖肉了吧，你住忠贤区第八保，昨天抽壮丁抽中了你，不用说甚么，到湖南打仗去。你个子长，穿上军服排队走在最前头，多威武！我说好，甚么时候要我去，我就去。我怕无常鬼，日本鬼子我不怕。派定了我，要我姓曾的去，我一定去。"

"××××××××"

"我去打仗，保卫武汉三镇。我会打枪，我亲哥子是机关枪队长！他肩章上有三颗星，三道银边！我一去就要当班长，打个胜仗，我就升排长。打到北平去，赶一群绵羊回云南来做生意，真正做一趟赔本生意！"

接着便又是这个羊屠户和几个妇人各种赌咒的话语。坪中一切寂静，远处甚么地方有军队集合，下操场的喇叭声音在润湿空气中振荡。静中有动。他心想：

"武汉已陷落三个月了。"

屋上首一个人家白粉墙刚刚刷好，第二天，就不知被谁某一个克尽厥职的公务员看上了，印上十二个方字。费很多想象把字认清楚后，更费很多想象把意思也弄清楚了。只就中间一句话不大明白，"培养卫生"。这好像是多了两个字或错了两个字。这是小事。然而小事若弄得使人糊涂，不好办理，大处自然更难说了。

一会儿，带着小小铜项铃的瘦马，驮着粪桶过去了。

一个猴子似的瘦脸嘴人物，从某个人家小小黑门边探出头来，"娃娃，娃娃"，娃娃不回声。见景生情，接着他自言自语说道，"你哪里去了？吃屎去了？"娃娃年纪已经八岁，上了学校，可是学校因疏散下了乡，无学校可上，只好终日在敞坪里煤堆上玩。"煤是哪里来的？""地下挖来的。""作甚么用？""可以烧火。"娃娃知道的同一些专门家知道的相差并不很远。那个上海人心想："你这孩子，将来若可以升学，无妨入矿冶系。因为你已经知道煤炭的出处和用途。好些人就因那么一点知识，被人称为专家，活得很有意义！"

娃娃的父亲，在儿子未来发展上，却老做梦，以为长大了应当作设治局长，督办。——照本地规矩，当这些差事很容易发财，发了财，买下对门某家那栋房子。上海人越来越多了，到处有人租房子，肯出大价钱，押租又多。放三分利，利上加利，三年一个转。想象因之丰富异常。

做这种天真无邪的好梦的人恐怕正多着，这恰好是一个地方安定与繁荣的基础。

提起这个会令人觉得痛苦，是不是？不提也好。

因为你若爱上了一片蓝天，一片土地，和一群忠厚老实人，你一定将不由自主地嚷："这不成！这不成！天不辜负你们这群人，你们不应当自弃，不应当！得好好的来想办法！你们应当得到的还要多，能够得到的还要多！"

于是必有人问："先生，你这是甚么意思？在骂谁？教训谁？想煽动谁？用意何居？"

问的你莫名其妙，不特对于他的意思不明白，便是你自己本来的意思，也会弄糊涂的。话不接头，两无是处。你爱"人类"，他怕"变动"。你"热心"，他"多心"。

"美"字笔画并不多，可是似乎很不容易认识。"爱"字虽人人认识，可是真懂得它的意义的人却很少。

一九三九年二月

注释

1. 又名《在昆明的时候》。
2. 《莲花经》：即《妙法莲华经》，简称《法华经》，是后秦鸠摩罗什翻译的一部影响十分广泛的大乘佛教经典。

导读

本篇收自同名文集《昆明冬景》（杂文、论文、散文集），1939 年 9 月上海文化生活出版社初版。

本文是作者迁居北门坡后的日常所闻所感，以自然风光的纯净、充盈和美好来反衬世俗生活的喧杂、贫乏和平庸，从日常生活片断的描写入手，上升至对人生、社会和民族的思考。

妇女与屠户的无意义的争吵，父亲希望儿子当官发财的妄念，无不令作者感到可笑又可叹。正值战时，民族危难，且武汉已沦陷 3 个月，所以作者认为人们应该学会彼此相爱，向远景凝眸，瞩目未来，关切生命的意义与民族的命运，而不该自我放弃、自甘堕落、汲汲于眼前功利。

然而作者的思索和感悟，并不为人所理解：你爱"人类"，他怕"变动"。你"热心"，他"多心"。作家与市井民众之间有着深深的隔膜，字里行间流露出作者内心的寂寞、悲哀与无奈。人们常常执念于名利，对一己得失斤斤计较，而对人生的意义却未曾关切，以致性灵钝化、生命褪色、心灵贫乏，"爱"也尚未学会，恰如作者在结尾处所言："美"字笔画并不多，可是似乎很不容易认识。"爱"字虽人人认识，可是真懂得它的意义的人却很少。

云南看云

　　云南是因云而得名的。可是外省人到了云南一年半载后，一定会和本地人差不多，对于云南的云，除却只能从它变化上得到一点晴雨知识，就再也不会单纯的来欣赏它的美丽了。看过卢锡麟先生的摄影后，必有许多人方俨然重新觉醒，明白自己是生在云南，或住在云南。云南特点之一，就是天上的云变化得出奇。尤其是傍晚时候，云的颜色，云的形状，云的风度，实在动人。

　　战争给许多人一种有关生活的教育，走了许多路，过了许多桥，睡了许多床，此外还必然吃了许多想象不到的苦头。然而真正具有教育意义的，说不定倒是明白许多地方各有各的天气，天气不同还多少影响到一点人事。云有云的地方性：中国北部的云厚重，人也同样那么厚重。南部的云活泼，人也同样那么活泼。海边的云幻异，渤海和南海云又各不相同，正如两处海边的人性情不同。河南的云一片黄，抓一把下来似乎就可以作窝窝头，云粗中有细，人亦粗中有细。湖湘的云一片灰，长年挂在天空一片灰，无性格可言，然而橘子辣子就在这种地方大量产生，在这种天气下成熟，却给湖南人增加了生命的发展性和进取精神。四川的云与湖南云虽相似而不尽相同，巫峡峨眉夹天耸立，高峰把云分割又加浓，云似乎有了生命，人也有了生命。

　　论色彩丰富，青岛海面的云应当首屈一指。有时五色相煊，千变万化，天空如展开一张图案新奇的锦毯。有时素净纯洁，天空只见一片绿玉，别无它物。看来令人起轻快感，温柔感，音乐感，情欲感。一年中有大半年天空完全是一幅神奇的图画，有青春的嘘息，煽起人狂想和梦想，海市蜃楼即在这种天空显现。海市蜃楼虽并不常在人眼底，却永远在人心中。秦皇汉武的事业，同样结束在一个长生不死青春常在的美梦里，不是毫无道理的。云南的云给人印象大不相同，它的特点是素朴，影响到人性情也应当挚厚而单纯。

云南的云似乎是用西藏高山的冰雪，和南海长年的热浪，两种原料经过一种神奇的手续完成的。色调出奇的单纯，惟其单纯反而见出伟大。尤以天时晴明的黄昏前后，光景异常动人。完全是水墨画，笔调超脱而大胆。天上一角有时黑得如一片漆，它的颜色虽然异样黑，给人感觉竟十分轻。在任何地方"乌云蔽天"照例是个沉重可怕的象征，惟有云南傍晚的黑云，越黑反而越不碍事，且表示第二天天气必然顶好。几年前中国古物运到伦敦展览时，有一个赵松雪[1]作的卷子，名《秋江叠嶂》，净白如玉的澄心堂纸上用浓墨重重涂抹，淡墨粗粗扫拂，给人印象却十分秀美；云南的云也恰恰如此，看来只觉得黑而秀。

可是我们若在黄昏前后，到城郊外一个小丘上去，或坐船在滇池中，看到这种云彩时，低下头来一定会轻轻的叹一口气。具体一点将发生"大好河山"感想，抽象一点将发生"逝者如斯"感想。心中一定觉得有些痛苦，为一片悬在天空中的沉静黑云而痛苦。因为这东西给了我们一种无言之教，比目前政论家的文章，宣传家的讲演，杂感家的讽刺文，都高明得多深刻得多，同时还美丽得多。觉得痛苦原因或许也就在此。那么好看的云，孕育了在这一片天底下讨生活的人，究竟是些甚么？是一种精深博大的人生理想？还是一种单纯美丽的诗的感情？若把它与地面所见、所闻、所有两相对照，实在使人不能不痛苦！

在这美丽天空下，人事方面，我们每天所能看到的，除了空洞的论文，不通的演讲，小巧的杂感，此外似乎到处就只碰到"法币"[2]。商人和银行办事人直接为法币而忙。最可悲的现象，实无过于大学校的商学院，每到注册上课时，照例人数必最多。这些人其所以习经济、学会计，都可说对于生命毫无高尚理想可言，目的只在毕业后能入银行作事。"熙熙攘攘，皆为利往，挤挤挨挨，皆为利来，利之所在，群集若蛆。"社会研究所的专家，机会一来即向银行跑。习图书馆的，弄考古的，学外国文学的，因为亲戚、朋友、同乡……种种机会，又都挤进银行或相近金融机关作办事员。大部分优秀脑子，都给真正的法币和抽象的法币弄得昏昏的，失去了应有的灵敏与弹性，以及对于"生命"较高的认识。其余无知识的脑子，成天打算些甚么，也就可想而知了。云南的云即或再美丽一点，对于多数人还似乎毫无意义可言的。

近两个月来本市在连续的警报中，城中二十万市民，无一不早早的就跑到郊外去，向天空把一个颈脖昂酸，无一人不看到过几片天空飘动的浮云，仰望结果，不过增加了许多人对于财富得失的忧心罢了。"我的越币下落了"，"我的汽油上涨了"，"我的事业这一年发了五十万财"，"我从公家赚了八万三"，这还是就仅有十几个熟人口里说说的。此外说不定还有三五个教授之流，终日除玩牌外无其他娱乐，会想到前一晚上玩麻雀牌输赢事情，聊以解嘲似的自言自语："我输牌不输理。"这种博学多闻教授先生，当然永远是不输理的，在警报解除以后，还不妨跑到老同学住处去，再玩个八圈，证明一下输的究竟是甚么。一个人若乐意在地下爬，以为是活下来最好的姿势，他人劝说不妨试站起来走，或更盼望他挺起脊梁来做个人，当然是不会有甚么结果的。

就在这么一个社会这么一种情形中，卢先生却来展览他在云南的照相，告给我们云南法币以外还有些甚么。即以天空的云彩言，色彩单纯的云有多健美，多飘逸，多温柔，多崇高！观众人数多，批评好，正说明只要有人会看云，就能从云影中取得一种诗的感兴和热情，还可望将这种尊贵有传染性的感情，转给另外一种人。换言之，就是云南的云即或不能直接教育人，还可望由一个艺术家的心与手，间接来教育人。卢先生照相的兴趣，似乎就在介绍这种美丽感印给多数人，所以作品中对于云物的题材，处理得特别好。每一幅云都有一种不同的性情，流动的美。不纤巧，不做作，不过分修饰，一任自然，心手相印，表现得素朴而亲切，作品成功是必然的。可是得到"赞美"不是艺术家最终的目的，应当还有一点更深的意义。我意思是如果一种可怕的庸俗实际主义，正在这个社会各组织各阶层间普遍流行，腐蚀我们多数人做人的良心，做人的理想。且在同时把许多人有形无形市侩化。社会中优秀分子一部分，所梦想，所希望，也都只是糊口混日子了事，毫无一种较高的情感，更缺少用这情感去追求一个美丽而伟大的道德原则的勇气时，我们这个民族应当怎么办？若大学生读书目的，不是站在柜台边作行员，就是坐在公事房作办事员，脑子都不用，都不想，只要有一碗饭吃就算有了出路。甚至于做政论的，作讲演的，写不高明讽刺文的，习理工的，玩玩文学充文化人的，办党的，信教的，……出路也都是只顾眼前。大众眼前固然都有了出路，这个国家的明天，是不是还有希望可言？我们如真能够像卢先生那么静观默会天空的云彩，云物的美丽，也许会慢慢的陶冶我们，启发我们，改造我们，使我们习惯于向远景凝眸，不敢堕落，不甘心堕落，我以为这才像是一个艺术家最后的目的。正因为这个民族是在求发展，求生存，战争了已经三年，战争虽败北，不气馁，虽死亡万千人民，牺牲无数财富，亦仍然能坚持抗战，就为的是这战争背后还有个庄严伟大的理想，使我们对于忧患之来，在任何情形下都能忍受。我们其所以能忍受，不特是我们要发展，要生存，还要为后来者设想，使他们活在这片土地上，更好一点，更像人一点！我们责任那么严重而且又那么困难，所以不特多数知识分子必然要有一个较坚朴的人生观，拉之向上，推之向前，就是作生意的，也少不了需要那么一分知识，方能够把企业的发展与国家的发展，放在同一目标上，分道并进，异途同归。

举一个浅近的例来说说：我们的眼光注意到"出路""赚钱"以外，若还能够估量到在滇越铁路的另一端，正有多少鬼蜮成性阴险狡诈的木屐儿，圆睁两只鼠眼，安排种种巧计阴谋，在武力与武器无作用地点，预备把劣货倾销到昆明来，且把推销劣货的责任，要派给昆明市的大小商家时，就知道学习注意远处，实在是目前一件如何重要的事情！照相必选择地点，取准角度，方可望有较好效果。做人何尝不是一样。明分际，识大体，"有所不为"，敌人虽花样再多，劣货在有经验商家的眼中，总依然看得出。取舍之间是极容易的。若只图发财，见利忘义，"无所不为"，日本货变成国货，改头换面，不过是翻手间事！劣货推销仅仅是若干有形事件中之一种。此外各层知识阶级中不争气处，所作所为，实有更甚于此者。

所以我觉得卢先生的摄影，不只是给人看看，还应当引人深思。

——一九四零年昆明

注释

1. 赵松雪（1254—1322 年）：即赵孟頫，字子昂，松雪是其号，又号水精官道人、鸥波，中年曾作孟俯，吴兴（今浙江湖州）人。元代著名画家，楷书四大家（欧阳询、颜真卿、柳公权、赵孟頫）之一。赵孟頫博学多才，能诗善文，工书法，精绘艺，擅金石，通律吕，解鉴赏。特别是书法和绘画成就最高，开创元代新画风，被称为"元人冠冕"。

2. 法币：中华民国时期国民政府发行的货币。1935 年 11 月 4 日，规定以中央银行、中国银行、交通银行三家银行（后增加中国农民银行）发行的钞票为法币，禁止白银流通，发行国家信用法定货币，取代银本位的银圆。1948 年 8 月 19 日被金圆券替代。

导读

《云南看云》原载 1940 年 4 月 12 日《大公报》。

与《昆明冬景》的手法庶几近之，本篇同样有着自然和世俗对比、反衬的结构布局，以云南的云的单纯和秀美来反衬世俗人心的卑污和丑陋，并借此呈示文章主旨，即人们不当自甘堕落，不该让性灵为利锁名缰所缚，不可令生命的意义被金元欲望所遮蔽，应当凝眸远景，仰望天空的云，学习云的风度、朴素、美好和伟大，怀持庄严的理想。唯有如此，民族才有希望和未来。

文中，作者将卢锡麟关于云的摄影与人之觉醒相联系。在浅层的意义上，这种觉醒是对为人们所忽略的云的重新发现。而在深层次的意义上，则是唤醒人们生命的诗性、美好的性灵和庄严的理想。所以作者说："我觉得卢先生的摄影，不仅仅是给人看看，还应当引人深思。"作者也借此提出了艺术家的目的和艺术创造的任务，即"陶冶我们，启发我们，改造我们，使我们习惯于向远景凝眸，不敢堕落，不甘心堕落"。与之相呼应的，则是作者对"市侩化"和"庸俗的实际主义"的批判。社会中的优秀分子的堕落，知识分子失去高尚的情感、道德的操守和追求理想的勇气，更是令作者感到愤慨和悲哀，故而文章中不少笔墨被用来谈论知识分子的信念和操守。我们当去领会云的无言之教，使其美丽融入我们的生命，这本身就是对丑恶的一种抗争。

水　云

——我怎么创造故事，故事怎么创造我

　　青岛的五月，是个稀奇古怪的时节，从二月起的交换季候风忽然一息后，阳光热力到了地面，天气即刻暖和起来。树林深处，有了啄木鸟的踪迹和黄莺的鸣声。公园中梅花、桃花、玉兰、郁李、棣棠、海棠和樱花，正像约好了日子，都一齐开放了花朵。到处都聚集了些游人，穿起初上身的称身春服，携带酒食和糖果，坐在花木下边草地上赏花取乐。就中有些从南北大都市来看樱花作短期旅行的，从外表上一望也可明白。这些人为表示当前被自然解放后的从容和快乐，多仰卧在草地上，用手枕着头，被天上云影压枝繁花弄得发迷。口中还轻轻吹着唿哨，学林中鸣禽唤春。女人多站在草地上为孩子们照相，孩子们却在花树间各处乱跑。

　　就在这种阳春烟景中，我偶然看到一个人的一首小诗，大意说："地上一切花果都从阳光取得生命的芳馥，人在自然秩序中，也只是一种生物，还待从阳光中取得营养和教育。"因此常常欢喜孤独伶俜[1]的，带了几个硬绿苹果，带了两本书，向阳光较多无人注意的海边走去。照习惯我是对准日出方向，沿海岸往东走。夸父追日[2]我却迎赶日头，不担心半道会渴死。走过了浴场，走过了炮台，走过了那个建筑在海湾石堆上俄国甚么公爵的大房子……一直到太平角凸出海中那个黛色大石堆上，方不再向前进。这个地方前面已是一片碧绿大海，远远可看见水灵山岛的灰色圆影，和海上船只驶过时在浅紫色天末留下那一缕淡烟。我身背后是一片马尾松林，好像一个一个翠绿扫帚，扫拂天云。矮矮的疏疏的马尾松下，到处有一丛丛淡蓝色和黄白间杂野花在任意开放。花丛间常常可看到一对对小而伶俐麻褐色野兔，神气天真烂漫，在那里追逐游戏。这地方还无一座房子，游人稀少，本来应分算是这些小小生物的特别区，所以与陌生人互相发现时，必不免抱有三分好奇，眼珠子骨碌碌的对人望望。望了好一会儿，似乎从

神情间看出了一点危险，或猜想到"人"是甚么，方憬然惊悟，猛回头在草树间奔窜。逃走时恰恰如一个毛团弹子一样迅速，也如一个弹子那么忽然触着树身而转折，更换个方向继续奔窜。这聪敏活泼生物，终于在绿色马尾松和杂花间消失了。我于是好像有点抱歉，来估想它受惊以后跑回窠中的情形。它们照例是用埋在地下的引水陶筒作家的，因为里面四通八达，合乎传说上的三窟³意义。进去以后，必挤得紧紧的，为求安全准备第二次逃奔，因为有时很可能是被一匹狗追逐，狗尚徘徊在水道口。过一会儿心定了点，小心谨慎从水道口露出那两个毛茸茸的小耳朵和光头来，听听远近风声，从经验明白天下太平后，方重新到草树间来游戏。

我坐的地方八尺以外，便是一道陡峻的悬崖，向下直插入深海中，若想自杀，只要稍稍用力向前一跃，就可坠崖而下，掉进海水里喂鱼吃。海水有时平静不波，如一片光滑的玻璃。有时可看到两三丈高的大浪头，戴着皱折的白帽子，直向岩石下扑撞，结果这浪头却变成一片银白色的水沫，一阵带咸味的雾雨。我一面让和暖阳光烘炙肩背手足，取得生命所需要的热和力，一面却用面前这片大海教育我，淘深我的生命。时间长，次数多，天与树与海的形色气味，便静静的溶解到了我绝对单独的灵魂里。我虽寂寞却并不悲伤。因为从默会遐想中，感觉到生命智慧和力量。心脏跳跃节奏中，即俨然有形式完美韵律清新的诗歌，和调子柔软而充满青春纪念的音乐。

"名誉、金钱或爱情，甚么都没有，这不算甚么。我有一颗能为一切现世光影而跳跃的心，就很够了。这颗心不仅能够梦想一切，而且可以完全实现它。一切花草既都能从阳光下得到生机，各自于阳春烟景中芳菲一时，我的生命上的花朵，也待发展，待开放，必然有惊人的美丽与芳香。"

我仰卧时那么打量，一起身，另外一种回答就起自中心深处。这正是想象碰着边际时所引起的一种回音。回音中见出一点世故，一点冷嘲，一种受社会挫折蹂躏过的记号。

"一个人心情骄傲，性格孤僻，未必就能够作战士，应当时时刻刻记住，得谨慎小心，你到的原是个深海边。身体纵不至于掉进海里去，一颗心若掉到梦想的幻异境界中去，也相当危险，挣扎出时并不容易！"

这点世故对于当时的我并不需要，因此我重新躺下去，俨若表示业已心甘情愿受我选定的生活选定的人所征服。我等待这种征服。

"为甚么要挣扎？倘若那正是我要到的去处，用不着使力挣扎的。我一定放弃任何抵抗愿望，一直向下沉。不管它是带咸味的海水，还是带苦味的人生，我要沉到底为止。这才像是生活，是生命。我需要的就是绝对的皈依，从皈依中见到神。我是个乡下人，走到任何一处照例都带了一把尺，一把秤，和普遍社会总是不合。一切来到我命运中的事事物物，我有我自己的尺寸和分量，来证实生命的价值和意义。我用不着你们名叫'社会'为制定的那个东西，我讨厌一般标准，尤其是甚么思想家为扭曲蠹蚀[4]人性而定下的乡愿蠢事。这种思想算是甚么？不过是少年时男女欲望受压抑，中年时权势欲望受打击，老年时体力活动受限制，因之用这个来弥补自己并向人间复仇的人病态的表示罢了。这种人从来就是不健康的，哪能够希望有个健康人生观。"

"好，你不妨试试看，能不能使用你自己那个尺和秤，去量量你和人的关系。"

"你难道不相信吗？"

"你应当自己有自信，不用担心别人不相信。一个人常常因为对自己缺少自信，才要从别人相信中得到证明。政治上纠纠纷纷，以及在这种纠纷中的牺牲，使百万人在面前流血，流血的意义就为的是可增加某种人自己那点自信。在普通人事关系上，且有人自信不过，又无从用牺牲他人得到证明，所以一失了恋就自杀的。这种人做了一件其蠢无以复加的行为，还以为是追求生命最高的意义，而且得到了它。"

"我只为的是如你所谓灵魂上的骄傲，也要始终保留着那点自信！"

"那自然极好，因为凡真有自信的人，不问他的自信是从官能健康或观念顽固而来，都可望能够赢得他人的承认。不过你得注意，风不常向一定方向吹。我们生活中到处是'偶然'，生命中还有比理性更具势力的'情感'。一个人的一生可说即由偶然和情感乘除而来。你虽不迷信命运，新的偶然和情感，可将形成你明天的命运，决定他后天的命运。"

"我自信我能得到我所要的，也能拒绝我不要的。"

"这只限于选购牙刷一类小事情。另外一件小事情，就会发现势不可能。至于在人事上，你不能有意得到那个偶然的凑巧，也无从拒绝那个附于情感上的弱点。"

辩论到这点时，仿佛自尊心起始受了点损害，躺着向天的那个我，沉默了。坐着望海的那个我，因此也沉默了。

试看看面前的大海，海水明蓝而静寂，温厚而蕴藉。虽明知中途必有若干海岛，可供候鸟迁移时栖息，且一直向前，终可到达一个绿芜无限的彼岸。但一个缺少航海经验的人，是无从用想象去证实的，这也正与一个人的生命相似。再试抬头看看天空云影，并温习另外一时同样天空的云影，我便俨若有会于心。因为海上的云彩实在丰富异常。有时五色相渲，千变万化，天空如张开一张锦毯。有时又素净纯洁，天空但见一片绿玉，别无它物。这地方一年中有大半年天空中竟完全是一幅神奇的图画，有青春的嘘息，触起人狂想和梦想，看来令人起轻快感、温柔感、音乐感、情欲感。海市蜃楼就在这种天空中显现，它虽不常在人眼底，却永远在人心中。秦皇汉武的事业，同样结束在一个长生不死青春常驻的梦境里，不是毫无道理的。然而这应当是偶然和情感乘除，此外还有点别的甚么？

我不羡慕神仙，因为我是个凡人。我还不曾受过任何女人关心，也不曾怎么关心过别的女人。我在移动云影下，做了些年青人所能做的梦。我明白我这颗心在情分取予得失上，受得住人的冷淡糟蹋，也载得起来忘我狂欢。我试重新询问我自己。

"甚么人能在我生命中如一条虹，一粒星子，在记忆中永远忘不了？应当有那么一个人。"

"怎么这样谦虚得小气？这种人虽行将就要陆续来到你的生命中，各自保有一点势力。这些人名字都叫做'偶然'。名字有点俗气，但你并不讨厌它，因为它比虹和星还无固定性，还无再现性。它过身，留下一点甚么在这个世界上一个人的心上；它消失，当真就消失了。除了留在心上那个痕迹，说不定从此就永远消失了。这消失也不会使人悲观，为的是它曾经活在你心上过，并且到处是偶然。"

"我是不是也能够在另外一个生命中保留一种势力？"

"这应当看你的情感。"

"难道我和人对于自己，都不能照一种预定计划去作一点……"

"唉，得了。甚么计划？你意思是不是说那个理性可以为你决定一件事情，而这事情又恰恰是上帝从不曾交把任何一个人的？你试想想看：能不能决定三点钟以后，从海边回到你那个住处去，半路上会有些甚么事情等待你？这些事影响到一年两年后的生活可能有多大？若这一点你失败了，那其他的事情，显然就超过你智力和能力以外更远了。这种测验对于你也不是件坏事情，因为可让你明白偶然和感情将来在你生命中的种种，说不定还可以增加你一点忧患来临的容忍力——也就是新的道家思想，在某一点某一事上，你得有点信天委命的达观，你才能泰然坦然继续活下去。"

我于是靠在一株马尾松旁边，一面采摘那些杂色不知名野花，一面试去想象，下午回去半路上可能发生的一切事情。

到下午四点钟左右，我预备回家了。在惠泉浴场潮水退落后的海滩泥地上，看见一把被海水漂成白色的小螺蚌，在散乱的地面反着珍珠光泽。从螺蚌形色，可推测得这是一个细心的人的成绩。我猜想这也许是个随同家中人到海滩上来游玩的女孩子，用两只小而美丽的手，精心细意把它从砂砾中选出，玩过一阵以后，手中有了一点湿汗，怪不受用，又还舍不得抛弃。恰好见家中人在前面休息处从藤提篮中取出苹果，得到个理由要把手弄干净一点，就将它塞在保姆手里，不再关心这个东西了。保姆把这些螺蚌残骸捏在大手里一会儿，又为另外一个原因，把它随意丢在这里了。因为湿地上留下一列极长的足印，就中有个是小女孩留下的，我为追踪这个足印，方发现了它。这足印到此为止，随后即斜斜的向可供休息的一个大石边走去，步伐已较宽，可知是跑去的。并且石头上还有些苹果香蕉皮屑。我于是把那些美丽螺蚌一一捡到手中，因为这些过去生命，保留了一些别的生命的美丽天真愿望活在我的想象中。

再走过去一点，我又追踪另外两个脚迹走去，从大小上可看出这是一对年青伴侣留下的。到一个最适宜于看海上风帆的地点，两个脚迹稍深了点，乱了点，似乎曾经停留了一会儿。从男人手杖尖端划在沙上的几条无意义的曲线，和一些三角形与圆圈，和一小个装胶卷的小黄纸盒，可推测得出这对年青伴侣，说不定到了这里，恰好看见海上一片三角形白帆驶过，因为欣赏景致停顿了一会儿，还照了个相。照相的很可能是女人，手杖在沙上画的曲线和其他，就代表男子闲坐与一点厌烦。在这个地方照相，又可知是一对外来游人，照规矩，本地人是不会在这个地方照相的。

再走过去一点，到海滩滩头时，我碰到一个敲拾牡蛎的穷女孩，竹篮中装了一些牡蛎和一把黄花。

于是我回到了住处。上楼梯时楼梯照样轧轧的响，从这响声中就可知并无甚么意外事发生。从一个同事半开房门中，可看到墙壁上一张有香烟广告美人画。另外一个同事窗台上，依然有个鱼肝油空瓶。一切都照样。尤其是楼下厨房中大师傅，在调羹和味时那些碗盏磕碰声音，以及那点从楼口上溢的扑鼻香味，更增加凡事照常的感觉。我不免对于在海边那个宿命论与不可知论的我，觉得有点相信不过。

其时尚未黄昏，住处小院子十分清寂，远在三里外的海上细语啮岸声音，也听得很清楚。院子内花坛中一大丛珍珠梅，脆弱枝条上繁花如雪。我独自在院中划有方格的水泥道上来回散步，一面走一面思索些抽象问题。恰恰如《歌德传记》中说他二十多岁时在一个钟楼上看村景心情，身边手边除了本诗集甚么都没有，可是世界上一切都俨然为他而存在。用一颗心去为一切光色声音气味而跳跃，比用两条强壮手臂对于一个女人所能作的还更多。可是多多少少有一点儿难受，好像在有所等待，可不知要来的是甚么。

远远的忽然听到女人笑语声，抬头看看，就发现短墙外拉斜下去的山路旁，那个加拿大白杨林边，正有个年事轻轻的女人，穿着件式样称身的黄绸袍子，走过草坪去追赶一个女伴。另外一处却有个"上海人"模样穿旅行装的二号胖子，携带两个孩子在招呼他们。我心想，怕是甚么银行经理一类人来看樱花吧。这些人照例住"第一宾馆"的头等房间，上馆子时必叫"甲鲫鱼"，还要到炮台边去照几个相，一切行为都反应他钱袋的饱满，和兴趣的庸俗。女的很可能因为从上海来的，衣服都很时髦，可是脑子都空空洞洞，除了从电影上追求女角的头发式样，算是生命中至高的悦乐，此外竟毫无所知。

过不久，同住的几个专家陆续从学校回来了，于是照例开饭。甲乙丙丁戊己庚辛坐满了一桌子，再加上一位陌生女客，一个受过北平高等学校教育上海高等时髦教育的女人。照表面看，这个女人可说是完美无疵，大学教授理想的太太。照言谈看，这个女人并且对于文学艺术竟像是无不当行。不凑巧平时吃保肾丸的教授乙，饭后拿了个手卷人物画来欣赏时，这个漂亮女客却特别对画上的人物数目感兴趣，这一来，我就明白女客精神上还是大观园拿花荷包的人物了。

到了晚上，我想起"偶然"和"情感"两个名词，不免重新有点不平。好像一个对生命有计划对理性有信心的我，被另一个宿命论不可知论的我战败了。虽然败还不服输，所以总得想方法来证实一下。当时惟一可证实我是能够有理想照理想活下去的事，即使用手上一支笔写点甚么。先是为一个远在千里外女孩子写了些信，预备把白天海滩上无意中得到的螺蚌附在信里寄去，因为叙述这些螺蚌的来源，我不免将海上光景描绘一番。这种信写成后使我不免有点难过起来，心俨然沉到一种绝望的泥潭里了，为自救自解计，才另外来写个故事。我以为由我自己把命运安排得十分美丽，若不可能，安排一个小小故事，应当不太困难。我想试试看能不能在空中建造一个式样新奇的楼阁。我无中生有，就日中所见，重新拼合写下去，我应当承认，在写到故事一小部分时，情感即已抬了头。我一直写到天明，还不曾离开桌边，且经过二十三个钟头，只吃过三个硬苹果。写到一半时，我方在前面加个题目：《八骏图》[5]。第五天后，故事居然写成功了。第二十七天后，故事便在上海一个刊物上发表了。刊物从上海寄过青岛时，同住几个专家都觉得被我讥讽了一下，都以为自己即故事上甲乙丙丁。完全不想到我写它的用意，只是在组织一个梦境。至于用来表现"人"在各种限制下所见出的性心理错综情感，我从中抽出式样不同的几种人，用言语、行为、联想、比喻以及其他方式来描写它。这些人照样活一世，并不以为难受，到被别人如此艺术的处理时，看来反而难受，在我当时竟觉得大不可解。这故事虽得来些不必要麻烦，且影响到我后来放弃教学的理想，可是一般读者却因故事和题目巧合，表现方法相当新，处理情感相当美，留下个较好印象。且以为一定真有那么一回事，因此按照上海风气，为我故事来作索引，就中男男女女都有名有姓。这种索引自然是不可信的，尤其是说到的女人，近于猜谜。这种猜谜既无关大旨，所以我只用微笑和沉默作为答复。

夏天来了，大家都向海边跑，我却留在山上。有一天，独自在学校旁一列梧桐树下散步，见太阳光从梧桐大叶空隙间滤过，光影印在地面上，纵横交错。俨若有所契，有所悟，只觉得生命和一切都交互溶解在光影中。这时节，我又照例成为两种对立的人格。

我稍稍有点自骄，有点兴奋，"甚么是偶然和情感？我要做的事，就可以做。世界上不可能用任何人力材料建筑的宫殿和城堡，原可以用文字作成功的。有人用文字写人类行为的历史。我要写我自己的心和梦的历史。我试验过了，还要从另外一方面作试验。"

那个回音依然是冷冷的："这不是最好的例，若用前事作例，倒恰好证明前次说的偶然和情感实决定你这个作品的形式和内容。你偶然遇到几件琐碎事情，在情感兴奋中粘合贯串了这些事情，末了就写成了那么一个故事。你再写写看，就知道你单是'要写'，并不成功了。文字虽能建筑宫殿和城堡，可是那个图样却是另外一时的偶然和情感决定的。"

"这是一种诡辩。时间将为证明，我要做甚么，必能做甚么。"

"别说你'能'作甚么，你不知道，就是你'要'作甚么，难道还不是由偶然和情感乘除来决定？人应当有自信，但不许超越那个限度。"

"情感难道不属于我？不由我控制？"

"它属于你，可并不如由知识堆积而来的理性，能供你使唤。只能说你属于它，它又属于生理上的'性'，性又属于人事机缘上的那个偶然。它能使你生命如有光辉，就是它恰恰如一个星体为阳光照及时。你能不能知道阳光在地面上产生了多少生命，具有多少不同形式？你能不能知道有多少生命名字叫作女人，在甚么情形下就使你生命放光，情感发炎？你能不能估计有甚么在阳光下生长中的生命，到某一时原来恰恰就在支配你，成就你？这一切你全不知道！"

…………

这似乎太空虚了点，正像一个人在抽象中游泳，这样游来游去自然不会到那个理想或事实边际。如果是海水，还可推测得出本身浮沉和位置。如今只是抽象，一切都超越感觉以上，因此我不免有点恐怖起来。我赶忙离开了树下日影，向人群集中处走去，到了熙来攘往的大街上。这一来，两个我照例都消失了。只见陌生人林林总总，在为一切事而忙。商店和银行，饭馆和理发馆，到处有人进出。人与人关系变得复杂到不可思议，然而又异常单纯的一律受"钞票"所控制。到处有人在得失上爱憎，在得失上笑骂，在得失上作种种表示。离开了大街，转到市政府和教堂时，就可使人想到这是历史上种种得失竞争的象征。或用文字制作经典，或用木石造作虽庞大却极不雅观的建筑物，共同支撑一部分前人的意见，而照例更支撑了多数后人的衣禄。……不知如何一来，一切人事在我眼前都变成了漫画，既虚伪，又俗气，而且反复继续的下去，不知到何时为止。但觉人生百年长勤，所得于物虽不少，所得于己实不多。

我俨然就休息到这种对人事的感慨上，虽累而不十分疲倦。我在那新教堂石阶上面对大海坐了许久。

回来时，我想除去那些漫画印象，和不必要的人事感慨，就重新使用这支笔，来把佛经中小故事放大翻新，注入我生命中属于情绪散步的种种纤细感觉和荒唐想象。我认为人生为追求抽象原则，应超越功利得失和贫富等级，去处理生命与生活。我认为人生至少还容许用将来重新安排一次，就那么试来重作安排，因此又写成一本《月下小景》[6]。

两年后，《八骏图》和《月下小景》结束了我的教书生活，也结束了我海边孤寂中的那种情绪生活。两年前偶然写成的一个小说，损害了他人的尊严，使我无从和甲乙丙丁专家同在一处继续共事下去。偶然拾起的一些螺蚌，连同一个短信，寄到另外一处时，却装饰了另外一个人的青春生命，我的幻想已证实了一部分，原来我和一个素朴而沉默的女孩子，相互间在生命中都保留一种势力，无从去掉了，我到了北平。

有一天，我走入北平城一个人家的阔大华贵客厅里，猩红丝绒垂地的窗帘，猩红丝绒四丈见方的地毯，把我愣住了。我就在一套猩红丝绒旧式大沙发中间，选了靠近屋角一张沙发坐下来，观看对面高大墙壁上的巨幅字画。莫友芝[7]斗大的分隶屏条，赵㧑叔[8]斗大的红桃立轴，这一切竟像是特意为配合客厅而准备，并且还像是特意为压迫客人而准备。一切都那么壮大，我于是似乎缩得很小。来到这地方是替一个亲戚带个小礼物，应当面把礼物交给女主人的。等了一会儿，女主人不曾出来，从客厅一角却出来了个"偶然"。问问才知道是这人家的家庭教师，和青岛托带礼物的亲戚也相熟，和我好些朋友都相熟。虽不曾见过我，可是却读过我作的许多故事。因为那女主人出了门，等等方能回来，所以用电话要她和我谈谈。

我们谈到青岛的四季，两年前她还到过青岛看樱花，以为樱花和别的花都并不比北平的花好，倒是那个海有意思。女主人回来时，正是我们谈到海边一切，和那个本来俨然海边的主人的麻兔时。我们又谈了些别的事方告辞。"偶然"给我一个幽雅而脆弱的印象，一张白白的小脸，一堆黑而光柔的头发，一点陌生羞怯的笑。当发后的压发翠花跌落到地毯上，躬身下去寻找时，我仿佛看到一条素色的虹霓。虹霓失去了彩色，究竟还有甚么，我并不知道。"偶然"给我保留一种印象，我给了"偶然"一本书，书上第一篇故事，原可说就是两年前为抵抗"偶然"而写成的。

一个月以后，我又在另外一个素朴而美丽的小客厅中，见到了"偶然"。她说一点钟前还看过我写的那个故事，一面说一面微笑。且把头略偏，眼中带点羞怯之光，想有所探询，可不便启齿。

仿佛有斑鸠唤雨声音从远处传来。小庭园玉兰正盛开。我们说了些闲话，到后"偶然"方问我："你写的可是真事情？"

我说，"甚么叫作真？我倒不大明白真和不真在文学上的区别，也不能分辨它在情感上的区别。文学艺术只有美和不美。精卫衔石，杜鹃啼血，情真事不真，并不妨事。你觉得对不对？"

"我看你写的小说，觉得很美，当真很美，但是，事情真不真——可未必真！"

这种怀疑似乎已超过了文学作品的欣赏，所要理解的是作者的人生态度。

我稍稍停了一会儿，"不管是故事还是人生，一切都应当美一些！丑的东西虽不全是罪恶，可是总不能令人愉快。我们活到这个现代社会中，被官僚、政客、银行老板、理发匠和成衣师傅，共同弄得到处丑陋，可是人应当还有个较理想的标准，也能够达到那个标准，至少容许在文学艺术上创造那标准。因为不管别的如何，美应当是善的一种形式！"

正像是这几句空话说中了"偶然"另外某种嗜好，"偶然"轻轻的叹了一口气。"美的有时也令人不愉快！譬如说，一个人刚好订婚，又凑巧……"

我说，"呵！我知道了。你看了我写的故事一定难过起来了。不要难受，美丽总使人忧愁，可是还受用。那是我在海上受水云教育产生的幻影，并非实有其事！"

"偶然"于是笑了。因为心被个故事已浸柔软，忽然明白这为古人担忧弱点已给客人发现，自然觉得不大好意思。因此不再说甚么，把一双白手拉拉衣角，裹紧了膝头。那天穿的衣服，恰好是件绿地小黄花绸子夹衫，衣角袖口缘了一点紫。也许自己想起这种事，只是不经意的和我那故事巧合，也许又以为客人并不认为这是不经意，且认为是成心。所以在应付间不免用较多微笑作为礼貌的装饰，与不安情绪的盖覆。结果另外又给了我一种印象。我呢，我知道，上次那本小书给人甘美的忧愁已够多了。

离开那个素朴小客厅时，我似乎遗失了一点甚么东西。在开满了马缨花和洋槐的长安街大路上，试搜寻每个衣袋，不曾发现失去的是甚么。后来转入中南海公园，在柳堤上绕了一个大圈子，见到水中的云影，方骤然觉悟失去的只是三年前独自在青岛大海边向虚空凝眸，作种种辩论时那一点孩子气主张。这点自信若不是掉落到一堆时间后边，就是前不久掉在那个小客厅中了。

我坐在一株老柳树下休息，想起"偶然"穿的那件夹衫，颜色花朵如何与我故事上景物巧合。当这点秘密被我发现时，"偶然"所表示的那种轻微不安，是种甚么分量。我想起我向"偶然"说的话，这些话，在"偶然"生命中，可能发生的那点意义，又是种甚么分量，心似乎有点跳得不大正常。"美丽总使人忧愁，然而还受用。"

一个小小金甲虫落在我的手背上，捉住了它看看时，只见六只小脚全缩敛到带金属光泽的甲壳下面。从这小虫生命完整处，见出自然之巧和生命形式的多方。手轻轻一扬，金甲虫即振翅飞起，消失在广阔的湖面莲叶间了。我同样保留了一点印象在记忆里，原来我的心尚空阔得很，为的是过去曾经装过各式各样的梦，把梦腾挪开时，还装得上许多事事物物。然而我想这个泛神倾向若用之与自然对面，很可给我对现世光色有更多理解机会；若用之于和人事对面，或不免即成为我一种弱点，尤其是在当前的情形下，决不能容许弱点抬头。

因此我有意从"偶然"给我的印象中，搜寻出一些属于生活习惯上的缺点，用作保护我性情上的弱点。

……生活在一种不易想象的社会中，日子过得充满脂粉气。这种脂粉气既成为生活一部分，积久也就会成为生命中不可少的一部分。一切不外乎装饰，只重在增加对人的效果，毫无自发的较深较远的理想。性情上的温雅，和文学爱好，也可说是足为装饰之一种。脂粉气邻于庸俗，知识也不免邻于虚伪。一切不外乎时髦，然而时髦得多浅多俗气！……

我于是觉得安全了。倘若没有别的时间下偶然发生的事情，我应当说实在是十分安全的。因为我所体会到的"偶然"生活性情上的缺点，一直都还保护到我，任何情形下尚有作用。不过保护得我更周到的，也许还是另外一种事实，即一种幸福的婚姻，或幸福婚姻的幻影，我正准备去接受它，证实它。这也可说是种偶然，为的是由于两年前在海上拾来那点螺蚌，无意中寄到南方时所得的结果。然而关于这件事，我却认为是意志和理性作成的。恰恰如我一切用笔写成的故事，内容虽近于传奇，由我个人看来，却产生于一种计划中。

时间流过去了，带来了梅花、丁香、芍药和玉兰，一切北方色香悦人的花朵，在冰冻渐渐融解风光中逐次开放。另外一种温柔的幻影已成为实际生活。一个小小院落中，一株槐树和一株枣树，遮蔽了半个院子。从细碎树叶间筛下细碎的日影，铺在砖地，映照在素净纸窗间，给我对于生命或生活一种新的经验和启示。一切似乎都安排对了。我心想：

"我要的，已经得到了。名誉或认可，友谊和爱情，全部到了我的身边。我从社会和别人证实了存在的意义。可是不成，我似乎还有另外一种幻想，即从个人工作上证实个人希望所能达到的传奇。我准备创造一点纯粹的诗，与生活不相粘附的诗。情感上积压下来的一点东西，家庭生活并不能完全中和它消耗它，我需要一点传奇，一种出于不巧的痛苦经验，一分从我'过去'负责所必然发生的悲剧。换言之，即完美爱情生活并不能调整我的生命，还要用一种温柔的笔调来写爱情，写那种和我目前生活完全相反，然而与我过去情感又十分相近的牧歌，方可望使生命得到平衡。"

因此每天大清早，就在院落中一个红木八条腿小小方桌上，放下一叠白纸，一面让细碎阳光洒在纸上，一面将我某种受压抑的梦写在纸上。故事中的人物，一面从一年前在青岛崂山北九水旁见到的一个乡村女子，取得生活的必然，一面就用身边新妇作范本，取得性格上的素朴式样。一切充满了善，然而到处是不凑巧。既然是不凑巧，因之素朴的善终难免产生悲剧。故事中充满五月中的斜风细雨，以及那点六月中夏雨欲来时闷人的热，和闷热中的寂寞。这一切其所以能转移到纸上，倒可说全是从两年来海上阳光得来的能力。这一来，我的过去痛苦的挣扎，受压抑无可安排的乡下人对于爱情的憧憬，在这个不幸故事上，才得到了排泄与弥补。

一面写一面总仿佛有个生活上陌生、情感上相当熟习的声音在招呼我：

"你这是在逃避一种命定。其实一切努力全是枉然。你的一支笔虽能把你带向'过去'，不过是用故事抒情作诗罢了。真正在等待你的却是'未来'。你敢不敢向更深处想一想，笔下如此温柔的原因？你敢不敢仔仔细细认识一下你自己，是不是个能够在小小得失悲欢上满足的人？"

"我用不着作这种分析和研究。我目前的生活很幸福，这就够了。"

"你以为你很幸福，为的是你尊重过去，当前是照你过去理性或计划安排成功的。但你何尝真正能够在自足中得到幸福？或用他人缺点保护，或用自己的幸福幻影保护，二而一，都可作为你害怕'偶然'浸入生命中时所能发生的变故。因为'偶然'能破坏你幸福的幻影。你怕事实，所以自觉宜于用笔捕捉抽象。"

"我怕事实？"

"是的，你害怕明天的事实。或者说你厌恶一切事实，因之极力想法贴近过去，有时并且不能不贴近那个抽象的过去，使它成为你稳定生命的碇石[9]。"

我好像被说中了，无从继续申辩。我希望从别的事情上找寻我那点业已失去的自信，或支持自信的观念；没有得到，却得到许多容易破碎的古陶旧瓷。由于耐心和爱好换来的经验，使我从一些盘盘碗碗形体和花纹上，认识了这些艺术品的性格和美术上特点，都恰恰如一个中年人自各样人事关系上所得的经验一般。久而久之，对于清代瓷器中的盘碗，我几乎用手指去摸抚它的底足边缘，就可判断作品的相对年代了。然而这一切却只能增加我耳边另外一种声音的调讽。

"你打量用这些容易破碎的东西稳定平衡你奔放的生命,到头还是毫无结果。这消磨不了你三十年积压的幻想。你只有一件事情可作,即从一种更直接有效的方式上,发现你自己,也发现人。甚么地方有些年青温柔的心在等待你,收容你的幻想,这个你明明白白。为的是你怕事,你于是名字叫作好人。声音既来自近处,又像来自远方,却十分明白的存在,不易消失。"

试去搜寻从我生活上经过的人事时,才发现这个那个"偶然"都好像在鼓舞我控制我支配我。因此重新在所有"偶然"给我的印象上,找出每个"偶然"的缺点,保护到我自己的弱点。只因为这些声音从各方面传来,且从不同时间不同地点传来。

我的新书《边城》[10]出了版,这本小书在读者间得到些赞美,在朋友间还得到些极难得的鼓励。可是没有一个人知道我是在甚么情绪下写成这个作品,也不大明白我写它的意义。即以极细心朋友刘西渭[11]先生批评说来,就完全得不到我如何用这个故事填补我过去生命中一点哀乐的原因。惟其如此,这个作品在我抽象感觉上,我却得到一种近乎严厉讥刺的责备。

"这是一个胆小而知足且善逃避现实者最大的成就。将热情注入故事中,使他人得到满足,自己得到安全,并从一种友谊的回声中证实生命的意义。可是生命真正意义是甚么?是节制还是奔放?是矜持还是疯狂?是一个故事还是一种事实?"

"这不是我要回答的问题,他人也不能引诱我答复。"

不过这件事在我生命中究竟已经成为一个问题。庭院中枣子成熟时,眼看到缀系在细枝间被太阳晒得透红的小小果实,心中不免有一丝儿对时序的悲伤。一切生命都有个秋天,来到我身边却是那个"秋天的感觉"。这种感觉可以使一个浪子缩手皈心,也可以使一个君子胡涂堕落,为的是衰落预感刺激了他,或恼怒了他。

天气渐冷,我已不能再在院中阳光下写甚么,且似乎也并无甚么故事可写。心手两闲的结果,使我起始坠入故事里乡下女孩子那种纷乱情感中。我需要甚么?不大明白,又正像不敢去思索明白。总之情感在生命中已抬了头。这比我真正去接近某个"偶然"时还觉得害怕。因为它虽不至于损害人,事实上却必然会破坏我——我的工作理想和一点自信心,都必然将因此而毁去。最不妥当处是我还有些预定的计划，这类事与我"性情"虽不甚相合，对我"生活"却近于必需。情感若抬了头，一群"偶然"听其自由浸入我生命中，就甚么都完事了。当时若能写个长篇小说，照《边城题记》中所说来写崩溃了的乡村一切，来消耗它，归纳它，也许此后可以去掉许多困难。但这种题目和我当时心境都不相合。我只重新逃避到字帖赏玩中去。我想把写字当成一束草，一片破碎的船板，俨然用它为我下沉时有所准备。我要和生命中一种无固定性的势力继续挣扎，尽可能去努力转移自己到一种无碍于人我的生活方式上去。

不过我虽能将生命逃避到艺术中，可无从离开那个环境。环境中到处是年青生命，到处是"偶然"。也许有些是相互逃避到某种问题中，有些又相互逃避到礼貌中，更有些说不定还近于"挹彼注此"[12]的情形，因之各人都可得到一种安全感或安全事实。可是这对于我，自然是不大相宜的。我的需要在压抑中，更容易见出它的不自然处。岁暮年末时，因"偶然"中之某一个，重新有机会给了我一点更离奇印象。依然那么脆弱而羞怯，用少量言语多量微笑或沉默来装饰我们的晤面。其时白日的阳光虽极稀薄，寒风冻结了空气，可是房中炉火照例极其温暖，火炉边柔和灯光中，是能生长一切的，尤其是那个名为"感情"或"爱情"的东西。可是为防止附于这个名辞的纠纷性和是非性，我们却把它叫作"友谊"。总之，"偶然"之一和我之友谊越来越不同了。一年余以来努力的趋避，在十分钟内即证明等于精力白费。"偶然"的缺点依旧尚留在我印象中，而且更加确定，然而却不能保护我甚么了。其他"偶然"的长处，也不能保护我甚么了。

我于是逐渐进入到一个激烈战争中，即理性和情感的取舍。但事极显明，就中那个理性的我终于败北了。当我第一次给了"偶然"一种败北以后的说明时，一定使"偶然"惊喜交集，且不知如何来应付这种新的问题。因为这件事若出于另一"偶然"，则准备已久，恐不过是"我早知如此"轻轻的回答，接着也不过是由此必然而来的一些给和予。然而这事情却临到一个无经验无准备的"偶然"手中，在她的年龄和生活上，是都无从处理这个难题，更毫无准备应付这种问题的技术。因此当她感觉到我的命运是在她手中时，不免茫然失措。

我呢，俨然是在用人教育我。我知道这恰是我生命的两面，用之于编排故事，见出被压抑热情的美丽处，用之于处理人事，即不免见出性情上的弱点，不特苦恼自己也苦恼人。我真业已放弃了一切可由常识来应付的种种，一任自己沉陷到一种情感漩涡里去。十年后温习到这种"过去"时，我恰恰如在读一本属于病理学的书籍，这本书名应当题作：《情感发炎及其治疗》，作者是一个疯子同时又是一个诗人。书中毫无故事，惟有近乎抽象的印象拼合。到客厅中红梅与白梅全已谢落时，"偶然"的微笑已成为苦笑。因为明白这事得有个终结，就装作为了友谊的完美，和个人理想的实证，带着一点悲伤，一种出于勉强的充满痛苦的笑，好像说，"我得到的已够多了"，就到别一地方去了。走时的神气，和事前心情上的纷乱，竟与她在某一时写的一个故事完全相同。不同处只是所要去的方向而已。

我于是重新得到了稳定，且得到用笔的机会。可是我不再写甚么传奇故事了，因为生活本身即为一种动人的传奇。我读过一大堆书，再无甚么故事比我情感上的哀乐得失经验更离奇动人。我读过许多故事，好些故事到末后，都结束到"死亡"和一个"走"字上，我却估想这不是我这个故事的结局。

第二个"偶然"因为在我生命中用另外一种形式存在，我读了另外一本书。这本书正如出于一个极端谨慎的作者，中间从无一个不端重的句子，从无一段使他人读来受刺激的描写，而且从无离奇的变故与纠纷，然而且真是一种传奇。为的是在这故事背后，保留了一切故事所必需的回目，书中每一章每一节都是对话，与前一个故事微笑继续沉默完全相反。故事中无休止的对话与独白，却为的是沉默即会将故事组织完全破坏而起，从独白中更可见出"偶然"生命取予的形式。因为预防，相互都明白，一沉默即将思索，一思索即将究寻名词，一究寻名词即可能将"友谊"和"爱情"分别其意义。这一来，情形即发生变化，不窘人将不免自窘。因此这故事就由对话起始，由独白结束。书中人物俨然是在一种战争中维持了十年友谊。形式上都得了胜利，事实上也可说都完全败北。因为装饰过去的生命，本容许有一点妩媚和爱骄，以及少许有节制的疯狂，故事中却用对话独白代替了。

第三个"偶然"浸入我生命中时，初初即给我一点启示，是上海成衣匠和理发匠等等在一个年青肉体上所表现的优美技巧。我觉得这种技巧只会给第二等人增加一点风情上的效果，对于"偶然"实不必要。因此我在沉默中为除去了这些人为的技巧，看出自然所给予一个年青肉体完美处和精细处。最奇异的是这里并没有情欲，竟可说毫无情欲，只有艺术。我所处的地位完全是一个艺术鉴赏家的地位。我理会的只是一种生命的形式，以及一种自然道德的形式。没有冲突，超越得失，我从一个人的肉体认识了神与美，且即此为止，我并不曾用其他方式破坏这种神与美的印象。正可说是一本完全图画的传奇，就中无一个文字。惟其如此，这个传奇也庄严到使我不能用文字来叙述。惟一可重现人我这种崇高美丽情感应当是音乐。但是一个轻微的叹息，一种目光的凝注，一点混和爱与怨的退避，或感谢与崇拜的轻微接近，一种象征道德极致的素朴，一种表示惊讶的呆，音乐到此亦不免完全失去了意义。这个传奇是……

我在用人教育我，俨然陆续读了些不同体裁的传奇。这点机会，大多数却又是我先前所写的一堆故事为证明，我是诚实而细心，奇特的能辨别人生理解人心，更知道庄严和粗俗的细微分量界限，不至于错用或滥用，因此能翻阅这些奇书。

不过度量这一切，自然用的是我从乡下随身带来的尺和秤。若由一般社会所习惯的权衡来度量我的弱点和我的坦白，则我存在的意义存在的价值早已失去了。因为我也许在"偶然"中翻阅了些不应道及的篇章。

然而正因为弱点和坦白共同在性格或人格上表现，如此单纯而明朗，使我在婚姻上见出了奇迹。在连续而来的挫折中，作主妇的始终能保留那个幸福的幻影，而且还从其他方式上去证实它。这种事由别人看来为不可解，恰恰如我为这个问题写的一个短篇所描写到的情形："当两人在熟人面前被人称为'佳偶'时，就用微笑表示'也像冤家'的意思；又或在熟人神气间被目为'冤家'时，仍用微笑表示'实是佳偶'的意思"，由自己说来，也极自然。只因为理解到"长处"和"弱点"原是生命使用方式上的不同，情形必然就会如此。一切基于理解。我是个云雀，经常向碧空飞得很高很远，到一定程度，终于还是直向下坠，归还旧窠。

再过了四年，战争把世界地图和人类历史全改变了过来，同时从极小处，也重造了的人与人的关系，以及这个人在那个人心上的位置。

一个聪明善谈的女孩子，年纪大了点时，自然都乐意得到一个朋友的信托，更乐意从一个朋友得到一点有分际[13]的、混合忧郁和热忱所表示的轻微疯狂，用作当前剩余青春的点缀，以及明日青春消逝温习的凭证。如果过去一时，若不保留一些美好印象，印象的重叠，使人在取予上自然都不能不变更一种方式，见出在某些事情上的宽容为必然，在某种事情上的禁忌为不必要。无形中都放弃了过去一时的那点警惧心和防卫心。因此虹和星都若在望中，我俨然可以任意去伸手摘取。可是我所注意摘取的应当说却是自己生命追求抽象原则的一种形式。我只希望如何来保留这种热忱到文字中。对于爱情或友谊本身，已不至于如何惊心动魄来接近它了。我懂得"人"多了一些，懂得自己也多了些。在"偶然"之一过去所以自处的"安全"方式上，我发现了节制的美丽。在另外一个"偶然"目前所以自见的"忘我"方式上，我又发现了忠诚的美丽。在第三个"偶然"所希望于未来"谨慎"方式上，我还发现了谦退中包含勇气与明智的美丽……生命取舍的多方，因之使我不免有点"老去方知读书少"的自觉。我还需要学习，从更多陌生的书以及少数熟习的人，学习点"人生"。

因此一来，"我"就重新又成为一个毫无意义的字言，因为很快即完全消失到一些"偶然"的颦笑中和这类颦笑取舍中了。

失去了"我"后却认识了"神"，以及神的庄严。墙壁上一方黄色阳光，庭院里一点花草，蓝天中一粒星子，人人都有机会见到的事事物物，多用平常感情去接近它。对于我，却因为和"偶然"某一时的生命同时嵌入我记忆中，印象中，它们的光辉和色泽，就都若有了神性，成为一种神迹了。不仅这些与"偶然"同时浸入我生命中的东西，含有一种神性，即对于一切自然景物，到我单独默会它们本身的存在和宇宙微妙关系时，也无一不感觉到生命的庄严。一种由生物的美与爱有所启示，在沉静中生长的宗教情绪，无可归纳，我因之一部分生命，竟完全消失在对于一切自然的皈依中。这种简单的情感，很可能是一切生物在生命和谐时所同具的，且必然是比较高级生物所不能少的。然而人若保有这种情感时，却产生了伟大的宗教，或一切形式精美而情感深致的艺术品。对于我呢，我甚么也不写，亦不说。我的一切官能都似乎在一种崭新教育中，经验了些极纤细微妙的感觉。

我用这种"从深处认识"的情感来写故事，因之产生了《长河》[14]。《长河》的被扣留无从出版，可不是偶然了。因为从普通要求说来，对战事描写，是不必要如此向深处掘发的。

我住在一个乡下，因为某种工作，得常常离开了一切人，单独从个宽约七里的田坪通过。若跟随引水道曲折走去，可见到长年活鲜鲜的潺湲流水中，有无数小鱼小虫，临流追逐，悠然自得，各有其生命之理。平流处多生长了一簇簇野生慈菇，三箭形叶片虽比田中生长的较小，开的小白花却很有生气，花朵如水仙，白瓣黄蕊，成一小串，从中心挺起。路旁尚有一丛丛刺蓟科野草，开放翠蓝色小花，比毋忘我草形体尚清雅脱俗，使人眼目明爽，如对无云碧穹。花谢后却结成无数小小刺球果子，便于借重野兽和家犬携带到另一处繁殖。若从其他几条较小路上走去，蚕豆和麦田中，照例到处生长浅紫色樱草，花朵细碎而妩媚，还带上许多白粉。采摘来时不过半小时即枯萎，正因为生命如此美丽脆弱，更令人感觉生物中求生存与繁殖的神性。在那两面铺满彩色绚丽花朵细小的田塍上，且随时可看到成对的羽毛黑白分明异常清洁的鹡鸰，见人时微带惊诧，一面飞起一面摇颤着小小长尾，在豆麦田中一起一伏，似乎充满了生命的悦乐。还有那个顶戴大绒冠的戴胜鸟，披负一身杂毛，一对小眼睛骨碌碌的对人痴看，直到来人近身时，方微带匆促展翅飞去。本地秧田照习惯不作他用。除三月时育秧，此外长年都浸在一片浅水里。另外几方小田种上慈菇莲藕的，也常是一片水。不问晴雨这种田中照例有三两只缩肩秃尾白鹭鸶，清癯而寂寞，在泥沼中有所等待，有所寻觅。又有种鸥形水鸟，在田中走动时，肩背毛羽全是一片美丽桃灰色，光滑而带丝网光泽，有时数百成群在空中翻飞游戏，因翅翼下各有一片白，便如一阵光明的星点，在蓝穹下动荡。小村子有一道流水穿过，水面人家土墙边，都用带刺木香花作篱笆，带雨含露成簇成串的小白花，常低垂到人头上，得一面撩拨方能通过。树下小河沟中，常有小孩子捉鳅拾蚌，或精赤身子相互浇水取乐。村子中老妇人坐在满是土蜂窠的向阳土墙边取暖，屋角隅可听到有人用大石杵缓缓的捣米声，景物人事相对照，恰成一稀奇动人景象。过小村落后又是一片平田，菜花开时，眼中一片黄，鼻底一片香。土路不十分宽，驮麦粉的小马，和驮烧酒的小马，与迎面来人擦身而过时，赶马押运货物的，却远远的在马后喊"让马"，从不在马前牵马让人。因此行人必照规矩下到田塍上去，等待马走过时再上路。菜花一片黄的平田中，还可见到整齐成行的枯枝胡麻，竟像是完全为装饰用，一行一行栽在中间。在瘦小与脆弱的本端，开放一朵朵翠蓝色小花，花头略略向下低垂，张着小嘴如铃兰样子，风姿娟秀而明媚，在阳光下如同向小蜂小虫微笑，"来，吻我，这里有蜜！……"

眼目所及都若有神迹在乎其间，且从这一切都可发现有"偶然"的友谊的笑语和爱情芬芳。

这在另一方面说来，人事上自然也就生长了些看不见的轻微的妒嫉，无端的忧虑，有意的间隔，和那种无边无际累人而又闷人的白日梦。尤其是一点眼泪，来自爱怨交缚的一方，一点传说来自得失未明的一方，就在这种人与人，"偶然"与"偶然"的取舍分际上，我似乎重新接受了一种人生教育。矢来有向或矢来无向，我却一例听之直中所欲中心上某点，不逃避，不掩护。我处在一种极端矛盾情形中，然而到用自己那个衡量来测验时，却感觉生命实复杂而庄严。尤其是从一个"偶然"的眩目景象中离开，走到平静自然下见到一切时，生命的庄严或有时竟完全如一个极虔诚的教士。谁也想象不到我生命是在一种甚么形式下燃烧。即以这个那个"偶然"而言，所知道的似乎就只是一些片断，不完全的一体。

我写了无数篇章，叙述我的感觉或印象，结果却不曾留下。正因为各种试验，都证明它无从用文字保存。或只合保存在生命中，且即同一回事，在人我生命中，意义上也完全不同。

我那点只用自己尺寸度量人事得失的方式，不可免要反应到对"偶然"的缺点辨别上。这种细微感觉在普通人我关系上决体会不到，在比较特殊的一种情形上，便自然会发生变化。恰如甲状腺在水中的情形，分量即或极端稀少，依然可以测出。在这个问题上，我明白我泛神的思想，即曾经损害到这个或那个"偶然"的幽微感觉，是种甚么情形。我明知语言行为都无补于事实，便用沉默应付了一些困难，尤其是应付轻微的妒嫉，以及伴同那个人类弱点而来的一点埋怨，一点责难，一点不必要的设计。我全当作"自然"。我自觉已尽了一个朋友所能尽的力，来在友谊上用最纤细感觉接受纤细反应。而且在诚实外还那么谨慎小心，从不曾将"乡下人"的方式，派给一个城中朋友，一切有分际的限制，即所以保护到情感上的安全。然而问题也许就正在此。"你口口声声说是一个乡下人，却从不用乡下人的坦白来说明友谊，却装作绅士。然而在另外一方面，你可能又完全如一个乡下人。"我就用沉默将这种询问所应有的回声，逼回到"偶然"耳中去。于是"偶然"走了。

其次是正在把生活上的缺点从习惯中扩大的"偶然"，当这种缺点反应到我感觉上时，她一面即意识到在过去一时某些稍稍过分行为中失去了些骄傲，无从收回，一面即经验到必须从另外一种信托上，方能取回那点自尊心，或更换一个生活方式，方可望产生一点自信心。正因为热情是一种教育，既能使人疯狂胡涂，也能使人明彻深思。热情使我对于"偶然"感到惊讶，无物不"神"，却使"偶然"明白自己只是一个"人"，乐意从人的生活上实现个人的理想与个人的梦。到"偶然"思索及一个人的应得种种名分与事实时，当然有了痛苦。因为发觉自己所得到虽近于生命中极纯粹的诗，然而个人所期待所需要的还只是一种具体生活。纯粹的诗虽能作一个女人青春的装饰，华美而又有光辉，然而并不能够稳定生命，满足生命。再经过一些时间的澄滤，便得到如下的结论："若想在他人生命中保有'神'的势力，即得牺牲自己一切'人'的理想。若希望证实'人'的理想，即必须放弃当前惟'神'方能得到的一切。热情能给人兴奋，也给人一种无可形容的疲倦。尤其是在'纯粹的诗'和'活鲜鲜的人'愿望取舍上，更加累人。""偶然"就如数年前一样，用着无可奈何的微笑，掩盖到心中受伤处，离开了我。临走时一句话不说，我却从她沉默中，听到一种申诉：

"我想去想来，我终究是个人，并非神，所以我走了。若以为这是我一点私心，这种猜测也不算错误。因为我还有我做一个人的希望。并且我明白离开你后，在你生命中保有的印象。那么下去，不说别的，即这种印象在习惯上逐渐毁灭，对于我也受不了。若不走，留到这里算是甚么？在时间交替中我能得到些甚么？我不能尽用诗歌生存下去，恰恰如你说的不能用好空气和好风景活下去一样。我是个并不十分聪明的女人，这也许正是使我把一首抒情诗当作散文去读的真正原因。我的行为并不求你原谅，因为给予的和得到的已够多，不须用一些泛泛名词来自解了。说真话，这一走，对于你也不十分坏！有个幸福的家庭，有一个——应当说有许多的'偶然'，都在你过去生活中保留一些印象。你得到所能得到的，也给予所能给予的。尤其是在给予一切后，你反而更丰富更充实的存在。"

于是"偶然"留下一排插在发上的玉簪花，摇摇头，轻轻的开了门，当真就走去了。其时天落了点微雨，雨后有彩虹在天际。

我并不如一般故事上所说的身心崩毁，反而变得非常沉静。因为失去了"偶然"，我即得回了理性。我向虹起处方向走去，到了一个小小山头上。过一会儿，残虹消失到虚无里去了，只剩余一片在变化中的云影。那条素色的虹霓，若干年来在我心上的形式，重新明明朗朗在我眼前现出。我不由得不为"人"的弱点和对于这种弱点挣扎的努力，感到一点痛苦。

"'偶然'，你们全走了，很好。或为了你们的自觉，或为了你们的弱点，又或不过是为了生活上的习惯，既以为一走即可得到一种解放，一些新生的机缘，且可从另外人事上收回一点过去一时在我面前快乐行为中损失的尊严和骄傲，尤其是生命的平衡感和安全感的获得，在你认为必需时，不拘用甚么方式走出我生命以外，我觉得都是必然的。可是时间带走了一切，也带走了生命中最光辉的青春，和附于青春而存在的羞怯的笑，优雅的礼貌，微带矜持的应付，极敏感的情分取予，以及那个肉体方面的完整形式，华美色泽和无比芳香。消失的即完全消失到不可知的'过去'里了。然而却有一个朋友能在印象中保留它，能在文字中重现它，……你如想寻觅失去的生命，是只有从这两方面得到，此外别无方法。你也许以为失去了我，即可望得到'明天'，但不知生命真正失去了我时，失去了'昨天'，活下来对于你是种多大的损失！"

自从"偶然"离开了我后，云南就只有云可看了。黄昏薄暮时节，天上照例有一抹黑云，那种黑而秀的光景，不免使我想起过去海上的白帆和草地上的黄花，想起种种虹影和淡白星光，想起灯光下的沉默继续沉默，想起墙壁上慢慢的移动那一方斜阳，想起瓦沟中的绿苔和细雨微风中轻轻摇头的狗尾草，……想起一堆希望和一点疯狂，终于如何又变成一片蓝色的火焰，一撮白灰。这一切如何教育我，认识生命最离奇的遇合，与最高的意义。

当前在云影中恰恰如过去在海岸边，我获得了我的单独。那个失去了十年的理性，回到我身边来了。

"你这个对政治无信仰对生命极关心的乡下人，来到城市中用人教育我，所得经验已经差不多了。你比十年前稳定得多也进步得多了。正好准备你的事业，即用一支笔来好好的保留最后一个浪漫派在二十世纪生命取予的形式，也结束了这个时代这种情感发炎的症候。你知道你的长处，即如何好好的善用长处。成功或胜利在等待你，嘲笑和失败也在等待你；但这两件事对于你都无多大关系。你只要想到你要处理的也是一种历史，属于受时代带走行将消灭的一种人我关系的历史，你就不至于迟疑了。"

"成功与幸福，不是智士的目的，就是俗人的期望，这与我全不相干。真正等待我的只有死亡。在死亡来临以前，我也许还可以作点小事，即保留这些'偶然'浸入一个乡下人生命中所具有的情感冲突与和谐程序。我还得在'神'之解体的时代，重新给神作一种赞颂。在充满古典庄严与雅致的诗歌失去光辉和意义时，来谨谨慎慎写最后一首抒情诗。我的妄想在生活中就见得与社会隔阂，在写作上自然更容易与社会需要脱节。不过我还年青，世故虽能给我安全和幸福，一时还似乎不必来到我身边。我已承认你十年前的意见，即将一切交给'偶然'和'情感'为得计。我好像还要受另外一种'偶然'所控制，接近她时，我能从她的微笑和皱眉中发现'神'，离开她时，又能从一切自然形式色泽中发现她。这也许正如你所说，我是个对一切无信仰的人，却只信仰'生命'。这应当是我一生的弱点，但想想附于这个弱点下的坦白与诚实，以及对于人性细微感觉理解的深致，我知道，你是第一个就首先对于我这个弱点加以宽容了。我还需要回到海边去，回到'过去'那个海边。至于别人呢，我知道她需要的倒应当是一个'抽象'的海边。两个海边景物的明丽处相差不多，不同处其一或是一颗孤独的心的归宿处，其一却是热情与梦结合而为一使'偶然'由'神'变'人'的家。……"

"唉，我的浮士德，你说得很美，或许也说得很对。你还年青，至少当你被这种黯黄黄灯光所诱惑时，就显得相当年青。我还相信这个广大的世界，尚有许多形体、颜色、声音、气味，都可以刺激你过分灵敏的官觉，使你变得真正十分年青。不过这是不中用的。因为时代过去了。在过去时代能激你发狂引你入梦的生物，都在时间漂流中消失了匀称与丰腴，典雅与清芬。能教育你的正是从过去时代培植成功的典型。时间在成毁一切，都行将消灭了。代替而来的将是无计划无选择随同海上时髦和社会需要繁殖的一种简单范本。在这个新的时代进展中，你行将是个不必要的人物了。在这个时代中，你的心即或还强健而坚韧，也只合为'过去'而跳跃，不宜于用在当前景象上了。你需要休息休息了，因为在这个问题上徘徊实在太累。你还有许多事情可作，纵不乐成也得守常。有些责任，即与他人或人类幸福相关的责任。你读过那本题名《情感发炎及其治疗》的奇书，还值得写成这样一本书。且不说别的，即你这种文字的格式，这种处理感觉和思想的方法，也行将成为过去，和当前体例不合了！"

"是不是说我老了？"

没有得到任何回答。

天气冷了些，桌前清油灯加了个灯头，两个灯头燃起两朵青色小小火焰，好像还不够亮。灯光总是不大稳定，正如一张发抖的嘴唇，代替过去生命吻在桌前一张白纸上。十年前写《边城》时，从槐树和枣树枝叶间滤过的阳光如何照在白纸上，恍惚如在目前。灯光照及油瓶、茶杯、银表、书脊，和桌面遗留的一小滴油时，曲度相当处都微微反着一点黄光。我心上也依稀反着一点光影，照着过去，又像是为过去所照彻。小房中显得宽阔，光影不及处全是一片黑暗。

我应当在这一张白纸上写点甚么？一个月来因为写"人"，作品已第三回被扣，证明我对于人事的寻思，文字体例显然当真已与时代不大相合。因此试向"时间"追究，就见到那个过去。然而有些事，已多少有点不同了。

"时间带走了一切，天上的虹或人间的梦，或失去了颜色，或改变了式样。即或你还自以为有许多事尚好好保留在心上，可是，那个时间在你不大注意时，却把你的心变硬了，变钝了，变得连你自己也不大认识自己了。时间在改造一切，星宿的运行，昆虫的触角，你和人，同样都在时间下失去了固有位置和形体。尤其是美，不能在风光中静止。人生可悯。"

"温习过去，变硬了的心也会柔软的！到处地方都有个秋风吹上人心的时候，有个灯光不大明亮的时候，有个想向'过去'伸手，若有所攀援，希望因此得到一点助力，方能够生活得下去时候。"

"这就更加可悯！因为印象的温习，会追究到生活之为物，不过是一种连续的负心。凡事无不说明忘掉比记住好。'过去'分量若太重，心子是载不住它的。忘不掉也得勉强。这也正是一种战争！败北且是必然的结果。"

是的，这的确也是一种战争。我始终对面前那两个小小青色火焰望着。灯头不知何时开了花，"在火焰中开放的花，油尽灯熄时，才会谢落的。"

"你比拟得好。可是人不能在美丽比喻中生活下去。热情本身并不是象征，它燃烧了自己生命时，即可能燃烧别人的生命。到这种情形下，只有一件事情可作，即听它燃烧，从相互燃烧中有更新生命产生（或为一个孩子，或为一个作品）。那个更新生命方是象征热情。人若思索到这一点，为这一点而痛苦，痛苦在超过忍受能力时，自然就会用手去剔剔你所谓要在油尽灯熄时方谢落的灯花。那么一来，灯花就被剔落了。多少人即如此战胜了自己的弱点，虽若在撤退中救出了自己，也正可见出爱情上的勇气和决心。因为不是件容易事，虽损失够多，作成功后还将感谢上帝赐给他的那点勇气和决心。"

"不过，也许在另外一时，还应当感谢上帝给了另外一个人的弱点，即您灯光引带他向过去的弱点。因为在这种弱点上，生命即重新得到了意义。"

"既然自己承认是弱点，你自己到某一时也会把灯花剔落的。"

我当真就把灯花剔落了。重新添了两个灯头，灯光立刻亮了许多。我要试试看能否有四朵灯花在深夜中同时开放。

一切都沉默了，只远处有风吹树枝，声音轻而柔。

油慢慢的燃尽时，我手足都如结了冰，还没有离开桌边。灯光虽渐渐变弱，还可以照我走向过去，并辨识路上所有和所遭遇的一切。情感似乎重新抬了头，我当真变得好像很年青，不过我知道，这只是那个过去发炎的反应，不久就会平复的。

屋角风声渐大时，我担心院中那株在小阳春十月中开放的杏花，会被冷风冻坏。"我关心的是一株杏花还是几个人？是几个在过去生命中发生影响的人，还是另外更多数未来的生存方式？"等待回答，没有回答。

一九四二年作

注释

1.伶俜：孤单无依的样子。

2.夸父追日：这是我国最早的著名神话之一，讲的是夸父奋力追赶太阳的故事。夸父是古代神话传说中的一个巨人，去追赶太阳。当他到达太阳将要落入的禺谷之际，觉得口干舌燥，便去喝黄河和渭河的水，河水被他喝干后，口渴仍没有止住。他想去喝北方大湖的水，还没有走到，就渴死了。夸父临死，抛掉手里的杖，这杖顿时变成了一片鲜果累累的桃林。

3.三窟：取自成语"狡兔三窟"。该成语语出《战国策》中的《冯谖客孟尝君》。冯谖说："狡兔三窟，仅得免其死耳。"意思是狡猾的兔子准备三个藏身的窝，才得以免去死亡的危险。

4.蠹蚀：侵蚀；逐渐侵害，使之变坏。

5.《八骏图》：沈从文的短篇小说，写于1935年夏，最初发表于1935年8月《文学》第5卷第2期。《八骏图》里的"八骏"，指的是八位教授，他们有的是物理学家，有的是生物学家、哲学家、史汉学家、西洋文学史专家等，可以说是20世纪30年代中国高级知识分子的群像。相传周穆王有八匹最出色的坐骑，称为"八骏"。沈从文用《八骏图》作小说名，借喻文中的八位教授，具有相当鲜明的讽刺意味。小说运用风趣的含蓄，微妙的暗示，细腻而传神地描写了一群受过欧风美雨新教育的高级知识分子，在旧时代知行乖戾，内心空虚，生命之根被拔出土壤，而不知归属的故事。

6.《月下小景》：沈从文1932—1933年写成的一个短篇小说集，共收入《月下小景》《扇陀》等9篇小说，外加《题记》共10篇，1933年11月曾由上海现代书局出版单行本。

7.莫友芝（1811—1871年）：字子偲，自号郘亭，又号紫泉、眣叟，贵州独山人。晚清金石学家、目录版本学家、书法家，宋诗派重要成员。家世传业，通文字训诂之学，与遵义郑珍并称"西南巨儒"。

8.赵㧑叔（1829—1884年）：会稽（今浙江绍兴）人。原名赵之谦，初字益甫，号冷君，后改字㧑叔，号铁三、憨寮，又号悲庵、无闷、梅庵等。工诗文，擅书法。他在书法方面的造诣是多方面的，可使真、草、隶、篆的笔法融为一体，相互补充，相映成趣。

9.碇石：稳定船身的石块或系船的石礅。

10.《边城》：沈从文的中篇小说，也是他的经典之作，最初连载于1934年《国闻周报》11卷1—4期，10—16期；同年10月由上海生活书店出版单行本。

11.刘西渭：原名李健吾，现代作家、戏剧家、文艺评论家、文学翻译家。

12.挹彼注此：指将彼器的液体倾注于此器。亦比喻取一方以补另一方。

13.分际：犹言分寸，恰当的界限。

14.《长河》：1938年7月，沈从文开始创作小说《长河》，起初他只打算写成60000字的中篇，而在写作过程中逐渐扩大，写成长篇小说的第一卷。而在正准备出版时，却因不符合当时审查制度而被扣留。

导读

　　《水云》曾发表于 1943 年 1 月《文学创作》第一卷第四期和 1943 年 2 月《文学创作》第一卷第五期，署名沈从文。

　　本文是沈从文的回忆性散文，可谓是长篇心理自传，所抒写的是自己的心路历程。正因其所挖掘、捕捉和梳理的是复杂、微妙、飘忽又深邃的心理、情感和意绪的轨迹，所以令读者很难把握，和这一时期作者的其他散文同样晦涩难懂，暧昧不明，难以索解，如"魇"系列散文。

　　从副标题"我怎么创造故事，故事怎么创造我"来进入，本文大致所抒写的是从青岛到昆明 10 年间的创作心理及其流变。所以有些论者称之为"创作谈"，将其视为我们了解沈从文作品的一把钥匙。全文以作者自我心灵为表现对象，调用心理独白、自我对话、象征、比喻和意识流等表现手段，向读者剖露隐秘心曲、创作动机、人生态度以及美学追求。其中令我们印象深刻的便是作者的自我论辩，作者分化出两个对立的人格，讨论支配人生和创作的是偶然、情感和莫测命运，抑或是计划、理性和自我意志。而这一论辩是本文的主要线索，像一条长长枝干，而诸多意蕴由此而生发，如对爱、人性、神性、生命、人生等感悟，若花开枝头。

绿 魇

一 绿

我躺在一个小小山地上，四围是草木蒙茸[1]枝叶交错的绿荫，强烈阳光从枝叶间滤过，洒在我身上和身前一片带白色的枯草间。松树和柏树作成一朵朵墨绿色，在十丈远近河堤边排成长长的行列。同一方向距离稍近些，枝柯疏朗的柿子树，正挂着无数玩具一样明黄照眼的果实。在左边，更远一些公路上，和较近人家屋后，尤加利树高摇摇的树身，向天直矗，狭长叶片杨条鱼一般在微风中闪泛银光。近身园地中那些石榴树，每丛相去丈许各自在阳光下立定，叶子细碎绿中还夹杂些鲜黄，阳光照及处都若纯粹透明。仙人掌的堆积物，在园坎边一直向前延展，若不受小河限制，俨然即可延展到天际。肥大叶片绿得异常哑静，对于阳光竟若特有情感，吸收极多，生命力因之亦异常饱满。最动人的还是身后高地那一片待收获的高粱，枝叶在阳光雨露中已由青泛黄，各顶着一丛丛紫色颗粒，在微风中特有一种萧瑟感，同时从成熟状态中也可看出这一年来人的劳力与希望结合的庄严。从松柏树的行列罅隙间，还可看到远处浅淡的绿原，和那些刚由闪光锄头翻过的赭色[2]田亩相互交错，以及镶在这个背景中的村落，村落尽头那一线银色湖光。在我手脚可及处，却可从银白光泽的狗尾草细长枯杆和黄茸茸杂草间，发现各式各样绿得等级完全不同的小草。

我努力想来捉捕这个绿芜照眼的光景，和在这个清洁明朗空气相衬，从平田间传来的锄地声，从村落中传来的舂米声，从山坡下一角传来的连枷[3]扑击声，从空气中传来的虫鸟搏翅声，以及由于这些声音共同形成的特殊静境，手中一支笔，竟若丝毫无可为力。只觉得这一片绿色，一组声音，一点无可形容的气味综合所作成的境界，使我视听诸官觉沉浸到这个境界中后，已转成单纯到不可思议。企图用充满历史霉斑的文字来写它时，竟是完全的徒劳。

地方对于我虽并不完全陌生，可是这个时节耳目所接触，却是个比梦境更荒唐的实在。

强烈的午后阳光，在云上，在树上，在草上，在每个山头黑石和黄土上，在一枚爬着的飞动的虫蚁触角和小脚上，在我手足颈肩上，都恰像一只温暖的大手，到处给以同样充满温情的抚摩。但想到这只手却是从亿万里外向所有生命伸来的时候，想象便若消失在天地边际，使我觉得生命在阳光下，已完全失去了旧有意义了。

其时松树顶梢有白云驰逐，正若自然无目的的游戏。阳光返照中，天上云影聚拢复散开；那些大小不等云彩的阴影，便若匆匆忙忙的如奔如赴从那些刚过收割期不久的远近田地上一一掠过，引起我一点新的注意。我方从那些灰白色残余禾株间，发现了些银绿色点子。原来十天半月前，庄稼人趁收割时嵌在禾株间的每一粒蚕豆种子，在润湿泥土与和暖阳光中，已普遍从薄而韧的壳层里，解放了生命，茁起了小小芽梗，有些下种较早的，且已变成绿芜一片。小溪上这里那里到处有白色蜉蝣蚊蠓，在阳光下旋成一个柱子，队形忽上忽下，表示对于暂短生命的悦乐。阳光下还有些红黑对照色彩鲜明的小甲虫，各自从枯草间找寻可攀援的白草，本意俨若就只是玩玩，到了尽头时，便常常从草端从容堕下，毫不在意，使人对于这个小小生命所具有的完整性，感到无限惊奇。忽然间，有个细腰大头黑蚂蚁，爬上了我的手背，仿佛有所搜索，到后便停顿在中指关节间，偏着个头，缓慢舞动两个小小触须，好像带点怀疑神气，向阳光提出询问：

"这是甚么东西？有甚么用处？"

我于是试在这个纸上，开始写出我的回答：

"这个古怪东西名叫手爪，和这个动物的生存发展大有关系。最先它和猴子不同处，就是这个东西除攀树走路以外，偶然发现了些别的用途。其次是服从那个名叫脑子的妄想，试作种种活动，把石头磨成武器，用木头摩擦生火，因此这类动物中慢慢的就有了文化和文明，以及代表文化文明的一切事事物物。这一处动物和那一处动物，既生存在气候不同物产不同迷信不同环境中，脑子的妄想以及由于妄想所产生的一切，发展当然就不大一致，到两方面失去平衡时，因此就有了战争。战争的意义，简单一点说来，便是这类动物的手爪，暂时各自返回原始的用途，用它来撕碎身边真实或假想的仇敌，并用若干年来手爪和脑子相结合产生的精巧工具，在一种多少有点疯狂恐怖情绪中，毁灭那个妄想与勤劳的堆积物，以及一部分年青生命。必须重新得到平衡后，这个手爪方有机会重新转用到有意义的方面去。那就是说生命的本来，除战争外有助于人类高尚情操的种种发展。战争的好处，凡是这类动物都异常清楚，我向你可说的也许是另外一回事，是因动物所住区域和皮肤色泽产生的成见，与各种历史上的荒谬迷信，可能会因之而消失，代替来的虽无从完全合理，总希望可能比较合理。正因为战争像是永远去不掉的一种活动，所以这些动物中具妄想天赋也常常被阿谀势力号称'哲人'的，还有对于你们中群的组织，加以特别赞美，认为这个动物的明日，会从你们组织中取法，来作一切法规和社会设计的。关于这一点你也许不会相信。可是凡是属于这个动物的问题，照例有许多事，他们自己也就不会相信！他们的心和手结合为一形成的知识，已能够驾驭物质，征服自然，用来测量在太空中飞转星球的重量和速度，好像都十分有把握，可始终就不大能够处理名为'情感'的这个名词，以及属于这个名词所产生的种种悲剧。大至于人类大规模的屠杀，小至于个人家庭纠纠纷纷，一切'哲人'和这个问题碰头时，理性的光辉都不免失去，乐意转而将它交给'伟人'或'宿命'来处理。这也就是这个动物无可奈何处。到现在为止，我们还缺少一种哲人，有勇气敢将这个问题放到脑子中向深处追究。也有人无章次的梦想过，对伟人宿命所能成就的事功怀疑，可惜使用的工具却已太旧，因之名叫'诗人'，同时还有个更相宜的名称，就是'疯子'。"

那只蚂蚁似乎并未完全相信我的种种胡说，重新在我手指间慢慢爬行，忽若有所悟，又若深怕触犯忌讳，急匆匆的向枯草间奔去，即刻消失了。它的行为使我想起十多年前一个同船上路的大学生，当我把脑子想到的一小部分事情向他道及时，他那种带着谨慎怕事惶恐逃走的神情，正若向我表示："一个人思索太荒谬不近人情。我是个规矩公民，要的是份可靠工作，有了它我可以养家活口。我的理想只是无事时玩玩牌，说点笑话，买个储蓄奖券。这世界一切都是假的,相信不得,尤其关于人类向上书呆子的理想。我只见到这种理想和那种理想冲突时的纠纷混乱，把我做公民的信仰动摇，把我找出路的计划妨碍。我在大学读过四年书，所得的好结论，就是绝对不做书呆子，也不受任何好书本影响！"快二十年了，这个公民微带嘶哑充满自信的声音，还在我耳际萦回。这个朋友和许多知分定的知识阶级一样，这时节说不定已作了委员、厅长或主任。在世界上活得也好像很尊严，很幸福。一双灰色斑鸠从头上飞过，消失到我身后斜坡上那片高粱林中去了，我于是继续写下去，试来询问我自己：

"我这个手爪，这时节有些甚么用处？将来还能够作些甚么？是顺水浮舟，放乎江潭？是酾糟啜醨，拖拖混混？是打拱作揖，找寻出路？是卜课占卦，遣有涯生？"

自然是无结论可得。一片绿色早把我征服了。我的心这个时节就毫无用处，没有取予，缺少爱憎，失去应有的意义。在阳光变化中，我竟有点怀疑，我比其他绿色生物，究竟是否还有甚么不同处。很显明，即有点分别，也不会比那生着桃灰色翅膀，颈臂上围条花带子的斑鸠，与树木区别还来得大。我仿佛触着了生命的本体。在阳光下包围于我身边的绿色，也正可用来象征人生，虽同一是个绿色，却有各种层次。绿与绿的重叠，分量比例略微不同时，便产生各种差异。这片绿色既在阳光下不断流动，因此恰如一个伟大乐曲的章节，在时间交替下进行，比乐律更精微处，是它所产生的效果，并不引起人对于生命的痛苦与悦乐，也不表现出人生的绝望和希望。它有的只是一种境界，在这个境界中，似乎人与自然完全趋于谐和，在谐和中又若还具有一分突出自然的明悟。必须稍次一个等级，才能和音乐所煽起的情绪相邻，再次一个等级，才能和诗歌所传递的感觉相邻。然而这个层次的降落原只是一种比拟，因为阳光转斜时，空气已更加温柔，那片绿原中渐渐染上一层薄薄灰雾，远处山头有由绿色变成黄色的，也有由淡紫色变成深蓝色的。正若一个人从壮年移渡到中年，由中年复转成老年，先是鬓毛微斑，随即满头如雪，生命虽日趋衰老，一时可不曾见出齿牙摇落的日暮景象。其时生命中杂念与妄想，为岁月漂洗而去尽，一种清净纯粹之气，却形于眉宇神情间。人到这个状况下时，自然比诗歌和音乐更见得素朴而完整。

我需要一点欲念，因为欲念若与那个社会限制发生冲突，将使我因此而痛苦。我需要一点狂妄，因为若扩大它的作用，即可使我从这个现实光景中感到孤单。不拘痛苦或孤单，都可将我重新带进这个乱糟糟的人间，让固执的爱与热烈的恨，抽象或具体的交替来折磨我这颗心，于是我会从这个绿色次第与变化中，发现象征生命所表现的种种意志。如何形成一个小小花蕊，创造出一根刺，以及那个凭借草木在微风中摇荡飞扬旅行的银白色茸茸毛种子，成熟时自然轻轻爆裂弹出种子的豆荚，这里那里还无不可发现一切有生为生存与繁殖所具有的不同德性。这种种德性，又无不本源于一种坚强而韧性的试验，在长时期挫折与选择中方能形成。我将大声叫嚷："这不成！这不成！我们人类的意志是个甚么形式？在长期试验中有了些甚么变化和进展？它存在，究竟何处？它消失，究竟为甚么而消失？一个民族或一种阶级，它的逐渐堕落，是不是纯由宿命，一到某种情形下即无可挽救？会不会只是偶然事实，还可能用一种观念一种态度将它重造？我们是不是还需要些人，将这个民族的自尊心和自信心，用一些新的抽象原则，重建起来？对于自然美的热烈赞颂，对传统世故的极端轻蔑，是否即可从更年青一代见出新的希望？"

不知为甚么，我的眼睛却被这个离奇而危险的想象弄得迷蒙潮润了。

我的心，从这个绿荫四合所作成的奇迹中，和斑鸠一样，向绿荫边际飞去，消失在黄昏来临以前的一片灰白雾气中，不见了。

……一切生命无不出自绿色，无不取给于绿色，最终亦无不被绿色所困惑。头上一片光明的蔚蓝，若无助于解脱时，试从黑处去搜寻，或者还会有些不同的景象。一点淡绿色的磷光，照及范围极小的区域，一点单纯的人性，在得失哀乐间形成奇异的式样。由于它的复杂与单纯，将证明生命于绿色以外，依然能存在，能发展。

二 黑

同样是强烈阳光中，长大院坪里正晒了一堆堆黑色的高粱，几只白母鸡在旁边啄食。一切寂静，院子一端草垛后的侧屋中，有木工的斧斤削砍声，和低沉人语声，更增加这个乡村大宅的静境。

当我第一次用"城里人"身份，进到这个乡户人家广阔庭院中，站在高粱堆垛间，为迎面长廊承尘梁柱间的繁复眩目金漆彩绘呆住时，引路的马伕，便在院中用他那个为烟草所毁发沙带哑的嗓子嚷叫起来：

"二奶奶，二奶奶，有人来看你房子！"

那几只白母鸡起始带点惊惶神气，奔窜到长廊上去。二奶奶于是从大院左侧断续斧斤声中厢屋走了出来。六十岁左右，一身的穿戴，一切都是三十年前老辈式样，额间玄青缎勒正中镶上一片绿玉，耳边两个玉镶大金环，阔边的袖口和衣襟，脸上手上象征勤劳的色泽和粗线条皱纹，端正的鼻梁，微带忧郁的温和眼神，以及从相貌中即可发现的一颗厚道单纯的心，我心想：

"房子好，环境好，更难得的也许还是这个主人，一个本世纪行将消失、前一世纪的正直农民范本。"

我稍微有点担心，即这房子未必有希望由我来处分。可是一分钟后，我就明白这点忧虑为不必要了。

于是照一般习惯，我开始随同这个肩背微偻的老太太，各处慢慢走去。从那个充满繁复雕饰涂金绘彩的长廊，走进靠右的院落。在门廊间小小停顿时，我不由得不带着诚实赞美口气说："老太太，你这房子真好！木材多整齐，工夫多讲究！"

正像这种赞美是必然的，二奶奶便带着客气的微笑，指点第一间空房给我看，一面说："不好，不好，好哪样！城里好房子多呐多！"

于是我们在雕花槅扇间，在镂空贴金拼嵌福寿字样的过道窗口下，在厅子里，在楼梯边，在一切分量沉重式样古拙朱漆灿然的家具旁，在连接两院低如船厅的长方形客厅中，在宽阔楼梯上，在后楼套房小小窗口那一缕阳光前，在供神木座一堆黝黑放光的铜像左右，到处都停顿了一会儿。这其间，或是二奶奶听我对于这个房子所作的颂扬，或是我听二奶奶对于这个房子种种说明。最后终于从靠右一个院落走出，回到前面大院子中，在那个六方边沿满是浮雕戏文故事的青石水缸旁站定，一面看木工拼合寿材，一面讨论房子问题。

"先生看可好？好就搬来住！楼上、楼下，你要的我就打扫出来。那边院子归我作主，这边归三房，都好商量。可要带朋友来看看？"

"老太太，房子太好了。不用再带我那些朋友来看也成。我们这时节就说好。后楼连佛堂算六间，前楼三间，楼下长厅子算两间，全部归我。

今天二十五号，下月初我们一定会搬来。老太太你可不能反悔，又另外答应别人。"

"好罗，好罗，就是那么说，只管来好了。我们不是城里那些租房子的。乡下人心直口直，说一是一，你放心就是。"

走出了这个人家大门，预备上马回到小县城里去看看时，已不见原来那匹马和马伕，门前路坎边，有个乡下公务员模样的中年人，正把一匹小小枣骝马系在那一株高大仙人掌树干上。当真的，一匹马系在一丈五六高的仙人掌树干上。那树上还正开放一簇簇酒杯大黄花！景象自然也是我这个城里人少见的。转过河堤前时，才看到马和马伕共同在那道小河边饮水。

这房子第一回给我的印象，竟简直像做个荒唐的梦。那个寂静的院落，那青石作成的雕花大水缸，那些充满东方人幻想将巧思织在对称图案上的金漆槅扇，那些大小笨重的家具，尤其是后楼那几间小套房，房间小小的，窗口小小的，下午三点左右一缕阳光斜斜从窗口流进，由暗朱色桌面逼回，徘徊在那些或黑或灰庞大的瓶罂间，所形成的那种特别空气，那种稀有情调，说陌生可并不吓怕，虽不吓怕可依然不易习惯，真使人不大相信是一个房间，这房间且宜于普通人住下！可是事实上，再过三五天，这些房间便将有大部分归我随意处分，我和几个朋友，就会用这些房间来作家了！

在马上时，我就试把这些房间一一分配给朋友：作画的宜在楼下那个长厅中，虽比较低矮，可相当宽阔光亮。弄音乐的宜住后楼，虽然光线不足，有的是僻静，人我两不相妨，至于那个特殊情调，对于习音乐的也许还更相宜。前楼那几间单纯光亮房子，自然就归给我了。因为由窗口望出去，远山近树的绿色，对于我的工作当有帮助；早晚由窗口射进来的阳光，对于孩子们健康实真需要。正当我猜想到房东生活时，那个肩背微伛的马伕，像明白我的来意，便插口说：

"先生，可看中那房子？这是我们县里顶好一所大房子。不多不少，一共作了十二年。椽子柱子亏老爹上山一根一根找来！你试留心看看，那些窗槅子雕的菜蔬瓜果，蛤蟆和兔子，样子全不相同，是一个木匠主事，用他的斧头凿子作成功的！还有那些大门和门闩，扣门锁门定打的大铁老鸹拌，那些承柱子的雕花石鼓，那些搬不出房门的大木床，哪一样不是我们县里第一！往年老当家的在世时，看过房子的人翘起大拇指说：'老爹，

呈贡县惟有你这栋房子顶顶好！'老爹就笑起来说：'好哪样！你说的好。'
其实老爹累了十二年，造成这栋大房子，最快乐的事，就是人说这句话。
他有空儿回答这句话。相貌活像个土地公公，见人就笑。修路搭桥，一生
做了多少好事！在老房子住时，看坎上有匹白马，长得好膘头，看了八年，
才把地买来。动工一挖，原来是四水缸白银元宝。先生你算算值多少！可
是老爹为人脾气怪，房子好了不让小伙子住，说免得耗折福分。房子造好
后好些房间都空着，老爹就又在那个房子里找木匠做寿材，自己监工，四
个木匠整整做了一年，前后油漆了几十次，阴宅好后，他自己也就死了。
新二房大爹接手当家，爱热闹要大家迁进来住，谁知年青小伙子各另有想
头，读书的，做事的，有了新媳妇的，都乐意在省上租房子住。到老的讨
了个小太太后，和二奶奶合不来，老的自己也就搬回老屋，不再在新房子
里住。所以如今就只二奶奶守房子。好大栋房子，拿来收庄稼当仓屋用！
省上有人来看房子时，二奶奶高高兴兴带人楼上楼下打圈子，听人说房子
好时，一定和那个老爹一样，会说'好哪样'。二奶奶人好心好，今年快
近七十了。大爹嘎，别的学不到，只把过世老爹没有的古怪脾气接过了手，
家里人大小全都合不来。这几天听说二奶奶正请了可乐村的木匠做寿材，
两副大四合寿木，要好几千中央票子！老夫老妇在生合不来，死后可还得
埋在一个坑里。……家里如今已不大成。老当家在时，一共有十二个号口，
十二个大管事来来去去都坐软兜轿子，不肯骑马。老爹过去后减成三个号
口。民国十二年，土匪看中了这房子，来住了几天，挑去了两担首饰银器，
十几担现银元宝，十几担烟土。省里队伍来清乡，打走土匪后，说是这房
子窝藏过土匪，又把剩下的东东西西扫括搬走。这一来一往，家里也就差
不多了。如今想发旺，恐怕要看小的一代去了。……先生，你可当真预备
来疏散？房子清爽好住，不会有鬼的！"

　　从饶舌的马伕口里，无意中得到了许多关于这个房子的历史传说，恰
恰补足了我所要知道的一切。

　　我觉得甚么都好，最难得的还是和这个房子有密切关系的老主人，完
全贴近土地的素朴的心，素朴的人生观。不提别的，单说将近半个世纪生
存于这个单纯背景中所有的哀乐式样，就简直是一个宝藏，一本值得用
三百五十页篇幅来写出的动人故事！我心想，这个房子，因为一种新的变

动，会有个新的未来，房东主人在这个未来中，将是一个最动人的角色。

一个月后，我看过的一些房间，就已如我所估想的住下了人，此外在其他房间中，也住了些别的人。大房子忽然热闹了起来。四五个灶房都升了火，廊下到处牵上了晒衣裳的绳子，在强烈阳光下，各式各样衣物被单如彩色旗帜飘动。小孩子已发现了几个花钵中的蓓蕾，二奶奶也发现了小孩子在悄悄的掐折花朵，人类机心似乎亦已起始在二奶奶衰老生命和几个天真无邪孩子间，有了些微影响。后楼几个房间和那两个佛堂，更完全景象一新，一种稀有的清洁，一种年青女人代表青春欢乐的空气。佛堂既作了客厅，且作了工作室，因此壁上的大小乐器，以及这些乐器转入手中时伴同年青歌喉所作成的细碎嘈杂，自然无一不使屋主人感到新的变化。

过不久，这个后楼佛堂的客厅中，就有了大学教授和大学生，成为谦虚而随事服务的客人，起始陪同年青女孩子作饭后散步，带了点心食物上后山去野餐，还常常到三里外长松林间去玩赏白鹭群。故事发展虽慢，结束得却突然。有一回，一个女孩赞美白鹭，本意以为这些俊美生物与田野景致相映成趣。一个习社会学的大学教授，却充满男性的勇敢，向女孩子表示，若有支猎枪，就可把松树顶上这些白鹭一只一只打下来。这一来白鹭并未打下，倒把结婚希望打落，于是留下个笑话，仿佛失恋似的走了。大学生呢，读《红楼梦》十分熟习，欢喜背诵点旧诗，可惜几个女孩却不大欣赏这种多情才调。二奶奶依然每天早晚洗过手后，就到佛堂前来敬香，点燃香，作个揖，在北斗七星灯盏中加些清油，笑笑的走开了。遇到女孩子们在玩乐器时，间或也用手试摸摸那些能发不同音响的筝笛琵琶，好像对于一个陌生孩子的慈爱。也坐下来喝杯茶，听听这些古怪乐器在灵巧手指间发出的新奇声音。这一切虽十分新奇，对于她内部的生命，却并无丝毫影响，对于她日常生活，也无何等影响。

随后楼下的青年画家，也留下些传说于几个年青女孩子口中，独自往滇西大雪山下工作去了。住处便换了一对艺术家夫妇，和一个有天才称誉的小女孩子。壁上悬挂了些中画和西画，床前供奉了观音和耶稣，房中常有檀香山洋琵琶弹出的热情歌曲，间或还夹杂点充满中国情调新式家庭的小小拌嘴，正因为这两种生活交互替换，所以二奶奶即或从窗边走过，也决不能想象得出这一家有些甚么问题发生。去了一个女仆，又换来一个女仆，这之间自然不可免还有了些小事情，影响到一家人的意识形态。先生为人极谦虚有礼，太太为人极爱美好客，想不到两种好处放在一处反多周章[4]。小女孩在这种家庭空气中，性情发展得也就不大正常，应当知道的不知道，不知道的偏知道。且不明白如何一来，当家的大爹，忽然又起了回家兴趣，回来时就坐在厅子中，一面随地吐痰，一面打鸡骂狗。以为这个家原是他的产业，不许放鸡到处厕屎，妨碍卫生。艺术家夫妇恰好就养了几只鸡，这些扁毛畜生可不大能体会大爹脾气，也不大讲究卫生，因之主客之间不免冲突起来。于是有一个时节，这个院子便可听到很热烈的辩论争吵声。大爹一面吵骂不许鸡随便厕屎，一面依然把黄痰向各处远远唾去，那些鸡就不分彼此的来竞争啄食。后楼客厅中，间或又来了个全国闻名的女客。为人有道德，能文章，写的作品，温暖美好的文字，装饰的情感，无不可放在第一流作家中间。更难得的是未结婚前，决不在文章中或生活上涉及恋爱问题，结了婚后推己及人，却极乐意在婚姻上成人之美。家中有个极好的柔软床铺，常常借给新婚夫妇使用。这个知名客人来了又走了，二奶奶还给人介绍认识过。这些目前或俗或雅或美或不美的事件，对她可毫无影响。依然每早上打扫打扫院子，推推磨石，扛个小小鸦嘴锄下田，晚饭时便坐在侧屋檐下石臼边，听乡下人说说本地米粮时事新闻。

随后是军队来了，楼下大厅正房作了团长的办公室和寝室，房中装了电话，门前有了卫兵，全房子都被兵士打扫得干干净净。屋前林子里且停了近百辆灰绿色军用机器脚踏车，村子里屋角墙边，到处有装甲炮车搁下。这些部队不久且即开拔进了缅甸，再不久，就有了失利消息传来，且知道那几个高级长官，大都死亡了。住在这个房子里的华侨中学的中学生，因随军入缅，也有好些死亡了。住在楼下某个人家，带了三个孩子返广西，半路上翻车，两个孩子摔死的消息也来了。二奶奶虽照例分享了同住人得到这些不幸消息时一点惊异与惋惜，且为此变化谈起这个那个，提出些近于琐事的回忆，可是还依然在原来平静中送走每一个日子。

艺术家夫妇走后，楼下厅子换了个商人，在滇缅公路上往返发点小财。每个月得吃几千块钱纸烟的太太，业已生育了四个孩子，到生育第五个时，因失血过多，便在医院死去了。住在隔院一个卸任县长，家中四岁大女孩，又因积食死去。住在外院侧屋一个卖陶器的，不甘寂寞，在公路上行凶抢劫,业已经捉去处决。三份死亡影响到这个大院子:商人想要赶快续婚,带了一群孤雏搬走了。卸任县长事母极孝,恐老太太思念殇女成病,也迁走了。卖陶器的剩下的寡妇幼儿,在一种无从设想的情形下,抛弃了那几担破破烂烂的瓶罐,忽然也离开了。于是房子又换了一批新的寄居者,一个后方勤务部的办事处,和一些家属。过不到一月,办事处即迁走,留下那些家眷不动。几乎像是演戏一样,这些家眷中,就听到了有新作孤儿寡妇的。原来保山局势紧张时,有些守仓库的匆促中毁去汽油不少,一到追究责任时,黠诈的见机逃亡,忠厚的就不免受军事处分。这些孤儿寡妇过不久自然又走了,向不可知一个地方过日子去了。

习音乐的一群女孩子,随同机关迁过四川去了。

后来又迁来一群监修飞机场的工程师,几位太太,一群孩子,一种新的空气亦随之而来。卖陶器的住处换了一家卖糖的,用修飞机场工人作对象,从外县赶来做生意。到由于人类妄想与智慧结合所产生的那些飞机发动机怒吼声,二十三十日夜在这个房子上空响着时,卖糖的却已发了一笔小财,回转家乡买田开杂货铺去了。年前霍乱的流行,一个村子一个村子的乡民,老少死亡相继。山上成熟的桃李,听他在树上地上腐烂,也不许在县中出卖。一个从四川开来的补充团,碰巧恰到这个地方,在极凄惨情形中死去了一大半,多浅葬在公路两旁,翘起的瘦脚露出土外,常常不免将行路人绊倒。一些人的生命,虽若受一种来自时代的大力所转动,无从自主。然而这个大院中,却又迁来一个寄居者,一个从爱情得失中产生灵感的诗人,住在那个善于唱歌吹笛的聪敏女孩子原来所住的小房中,想从窗口间一霎微光,或书本中一点偶然留下的花朵微香,以及一个消失在时间后业已多日的微笑影子,返回过去,稳定目前,创造未来。或在绝对孤寂中,用少量精美文字,来排比个人梦的形式与联想的微妙发展。每到小溪边去散步时,必携同我那五岁大的孩子,用竹箬叶[5]折成小船,装载上一朵野花,一个泛白的螺蚌,一点美丽的希望,并加上出于那个小孩子口中的痴而黠的祝福,让小船顺流而去。虽眼看去不多远,就会被一个树枝绊着,为急流冲翻,或在水流转折所激起的漩涡中消失,诗人却必然眼睛湿蒙蒙的,心中以为这个三寸长的小船,终会有一天流到两千里外那个女孩子身边。而且那些憔悴的花朵,那点诚实的希望,以及出自孩子口中的天真祝福，会为那个女孩子含笑接受。有时正当落日衔山，天上云影红红紫紫如焚如烧，落日一方的群山黯淡成一片墨蓝，东面远处群山，在落照中光影陆离仪态万千时，这个诗人却充满象征意味，独自去屋后经过风化的一个山冈上，眺望天上云彩的变幻，和两面山色的倏忽。或偶然从山凹石罅间有所发现，必扳着那些摇摇欲坠的石块，努力去攀折那个野生带刺花卉，摘回来交给朋友，好像说："你看，我还是把它弄回来了，多险！"情绪中不自觉的充满成功的满足。诗人所住的小房间，既是那个善于吹笛唱歌女孩子住过的，到一切象征意味的爱情，依然填不满生命的空虚，也耗不尽受抑制的充沛热情时，因之抱一宏愿将用个三十万言小说，来表现自己，扩大自己。两年来，这个作品居然完成了大部分。有人问及作品如何发表时，诗人便带着不自然的微笑，十分郑重的说："这不忙发表，需要她先看过，许可发表时再想办法。"决不想到这个作品的发表与否，对于那个女孩子是不能成为如何重要问题的。就因他还完全不明白他所爱慕的女孩子，几年来正如何生存在另外一个风雨飘摇事实巨浪中。怨爱交缚之际，生命的新生复消失，人我间情感与负气作成的无可奈何环境，所受的压力更如何沉重。这种种不仅为诗人梦想所不及，她自己也还不及料，一切变故都若完全在一种离奇宿命中，对于她加以种种试验。这个试验到最近，且更加离奇，使之对于生命的存在与发展，幸或不幸，都若不是个人能有所取舍。为希望从这个梦魇似的人生中逃出，得到稍稍休息，过不久或且又会回到这个梦魇初起处的旧居来。然而这方面，人虽若有机会回到这个唱歌吹笛的小楼上来，另一方面，诗人的小小箬叶船儿，却把他的欢欣的梦，和孤独的忧愁，载向想象所及的一方，一直向前，终于消失在过去时间里。淡了，远了，即或可以从星光虹影中回来，也早把方向迷失了。新的现实还可能有多少新的哀乐，当事者或旁观者对之都全无所知。当有人告给二奶奶，说三年前在后楼住的最活泼的一位小姐，要回到这个房子来住住时，二奶奶快乐异常的说："那很好。住久了，和自己家里人一样，大家相安。× 小姐人好心好，住在这里我们都欢喜她！"正若一个管理码头的，听说某一只船儿从海外归来神气一样自然，全不曾想到这只美丽小船三年来在海上连天巨浪中挣扎，是种甚么经验。为得来这个经验，又如何弄得帆碎橹折，如今的小小休息，还是行将准备向另外一个更不可知的陌生航线驶去！

……日月运行，毫无休息，生命流转，似异实同。惟人生另有其庄严处，即因贤愚不等，取舍异趣，入渊升天，半由习染，半出偶然；所以兰桂未必齐芳，萧艾转易敷荣。动者常动，便若下坡转丸，无从自休。多得多患，多思多虑，有时无从用"劳我以生"自解，便觉"得天独全"可羡。静者常静，虽不为人生琐细所激发，无失亦无得，然而"其生若浮，其死则休"，虽近生命本来，单调又终若不可忍受。因之人生转趋复杂，彼此相慕，彼此相妒，彼此相争，彼此相学，相差相左，随事而生。凡此一切，智者得之，则生知识，仁者得之，则生悲悯，愚而好自用者得之，必又另有所成就。不信宿命的，固可从生命变易可惊异处，增加一分得失哀乐，正若对于明日犹可望凭知识或理性，将这个世界近于传奇部分去掉，人生便日趋于合理。信仰宿命的，又一反此种人能胜天的见解，正若认为"思索"非人性本来，倦人而且恼人，明日事不若付之偶然，生命亦比较从容自在。不信一切惟将生命贴近土地，与自然相邻，亦如自然一部分的，生命单纯庄严处，有时竟不可仿佛。至于相信一切的，到末了却将俨若得到一切，惟必然失去了用为认识一切的那个自己。

三 灰

在一堆具体的事实和无数抽象的法则上，我不免有点茫然自失，有点疲倦，有点不知如何是好。打量重新用我的手和想象，攀援住一种现象，即或属于过去业已消逝的，属于过去即未真实存在的……必须得到它方能稳定自己。

我似乎适从一个辽远的长途归来，带着一点混和在疲倦中的淡淡悲伤，站在这个绿荫四合的草地上，向淡绿与浓赭相交错而成的原野，原野尽头那个淡黄色村落，伸出手去。

"给我一点点最好的音乐，萧邦或莫札克，只要给我一点点，就已够了。我要休息在这个乐曲作成的情境中，不过一会儿，再让它带回到人间来，到都市或村落，钻入官吏颟顸贪得的灵魂里，中年知识阶层倦于思索怯于怀疑的灵魂里，年青男女青春热情被腐败势力虚伪观念所阉割后的灵魂里，来寻觅，来探索，来从这个那个剪取可望重新生长好种芽，即或它是有毒的，更能增加组织上的糜烂，可能使一种善良的本性发展有妨碍的，我依然要得到它，设法好好使用它。"

当我发现我所能得到的，只是一种思索继续思索，以及将这个无尽长链环绕自己，束缚自己时，我不能不回到二奶奶给我寄居五年那个家里了。这个房子去我当前所在地，真正的距离，原来还不到两百步远近。

大院中正如五年前第一回看房子光景，晒了一地黑色高粱，二奶奶和另外三个女工，正站成一排，用木连枷击打地面高粱，且从均匀节奏中缓缓的移动脚步，让连枷各处可打到。三个女工都头裹白帕，使我记起五年前那几只从容自在啄食高粱的白母鸡。年青女工中有一位好像十分面善，可想不起这个乡下妇人会引起我注意的原因，直到听二奶奶叫那女工说：

"小菊，小菊，你看看饭去。你让沈先生来试试，会不会打。"

我才知道这是小菊。我一面拿起握手处还温暖的连枷，一面想起小菊的问题，竟始终不能合拍，使得二奶奶和女工都笑将起来。真应了先前一时向蚂蚁表示的意见，这个手爪的用处，已离开自然对于五个指头的设计甚远，完全不中用了。可是令我分心的，还是那个身材瘦小说话声哑的农家妇人小菊。原来去年当收成时，小菊正在发疯。她的妈是个寡妇，住在离城十里的一个村子中，小小房子被一把天火烧了。事后除从灰里找出几把烧得失形的农具和镰刀，已一无所有。于是趁收割季带了两个女孩子，到龙街子来找工作。大女孩七岁，小女孩两岁，向二奶奶说好借住在大院子装谷壳的侧屋中，有甚么吃甚么，无工可作母女就去田里收拾残穗和土豆，一面用它充饥，一面且储蓄起来，预备过冬。小菊是大女儿，已出嫁三年。丈夫出去当兵打仗，三年不来信，那人家想把她再嫁给一个人，收回一笔财礼。小菊并不识字，只因为想起两句故事上的话语，"好马不配双鞍，烈女不嫁二夫"，为这个做人的抽象原则所困住，怕丢脸，不愿意再嫁，待赶回家去和她妈商量，才知道房子已烧去，许久又才找到二奶奶家里来。一看两个妹妹都嚼生高粱当饭吃，帮人无人要，因此就疯了。疯后整天大唱大嚷各处走去，乡下小孩子摘下仙人掌追着她打闹，她倒像十分快乐。过一阵，生命力和积压在心中的委屈耗去了后，人安静了些，晚上就坐在二奶奶大门前，向人说自己的故事。到了夜里才偷悄悄进到二奶奶家装糠壳的屋子里睡睡。这事有一天无意被三房骨都嘴嫂子发现了，就说"嘻，嘻，这还了得！疯子要放火烧房子，甚么人敢保险！"半夜里把小菊赶了出去，听她在空地里过夜。并说："疯子冷冷就会好。"房子既是几房合有的，二奶奶不能自作主张，只好悄悄的送些东西给小菊的妈。过了冬天，这一家人扛了两口袋杂粮，携儿带女走到不知何处去了，大家对于小菊也就渐渐忘记了。

我回到房中时，才知道小菊原来已在一个地方做工，这回是特意来看二奶奶，还带了些栗子送礼。因为母女去年在这里时，我们常送她饭吃，也送我们一些栗子，表示谢意。真应了平常一句俗语："礼轻仁义重。"

到我家来吃晚饭的一个青年朋友，正和孩子们充满兴趣用小刀小锯作小木车，重新引起我对于自己这双手感到使用方式的怀疑。吃过饭后，朋友说起他的织袜厂最近所遭遇的困难，因原料缺少，无从和出纱方面接头，得不到救济，不能不停工。完全停工会影响到一百三十多个乡下妇女的生计，因此又勉强让部分工作继续下去。照袜厂发展说来，三千块钱作起，四年来已扩大到一百多万。这个小小事业且供给了一百多乡村妇女一种工作机会，每月可得到千元左右收入。照这个朋友计划说来，不仅已让这些乡下女人无用的手变为有用，且希望那个无用的心变为有用，因此一天到处为这个事业奔走，晚上还亲自来教这些女工认字读书。凡所触及的问题，都若无可如何，换取原料既无从直接着手，教育这些乡村女子，想她们慢慢的，在能好好的用她们的手以后还能好好的用她们的心，更将是个如何麻烦无望的课题！然而朋友对于工作的信心和热诚，竟若毫无困难不可克服。而且那种精力饱满对事乐观的态度，使我隐约看出另一代的希望，将可望如何重建起来，一颗素朴简单的心，如二奶奶本来所具有的；如何加以改造，即可成为一颗同样素朴简单的心，如这个朋友当前所表现的。当这个改造的幻想无章次的从我脑中掠过时，朋友走了，赶回厂中教那些女工夜课去了。

孩子们平时晚间欢喜我说一些荒唐故事，故事中一个年青正直的好人，如何从星光接来一个火，又如何被另外一种不义的贪欲所作成的风吹熄，使得这个正直的人想把正直的心送给他的爱人时，竟迷路失足跌到脏水池淹死。这类故事就常常把孩子们光光的眼睛挤出同情的热泪。今夜里却把那年青朋友和他们共作成的木车子，玩得非常专心，既不想听故事，也不愿上床睡觉。我不仅发现了孩子们的将来，也仿佛看出了这个国家的将来。传奇故事在年青生命中已行将失去意义，代替而来的必然是完全实际的事业，这种实际不仅能缚住他们的幻想，还可能引起他们分外的神往倾心！

大院子里连枷声，还在继续拍打地面。月光薄薄的，淡云微月中一切犹如江南四月光景。我离开了家中人，出了大门，走向白天到的那个地方去找寻一样东西。我想明白那个蚂蚁是否还在草间奔走。我当真那么想，因为只要在草地上有一匹蚂蚁被我发现，就会从这个小小生物活动上，追究起另外一个题目。不仅蚂蚁不曾发现，即白日里那片奇异绿色，在美丽而温柔的月光下也完全失去了。目光所及到处是一片珠母色银灰。这个灰色且把远近土地的界限，和草木色泽的等级，全失去了意义。只从远处闪烁摇曳微光中，知道那个处所有村落，有人。站了一会儿，我不免恐怖起来，因为这个灰色正像一个人生命的形式。一个人使用他的手有所写作时，从文字中所表现的形式。"这个人是谁？是死去的还是生存的？是你还是我？"从远处缓慢舂米声中，听出相似口气的质问。我应当试作回答可不知如何回答，因之一直向家中逃去。

二奶奶见个黑影子猛然窜进大门时，停下了她的工作。

"疯子，可是你？"

我说，"是我！"

二奶奶笑了，"沈先生，是你！我还以为你是小菊，正经事不作，来吓人。"

从二奶奶话语中，我好像方重新发现那个在绿色黑色和灰色中失去了的我。

上楼见主妇时，问我到甚么地方去了那么久。

"你是讲刚才，还是说从白天起始？我从外边回来，二奶奶以为我是疯子小菊，说我一天正经事不作，只吓人。知道是我，她笑了，大家都笑了。她倒并没有说错。你看，我一天作了些甚么正经事，和小菊有甚么不同。不过我从不吓人，只欢喜吓吓我自己罢了。"

主妇完全不明白我说的意义，只是莞尔而笑。然而这个笑又像平时，是了解与宽容、亲切和同情的象征，这时对我却成为一种排斥的力量，陷我到完全孤立无助情境中。在我面前的是一颗稀有素朴善良的心。十年来从我性情上的必然，所加于她的各种挫折，任何情形下，还都不曾将她那个出自内心代表真诚的微笑夺去。生命的健全与完整，不仅表现于对人性情对事责任感上，且同时表现于体力精力饱满与兴趣活泼上。岁月加于她的限制，竟若毫无作用。家事孩子们的麻烦，反而更激起她的温柔母性的扩大。温习到她这些得天独厚长处时，我竟真像是有点不平，所以又说：

"我需要一点音乐，来洗洗我这个脑子，也休息休息它。普通人用脚走路，我用的是脑子。我觉得很累。音乐不仅能恢复我的精力，还可以缚住我的幻想，比家庭中的你和孩子重要！"这还是我今天第一回真正把音乐对于我的意义说出口，末后一句话且故意加重一些语气。

主妇依然微笑，意思正像说，"这个怎么能激起我的妒嫉？别人用美丽辞藻征服读者和听众，你照例先用这个征服自己，为想象弄得自己十分软弱，或过分倔强。全不必要！你比两个孩子的心实在还幼稚，因为你说出了从星光中取火的故事，便自己去试验它。说不定还自觉如故事中人一样，在得到了火以后，又陷溺到另一个想象的泥淖中，无从挣扎，终于死了。在习惯方式中吓你自己，为故事中悲剧而感动万分！不仅扮作想象中的君子，还扮作想象成的恶棍。结果甚么都不成，当然会觉得很累！这种观念飞跃纵不是天生的毛病，从整个发展看也几乎近于天生的。弱点同时也就是长处。这时节你觉得吓怕，更多时候很显然你是少不了它的！"

我如一个离奇星云被一个新数学家从什么第几度空间公式所捉住一样，简直完全输给主妇了。

从她的微笑中，从当前孩子们浓厚游戏心情所作成的家庭温暖空气中，我于是逐渐由一组抽象观念变成一个具体的人。"音乐对于我的效果，或者正是不让我的心在生活上凝固，却容许在一组声音上，保留我被捉住以前的自由！"我不敢继续想下去。因为我想象已近乎一个疯子所有。我也笑了。两种笑融解于灯光下时，我的梦已醒了。我作了个新黄粱梦。

一九四三年十二月十日重写

注释

1. 蒙茸：蓬松，杂乱的样子。
2. 赭（zhě）色：中国传统色彩名词，红色、赤红色。
3. 连枷：农具，由一个长柄和一组平排的竹条或木条构成，用来拍打谷物、小麦、豆子、芝麻等，使子粒掉下来。也作梿枷。
4. 周章：周折。
5. 箬（ruò）叶：一叶兰，属百合科，为多年生常绿草本，根状茎粗壮匍匐，叶基生、质硬，基部狭窄成沟状，长叶柄，叶长可达 70 厘米。

导读

本篇曾以《绿·黑·灰》为题，连载于 1943 年 12 月、1944 年 1 月《当代评论》第四卷第 3—5 期；1944 年 2 月改以《绿魇》为题，在《当代文艺》第一卷第二期发表。署名均为沈从文。这是沈从文"魇"系列散文的第一篇，被认为是"继《烛虚》后所新风格散文之一"。

战争使得沈从文来到昆明乡下，寂静的大自然、纷乱的人事、生命的流转、动荡的社会和持久的战争等芜杂的信息作用于他的心灵，加之作者愈加耽于抽象的沉思、"向人生的远景凝眸"，使得他的"魇"系列散文晦涩难懂，跳跃性强，过于个人化和内心化，颇具意识流色彩和"抽象的抒情"性质。

《绿魇》是其中的代表作，由《绿》、《黑》、《灰》3 个片断组成，既相互连接，又具有跳跃性。在《绿》中，静谧的午后，作者躺在小小山地上，为绿色所包围，以与蚂蚁对话的方式展开对生命、命运、人类、社会和历史的诸种抽象而宏大的思考，而这些思考和追问也带给作者无尽困惑。在《黑》中，作者追忆 5 年前迁居于杨家大院，与许多寄居者共同生活，并目睹这里的人生百态与人事变迁，引发他对生命和命运的慨叹和追问。是信仰宿命，还是抱持人定胜天的信念？这一切形而上的苦思都令作者感到困惑。在《灰》中，作者首先表达了"一堆具体的事实和无数抽象的法则"所带给自己的茫然与疲惫，长久的抽象思考令作者感到倦怠，于是作者回到住处，重返日常人事，并需要音乐来放松大脑，求得心灵的平衡。然而作者并没有放弃思考和追问，在夜晚又来到那个山地，此时的绿色已然成为灰色，而"这个灰色正像一个人生命的形式。一个人使用他的手有所写作时，从文字中所表现的形式"。这又引发了作者对生命本质的追问，俨然哈姆莱特。这灰色也令作者恐慌，于是逃回家中，由抽象逃回具体，由遥渺的沉思逃回眼下的现实，而作者说："我的梦已醒了。我作了个新黄粱梦。"作者以"黄粱一梦"来自嘲，来消解诸上的一系列的抽象思考。《绿魇》就总体而言，是对生命意义的抽象思考，是"向人生远景的凝眸"，而作者本人也困惑其中。文章思绪跳跃，时空迁转，象征色彩浓，所以给读者带来了一定的阅读难度，而这也是沈从文创作的试验，是新风格的开拓。

白魇

　　为了工作，我需要清静与单独，因此长住在乡下，不知不觉就过了五年。

　　乡下居住一久，和社会场面似都隔绝了，一家人便在极端简单生活中，送走连续而来的每个日子。简单生活中可似乎还另外有种并不十分简单的人事关系存在，即从一切书本中，接近两千年来人类为求发展争生存种种哀乐得失。他们的理想与愿望，如何受事情束缚挫折，再从束缚挫折中突出转而成为有生命的文字，这个艰苦困难过程，也仿佛可以接触。其次就是从通信上，还可和另外环境背景中的熟人谈谈过去，和陌生朋友谈谈未来。当前的生活，一与过去未来连接时，生命便若重新获得一种意义。再其次即从少数过往客人中，见出这些本性善良欲望贴近地面可爱人物的灵魂，被生活压力所及，影响到义利取舍时是个甚么样子，同样对于人性若有会于心。

　　这时节，我面前桌子上正放了一堆待复的信件，和几包刚从邮局取回的书籍。信件中提到的，总不外战争带来的亲友死亡消息，或初入社会年青朋友与现实生活迎面时，对于社会所感到的灰心绝望，以及人近中年，从诚实工作上接受寂寞报酬，一面忍受这种寂寞，一面总不免有点郁郁不平。从这种通信上，我俨然便看到当前社会一个断面，明白这个民族在如何痛苦中，接受时代所加于他们身上的严酷试验，社会动力既决定于情感与意志，新的信仰且如何在逐渐生长中。倒下去的生命已无可补救，我得从复信中给活下的他们一点点光明希望，也从复信中认识认识自己。

　　二十六岁的小表弟黄育照，任新六军一八九师通信连连长，在华容为掩护部属抢渡，救了他人救不了自己，阵亡了。同时阵亡的还有个表弟聂清，为写文章讨经验，随同部队转战各处已六年。

　　"……人既死了，为做人责任和理想而死，活下的徒然悲痛，实在无多意义。既然是战争，就不免有死亡！死去的万千年青人，谁不对国家前途或个人事业，有种光明希望和美丽的梦？可是在接受分定上，希望和梦总不可能不在同样情况中破灭。或死于敌人无情炮火，或死于国家组织上的脆弱，二而一，同样完事。这个国家，因为前一辈的不振作，自私而贪得，愚昧而残忍，使我们这一代为历史担负那么一个沉重担子，活时如此卑屈而痛苦，死时如此胡涂而悲惨。更年青一辈，可有权利向我们要求，活得应当像个人样子！我们努力来让他们活得比较公正合理些，幸福尊贵些，不是不可能的！"

一个朋友离开了学校将近五年，想重新回学校来，被传说中的昆明生活愣住了。因此回信告诉他一点情况。

"……这是一个古怪地方，天时地利人和条件具备，然而乡村本来的素朴单纯，与城市习气作成的贪污复杂，却产生一个强烈鲜明对照，使人痛苦。湖山如此美丽，人事上却常贫富悬殊到不可想象程度。小小山城中，到处是钞票在膨胀，在活动，大多数人的做人兴趣，即维持在这个钞票数量争夺过程中。钞票越来越多，因之一切责任上的尊严，与做人良心的标尺，都若被压扁扭曲，慢慢失去应有的完整。正当公务员过日子都不大容易对付，普通绅商宴客，却时常有熊掌、鱼翅、鹿筋、象鼻子点缀席面。奇特现象中最不可解处，即社会习气且培养到这个民族堕落现象的扩大。大家都好像明白战时战后决定这个民族百年荣枯命运的，主要的还是学识，教育部照例将会考优秀学生保送来这里升学。有钱人子弟想入这个学校肆业，恐考试不中，且有乐意出几万元代价找替考人。可是公私各方面，就似乎从不曾想到这些教书十年二十年的书呆子，过的是种甚么紧张日子。本地小学教员照米价折算工薪，水涨船高。大学校长收入在四千左右，大学教授收入在三千法币上盘旋，完全近于玩戏法的，要一条蛇从一根绳子上爬过。战争如果是个广义形容词，大多数同事，就可说是在和这种风气习惯而战争！情形虽已够艰苦，实际并不气馁！日光多，自由多，在日光之下能自由思索，培养对于当前社会制度怀疑和否定的种子，这是支持我们情绪惟一的撑柱，也是重造这个民族品德的一点转机！"

…………

这种信照例写不完，乡下虽清静却无从长远清静，客人来了，主妇温和诚朴的微笑，在任何情形中从未失去。微笑中不仅表示对于生活的乐观，且可给客人发现一种纯挚同情，对人对事无邪机心的同情。使得间或从家庭中小小拌嘴过来的女客人，更容易当成一个知己，以倾吐心腹为快。这一来，我的工作自然停顿了。

凑巧来的是胖胖的 × 太太，善于用演戏时兴奋情感说话，叙述琐事能委曲尽致，表现自己有时又若故意居于不利地位，增加一点比本人年岁略小二十岁的爱娇。女孩儿家喉咙响，声音分外大，一上楼时就嚷：

"×× 先生，我又来了。一来总见你坐在桌子边，工作好忙！我们谈话一定吵闹了你，是不是？我坐坐就走！真不好意思，一来就妨碍你。你可想要出去做文章？太阳好，晒晒太阳也有好处。有人说，晒晒太阳灵感会来，让我晒太阳，就只会出油出汗！"

我不免稍微有点受窘，忙用笑话自救："若是找灵感，依我想，最好倒是听你们谈谈天，一定有许多动人故事可听！"

"×× 先生，你说笑话。你在文章中可别骂我，千万别把我写到你那大作中！他们说我是座活动广播电台，长短波都有，其实——唉，我不过是……"

我赶忙补充，"一个心直口快的好人罢了。你若不疑心我是骂人，我常觉得你实在有天才，真正的天才，观察事情极仔细，描画人物兴趣又特别好。"

"这不是骂我是甚么！"

我心想，不成不成，这不是议会和讲堂，决非口舌奋斗可以找出结论。因此忽略了一个做主人的应有礼貌，在主妇微笑示意中，离开了家，离开了客人，来到半月前发现"绿魇"的枯草地上了。

我重新得到了清静与单独。

我面前是个小小四方朱红茶几，茶几上有个好像必需写点甚么的本子。强烈阳光照在我身上和手上，照在草地上和那个小小的本子上。阳光下空气十分暖和，间或吹来一阵微风，空气中便可感觉到一点从滇池送来冰凉的水气和一点枯草香气。四周景象和半月前已大不相同：小坡上那一片发黑垂头的高粱，大约早带到人家屋檐下，象征财富之一部分去了。待翻耕的土地上，有几只呆呆的戴胜鸟已失去春天的活泼，正在寻觅虫蚁吃食。那个石榴树园，小小蜡黄色透明叶片，早已完全落尽，只剩下一簇簇银白色带刺细枝，点缀在长满萝卜秧子一片新绿中。河堤前那个连接滇池的大田原，极目绿芜照眼，再分辨不出被犁头划过的纵横赭色条纹。河堤上那些成行列的松柏，也若在三五回严霜中，失去了固有的俊美，见出一点萧瑟。在暖和明朗阳光下结队旋飞的蜉蝣，更早已不知死到何处去了。

我于是从面前这一片枯草地上试来仔细搜寻，看看是不是还可发现那些绿色斑驳金光灿烂的小小甲虫，依然能在阳光下保留本来的从容闲适，带着自得其乐的轻快神情，于草梗间无目的的漫游，并充满游戏心情，从弯垂草梗尖端突然下堕？结果完全失望。一片泛白的枯草间，即那个半月前爬上我手背若有所询问的黑蚂蚁，也不知归宿到何处去了。

阳光依旧如一只温暖的大手，从亿千万里外向一切生命伸来，除却我和面前的土地接受这种同情时还感到一点反应，其余生命都若在"大块息我以死"态度中，各在人类思索边际以外结束休息了。枯草间有着放光细劲枝梗带着长穗的狗尾草类植物，种子散尽后，尚依旧在微风中轻轻摇头，在阳光下表示生命虽已完结，责任犹未完结神气。

天还是那么蓝，深沉而安静，有灰白的云彩从树林尽头慢慢涌起，如有所企图的填去了那个明蓝的苍穹一角。随即又被一种不可知的力量所抑制，在无可奈何情形下，转而成为无目的的驰逐。驰逐复驰逐，终于又重新消失在蓝与灰相融合作成的珠母色天际。

大院子同住的人，只有逃避空袭方来到这个空地上。我要逃避的，却是地面上一种永远带点突如其来的袭击。我虽是个写故事的人，照例不会拒绝一切与人性有关的见闻。可是从性情可爱的客人方面所表现的故事，居多都像太真实了一点，待要把它写到纸上时，反而近于虚幻想象了。

另一时，正当我们和朋友商量一个严重问题时，一位爱美而热忱，长于用本人生活抒情的 × 太太，突然侵入我的记忆中。

"×× 先生（向一位陌生客人说），你多大年纪了？我从四川回来，人都说我老了，不像从前那么一切合标准了（抚抚丰腴的脸颊）。我真老了。我要和我老周离婚，让他去和年青的女人恋爱，我不管。我喝咖啡多了睡不好觉，会失眠（用银匙子搅和咖啡）。这墙上的字真好，写得多软和，真是龙飞凤舞（用手胡乱画那些不大容易认识的草字）。人老了真无意思。我要走了。明早又还得进城，……真气人。"× 太太话一说完，当真就走了。只留下一场飓风已过的气氛在一群朋友间，虽并不见毁屋拔木，可把人弄得胡胡涂涂。这种人为的飓风去后许久，主客之间还不免带剩余惊悸，都猜想：也许明天当真会有甚么重大变故要发生了，离婚，服毒，……结果还亏主妇用微笑打破了这种沉闷。

"×太太为人心直口快，有甚么说甚么。只因为太爱好，凡事不能尽如人意，琐屑家务更多烦心，所以总欢喜向朋友说到家庭问题。其实刚才说起的事，不仅你们不明白，过会儿她自己也就忘记了。我猜想，明天进城一定是去吃酒，不是离婚的！"大家才觉得这事原可以笑笑，把空气改变过来。

温习到这个骤然而来的可爱风暴时，我的心便若已失去了原有的谧静。

我因此想起了许多事情，如彼或如此，都若在人生中十分真实，且各有它存在的道理，巴尔扎克[1]或契诃夫[2]，笔下都不会轻轻放过。可是这些事在我脑子中，却只作成一种混乱印象，像是用一份失去了时效的颜色，胡乱涂成的漫画，这漫画尽管异常逼真，但实在不大美观。这是个甚么？我们做人的兴趣或理想，难道都必然得奠基于这种人事猥琐粗俗现象上，且分享活在这种事实中的小小人物悲欢得失，方能称为活人？一面想起这个眼前身边无剪裁的人生，一面想起另外一些人所抱的崇高理想，以及理想在事实中遭遇的限制，挫折，毁灭，不免痛苦起来。我还得逃避，逃避到一种音乐中，方可突出这个无章次人事印象的困惑。

我耳边有发动机在空中搏击空气的声响。这不是一种简单音乐。单纯调子中，实包含有千年来诗人的热情幻想，与现代技术的准确冷静，再加上战争残忍情感相糅合的复杂矛盾。这点诗人美丽的情绪，与一堆数学上的公式，三五十种新的合金以及一点儿现代战争所争持的民族尊严感，方共同作成这个现象。这个古怪拼合物，目前原在一万公尺以上高空中自由活动，寻觅另外一处飞来的同样古怪拼合物，一到发现时，三分钟内的接触，其中之一就必然变成一团火焰向下飘堕。这世界各处美丽天空下，每一分钟内就差不多都有那种火焰一朵朵往下堕。我就还有好些小朋友，在那个高空中，预备使敌人从火焰中下堕，或自己挟带着火焰下堕。

当高空飞机发现敌机以前，我因为这个发现，我的心，便好像被一粒子弹击中，从虚空倏然堕下，重新陷溺到更复杂人事景象中，完全失去方向了。

忽然耳边发动机声音重浊起来，抬起头时，便可从明亮蓝空间，看见一个银白放光点子慢慢的变成了个小小银白十字架。再过不久，我坐的地方，面前朱红茶几，茶几上那个用来写点甚么的小本子，有一片飞机翅膀作成的阴影掠过，阳光消失了。面前那个种有油菜的田圃，也暂时失去了原有的嫩绿。待阳光重新照临到纸上时，在那上面我写了两个字，"白魇"。

一九四四年，写于昆明

注释

1. 巴尔扎克（1799—1850 年）：法国 19 世纪伟大的批判现实主义作家，欧洲批判现实主义文学的奠基人和杰出代表，法国现实主义文学成就最高者之一。他创作的《人间喜剧》共 91 部小说，写了两千四百多个人物，充分展示了 19 世纪上半叶法国社会生活，是人类文学史上罕见的文学丰碑，被称为法国社会的"百科全书"。
2. 契诃夫（1860—1904 年）：俄国小说家、戏剧家，19 世纪末期俄国批判现实主义作家、短篇小说艺术大师。

导读

本篇曾发表于 1944 年 5 月 15 日重庆《时与潮文艺》第三卷第三期，署名沈从文。

本文依旧体现了"魇"系列散文所具有的"抽象的抒情"的特征，有着纷杂的意绪和多重的意蕴，且跳跃性大，让读者难以把握。然而我们还是可以用两条线索来规范作者纷乱的表意。一是"向人生远景的凝眸"，即对生命意义的追问，对内心的探索，对自我和民族的认识。二是对当下现实的审视，对动荡世事的观察，对周遭事物的感官印象。前者渺远，后者切近，而两者常常相互交织，彼此生成，由远而近，或由近而远。

开篇作者便点明自己的生活和心理状态，一方面作者居于乡下，在战争的大后方，生活简单，与社会隔绝；而另一方面，作者的内心却颇不平静，思索着人类的得失哀乐、理想愿望，观察着为命运和环境所奴役和扭曲的人性、人心。

随后作者将目光转移到桌子上那"一堆待复的信件"，回到了切近的现实。

从来信中，作者观察到了社会断面，既有战争带来的死亡与伤痛，也有青年人初入社会的茫然，以及"这个民族在如何痛苦中接受时代所加于他们身上的严酷试验"。而从作者未完成的回信中，可以看到他内心的忧患和痛苦，前方战火纷飞，而后方却人心堕落，良知泯丧，贫富悬殊，物价飞涨。然而作者一方面要在回信中给予他人以希望和光明，另一方面也要从回信中认识自己、确立自己，所以在痛苦和忧患的同时，也表达了民族品德重造的希望："战争如果是个广义名词，大多数同事，就可说是在和一种风气习惯而战争！情形虽够艰苦，但并不气馁！日光多，在日光之下能自由思索，培养对于当前社会制度怀疑和否定的种子，这是支持我们情绪惟一的撑柱，也是重造这个民族品德的一点转机！"

而一位太太的闯入，不断地打破作者内心的静谧，也不断引发他对人生的深思和遐想："我因此想起了许多事，如彼或如此。"崇高的生命、庄严的理想与杂乱无章的人生、压迫性的现实相碰撞，令作者感到痛苦和困惑，所以只能"逃避到一种抽象中，方可突出这个无章次人事印象的困惑"。

最后作者被我方战斗机起飞的声响所吸引，并赋予这架战斗机多重的审美意蕴和矛盾的情感心理，以及那神圣的死亡或拯救的形象："忽然耳边发动机声音重浊起来，抬起头时，便可从明亮蓝空间，看见一个银白放光点子慢慢的变成了一个小小银白十字架。"

黑 魇

昆明市空袭威胁，因同盟国飞机数量逐渐增多后，空战由防御转为进攻，城中空袭俨然成为过去一种噩梦，大家已不甚在意。两年前被炸被焚的瓦砾堆上，大多数有壮大美观的建筑矗起。疏散乡下的市民，于是陆续离开了静寂的乡村，重新变作城里人。当进城风气影响到我住的滇池边那个小乡村时，家中会诅咒猫儿打喷嚏的张嫂，正受了梁山伯恋爱故事刺激，情绪不大稳定，就借故说：

"太太，大家都搬进城里住去了，我们怎么不搬？城里电灯方便，自来水方便，先生上课方便，小弟读书方便，还有你，太太，要教书更方便！我看你一天来回五龙埠跑十几里路，心都疼了。"

主妇不作声，只笑笑。这种建议自然不会成为事实，因为我们实在还无作城里人资格。真正需要方便的是张嫂。

过了两个月，张嫂变更了个谈话方式。

"太太，我想进城去看看我大姑妈，一个全头全尾的好人，心真好！总不说谎，除非万不得已，不赌咒！

"五年不见面，托人带了信来，想得我害病！我陪她去住住，两个月就回来。我舍不得太太和小弟，一定会回来的！你借我一个月薪水，我发誓……小弟真好！"

平时既只对于梁山伯婚事关心，从不提起过这位大姑妈。不过叙述到另外一个女佣人进城后，如何嫁了个穿黑洋服的"上海人"，直充满羡慕神气。我们如看甚么象征派新诗一样，有了个长长的注解，好坏虽不大懂，内容已全然明白。昆明穿洋服的文明人可真多，我们不好意思不让她试试机会，自然一切同意。于是不多久，张嫂就换上那件灰线呢短袖旗袍，半高跟旧皮鞋，带上那个生锈的洋金手表，脸上敷了好些白粉，打扮得香喷喷的，兴奋而快乐，骑马进城看她的抽象姑妈去了。

　　我仍然在乡下不动。若房东好意无变化，即住到战争结束亦未可知。温和阳光与清爽空气，对于孩子们健康既有好处，寄居了将近 × 年，两个相连接的雕花绘彩大院落，院落中的人事新陈代谢，也使我觉得在乡村中住下来，比城市还有意义。户外看长脚蜘蛛在仙人掌间往来结网，捕捉蝇蛾，辛苦经营，不惮烦劳，还装饰那个彩色斑驳的身体，吸引异性，可见出简单生命求生的庄严与巧慧。回到住处时，看看几个乡下妇人，在石臼边为唱本故事上的姻缘不偶，从眼眶中浸出诚实热泪，又如何用发誓诅愿方式，解脱自己小小过失，并随时说点谎话，增加他人对于一己信托与尊重，更可悟出人类生命取予形式的多方。我事实上也在学习一切，不过和别人所学的大不相同罢了。

　　在腹大头小的一群官商合作争夺钞票局面中，物价既越来越高，学校一点收入，照例不敷日用。我还不大考虑到"兼职兼差"问题，主妇也不会和乡下人打交道作"聚草屯粮"计划。为节约计，用人走后大小杂务都自己动手。磨刀扛物是我二十年老本行，作来自然方便容易。烧饭洗衣就归主妇，这类工作通常还与校课衔接。遇挑水拾树叶，即动员全家人丁，九岁大的龙龙，六岁大的虎虎，一律参加。来去传递，竞争奔赴，一面工作一面也就训练孩子，使他们从合作服务中得到劳动愉快和做人尊严。干的湿的有甚么吃甚么，没有时包谷红薯也当饭吃，有时尽量，有时又听小的饱吃，大人稍稍节制。孩子们欢笑歌呼，于家庭中带来无限生机与活力。主妇的身心既健康而素朴，接受生活应付生活俱见出无比的勇气和耐心，尤其是共同对于生命有个新的态度，日子过下去虽困难，即便过三五年似乎也担当得住。一般人要生活，从普通比较见优劣，或多有件新衣和双鞋子，照例即可感到幸福。日子稍微窘迫，或发现有些方面不如人，没法从社交方式弥补，依然还不大济事时，因之许多高尚脑子，到某一时自不免又会悄悄的作些不大高尚的打算。许多人的聪明智巧，倒常常表现成为可笑行为。环境中的种种见闻，恰作成我们另外一种教育，既不重视也并不轻视。正好让我们明白，同样是人生，可相当复杂，具体的猥琐与抽象的庄严，它的分歧虽极明显，实同源于求生，各自想从生活中证实存在意义。生命受物欲控制，或随理想发展，只因取舍有异，结果自不相同。

　　我凑巧拣了那么一个古怪职业，照近二十年社会习惯称为"作家"。

工作对社会国家也若有些微作用，社会国家对本人可并无多大作用。虽早已名为"职业"，然无从靠它"生活"。情形最古怪处，便是这个工作虽不与生活发生关系，却缚住了我的生命，且将终其一生，无从改弦易辙。另一方面必然迫得我超越通常个人爱憎，充满兴趣鼓足勇气去明白"人"，理解"事"，分析人事中那个常与变，偶然与凑巧，相左或相仇，将种种情形所产生的哀乐得失式样，用它来教育我、折磨我、营养我，方能继续工作。

千载前的高士，常抱着个单纯信念，因天下事不屑为而避世，或弹琴赋诗，或披裘负薪，隐居山林，自得其乐。虽说不以得失荣利婴心[1]，却依然保留一种愿望，即天下有道，由高士转而为朝士的愿望。作当前的候补高士，可完全活在一个不同心情状态中。生活简单而平凡，在家事中尽手足勤劳之力打点小杂，义务尽过后，就带了些纸和书籍，到有和风与阳光草地上，来温习温习人事，并思索思索人生。先从天光云影草木荣枯中，有所会心。随即由大好河山的丰腴与美好，和人事上的无章次处两相对照，慢慢的从这个不剪裁的人生中，发现了"堕落"二字真正的意义。又慢慢的从一切书本上，看出那个堕落因子，又慢慢从各阶层间，看出那个堕落传染浸润现象。尤其是读书人倦于思索，怯于怀疑，苟安于现状的种种，加上一点为贤内助谋出路的打算，如何即对武力和权势形成一种阿谀不自重风气。这种失去自己可能为民族带来一种甚么形式的奴役，仿佛十分清楚。我于是渐渐失去原来与自然对面时应得的谧静。我想呼喊，可不知向谁呼喊。

"这不成！这不成！人虽是个动物，希望活得幸福，但是人究竟和别的动物不同，还需要活得尊贵！如果当前少数人的幸福，原来完全奠基于一种不义的习惯，这个习惯的继续，不仅使多数人活得卑屈而痛苦，死得胡涂而悲惨，还有更可怕的，是这个现实将使下一代堕落的更加堕落，困难的越发困难，我们怎么办？如果真正的多数幸福，实决定于一个民族劳动与知识的结合，应当从极合理方式中将它的成果重作分配。在这个情形下，民族中一切优秀分子，方可得到更多自由发展的机会。在争取这个幸福过程时，我们希望人先要活得贵尊些！我们当前便需要一种'清洁运动'，必将现在政治的特殊包庇性，和现代文化的驵侩[2]气，以及三五无出息的知识分子所提倡的变相鬼神迷信，于年青生命中所形成的势利、依赖、狡猾、自私诸倾向，完全洗刷干净，恢复了二十岁左右头脑应有的纯正与清明，认识出这个世界，并在人类驾驭钢铁征服自然才智竞争中，接受这个民族一种新的命运。我们得一切重新起始，重新想，重新作，重新爱和恨，重新信仰和怀疑。……"

我似乎为自己所提出的荒谬问题愣住了。试左右回顾，身边只有一片明朗阳光，飘浮于泛白枯草上。更远一点，在阳光下各种层次的绿色，正若向我包围越来越近。虽然一切生命无不取给于绿色，这里却不见一个人。一个有勇气将社会人生如一副牌摊散在面前，——重新捡起试来排列一下的人。

到我重新来检讨影响到这个民族正常发展的一切抽象原则，以及目前还在运用它作工具的思想家或统治者，被它所囚缚的知识分子和普通群众时，顷刻间便俨若陷溺到一个无边无际的海洋里，把方向完全迷失了。只到处看出用各式各样材料作成满载"理想"的船舶，数千年来永远于同一方式中，被一种卑鄙自私形成的力量所摧毁，剩下些破帆碎桨在海面漂浮。到处见出同样取生命于阳光，繁殖大海洋中的简单绿色荇藻，正惟其异常单纯，随浪起伏动荡，适应现实，便得到生命悦乐。还有那个寄生息于荇藻中的小鱼小虾，亦无不成群结伴，悠然自得，各适其性。海洋较深处，便有一群群种类不同的鲨鱼，皮韧而滑，能顺波浪，狡狠敏捷，锐齿如锯，于同类异类中有所争逐，十分猛烈。还有一只只黑色鲸鱼，张大嘴时万千细小蛤蚧和乌贼海星，即随同巨口张合作成的潮流，消失于那个深渊无底洞口。庞大如山的鱼身，转折之际本来已极感困难，躯体各部门，尚可看见万千有吸盘的大小鱼类，用它们吸盘紧紧贴住，随同升沉于洪波巨浪中。这一切生物在海面所产生的漩涡与波涛，加上世界上另外一隅寒流暖流所作成变化，卷没了我的小小身子，复把我从白浪顶上抛起。试伸手有所攀援时，方明白那些破碎板片，正如同经典中的抽象原则，已腐朽到全不适用。但见远处仿佛有十来个衣冠人物，正在那里收拾海面残余，扎成一个简陋筏子。仔细看看，原来载的是一群两千年未坑尽的腐儒，只因为活得寂寞无聊，所以用儒家名分，附会谶纬[3]星象征兆，预备作一个遥远跋涉，去找寻矿产熔铸九鼎。内中似乎还有不少十分面善的熟人。这个筏子向我慢慢漂来，又慢慢远去，终于消失到烟波浩淼中不见了。

试由海面向上望，忽然发现蓝穹中一把细碎星子，闪烁着细碎光明。从冷静星光中，我看出一种永恒，一点力量，一点意志。诗人或哲人为这个启示，反映于纯洁心灵中即成为一切崇高理想。过去诗人受牵引迷惑，对远景凝眸过久，失去条理如何即成为疯狂，得到平衡如何即成为法则；简单法则与多数人心会合时如何产生宗教，由迷惑、疯狂，到个人平衡过程中，又如何产生艺术。一切真实伟大艺术，都无不可见出这个发展过程和终结目的。然而这目的，说起来，和随地可见蚊蚋[4]集团的翁翁营营要求的终点，距离未免相去太远了。

微风掠过面前的绿原，似乎有一阵新的波浪从我身边推过。我攀住了一样东西，于是浮起来。我攀住的是这个民族在忧患中受试验时一切活人素朴的心；年青男女入社会以前对于人生的坦白与热诚，未恋爱以前对于爱情的腼腆与纯粹，还有那个在城市，在乡村，在一切边陬僻壤，埋没无闻卑贱简单工作中，低下头来的正直公民，小学教师或农民，从习惯中受侮辱，受挫折，受牺牲的广泛沉默。沉默中所保有的民族善良品性，如何适宜培养爱和恨的种子。

强烈照眼阳光下，蚕豆小麦作成的新绿，已掩盖了远近赭色田亩。面对这个广大的绿原，一端衔接于泛银光的滇池，一端却逐渐消失于蓝与灰融合而成的珠母色天际，我仿佛看到一些种子，从我手中撒去，用另外一种方式，在另外一时同样一片蓝天下形成的繁荣。

有个脆弱而充满快乐情感的声音，在高大仙人掌丛后锐声呼唤：

"爸爸，爸爸，快回来，不要走得太远，大家提水去！"我知道，我的心确实走得太远，应当回家了。我似乎也快迷路了。

原来那个六岁大的虎虎，已从学校归来，准备为家事服务了。

孩子们取水的溪沟边，另外一时，每当烧晚饭前后，必有个善于弹琴唱歌聪明活泼的女子，带了他到那个松柏成行的长堤上去散步，看滇池上空一带如焚如烧的晚云，和镶嵌于明净天空中梳子形淡白新月，共同笑乐。这个亲戚走后，过不久又来了一个生活孤独性情纯厚的诗人朋友，依然每天带了他到那里去散步。脚印践踏脚印，取同一方向来回。朋友为娱乐自己并娱乐孩子，常把绿竹叶片折成的小船，装上一点红白野花，一点玛瑙石子，以及一点单纯忧郁隐晦的希望，和孩子对于这个行为的痴愿与祝福，乘流而去。小船去不多远，必为溪中洑流或岸旁下垂树枝作成的漩涡搅翻。在诗人和孩子心中，却同样以为终有一天会直达彼岸。生命愿望凡从星光虹影中取决方向的，正若随同一去不复返的时间，渐去渐远，纵想从星光虹影中寻觅归路，已不可能。在另一方面，朋友走了，有所寻觅的远远走去，可是过不久，孩子们或许又可以和那个远行归来的姨姨，共同到溪边提水了。玩味及这种人事，倏忽相差相左无可奈何光景时，不由得人不轻轻的叹一口气。

晚饭时，从主妇口中才知道家中半天内已来过好些客人。甲先生叙述一阵贤明太太们用变相高利贷"投资"的故事，尽了广播义务，就走了。乙太太叙述一阵家庭小纠纷问题，为自己丈夫作个不美观画相也走了。丙小姐和丁博士又报告……

主妇笑着说："他们让我知道许多事情，可无一个人知道我们今天卖了一升麦子一家四人才能过年。"

我说："我们就活到那么一个世界中，也是教育，也是战争！"

"我倒觉得人各有好处，从性情上看来，这些朋友都各有各的好处。……"

"这话从你口中说出时，很可以增加他们一点自尊心，若果从我笔下写出，可就会以为是讽刺了。许多人平常过日子的方法，一生的打算，以至于从自己口中说出的话语，都若十分自然，毫不以为不美不合式。且会觉得在你面前如此表现，还可见出友谊的信托和那点本性上的坦白天真。可是一到由另一个人照实写下来，就不可免成为不美观的讽刺画了。我容易得罪人在此。这也就是我这支笔常常避开当前社会，去写传奇故事原因。一切场面上的庄严，从深处看将隐饰部分略作对照，必然都成为漫画。我并不乐意作个漫画家！实在说来，对于一切人的行为和动机，我比你更多同情。我从不想到过用某一种道德标准去度量一般人，因为我明白人太不相同。不幸的是它和我的工作关系又太密切，所以间或提及这个差别时，终不免有点痛苦，企图中和这点痛苦，反而因之会使这些可爱灵魂痛苦。我总以为做人和写文章一样，包含不断的修正，可以从学习得到进步。尤其是读书人，从一切好书取法，慢慢的会转好。事实上可不大容易。真如X说的'蝗虫集团从海外飞来，还是蝗虫'。如果是虎豹呢，即或只剩下一牙一爪，也可见出这种山中猛兽的特有精力和雄强气魄！不幸的是现代文化便培养了许多蝗虫。在都市高级知识分子中，特别容易发现蝗虫，贪得而自私，有个华美外表，比蝗虫更多一种自足的高贵。"

主妇一遇到涉及人的问题时，照例只是微笑。从微笑中依稀可见出"察见渊鱼者不祥"[5]一句格言的反光，或如另一时论起的，"我即觉得他人和我理想不同，从不说；你一说，就糟了。在自以为深刻的，可不想在人家容易认为苛刻，为的是人总是人，是异于兽和神之间的东西，他们从我沉默中，比由你文章中可以领会更多的同情。每个人既都有不同的弱点，同情却覆盖了那个不愉快！"

我想起先前一时在田野中感觉到的广泛沉默，因此又说："沉默也是一种难得品德，从许多方面可以看得出来。因为它在同情之外，还包含容忍、保留否定。可是这种品德是无望于某些人的。说真话，有些人不能沉默的表现上，我倒时常可以发现一种爱娇，即稍微混和一点儿做作亦无关系。因为大都本源于求好，求好心太切，又缺少自信自知，有时就不免适得其反。许多人在求好行为上摔跤，你亲眼看到，不作声，就称为忠厚；我看到，充满善意想用手扶一扶，反而不成！虎虎摔跤也不欢喜人扶的！因为这伤害了他的做人自尊心！"

主妇说："你知道那么多，这不难得到的品德自己却得不到。你即不扶也成，可是事实上你有时却说我恐怕伤你自尊心，虽然你并不十分自尊，人家怎么不难受！"孩子们见提到本质问题，龙龙插嘴说："妈妈，奇怪，我昨天作了个梦，梦到张嫂已和一个人结婚，还请我们吃酒。新郎好像是个洋人。她是不是和Ｘ伯母一样，都欢喜洋人？"

小虎虎说："可是洋人说她身体长得好看，用尺量过？洋人要哄张嫂，一定也去作官。Ｘ伯母答应借巴老伯大床结婚，借不借给张嫂？"

龙龙的好奇心转到报纸上，"报上说大嘴笑匠到昆明来了，是个甚么人？是不是在联大演讲逗人发笑的林语堂？"

虎虎还想有所自见，"我也作了个梦，梦见四姨坐只大船从溪里回来，划船的是个顶熟的人。船比小河大。诗人舅舅在堤上，拍拍手，口说好好，就走开了。我正在提水，水桶上那个米老鼠也看见。当真的。"

虎虎的作风是打趣争强，使龙龙急了起来，"唉咦，小弟，你又乱说。

你就只会捣乱，青天白日也睁了双大眼睛作梦，不分真假自己相信！"

"一切愿望都神圣庄严，一切梦想都可能会实现。"我想起许多事情。好像前面有一幅涂满各种彩色的七巧板，排定了个式子，方的叫甚么，长的象征甚么，都已十分熟悉。忽然被孩子们四只小手一搅，所有板片虽照样存在，部位秩序可给这种恶作剧完全给弄乱了。原来情形只有板片自己知道，可是板片却无从说明。

小虎虎果然正睁起一双大眼睛，向虚空看得很远，海上复杂和星空壮丽，既影响我一生，也会影响他将来命运，为这双美丽眼睛，我不免有点忧愁。因此为他说了个佛经上驹那罗王子[6]的故事。

"……那王子一双极好看的眼睛，瞎了又亮了。就和你眼睛一样，黑亮亮的，看甚么都清清楚楚；白天看日头不眨眼，夜间在这种灯光下还看得见屋顶上小疟蚊。为的是做人正直而有信仰，始终相信善。他的爸爸就把那个紫金钵盂，拿到全国各处去。全国各地年青美丽的女孩子，听说王子瞎了眼睛，为同情他受的委屈，都流了眼泪。接了大半钵这种清洁眼泪，带回来一洗，那双眼睛就依旧亮光光的了！"

主妇笑着不作声，清明目光中仿佛流注一种温柔回答："从前故事上说，王子眼睛被恶人弄瞎后，要用美貌女孩子的纯洁眼泪来洗，才可重见光明。现在的人呢，要从勇敢正直的眼光中得救。"

我因此补充说："小弟，一个人从美丽温柔眼光中，也能得救！譬如说……"

孩子的心被故事完全征服了，张大着眼睛，对他母亲十分温驯的望着："妈妈，你的眼睛也亮得很，比我的还亮！"

一九四三年十二月末一日作于云南呈贡

注释

1. 婴心：关心，挂心。
2. 驵侩（zǎng kuài）：市侩。
3. 谶纬（chèn wěi）：是中国古代谶书和纬书的合称。谶是秦汉间巫师、方士编造的预示吉凶的隐语，纬是汉代附会儒家经义衍生出来的一类书，被汉光武帝刘秀之后的人称为"内学",而原本的经典反被称为"外学"。谶纬之学也就是对未来的一种政治预言。

4. 蚊蚋(ruì):蚊子,比喻坏人。

5. 察见渊鱼者不祥:古代谚语。明察太过,知道别人隐私者不祥。

6. 驹那罗王子:乃阿育王的太子达磨婆陀那(梵 Dharmavardhana)之别名;以太子之眼酷似鸠那罗鸟,故名之。又称拘那罗、俱那罗。太子生于阿育王起八万四千塔之日,容貌俊秀,两目清澈。阿育王,音译阿输迦,意译无忧,故又称无忧王,是印度孔雀王朝的第三代君主,频头娑罗王之子,是印度历史上最伟大的一位君王。

导读

《黑魇》曾发表于1944年5月15日重庆《时与潮文艺》第三卷第三期。

本文的意绪尤为跳跃,时而动荡现实,时而历史文士,时而浩瀚海洋,时而悠远星空,难以捕捉。作者曾在《题〈黑魇〉校样》中解释"魇"系列散文是"从生活中发现社会的分解变化的恶梦意思","一般人读不懂。其实易懂。重在从各个角度写近在身边琐事,却涉及那个明天"。这给予了我们解读的思路,此处提供两个对立的结构,来帮助读者把握本文复杂的意蕴和跳跃的思绪。其一,切近与高远。"魇"系列散文是从身边日常琐事和自然景象出发,而旨在"向人生远景凝眸",瞩目于生命的意义和民族的未来,引向宏大的主题和抽象的沉思。其二,理想与现实。本文中多处出现庄严理想与卑污现实的对立,作者一方面由卑污现实的强大而感到痛苦和悲哀,一方面从庄严理想中汲取信念和宽慰。

根据上述切近与高远、理想与现实这一对结构框架,我们再由一对关键词出发,来领会文章,一个关键词是"教育",另一个是"战争"。正如作者在文中所说:"我们就活到那么一个世界中,也是教育,也是战争!"

战争使得沈从文来到昆明乡下,他在这里凭借一颗敏感的心灵,从周遭自然和人事中领受着多重教育,如从对蜘蛛的观察中,"见出简单生命求生的庄严与巧慧";从乡下妇人身上,"悟出人类生命取予形式的多方",领会人心和人性;从战争后方的乱象中,去领悟民族获得新生的途径。作者不断地从自然和社会这本大书中接受教育,而这也是一个作家的使命:"必然迫使我超越通常个人爱憎,充满兴趣鼓足勇气去明白'人',理解'事',分析人事中那个常与变,偶然与凑巧,相左或相仇,将种种情形所产生的哀乐得失式样,用来教育我、折磨我、营养我,方能继续工作。"而这种受教育的方式,就是超越个人爱憎，由近而远，从身边琐事出发，去追问和领悟生命与民族的明天。

关于"战争"，一方面是狭义的战争，是抵御外来侵略者的战争。一方面是广义的战争，是理想和现实的战争，是高贵的生命与堕落的人性的战争，是抽象的庄严与具体的猥琐的战争，是孤独的猛兽与"蝗虫集团"的战争。一方面，作者感到愤慨和悲哀，因为满载理想的船舶被卑鄙自私形成的力量所摧毁，诗人、哲人的理想与猥琐群体的目标相去甚远。另一方面，作者也从高贵、纯洁和美好的生命中获取宽慰和勇气，在结尾处，妻子说："现在的人呢，要从勇敢正直的眼光中得救。"而作者补充说："一个人从美丽温柔眼光中，也能得救。"而沈从文的文字无疑就是勇敢正直的眼光和美丽温柔的眼光，直视着卑污的现实，也眷注着平凡的生命，既有金刚怒目，也有菩萨低眉。

三年前的十一月二十二日

　　六点钟时天已大亮，由青岛过济南的火车，带了一身湿雾骨碌骨碌跑去。从开车起始到这时节已整八点钟，我始终光着两只眼睛。三等车车厢中的一切全被我看到了，多少脸上刻着关外风雪记号的农民！我只不曾见到我自己，却知道我自己脸色一定十分难看。我默默地注意一切乘客，想估计是不是有一个学生模样的青年人，认识徐志摩，知道徐志摩。我想把一个新闻告给他，徐志摩死了，就是那个给年青人以蓬蓬勃勃生气的徐志摩死了。我要找寻这样一个说说话，一个没有，一个没有。

　　我想起他《火车擒住轨》那一首诗。

> 火车擒住轨，在黑夜里奔，
> 过山，过水，过陈死人的坟；
>
> 过桥，听钢骨牛喘似的叫，
> 过荒野，过门户破烂的庙；
> …………
> 睁大了眼，甚么事都看分明，
> 但自己又何尝能支使命运？

　　这里那里还正有无数火车的长列在寒风里奔驰，写诗的人已在云雾里全身带着火焰离开了这个人间。想到这件事情时，我望着车厢中的小孩，妇人，大兵，以及吊着长长的脖子打盹，作成缢毙姿势的人物。从衣着上看，这是个佃农管事。好像他迟早是应当上吊的。

　　当我动手把车窗推上时，一阵寒风冲醒了身旁一个瘦瘪瘪的汉子，睡眼迷蒙地向窗口一望，就说"到济南还得两点钟"。说完时看了我一眼，好像知道我为甚么推开这窗子吵醒了他，接着把窗口拉下，即刻又吊着颈脖睡去了。去济南的确还得两点钟！我不好意思再惊醒他了，就把那个为车中空气凝结了薄冰的车窗，抹了一阵，现出一片透明处。望到济南附近的田土，远近皆流动着一层乳白色薄雾。黑色或茶色土壤上，各装点了细小深绿的麦秧。一切是那么不可形容的温柔沉静，不可形容的美！我心想：为甚么我会坐在这车上，为甚么一个忽然会死？我心中涌起了一种古怪的感情，我不相信这个人会死。我计算了一下，这一年还剩两个月，十个月内我死了四个最熟的朋友。生死虽说是大事，同时也就可以说是平常事。死了，倒下了，瘪了，烂了，便完事了。倘若这些人死去值得纪念，纪念的方法应当不是眼泪，不是仪式，不是言语。采真[1]是在武汉被人牵至欢迎劳苦功高的甚么伟人彩牌楼下斩首的，振先[2]是在那个永远使读书人神往倾心的"桃源洞"前被捷克制自动步枪打死的，也频是给人乱枪排了，和二十七个同伴一起躺到臭水沟里的，如今却轮到一个"想飞"的人，给在云雾里烧毁了。一切痛苦的记忆综合到我的心上，起了中和作用。我总觉得他们并不当真死去。多力的，强健的，有生气的，守在一个理想勇猛精进的，全给是早早的死去了。却留下多少早就应当死去了的阉鸡，懦夫，与狡猾狐鬼，愚人妄大，在白日下吃，喝，听戏，说谎，开会，著书，批评攻击与打闹！想起生者，方真正使人悲哀！

落雨了，我把鼻子贴住玻璃。想起《车眺》那首诗。

八点左右火车已进了站。下了火车，坐上一辆人力车，尽那个看来十分忠厚的车夫，慢慢的拉我到齐鲁大学。在齐鲁大学最先见到了朱经农[3]，一问才知道北平也来了三个人，南京也来了两个人。上海还会有三四个人来。算算时间，北来车已差不多要到了。我就又匆匆忙忙坐了车赶到津浦车站去，同他们会面。在候车室里见着了梁思成[4]，金岳霖[5]同张奚若[6]。再一同过中国银行，去找寻一个陈先生，这个陈先生便是照料志摩死后各事，前一天搁下了业务，带了夫人冒雨跑到飞机出事地点去，把志摩从飞机残烬中拖出，加以洗涤、装殓，且伴同志摩遗体同车回到济南的。这个人在志摩生前并不与志摩认识，却充满热情来完成这份相当辛苦艰巨的任务。见到了陈先生，且同时见到了从南京来的郭有守和张慰慈先生，我们正想弄明白出事地点在何处，预备同时前去看看。问飞机出事地点离济南多远，应坐甚么车。方知道出事地点离济南约二十五里，名白马山站，有站不停车。并且明白死者遗体昨天便已运到了济南，停在城里一个小庙里了。

那位陈先生报告了一切处置经过后，且说明他把志摩搬回济南的原因。

"我知道你们会来，我知道在飞机里那个样子太惨，所以我就眼看着他们伙子把烧焦的衣服脱去，把血污洗尽，把破碎的整理归一，包扎停当，装入棺里，设法运回济南来了！"

他话说的比记下的还多一些，说到山头的形势，去铁路的远近，山下铁路南有一个甚么小村落，以及向村中居民询问飞机出事时情形所得的种种。

那时正值湿雾季节，每天照例总是满天灰雾。山峦，河流，人家，一概都裹在一种浓厚湿雾里。飞机去济南差不到三十里，几分钟就应当落地。机师卫姓,济南人,对于济南地方原极熟悉。飞机既已平安超越了泰山高岭，估计时间，应当已快到济南，或者为寻觅路途，或者为寻觅机场，把飞机降低，盘旋了许久，于是訇的碰了山头发了火。着了火后的飞机，翻滚到山脚下，等待这种火光引起村子里人注意，赶过来看时，飞机各部分皆着了火，已燃烧成为一团火了。躺在火中的人呢，早完事了。两个飞机师皆已成为一段焦炭，志摩座位在后面一点，除了衣服着火皮肤有一部分灼伤外，其他地方并不着火。那天夜里落了小雨，因此又被雨淋了一夜。这件事直到第二天方为去失事地方较近的火车站站长知道，赶忙报告济南和南京，济南派人来查验证明后，再分别拍电报告北平南京。济南方面陈先生派过出事地点时，是二十的中午。当二十二大清早我们到济南时，去出事时已经三天了。

我们一同过志摩停柩处时，约九点半钟，天正落小雨，地下泥滑滑的，那地方是个小庙，庙名似乎叫"福缘庵"。一进去小院子里，满是济南人日常应用的陶器。这里是一堆钵头，那里有一堆瓦罐，正中有一堆大瓮同一堆粗碗，两廊又是一列一列长颈脖贮酒用的罂瓶。庙屋很小，房屋只有一进三间，神座上与泥地上也无处不是陶器。原来这地方是个售卖陶器的堆店。在庙中偏右墙壁下，停了一具棺材，两个缩头缩颈的本地人，正在那里烧香。

两个工人把棺盖挪开，各人皆看到那个破产的遗体了，我们低下头来无话可说。我们有甚么可说？棺木里静静地躺着的志摩，戴了一顶红顶绒球青缎子瓜皮帽，帽前还嵌了一小方丝料烧成"帽正"，露出一个掩盖不尽的额角，右额角上一个李子大斜洞，这显然是他的致命伤。眼睛是微张的，他不愿意死！鼻子略略发肿，想来是火灼炙的。门牙脱尽，额角上那个小洞，皆可说明是向前猛撞的结果。这就是永远见得生气勃勃，永远不知道有"敌人"的志摩。这就是他？他是那么爱热闹的人，如今却这样一个人躺在这小庙里。安静的躺在这个小而且破的古庙里，让一堆坛坛罐罐包围着的，便是另外一时生龙活虎一般的志摩吗？他知道他在最后一刻，扮了一角甚么样稀奇角色！不嫌脏、不怕静，躺到这个地方，受济南市土制香烟缭绕的门外是一条热闹街市，恰如他诗句中的"有市谣围抱"，真是一件任何人也想象不及的事情。他是个不讨厌世界的人，他欢喜这世界上一切光与色。他欢喜各种热闹，现在却离开了这个热闹世界，向另一个寒冷宁静虚无里走去了。年纪还只三十六岁！由于停棺处空间有限，亲友只能分别轮流走近棺侧看看死者。

各人都在一分凄凉沉默里温习死者生前的声音与光彩，想说话说不出口。仿佛知道这件事得用着另一个中年工人来说话了，他一面把棺木盖挪拢一点，一面自言自语的说，"死了，完了，你瞧他多安静。你难受，他并不难受。"接着且告给我们飞机堕地的形式，与死者躺在机中的情形。以及手臂断折的部分，腿膝断折的部分，胁下肋条骨断折的部分。原来这人就是随同陈先生过出事地点装殓志摩的。志摩遗体的洗涤与整理皆由他一手处置。末了他且把一个小篮子里的一角残余的棉袍，一只血污泥泞透湿的袜子，送给我们看。据他说照情形算来，当飞机同山头一撞时，志摩大致即已死去，并不是撞伤后在痛苦中烧死的传闻，那是不可能的。

十一点听人说飞机骨架业已运到车站，转过车站去看飞机时，各处皆找不着，问车站中人也说不明白，因此又回头到福缘庵，前后在棺木前停下来约三个钟头。雨却越下越大，出庙时各人两脚都是从积水中通过的。

一个在铁路局做事朋友，把起运棺枢的篷车业已交涉停妥，上海来电又说下午五点志摩的儿子同他的亲戚张嘉铸可以赶到济南。上海来人若能及时赶到，棺枢就定于当天晚上十一点上车。

正当我们想过中国银行去找寻陈先生时，上海方面的来人已赶到福缘庵，朱经农夫妇也来了。陈先生也来了。烧了些冥楮[7]，各人谈了些关于志摩前几天离上海南京时的种种，天夜下来了。我们各个这时才记起已一整天还不曾吃饭的事情，被邀到一个馆子去吃饭，作东的是济南中国银行行长某先生。吃过了饭，另一方面起枢上车的来报告人伕业已准备完全。我同北平来的梁思成等三人急忙赶到车站上去等候，八点半钟棺枢上了车。这列车是十一点后方开行的。南行车上，伴了志摩向南的，有南京来的郭有守，上海来的张嘉铸和张慰慈同志摩的儿子徐积锴。从北平来的几个朋友留下在济南，还预备第二天过飞机出事地点看看的。我因为无相熟住处，当夜十点钟就上了回青岛的火车。在站上，车辆同建筑，一切皆围裹在细雨湿雾里。这一次同志摩见面，真算是最后一次了。我的悲伤或者比其他朋友少一点，就只因为我见到的死亡太多了。我以为志摩智慧方面美丽放光处，死去了是不能再得的，固然十分可惜。但如他那种潇洒与宽容，不拘迂，不俗气，不小气，不势利，以及对于普遍人生万汇百物的热情，人格方面美丽放光处，他既然有许多朋友爱他崇敬他，这些人一定会把那种美丽人格移植到本人行为上来。这些人理解志摩，哀悼志摩，且能学习志摩，一个志摩死去了，这世界不因此有更多的志摩了？

纪念志摩的惟一的方法，应当扩大我们个人的人格，对世界多一分宽容，多一分爱。也就因为这点感觉，志摩死去了三年，我没有写过一句伤悼他的话。志摩人虽死去了，他的做人稀有的精神，应分能够长远活在他的朋友中间，起着良好的影响，我深深相信是必然的。

注释

1. 采真：张采真，革命烈士，是 20 世纪 20 年代初作者住在北京公寓时结识的朋友。
2. 振先：满振先，作者早年于行伍间结识的朋友。
3. 朱经农（1887—1951 年）：生于浙江浦江。教育家、学者、著名的大学校长、诗人，教育行政部门的高级官员、出版家和爱国家。
4. 梁思成（1901—1972 年）：中国著名的建筑学家和建筑教育家。
5. 金岳霖（1895—1984 年）：中国哲学家、逻辑学家。
6. 张奚若（1889—1973 年）：陕西大荔县朝邑镇人。字熙若，自号耘。中国政治学家，爱国民主人士。早年参加同盟会，20 年代与胡适同组现代评论社。

7.冥楮（chǔ）：纸钱。

导读

《三年前的十一月二十二日》载 1934 年 10 月 2 日《大公报·文艺副刊》，署名沈从文。

　　本文是沈从文对著名诗人徐志摩的追悼，叙写的是 3 年前送友人最后一程的悲戚的情景。1931 年 11 月 21 日下午，当时任教于青岛大学的沈从文和几位友人，在校长杨振声家里喝茶谈天，忽然接到北平急电，被告知徐志摩遇难。闲逸之情顿然全无，满座惊愕。沈从文表示想搭夜车去济南看看，那是徐志摩遇难和停枢之处。而本文的开篇就是作者乘坐夜车赶赴济南的情景，深夜无眠，脸色必也难看，作者注意着车中的一切，欲把志摩的死讯告诉学生模样的年轻人，以吐出郁结在心的无限痛苦，而却寻不到一人可说，表现出作者无告的悲怆。作者在车上想起了徐志摩的诗歌《火车擒住轨》，火车在黑暗中飞驰，经过黑暗中的山水与桥梁，坟茔与荒庙，正是生命走向死亡与荒败的象征，同时又表现出命运的无奈。而作者正是欲借这首诗来折射诗人的命运。诗中出现坟墓与荒庙的意象，而徐志摩的棺枢却恰好停放在庙里。作者与徐志摩的诸多生前好友一起赶到福缘庵，瞻看他的遗容，"各人都在一分凄凉沉默里温习死者生前的声音与光彩，想说话说不出口"。凄清的氛围和哀戚的心情彼此衬托。

　　而当万分沉痛之际，作者又生出一份理性之思：一方面，徐志摩美丽的智慧与人格，必将得到很多人的崇敬和学习，其精神亦必将移植于其他生命之中，从而永不衰朽与死亡，"一个志摩死去了，这世界不因此有更多的志摩了？"另一方面，作者认为，追悼亡者最好的方式便是学习他的精神，使之永生于朋友之中，并起着良好的作用，扩大人格，完善自我，对世界与人事抱持宽容与仁爱之心。

一个传奇的本事

我情感流动而不凝固，一派清波给予我的影响实在不小。我幼小时较美丽的生活，大都不能和水分离。我受业的学校，可以说永远设在水边。我学会思索，认识美，理解人生，水对于我有极大关系。

（摘《自传》中一小节）

水和我的生命不可分，教育不可分，作品倾向不可分。这不仅是二十岁以前的事情。即到厌倦了水边城市流荡生活，改变计划，来到住有百万市民的北平，饱受生活的折磨，坚持抵制一切腐蚀，十分认真阅读那本抽象"大书"第二卷，告了个小小段落，转入几个大学教书时，前后二十年，十分凑巧，所有学校又都恰好接近水边。我的人格发展，和工作的动力，依然还是和水不可分。从《楚辞》发生地一条沅水上下游各个大小码头，转到海潮来去的吴淞江口，黄浪浊流急奔而下直泻千里的武汉长江边，天云变幻碧波无际的青岛大海边，以及景物明朗民俗淳厚沙滩上布满小小螺蚌残骸的昆明滇池边。三十年来水永远是我的良师，是我的诤友，给我用笔以各种不同的启发。这分离奇教育并无甚么神秘性，却不免富于传奇性。

水的德性为兼容并包，从不排斥拒绝不同方式浸入生命的任何离奇不经事物！却也从不受它的玷污影响。水的性格似乎特别脆弱，且极容易就范。其实则柔弱中有强韧。如集中一点，即涓涓细流，滴水穿石，却无坚不摧。水教给我粘合卑微人生的平凡哀乐，并作横海扬帆的美梦，刺激我对于工作永远的渴望，以及超越普通个人功利得失，追求理想的热情洋溢。我一切作品的背景，都少不了水。我待完成的主要工作，将是十个水边城市平凡人民的爱恶哀乐。在这个变易多方取予复杂的人世社会中，宜让头脑灵敏身心健全的少壮，有机会驾着最新式飞机向天上飞，从高度和速度上打破纪录，成为《新时代画报》上的名人。且尽那些马上得天下还想马上治天下的英雄伟人，为了寄生细菌的巧佞[1]和谎言繁殖迅速，不多久，都能由雕刻家设计，为安排骑在青铜熔铸的骏马上，和个斗鸡一样，在仿佛永远坚固磐石作基础的地面，给后人瞻仰。可是不多久，却将在同地震海啸相近而来的地覆天翻中，只剩余一堆残迹，供人凭吊。也必然还有那些各式各样精通"世故哲学"的"命世奇才"应运而生，在无帝王时代，始终还有作"帝王师"的机会，各有攸归[2]，各得其所。我要的却只是能再好好工作二三十年，完成学习用笔过程后，还有机会得到写作上的真正自由，再认真些写写那些生死都和水分不开的平凡人平凡历史。这个分定对于我像是生存唯一的义务，无从拒绝。因为这种平凡的土壤，却孕育了我发展了我的生命，体会经验到一点不平凡的人生。

我有一课水上教育受得极离奇，是二十七年前在常德府那半年流荡。这个城市地图上看，即可知接连洞庭，贯串黔川，扼住湘西的咽喉，是一个在经济上、军事上都不可忽略的城市。城市的位置似乎浸在水中或水下，因为每年有好几个月城四面都是一片大水包围。水线有时比城中民房还高。保护到十万居民不致于成为鱼鳖，全靠上游四十里几道坚固的长堤，和一个高及数丈的砖砌大城。常德沿河有四个城门，计西门、上南门、中南门、下南门。城门外有一条延长数里的长街，上边一点是年有百十万担"湖莲"的加工转口站。此外卖牛肉狗肉、开染坊糖坊和收桐油、朱砂、水银、白蜡、火漆、五倍子的大小庄号，生产出售水上人所不可少的竹木圆器及大小船只上所必需的席棚、竹缆、钢钻头、大小铁锚杂物店铺，在这条河街上都占有一定的地位，各有不同的处所。最动人的是那些等待主顾、各用特制木架支撑，上盖罩棚，身长五七丈的大木桅，和仓库堆店堆积如山的作船帆用的厚白帆布，联想到它们在"扬扬万斛船，影若扬白虹"三桅五舱大船上应用时的壮观景象和伟大作用，不觉更令人神往倾心。

这条河街某一段是甚么样子，有甚么东西，发出甚么不同气味，到如今我始终还记得清清楚楚。这个城市在经济上和军事上都有其重要意义，因此抗日战争末两年，最激烈的一役，即中外报刊记载所谓"中国谷仓争夺战"的一役中，十万户人家终于在所预料情形下，完全毁于炮火中。沅水流域竹木原料虽特别富裕，复兴重建也必然比中国任何一地容易。不过那个原来的水上美丽古典城市，有历史性市容，有历史性人事，就已早于烈烈火焰中消失，后来者除了从我过去作的简单叙述，还能得到个大略印象，此外再也无从寻觅了。有形的和无形的都一律毁掉了。然而有些东西，却似乎还值得用少量文字或在多数人情感中保留下来，对于明日社会重造工作上，有其长远的意义。

常德既是延长千里一条沅水和十来条支流十多个县份百数十万人民生产竹、木、油、漆、棉、麻、烟草、药材原料的集中站，及东南沿海鱿鱼、海带、淮盐及一切轻工业品货物向上转移的总码头，船只向上可达川东、黔东，向下毗连洞庭、长江，地方人事自然也就相当复杂。城门口照例有军事机关和税收机关各种堂皇布告，同时也有当地党部无效果的政治宣传品，和广东、上海药房出卖壮阳补虚伪药，及"活神仙""王铁嘴"一类看相算命骗人的各种广告，各自占据城墙一部分。这几乎也是全国同类城市景象。大街上多的是和商品转销有关的接洽事务的大小老板伙计忙匆匆地来去，更多的是经营最古职业的人物，这些人水面船上虽各有一定住处，在街上依然随地可以碰到。责任大，工作忙，性质杂，人数多，真正在维持这个水边城市的繁荣，支配一切活动的，还是水上那几千只大小船只和那几万驾船人。其中"麻阳佬"占比例特重。这些人如何使用他们各不相同各有个性的水上工具，按照不同的行规不同的禁忌挣扎生活并生儿育女，我虽说不上十分清楚，却有一定常识。所以，抗战初期，写了个关于湘西问题的小书时，《常德的船》那一章，内中主要部分，便是介绍占据一条延长千里沅水的麻阳船只和驾船人的种种，在那一章小文结尾说：

> 常德县城本身也就类乎一只旱船……常德沿沅水上行九十里，才到桃源县……有个省立第二女子师范学校，五四运动谈男女解放平等，剪发恋爱，最先要求男女同校，且实现它，就是这个学校的女学生。

这只旱船上不仅装了社会上几个知名人士，我还忘了提及几个虽不平凡终于从平凡中结束了一生的女学生。这里有和瞿××恋爱，因肺病死去的川东王小姐。有和施××同居后来和张××同居的芷江杨小姐，还

有 ×××××。一群单纯热情的女孩子，离开学校离开家庭后，大都暂时寄居到这个学校里，作为一个临时跳板，预备整顿行装，坚强翅膀，好向广大社会飞去。书虽读得不怎么多，却为《新青年》一类刊物扇起了青春的狂热，带了点点钱和满脑子进步社会理想和个人生活幻想，打量向北平、上海跑去，接受她们各自不同的命运。这些女孩子和现代史的发展，曾有过密切的联系。就中有几位性情比较温和稳定，又不拟作升学准备的，便作了那个女学校的教员。当时年纪大的都还不过二十来岁，差不多都有个相同社会背景，出身于小资产阶级或小官僚地主家庭，照习惯，自幼即由家庭许字了人家，毕业回家第一件事即等待完婚。既和家庭闹革命，经济来源断绝，向京沪跑去的，难望有升大学机会，生活自然相当狼狈。一时只能在相互照顾中维持，走回头路却不甘心。犹幸社会风气正注重俭朴，人之师须为表率，作教员的衣着化装品不必费钱，所以每月收入虽不多，最高月薪不过三十六元，居然有人能把收入一半接济升学的亲友。教员中有一位年纪较长，性情温和而朴素、又特别富于艺术爱好，生长于凤凰县苗乡得胜营 [3] 的杨小姐，在没有认识以前，就听说她的每月收入，还供给了两个妹妹读书费用。

至于那时的我呢，正和一个从常德师范毕业习音乐美术的表兄黄玉书，一同住在常德中南门里，每天各需三毛六分钱的小客栈中。说明白点，就是无业可就。表哥是随同我的大舅父从北平、天津见过大世面的，找工作无结果，回到常德等机会的。无事可作，失业赋闲，照当时称呼名为"打流"。那个"平安小客栈"，对我们可真不平安！每五天必须结一回账，照例是支吾拉扯过去。欠账越积越多，因此住宿房间也移来移去，由三面大窗的"官房"，迁到只有两片明瓦作天窗的贮物间。总之，尽管借故把我们一再调动，永不抗议，照栈规，彼此不破脸，主人就不能下逐客令。至于在饭桌边当店东冷言冷语讥诮时，只装作听不懂，也陪着笑笑，一切用个"磨"字应付。这一点表哥可说是已达到"炉火纯青"地步。如此这般我们约莫支持了五个月。虽隔一二月，在天津我那大舅父方面照例必寄来二三十元接济。表哥的习惯爱好，却是留一部分去城中心"稻香村"买一二斤五香牛肉干作为储备，随时嚼嚼解馋，最多也只给店中二十元，因此永远还不清账。内掌柜是个猫儿脸中年妇女，年过半百还把发髻梳得油光光的，撇了一支翠玉搔头，衣襟钮扣上总还挂一串"银三事"，且把眉毛扯得细弯弯的，风流自赏，自得其乐，心地倒还忠厚爽直。不过有时禁不住会向五个长住客人发点牢骚，饭桌边"项庄舞剑"意有所指的说，"开销越来越大了。门面实在当不下，楼下铺子零卖烟酒点心赚的钱，全贴上楼了，日子佾得过？我们吃四方饭，还有人吃八方饭！"话说得够锋利尖锐。说后，见五个常住客人都不声不响，只顾低头吃饭，就和那个养得白白胖胖、年纪已十六岁的寄生女儿干笑，寄女儿也只照例陪着笑笑。（这个女孩子经常借故上楼来，请大表兄剪鞋面花样，或围裙上部花样，悄悄留下一包寸金糖或芙蓉酥，帮了我们不少的忙。表兄却笑她一身白得像白糖发糕，虽不拒绝芙蓉酥，可决不要发糕。）我们也依旧装不懂内老板话中含意，只管拣豆芽菜汤里的肉片吃。可是却知道用过饭后还有一手，得准备招架对策。不多久，老厨师果然就带了本油腻腻蓝布面账本上楼来相访，十分客气要借点钱买油盐。表兄作成老江湖满不在乎的神气，任意翻了一下我们名下的欠数，即把账本推开，鼻子嗡嗡的："我以为欠了十万八千，这几个钱算甚么？内老板四海豪杰人，还这样小气，笑话。——老弟，你想想看，这岂不是大笑话！我昨天发的那个催款急电，你亲眼看见，不是迟早三五天就会有款来了吗？"连哄带吹把厨师送走后，这个一生不走时运的美术家，却向我嘘了口气说："老弟，风声不大好，这地方可不比巴黎！我听熟人说，巴黎的艺术家，不管做甚么都不碍事。有些人欠了二十年的房饭账，到后来索性作了房东的丈夫或女婿，日子过得满好。我们在这里想攀亲戚倒有机会，只是我不大欢喜冒险吃发糕，正如我不欢喜从军一样。我们真是英雄秦琼落了难，黄骠马也卖不成！"于是学成家乡老秀才拈卦吟诗哼着，"风雪满天下，知心能几人？"

我心想，怎么办？表兄常说笑话逗我，北京戏院里梅兰芳出场前，上千盏电灯一熄，楼上下包厢里，到处是金钢钻耳环手镯闪光，且经常有阔人掉金钢钻首饰。上海坐马车，马车上也常有洋婆子、贵妇人遗下贵重钱包，运气好的一碰到就成大富翁。即或真有其事，远水哪能救近火？还是想法对付目前，来一个"脚踏西瓜皮"溜了吧。至于向甚么地方溜，当时倒有个方便去处。坐每天两班的小火轮上九十里的桃源县找贺龙。因为有个同乡向英生，和贺龙是把兄弟，夫妻从日本留学回来，为人思想学问都相当新，做事非"知事"、"道尹"⁴不干，同乡人都以为"狂"，其实人并不狂。曾作过一任知县，却缺少处理行政能力，只想改革，不到一年，却把个实缺被自己的不现实理想革掉了。三教九流都有来往，长住在城中春申君墓旁一个大旅馆里，总像还吃得开，可不明白钱从何来。这人十分热忱写了个信介绍我们去见贺龙。一去即谈好，表示欢迎，表兄作十三元一月的参谋，我作九元一月的差遣，还说"码头小，容不下大船，只要不嫌弃，留下暂时总可以吃吃大锅饭"。可是这时正巧我们因同乡关系，偶然认识了那个杨小姐，两人于是把"溜"字水旁删去，依然"留"下来了。桃源的差事也不再加考虑。

表兄既和她是学师范美术系的同道，平时性情洒脱到能一事不作，整天自我陶醉的唱歌。长得也够漂亮，特别是一双乌亮大眼睛，十分魅人。还擅长用通草片粘贴花鸟草虫，作得栩栩如生，在本县同行称第一流人材。这一来，过不多久，当然彼此就成了一片火，找到了热情寄托处。

自从认识了这位杨小姐后，一去那里必然坐在学校礼堂大风琴边，一面弹琴，一面谈天。我照例乐意站在校门前欣赏人来人往的市景，并为二人观观风。学校大门位置在大街转角处。两边可以看得相当远，到校长蒋老太太来学校时，经我远远望到，就进去通知一声，里面琴声必然忽高起来。老太太到了学校却照例十分温和笑笑的说："你们弹琴弹得真不错！"表示对于客人有含蓄的礼貌。客人却不免红红脸。因为"弹琴"和"谈情"字音相同，老太太语意指甚么虽不分明，两人却体会较深刻得多。

每每回到客栈时，表哥便向我连作了十来个揖，要我代笔写封信，他却从从容容躺在床上哼各种曲子，或闭目养神，温习他先前一时的印象。信写好念给他听听，随后必把大拇指翘起来摇着，表示感谢和赞许。

"老弟，妙，妙！措词得体，合式，有分寸，不卑不亢。真可以上报！"

事实上呢，我们当时只有两种机会上报，即抢人和自杀。但是这两件事都和我们兴趣理想不大合，当然不曾采用。至于这种信，要茶房送，有时茶房借故事忙，还得我代为传书递简。那女教员有几次还和我讨论到表哥的文才，我只好支吾过去，回客栈谈起这件事，表兄却一面大笑一面肯定的说："老弟，你看，我不是说可以上报吗？"我们又支持约两个月，前后可能写了三十多次来回信，住处则已从有天窗的小房间迁到茅房隔壁一个特别小间里。人若气量窄，情感脆弱，对于生活前途感到完全绝望，上吊可真方便。我实在忍受不住，有一天，就终于抛下这个表兄，随同一个头戴水獭皮帽子（沅水流域有名土娼都认识那顶帽子）的同乡，坐在一只装运军服的"水上漂"，向沅水上游保靖漂去了。

三年后，我在北平知道一件新事情，即两个小学教员已结了婚，回转家乡同在县立第一小学服务。这种结合由女方家长看来，必然不会怎么满意。因为表哥祖父黄河清，虽是个贡生，看守文庙作"教谕"，在文庙旁家中有一栋自用房产，屋旁还有株三人合抱的大椿木树，著有《古椿书屋诗稿》，为人虽在本城受人尊敬，可是却十分清贫。至于表哥所学，照当时家乡人印象，作用地位和"飘乡手艺人"或"戏子"相差并不多。一个小学教师，不仅收入微薄，也无甚么发展前途。比地方传统带兵的营连长或参谋副官，就大大不如。不过两人生活虽不怎么宽舒，情感可极好。因此，孩子便陆续来了，自然增加了生计上的麻烦。好在小县城收入虽少，花费也不大，又还有些作上中级军官或县长局长的亲友，拉拉扯扯，日子总还过得下去。而且肯定精神情绪都还好。

再过几年，又偶然得家乡来信说，大孩子已离开了家乡，到福建厦门集美一个堂叔处去读书。从小即可看出，父母爱好艺术的长处，对于孩子显然已有了影响。但本地人性情上另外一种倔强自恃，以及潇洒超脱不甚顾及生活的弱点，也似乎被同时接收下来了。所以在叔父身边读书，初中不到二年，因为那个艺术型发展，不声不响就离开了亲戚，去阅读那本"大书"，从此就在广大社会中消失了。计算岁月，年龄已到十三四岁，照家乡子弟飘江湖奔门路老习惯，已并不算早。教育人家子弟的即教育不起自己子弟，所以对于这个失踪的消息，大致也就不甚在意。

一九三七年抗战后十二月间，我由武昌上云南路过长沙时，偶然在一个本乡师部留守处大门前，又见到那表兄。面容憔悴蜡渣黄，穿了件旧灰布军装，倚在门前看街景。一见到我即认识，十分亲热的把我带进办公室。问问才知道因为脾气与年青同事合不来，被挤出校门，失了业。不得已改了业，在师部做一名中尉办事员，办理散兵伤兵收容联络事务。太太还在沅陵酉水边乌宿附近一个村子里教小学。大儿子既已失踪，音信不通。二儿子十三岁，也从了军，跟人作护兵，自食其力。还有老三、老五、老六，全在母亲身边混日子。事业不如意，人又上了点年纪，常害点胃病，性情自然越来越加拘迂[5]。过去豪爽洒脱处早完全失去，只是浓眉下那双大而黑亮有神的眼睛，还依然如旧。也仍然欢喜唱唱歌。邀他去长沙著名的李合盛吃了一顿生炒牛肚子，才知道已不喝酒。问他还吸烟不吸烟，就说，"不戒自戒，早已不再用它。"可是我发现他手指黄黄的，知道有烟吸还是随时可以开戒。他原欢喜吸烟，且很懂烟品好坏。第二次再去看他，带了别的同乡送我的两大木盒吕宋雪茄烟去送他。他见到时，憔悴焦黄脸上露出少有的欢喜和惊讶，只是摇头，口中低低的连说："老弟，老弟，太破费你了，太破费你了。不久前，我看到有人送老师长这么两盒，美国大军官也吃不起！"

我想提起点旧事使他开开心，告他"还有人送了我一些甚么'三五字'、'大司令'，我无福享受，明天全送了你吧。我当年一心只想做个开糖坊的女婿，好成天有糖吃。你看，这点希望就始终不成功！"

"不成功！人家都说你为我们家乡争了个大面子，赤手空拳打天下，成了名作家。也打败了那个只会做官、找钱，对家乡青年毫不关心的熊凤凰。甚么凤凰？简直是只阉鸡，只会跪榻凳，吃太太洗脚水，我可不佩服！你看这个！"他随手把一份当天长沙报纸摊在桌上，手指着本市新闻栏一个记者对我写的访问记，"老弟，你当真上了报，人家对你说了不少好话，比得过甚么甚么大文豪！甚么高尔基，高尔鸭，通通不在话下！"

我说："大表哥，你不要相信这些逗笑的话。一定是做新闻记者的学生写的。因为我始终只是个在外面走码头的人物，底子薄，又无帮口[6]，在学校里混也混不出个所以然的。不是抗战还回不了家乡，熟人听说我回来了，所以表示欢迎。我在外边只有点虚名，并没甚么真正成就。……我倒正想问问你，在常德时，我代劳写的那些信件，表嫂是不是还保留着？若改成个故事，送过上海去换二十盒大吕宋烟，还不困难！"

想起十多年前同在一处的旧事，一切犹如目前，又恍同隔世。两人不免相对沉默了一会儿，后来复大笑一阵，把话转到这次战事的发展和家乡种种了。随后就陪我去医院看看同乡受伤官兵。正见我弟弟刚出医院，召集二十来个行将出院的下级军官，在院前小花园和准备出院官兵谈话，彼此询问一下情形；并告给那些伤愈连长和营副，不久就要返回沅陵接收新兵，作为"荣誉师"重上前线。训话完毕，问我临时大学那边有多少熟人，可以用我名分约个日子，请吃顿饭，到时当来和大家谈谈前方情况（后来请了两桌客人，计有张奚若、金若霖、杨振声、梅贻琦、闻一多、朱自清、黄子坚、李宗侗、陈岱孙、叶企孙、梁思成、林徽因……诸先生。大家听到前线情况，都同样很满意）。邀大表兄也作陪客，他却不好意思，坚决拒绝参加。只和我在另一天同上天心阁看看湘江，坐在上边喝了两点钟茶，我们从此就离开了。

抗战到六年，我弟弟去印度受训，过昆明时，来呈贡乡下看看我，谈及家乡种种，才知道年纪从十六到四十岁的同乡亲友，大多数都在六年里各次战役中已消耗将尽。有个麻四哥和三表弟，都在洞庭湖边牺牲了。大表哥因不乐意在师部作事，已代为安排到沅水中游青浪滩前作了一个绞船站的站长，有四十元一月。老三跟在身边，自小就会泅水，胆子又大，这个著名恶滩经常有船翻沉，老三就在滩脚伏波宫前急流漩涡中浮沉，拾捞沉船中漂出无主的腊肉、火腿和其他食物，因此，父子经常倒吃得满好。可是一生长处既无从发挥，始终郁郁不欢，不久前，在一场小病中就过世了。

大孩子久无消息，只知道在江西战地文工团搞宣传。老二从了军。还预备把老五送到银匠铺去作学徒。至于大表嫂呢，依然在沅陵乌宿乡下村子里教小学，收入足够糊口。因为是惟一至亲，假期中，我大哥总派人接母子到沅陵"芸庐"家中度过假期，开学时，再派人送他们回学校。

照情形说来，这正是抗战以来，一个小地方、一个小家庭极平常的小故事。一个从中级师范学校毕业的女子，为了对国家对生活还有点理想，反抗家庭的包办婚姻，放弃了本分内物质上一切应有权利，在外县作个小教员，从偶然机会里，即和个性情还相投的穷教员结了婚，过了阵虽清苦还平静的共同生活。随即接受了"上帝"给分派的庄严任务：陆续生了一堆孩子。照环境分定，母亲的温良母性，虽得到了充分发展，作父亲的艺术秉赋，可从不曾得到好好的使用。只随同社会变化，接受环境中所能得到的那一份苦难。十年过去，孩子已生到第五个，教人子弟的照例无从使自己子弟受教育，每个孩子在成年以前，都得一一离开家庭，自求生存，或死或生，无从过问！战事随来，可怜一份小学教师职业，还被二十来岁的甚么积极分子排挤掉。只好放弃了本业，换上套拖拖沓沓旧军装，"投笔从戎"作个后方留守处不足轻重的军佐。部队既一再整编，终于转到一个长年恶浪咆哮的绞船站里作了站长，不多久，便被一场小小疾病收拾了。亲人赶来，一面拭泪一面把死者殓入个赊借款项得来的小小白木棺木里，草草就地埋了。死者既已死去，生者于是依然照旧沉默寂寞生活下去。每月可能还得从正分微薄收入中扣出一点点钱填还亏空。在一个普通人不易设想的小乡村小学教师职务上，过着平凡而简单的日子，等待平凡的老去，平凡的死。一切都十分平凡，不过正因为它是千万乡村小学教师的共同命运，却不免使人感到一种奇异的庄严。

抗战到第八年，和平胜利骤然来临，暌违⁷十年的亲友，都逐渐恢复了通信关系。我也和家中人由云南昆明一个乡村中，依旧归还到旧日的北平，收拾破烂，重理旧业。忽然有个十多年不通音问的朋友，寄了本新出的诗集。诗集中用黑绿二色套印了些木刻插图，充满了一种天真稚气与热情大胆的混合，给我崭新的印象。不仅见出作者头脑里的智慧和热情，还可发现这两者结合时如何形成一种诗的抒情。对于诗若缺少深致理解，是不易作出这种明确反映的。一经打听，才知道作者所受教育程度还不及初中二，而年龄也还不过二十来岁，完全是在八年战火中长大的。更有料想不到的巧事，即这个青年艺术家，原来便正是那一死一生黯然无闻的两个美术教员的长子。十三四岁即离开了所有亲人，到陌生而广大世界上流荡，无可避免的穷困，疾病，挫折，逃亡，在种种卑微工作上短时期的稳定，继以长时间的失业，如蓬如萍的转徙飘荡，到景德镇烧过瓷器，又在另一处当过做棺材的学徒……却从不易想象学习过程中，奇迹般终于成了个技术优秀特有个性的木刻工作者。为了这个新的发现，使我对于国家，民族，以及属于个人极庄严的苦难命运，感到深深痛苦。我真用得着法国人小说中常说的一句话，"这就是人生"。当我温习到有关这两个美术教员一生种种，和我身预其事的种种，所引起的回忆，不免感觉到对于"命运偶然"的惊奇。

作者至今还不曾和我见过面，只从通信中约略知道他近十年一点过去，以及最近正当成千上万"接收大员"在上海大发国难财之际，他如何也来到了上海，却和他几个同道陷于同样穷困绝望中，想工作，并购买木刻板片的费用也无处筹措。境况虽然如此，却对于工作还依然充满自信和狂热，对未来有深刻憧憬。摊在我眼面前的四十幅木刻，无论大小，都可见出一种独特性格，美丽中还有个深度。为几个世界上名师巨匠作的肖像木刻，和为几个现代作家诗人作的小幅插图，都可见出作者精力弥满，设计构图特别用心，还依稀可见出父母潇洒善良的秉赋，与作者生活经验的沉重粗豪和精细同时并存而不相犯相混，两者还共同形成一种幽默的典雅。提到这一点时，作品性格鲜明的一面，事实上还有比个人秉赋更重要的因素，即所生长的地方性，实值得一提。因为这不仅是两个穷教员的儿子，生长地还是从二百年设治以来，即完全在变态发展中一片土地，一种社会的特别组织的衍生物。

作者出身苗乡，原由"镇打营"和"箪子坪"合成一个"镇箪城"。后来因镇压苗人造反，设立了个兼带兵勇的辰沅永靖兵备道，又一个专管军事的镇守使，才升级成"凤凰厅"，后改"凤凰县"。家乡既是个屯兵地方，住在那个小小石城中的人，大半是当时的戍卒屯下，小部分是封建社会放逐贬谪的罪犯所组成（黄家人生时姓"黄"，死后必改姓"张"，听老辈说，就是这个原因）。因此二百年前居民即有世代服兵役的习惯，习军事的机会。中国兵制中的"绿营"组织，在近代学人印象中，早已成了历史名词了，然而抗战八年，我们生长的那个小地方，对于兵役补充，尤其是下级官佐的补充，总像不成问题。就还得力于这个旧社会残余制度的便利。最初为镇压苗族造反而设治，因此到咸、同之际，曾国藩组织的湘军，"箪军"就占了一定数目，选择的对象必"五短身材，琵琶腿"，才善于挨饿耐寒、爬山越岭跑长路。内中也包括部分苗族兵丁。但苗官则限制到"守备"为止。江南大营包围太平军的天京时，箪军中有一群卖柴卖草亡命之徒，曾参预过冲锋陷阵爬城之役，内中有四五人后来都因军功作了"提督军门"，且先后转成"云贵总督"。就中有个田兴恕，因教案被充军新疆，随后又跟左宗棠戴罪立功，格外著名。到辛亥革命攻占雨花台后，首先随大军入南京的一个军官，就是"爬城世家"田兴恕的小儿子田应诏。这个军官由日本士官学校毕了业，和蔡锷同期，我曾听过在蔡锷身边作参谋长的同乡朱湘溪先生说，因为田有大少爷脾气，人不中用，在外面混吃不开，所以才让他回转家乡，作第一任湘西镇守使。年纪还不到三十岁，却留了一小撮日本仁丹式胡子，所以本地人通叫他"田三胡子"，尊重中带点开玩笑意思。

这位边疆大吏，受了点日本维新变法的影响，当时手下大约还有四千绿营兵士，无意整军经武，出于好事喜弄的大少爷本来脾气，却在练军大教场河对岸，傍水倚山建立了座新式公园，纪念他的母亲。经常和一群高等幕僚，在那里饮酒赋诗。又还在本县城里办了个中级美术学校，因此后来本地很出了几个湘西知名的画家。此外还办了个煤矿，办了个瓷器厂，在城中办了个洋广杂货的公司，不多久就先后赔本停业。这种种正可说明一点，即"浪漫情绪"在这个"爬城世家"头脑中，作成一种诗的抒情、有趣的发展（我和永玉，都可说或多或少受了点影响而长成的）。

　　三十年来国家动乱，既照例以内战为主要动力，荡来荡去形成了大小军阀的新陈代谢。这小地方却因僻处一隅，得天独厚，又不值得争夺，因之形成一个极离奇的存在。在湘西十八县中，日本士官生、保定军官团、云南讲武堂，及较后的黄埔军官学校，前后都有大批学生，同其他县分比占人数最多。到抗战前夕为止，县城不到六千户人家，人口还不及二万，和附近四乡却保有了约二千中下级军官，和经过军训四五个师的潜在实力。由于这么一种离奇传统，一切年青人的出路，都不免寄托在军官上。一切聪明才智及优秀秉赋，也都一例归纳吸收于这个虽庞大实简单的组织中，并陆续消耗于组织中。而这个组织于国内省内，却又若完全孤立或游离，无所属亦无所归。"护法"、"靖国"等等大规模军事战役，都出兵参加过，派兵下常、桃，抵长沙，可是战事一过就又退还原驻防地。接田手的陈渠珍，头脑较新，野心却并不大，事实上心理上还是"孤立割据自保"占上风。北伐以前，孙中山先生曾特派代表送了个"第一师长"的委任状来，这位统领大人十分客气，请了一回客，送了两千元路费，那个委任状却压在我垫被下经年毫无作用。这自然就有了问题，即对内为进步滞塞，不能配合实力作其他任何改进设计。他本人倒自律甚严而且好学，新旧书都读得有一定水平，却并不鼓励部下也读书。因此军官日多而读书人日少，必然无从应付时变。对外则保持一贯孤立状态，多误会，多忌讳，实力越来越增加，和各方面组织关系隔绝。本身实力越大，在经济上也只是越增加困难。战争来了，悲剧随来。淞沪之战展开，有个新编一二八师，属于第四路指挥刘建绪调度节制，原本被哄迫出去驻浙江奉化，后改宣城，战事一起，就奉命调守嘉善惟一那道国防线，即当时所谓"中国兴登堡防线"（早就传说花了过百万元按照德国顾问意见完成的）。当时报载,战事过于激烈,守军来不及和参谋部联络人员接头,打开那些钢骨水泥的门,即加入战斗。还以为事不可信。后来方知道属于我家乡那师接防的部队,开入国防线后,除了从惟一留下车站的县长手中得到一大串编号的钥匙,甚么图形也没有。临到天明就会有敌机来轰炸。为敌人先头探索部队发现已发生接触时,一个少年团长方从一道小河边发现工事的位置,一面用一营人向前作突击反攻,一面方来得及顺小河搜索把上锈的铁门次第打开,准备死守。本意固守三天,却守了足足五天。全师大部官兵都牺牲于敌人日夜不断的优势炮火中,下级干部几乎全体完事,团营长正副半死半伤,提了那串钥匙去开工事铁门的,原来就是我的弟弟[8],而死去的全是那小小县城中和我一同长大的年青人。

随后是南昌保卫战,经补充的另一个"荣誉师"上前,守三角地的当冲处,自然不久又完事。随后是反攻宜昌,洞庭西岸荆沙争夺,洞庭南岸的据点争夺,以及长沙会战,每次硬役必得参加,每役参加又照例是除了国家意识还有个地方荣誉面子问题在内,双倍的勇气使得下级军官全部成仁,中级半死半伤,而上级受伤旅团长,一出医院就再回来补充调度,从预备师接收新兵。都明白这个消耗担负,对地方明日的困难,却从种种复杂情绪中继续补充下去。总以为"这是和日本打仗,不管如何得打下去!"迟迟不动,番号一经取销,家乡此后就再无生存可能。因此,国内任何部队都感到补充困难时,这地方却好像全无问题,到时总能补充足额,稍加训练就可重上前线,打出一定水平。就这样,一直到一九四五年底。小城市在湘西各县中,比沅水流域任何一处物价都贱。表面上可说交通不当冲要得免影响,事实上却是消费越来越少,余下一城孤儿寡妇,哪还能想到囤积居奇发国难财?每一家都分摊了战事带来的不幸,因为每一家都有子弟作下级军官,牺牲数目更吓人。我们实在不能想象一个城市把成年丁壮全部抽去,每家陆续带来一分死亡给三千少妇万人父母时,形成的是一种甚么空气!但这是战争!有过二百年当兵习惯的人民,战争是甚么,必然比任何人都更清楚明白,而这些人的家属子女,也必然更习惯于接受这个不幸!战争完结后,总还能留下三五十个小学教员,到子弟长大能入学时,不会无学校可进啊!

　　和平来了，胜利来了，但战争的灾难可并未结束。拼补凑集居然还有一个甲种师部队，由一个从小兵作文书，转军佐，升参谋，入陆大，完全自学挣扎出来的 × 姓军官率领，驻防胶济线上。原以为国家和平来临，人民苦难已过，不久改编退役，正好过北方完成一个新的志愿，即好好的来读几年书。且可能有机会和我合作，写一本小小地方历史。纪念一下这个小山城成千上万壮丁十年中如何为保卫国家陆续牺牲的情形，将比转入国防研究院工作还重要，还有意义。正可说明一种旧时代的灭亡而新命运的开始，虽然是种极悲惨艰难的开始。因为除少数的家庭，还保有些成年男丁，大部分却得由孤儿寡妇来自作挣扎！不意内战终不可避免，星期前胶东一役，不到一星期，这个新编师却在极其暧昧情形下全部覆没。师长随之阵亡。统率者和一群干部，正是家乡人八年抗战犹未死尽的最后残余。从私人消息，方明白实由于早已"厌倦"这个大规模集团的自残自渎，因此厌战解体。专门家谈军略，谈军势，若明白这些青年人生命深处的苦闷，还如何正在作普遍广泛传染，尽管有各种习惯制度和小集团利害拘束到他们的行为，而且加上那个美式装备，但哪敌得过出自生命深处的另外一种潜力，和某种做人良心觉醒否定战争所具有的优势？一面是十分厌倦，一面还得接受现实，就在这么一个情绪状态下，我家乡中那些朋友亲戚，和他们的理想，三五天中便完事了。这一来，真是"连根拔去"，"筸军"再也不会成为一个活的名词，成为湖南人谈军事政治的一忌了。而个人想从这个野性有活力的烈火焚灼残余孤株接接枝，使它在另外一种机会下作欣欣向荣的发展，开花结果的企图，自然也随之摧毁无余。

　　得到这个消息时，我想起我生长那个小小山城两世纪以来的种种过去。因武力武器在手而如何形成一种自足自恃情绪，情绪扩张，头脑即如何逐渐失去应有作用，因此给人同时也给本身带来苦难。想起整个国家近三十年来的苦难，也无不由此而起。在社会变迁中，我那家乡和其他地方青年的生和死，因这生死交替于每一片土地上流的无辜的血，这血泪更如何增加了明日进步举足的困难。我想起这个社会背景发展中对年青一代所形成的情绪、愿望和动力，既缺少真正伟大思想家的引导与归纳，许多人活力充沛而常常不知如何有效发挥，结果便终不免依然一个个消耗结束于近乎周期性悲剧宿命中。任何社会重造品性重铸的努力设计，对目前情势言，甚至于对今后半世纪言，都若无益白费。而近于宿命的悲剧，却从万千挣扎求生善良本意中，作成整个民族情感凝固大规模的集团消耗，或变相自杀。直到走至尽头，才可望得到一种真正新的开始。

我也想到由于一种偶然机会，少数游离于这个共同趋势以外，恶性循环以外，由此产生的各种形式的衍化物。我和这一位年纪轻轻的木刻艺术家，恰可代表一个小地方的另一种情形：相同处是处理生命的方式，和地方积习已完全游离，而出于地方性的热情和幻念，却正犹十分旺盛，因之结合成种种少安定性的发展。但是我依然不免受另外一种地方性的局限束缚，和阴晴不定的"时代"风气俨若格格不入。即因此，将不免如其他乡人似异实同的命运，或迟或早必僵仆于另外一种战场上，接受同一悲剧性结局。至于这个更新的年青的衍化物，从他的通信上，和作品自刻像一个小幅上，仿佛也即可看到一种命定的趋势，由强执、自信、有意的阻隔及永远的天真，共同作成一种无可避免悲剧性的将来。至于生活上的败北，犹其小焉者。

最后一点涉及作者已近于无稽预言，因此对作者也留下一点希望。倘若所谓"悲剧"实由于性情一事的两用，在此为"个性鲜明"而在彼则为"格格不入"时，那就好好的发展长处，而不必求熟习"世故哲学"，事事周到或八面玲珑来取得甚么"成功"，不妨勇敢生活下去。毫无顾虑的来接受挫折，不用作得失考虑，也不必作无效果的自救。这是一个真正有良心的艺术家，有见解的思想家，或一个有勇气的战士共同的必由之路。若悲剧只小半由于本来的气质，大半实出于后起的习惯，尤其是在十年游荡中养成的生活上不良习惯时，想要保存衍化物的战斗性，持久存在与广泛发展，一种更新的坚韧素朴人生观的培育，实值得特别注意。

这种人生观的基础，应当建筑在对生命能作完全有效的控制，战胜自己被物欲征服的弱点，从克制中取得一个完全独立的人格，以及创造表现的绝对自主性起始。由此出发，从优良传统去作广泛的学习，再将传统长处加以综合，融会贯通，由于虔诚和谦虚的试探，十年二十年持久不懈，慢慢得到进展，在这种基础上，必会得到更大的成就。正因为工作真正贴近土地人民，只承认为人类多数而"工作"，不为某一种某一时的"工具"，存在于现代政治所培养的窄狭病态自私残忍习惯空气中，或反而容易遭受来自各方面的强力压迫与有意忽视，欲得一稍微有自主性的顺利工作环境，也并不容易。但这不妨事！倘苦目的明确，信心坚固，真有成就，即在另外一时，将无疑依然会成为一个时代的重要标志！如所谓"弱点"，不过是像我那种"乡下佬"的顽固拘迁作成的困难，以作者的开扩外向性的为人，必然不会得到我的悲剧性的重演。

在人类文化史的进步意义上，一个真正的伟人巨匠，所有努力挣扎的方式，照例和流俗的趣味及所悬望的目标，总不易完全一致。一个伟大艺术家或思想家的手和心，既比现实政治家更深刻并无偏见和成见的接触世界，因此它的产生和存在，有时若与某种随时变动的思潮要求，表面或相异，或游离，都极其自然。它的伟大的存在，即于政治、宗教以外，极有可能更易形一种人类思想感情进步意义和相对永久性。虽然两者真正的伟大处，基本上也同样需要"正直"和"诚实"，而艺术更需要"无私"，比过去宗教现代政治更无私！必对人生有种深刻的悲悯，无所不至的爱！而对工作又不缺少持久狂热和虔敬，方能够忘我与无私！宗教和政治都要求人类公平与和平，两者所用方式，却带来过封建性无数战争，尤以两者新的混合所形成的偏执情绪和强大武力，这种战争的完全结束更无可望。过去艺术必须宗教和政治的实力扶育，方能和人民对面，因之当前欲挣扎于政治点缀性外，亦若不可能。然而明日的艺术，却必将带来一个更新的庄严课题。将宗教政治充满封建意识形成的"强迫""统制""专横""阴狠"种种不健全情绪，加以完全的净化廓清，而成为一种更强有力的光明健康人生观的基础。

这也就是一种"战争"，有个完全不同的含义。惟有真的勇士，敢于从使人民无辜流血以外，不断有所寻觅探索，不断积累经验和发现，来培养爱与合作种子使之生根发芽，企图实现在人与人间建设一种崭新的关系，谋取人类真正和平与公正的艺术工作者，方能担当这个艰巨重任，方敢担当这个艰巨重任。这种战争不是犹待起始，事实上随同历史发展，已进行了许多年。试看看世界上一切科学家沉默工作的建设成就和其他方式所形成的破坏状况，加以比较，就可知于中国建立一种更新的文化观和人生观，一个青年艺术家可能作的永久性工作，将从何努力着手。

这只是一个传奇的起始，不是结束。然而下一章，将不是我用文字来这么写下去，却应当是一群生气勃勃具有做真正主人翁责任感少壮木刻家和其他艺术工作者，对于这种人民苦难的现实，能作各种忠实的反映，而对于造成这种种苦难，最重要的是那些妄图倚仗外来武力，存心和人民为敌，使人民流血而发展成大规模无休止的内战，（又终于应合了老子所说的"自恃者灭，自胜者绝"的规律。）加以"耻辱"与"病态"的标志，用百集木刻，百集画册，来结束这个既残忍又愚蠢的时代，并刻绘出全国人民由于一种新的觉醒，去合力同功向知识进取，各种切实有用的专门知识，都各自得到合理的尊重，各有充分发展的机会，人人以驾驭钢铁征服自然为目标，促进实现一种更新时代的牧歌。"这是可能的吗？""不，这是必然的！"

附记

　　这个小文，是抗战八年后，我回到北京不多久，初次向读者介绍黄永玉木刻而写成的。内中提及他作品的文字并不多，大部分谈的却是作品以外事情——永玉本人也不明白的本地历史和家中情况。从表面看来，只像"借题发挥"一种杂乱无章的零星回忆，事实上却等于把我那小小地方近两个世纪以来形成的历史发展和悲剧结局，加以概括性的纪录。凡事都若偶然的凑巧，结果却又若宿命的必然。如非家乡劫后残余的中年人，是不大会理解到这个小文对于家乡的意义。家乡的现实是：受历史性的束缚，使得数以万千计的有用青年，几乎全部毁灭于无可奈何的战争形成的趋势中，而知识分子的灾难，也比湘西任何一县都来得严重。写它时，心中实充满了不易表达的深刻悲痛！因为我明白，在我离开家乡去到北京阅读那本"大书"时，只不过是一个成年顽童，任何方面见不出甚么才智过人。只缘于正面接受了"五四"余波的影响，才能极力挣扎而出，走自己选择的道路。大多数比我优秀得多的同乡，或以责任所在，离不开教师职务，或认为冰山可恃，乐意在那个小小的孤立军事集团中磨混，到头来形势一有变化，几乎全部在十多年中，无例外都完结于这种新的发展变化中。

这个小文，和较前一时写的《湘行散记》及《湘西》二书，前后相距约十年，叙述方法和处理事件各不相同。前者写背景和人事，后者谈地方问题，本文却范围更小，作纵的叙述。可是基本上是相通的。正由于深深觉得故乡土地人民的可爱，而统治阶层的保守无能、固步自封，在相互对照下，明日举步的困难，可以意想得到。因此把惟一转机希望，曾经寄托到年青一代的觉醒上，影响显明是十分微弱的。因为当时许多家乡读者，除了五六人受到启发，冲出那个环境，转到北方作穷学生，抗战时辗转到了延安，一般读者相差不多，只能从我作品中留下些"有趣"印象，看不出我反复提到的"寄希望于未来"的严肃意义。本文却以本地历史变化为经，永玉父母个人一生及一家灾难情形为纬，交织而成一个篇章。用的彩线不过三五种，由于反复错综联续，却形成土家族方格锦纹的效果。整幅看来，不免有点令人眼目迷乱，不易明确把握它的主题寓意何在。但是一个不为"概念""公式"所限制的读者，把视界放宽些些，或许将依然可以看出一点个人对于家乡的"黍离之思"[9]！

在本文末尾，我曾对于我个人工作作了点预言，也可说"一切不出所料"。由于性格上的局限性所束缚，虽能严格律己，坚持工作，可极端缺少对世事的灵活变通性。于社会变动中，既不知所以自处，工作当然配合不上新的要求，于是一切工作报废完事于俄顷，这也十分平常自然。还记得在解放前付印《长河》引言中，我就曾经说过："横在我们面前许多事情，都不免使人痛苦，可是却不必悲观。社会在剧烈变化中前进，骤然而来的风雨，说不定会把许多人的素朴理想，卷扫摧残，弄得无踪无迹。然而一个人对于人类前途的热忱，和工作的虔敬态度，是应当永远存在，且必然能给后来者以极大鼓舞的！……"我的作品，早在五三年间，就由印行我选集的开明书店正式通知，说是"各书已过时，凡是已印、未印各书稿及纸型，全部均代为焚毁。"随后是香港方面转载台湾一道明白法令，更进一步，法令中指明一切已印未印作品，除全部焚毁外，还包括永远禁止再发表任何作品。这倒是历史上少有的奇闻。说"作品已过时"，由国内以发财为主要目的商人说出，若意思其实指的是"得即早让路，免得成为绊脚石"，倒还近情合理，我得承认现实。至于台湾的禁令，则不免令人起幽默感。拥有无比强大武力，说想从内战上见个高低的一伙，料不到终究依然被人民力量打得个一败涂地。还不承认是由于政治上极端腐败必然的结果，打败仗的责任，仿佛是几个作家写了点小说的原因。出现这种禁令，采取这种方法，是绝顶聪明，还是装作糊涂，外人可不易明白，他们自己应当心中有数！可是这种禁令的执行，在我看来，未免把我抬举得太高了。

至于三十多年前对永玉的预言，从近三十年工作和生活发展看来，一切当然近于过虑。永玉为人既聪敏能干，性情又开廓明朗，对事事物物反应十分敏捷。在社会剧烈变动中，虽照例难免挫折重重，但在重重挫折中，却对于他的工作，始终能充满信心，顽强坚持，克服来自内外各种不易设想的困难，从工作上取得不断新的突破，显明进展。生命正当成熟期，生命力之旺盛，反映到每一幅作品中，给人以十分鲜明印象。吸收力既强，消化力又好，若善用其所长，而又能对于精力加以适当制约，不消耗于无多意义的世俗酬酢中，必将更进一步，为国家作出更多方面的贡献，实在意料中。进而对世界艺术丰富以新内容，也将是迟早间事。

一九七九年十月十四日作于北京

注释

1. 巧佞：机巧奸诈，阿谀奉承。
2. 攸归：所归。攸：所；归：归属。
3. 得胜营：现称吉信，属凤凰县。
4. 道尹：民国时期的官名。民国三年（1914年）5月，袁世凯公布省、道、县官制，分一省为数道，全国共九十三道，改各省观察使为道尹，管理所辖各县行政事务，隶属省长。
5. 拘迂：拘泥迂腐。
6. 帮口：旧时地方上或行业中借同乡或其他关系结合起来的小集团。现通指帮派。

7. 暌违（kuí wéi）：分离，分隔，离别。

8. 弟弟：沈从文的弟弟沈岳荃。

9. 黍离：《黍离》选自《诗经·王风》。"黍离之思"形容对家乡、故土的思念之情。

导读

《一个传奇的本事》原载 1947 年 3 月 23 日天津《大公报·星期文艺》，署名从文。

本文写于 1947 年，而附记部分却作于 1979 年。本文是为介绍黄永玉的木刻而写，而文中提及他作品的笔墨却是寥寥无几，大量篇幅用来描写黄永玉的父亲黄书玉的命运遭际，"大部分谈的却是作品以外事情——永玉本人也不明白的本地历史和家中情况"。全文"以本地历史变化为经，永玉父母个人一生及一家灾难情形为纬，交织而成一个篇章"。

黄书玉是沈从文的表兄，27 年前同作者一起在常德闯荡，无业可就，生活拮据。表兄黄书玉洒脱不羁的性情和出众的艺术禀赋，吸引了一个美术系的学生，最终两人结婚，并生有 5 个孩子。此后，黄书玉先后做过教师、军佐、绞船站站长，生存艰辛，理想破灭，最终贫病而死。其自小离家而自求生存的儿子，经历无人知晓的诸种生活磨难，成了青年艺术家，这便是黄永玉。故人之子的木刻自是让沈从文又惊又喜，也叩开了作者记忆的闸门，旧日重临，感喟万千，于是便有了这篇长文。作者表兄黄书玉曾有豪情壮志，后来却困顿而幻灭，这并非一己的命运的偶然，而是当时动荡的历史中小知识分子命运的缩影。这些知识分子曾经满怀理想，一腔热血，然而终于在艰难的生活和强大的现实前渐渐妥协，遭受幻灭之痛。

这篇长文还有着更为深广的主题意蕴，如作者在附记中所言：从表面看来，只像"借题发挥"一种杂乱无章的零星回忆，事实上却等于把那小小地方近两个世纪以来形成的历史发展和悲剧结局加以概括性的记录。作者对湘西历史与人事进行了一番广泛的回顾，寻索出"家乡的现实"，即"受历史性的束缚，使得数以万千计的有用青年，几乎全部毁灭于无可奈何的战争形成的趋势中"。而这既带来了知识分子的灾难，也造成了湘西的残败与衰落。

不毁灭的背影

"其为人也，温美如玉，外润而内贞。"

旧人称赞"君子"的话，用来形容一个现代人，或不免稍稍迂腐。因为现代是个粗狂，夸侈、褊私、疯狂的时代。艺术和人生，都必象征时代失去平衡的颠簸，方能吸引视听。"君子"在这个时代虽稀有难得，也就像是不切现实。惟把这几句作为佩弦先生[1]身后的题词，或许比起别的称赞更恰具体。佩弦先生人如其文，可爱可敬处即在凡事平易而近人情，拙诚中有妩媚，外随和而内耿介，这种人格或性格的混合，在作人方面比文章还重要。经传中称的圣贤，应当是个甚么样子，话很难说。但历史中所称许的纯粹君子，佩弦先生为人实已十分相近。

我认识佩弦先生和许多朋友一样，从读他的作品而起。先是读他的抒情长诗《毁灭》，其次读叙事散文《背影》。随即因教现代文学，有机会作一个进步的读者。在诗歌散文方面，得把他的作品和俞平伯[2]先生成就并提，作为比较讨论，使我明白代表五四初期两个北方作家：平伯先生如代表才华，佩弦先生实代表至性，在当时为同样有情感且善于处理表现情感。记得《毁灭》在《小说月报》发表时，一般读者反应都觉得是新诗空前的力作，文学研究同人也推许备至。惟从现代散文发展看全局，佩弦先生的叙事散文，能守住文学革命原则，文字明朗、素朴、亲切，且能把握住当时社会问题一面，贡献特别大，影响特别深。从民九起，国家教育设计，即已承认中小学国文读本，必用现代语文作品。因此梁任公[3]、陈独秀、胡适之、朱经农、陶孟和[4]……诸先生在理论问题文中，占了教科书重要部门。然对于生命在发展成长的青年学生，情感方面的启发与教育，意义最深刻的，却应数冰心女士的散文，叶圣陶、鲁迅先生的小说，丁西林[5]先生的独幕剧，朱孟实先生的论文学与人生信札，和佩弦先生的叙事抒情散文。在文学运动理论上，近二十年来有不断修正，语不离宗，"普及"

和"通俗"目标实属核心。真能理解问题的重要性，又能把握题旨，从作品上加以试验，证实且得到有持久性成就的，少数作家中，佩弦先生的工作，可算得出类拔萃。求通俗与普及，国语文学文字思想的标准是经济、准确和明朗，佩弦先生都若在不甚费力情形中运用自如，而得到极佳成果。一个伟大作家最基本的表现力，是用那个经济、准确、明朗文字叙事，这也就恰是近三十年有创造欲，新作家待培养、待注意、又照例疏忽了的一点。正如作家的为人，伟大本与素朴不可分。一个作家的伟大处，"常人品性"比"英雄气质"实更重要。但是在一般人习惯前，却常常只注意到那个英雄气质而忽略了近乎人情的厚重质实品性。提到这一点时，更让我们想起"佩弦先生的死去，不仅在文学方面损失重大，在文学教育方面损失更为重大"；冯友兰[6]先生在棺木前说的几句话，十分沉痛。因为冯友兰先生明白"教育"与"文运"同样实离不了"人"，必以人为本。文运的开辟荒芜，少不了一二冲锋陷阵的斗士，抚育生长，即必需一大群有耐心和韧性的人来从事。文学教育则更需能持久以恒兼容并包的人主持，才可望工作发扬光大。佩弦先生伟大得平凡，从教育看远景，是惟有这种平凡作成一道新旧的桥梁，才能影响深远的。

　　我认识佩弦先生本人时间较晚，还是民十九以后事。直到民二十三，才同在一个组织里编辑中小学教科书，隔二三天有机会在一处商量文字，斟酌取舍。又同为一副刊一月刊编委，每二星期必可集会一次，直到抗战为止。西南联大时代，虽同在一系八年，因家在乡下，除每星期上课有二三次碰头，反而不易见面。有关共事同处的愉快印象，照我私意说来，潘光旦[7]、冯芝生、杨今甫[8]、俞平伯四先生，必能有纪念文章写得更亲切感人。四位叙述，都可作佩弦先生传记重要参考资料。我能说的印象，却将用本文起始十余字概括。

　　一个写小说的人，对人特别看重性格。外表轮廓线条与人不同处何在，并不重要。最可贵的是品性的本质，与心智的爱恶取舍方式。我觉得佩弦先生性格最特别处，是拙诚中的妩媚，即调和那点"外润而内贞"形成的趣味和爱好。他对事，对人，对文章，都有他的自己意见，见得凡事和而不同，然而差别可能极小。他也有些小小弱点，即调和折衷性，用到文学方面时，比如说用到鉴赏批评方面，便永远具教学上的见解，少独具肯定性。用到古典研究方面，便缺少专断议论，无创见创获。即用到文学写作，作风亦不免容易凝固于一定风格上，三十年少变化，少新意。但这一切又似乎和他三十年主持文学教育有关。在清华、联大"委员制"习惯下任事太久，对所主持的一部门事务，必调和折衷方能进行，因之对个人工作为损失，对公家贡献就更多。熟人记忆中如尚记得联大时代常有人因同开一课，各不相下，僵持如摆擂台局面，就必然会觉得佩弦先生的折衷无我处，如何难得可贵！又良好教师和文学批评家，有个根本不同点：批评家不妨处处有我，良好教师却要客观，更承认价值上的相对性，多元性。陈寅恪[9]、刘叔雅[10]先生的专门研究，和创作上的试验成就，佩弦先生都同样尊重，而又出于衷心。一个大学国文系主任，这种认识很显然是能将新旧连接文化活用引导所主持一部门工作，到一个更新发展趋势上的。中国各大学国文系，若还需要办下去，佩弦先生这点精神，这点认识，实值得特别注意，且值得当成一个永久向前的方针。

凡讨论现代中国文学过去得失，总感觉到有一点困难，即顾此失彼。时间虽仅短短三十年，材料已留下一大堆。民二十四年良友图书公司主持人赵家璧先生，印行新文学大系，欲克服这种困难和毛病，因商量南北熟人用分门负责制编选。或用团体作单位，或用类别作单位。最难选辑的是新诗。佩弦先生担任了这个工作，却又用的是那个客观而折衷的态度，不仅将各方面作品都注意到，即对于批评印象，也采用了一个"新诗话"制度辑取了许多不同意见。因之成为谈新诗一本最合理想的参考读物，且足为新文学选本取法。

佩弦先生的《背影》，是近二十五年国内年青学生最熟习的作品。佩弦先生的土耳其式毡帽和灰棉帽，也是西南联大同人记忆最深刻的东西。但这两种东西必需加在一个瘦小横横的身架上，才见出分量———一种悲哀的分量！这个影子在我记忆中，是从二十三年在北平西斜街四十五号杨宅起始，到"八一三"[11]共同逃难天津，又从长沙临时大学饭厅中，转到昆明青云街四眼井二号，北门街唐家花园清华宿舍一个统舱式楼上。到这时，佩弦先生的身边还多了一件东西，即云南特制的硬灰白羊毛毡。（这东西和潘光旦先生鹿皮背甲，照老式制法上面还带点毛，冯友兰先生的黄布印八卦包袱，为本地孩子避邪驱灾用的，可称联大三绝。）这毛毡是西南夷时代的氍毹[12]，用来裹身，平时可避风雨，战时能防刀箭，下山时滚转而下还不至于刺伤四肢。昆明气候本来不太热太冷，用不着厚重被盖，佩弦先生不知从何时起床上却有了那么一片毛毡。因为他的病，有两回我去送他药，正值午睡方醒。却看到他从那片毛毡中挣扎而出，心中就觉得有种悲戚。想象他躺在硬板床上，用那片粗毛毡盖住胸腹午睡情形，一定凄惨。那时节他即已常因胃病，不能饮食，但是家小还在成都，无人照顾，每天除了吃宿舍集团粗粝包饭，至多能在床头前小小书桌上煮点牛奶吃。那间统舱式的旧楼房，一共住了八个单身教授，同是清华二十年同事老友，大家日子过得够寒伧，还是有说有笑，客人来时，间或还可享用点烟茶。但对于一个体力不济的病人，持久下去，消耗情形也就可想而知。房子还坍过一次墙，似在东边，佩弦先生幸好住在北端。

　　楼房对面是个小戏台，戏台已改作过道，过道顶上还有一个小阁楼，住着美籍教授温特。阁楼梯子特别狭小曲折，上下都得一再翻转身体，大个子简直无希望上下。上面因陋就简，书籍、画片、收音机、话匣子，以及一些东南亚精巧工艺美术品，墙角梁柱凡可以搁东西处无不搁得满满的。屋顶窗外还特制个一尺宽五尺长木槽，种满了中西不同的草花。房中还有只好事喜弄的小花猫，各处跳跃，客人来时尤其欢喜和客人戏闹。二丈见方的小阁楼，恰恰如一个中西文化美术动植物罐头，不仅可发现一民族一区域热情和梦想，痛苦或欢乐的式式样样，还可欣赏终日接受阳光生意盎然的花草，陶融于其中的一个老人，一只小猫，佩弦先生住处一面和温特教授小楼相对，另一面有两个窗户，又恰当去唐家花园拜墓看花行人道的斜坡，窗外有一簇绿荫荫的树木，和一点芭蕉一点细叶紫干竹子。有时还可看到斜坡边栏干砖柱上一盆云南大雪山种华美杜鹃和白山茶，花开得十分茂盛，寂静中微见凄凉，雨来时风气处一定能送到房中一点簌簌声和淡淡清远香味。

　　那座戏楼，那个花园，在民初元恰是三十岁即开府西南，统领群雄，反对帝制，五省盟主唐继尧[13]将军的私产。蔡松坡[14]、梁任公，均曾下榻其中。迎宾招贤，举觞称寿，以及酒后歌余，月下花前散步赋诗，东大陆主人的豪情盛概，历史上动人情景，犹恍惚在目前。然前后不过十余年，主要建筑即早已赁作没领事馆办公处，终日只闻打字机和无线电收音机声音。戏楼正厅及两厢，竟成为数十单身流亡教授暂时的栖身处，池子中一张旧餐桌上放了几份报，一个不美破花瓶，破烂萧条恰像是一个旧戏院的后台。戏台阁楼还放下那么一个"鸡尾"式文化罐头。花园中虽然经常尚有一二十老花匠照料，把园中花木收拾得很好，花园中一所房子中，小主人间或还在搁有印缅总督，边疆土司，及当时权要所送的象牙铜玉祝寿礼物堆积客厅中，款待客人，举行小规模酒筵舞会，有乐声歌声和行酒欢呼笑语声从楼窗溢出，打破长年的寂静。每逢云南起义日，且照例开放墓园，供市民参观拜谒。凡此都不免更使人感到"一切无常，一切也就是真正历史"。这历史，照例虽存在却不曾保留下来，保留下来的倒常常是"不见马家宅，今作奉诚园"诗人黍离的感慨！就在那么一种情形下，《毁灭》与《背影》作者，站在住处窗口边，没有散文没有诗，默默的过了六年。这种午睡刚醒或黄昏前后镶嵌到绿荫荫窗口边憔悴清瘦的影子，同时住七个老同事记忆中，一定终生不易消失。

在那个住处窗口边，佩弦先生可能会想到传道书所谓"一切空虚"。也可能体味到庄子名言："大块赋我以形，劳我以生，佚我以老，息我以死。"因为从所知道的朋友说来，他实在太累了，体力到那个时候，即已消耗差不多了。佩弦先生本来还并未老，精神上近年来且表现得十分年青。但是在公家职务上，和家庭担负上，始终劳而不佚，得不到一点应有的从容，就因老而病死了。广济寺下院砖塔顶扬起的青烟，这两天可能已经熄灭了。能毁灭的已完全毁灭。但是佩弦先生的人与文，却必然活到许多人生命中，比云南唐府那座用大理石砌就的大坟还坚实永久。

八月十九日西郊

注释

1. 佩弦先生：即朱自清（1898—1948 年），原名自华，号秋实，改名自清，字佩弦。原籍浙江绍兴，生于江苏东海。现代著名散文家、诗人、学者、民主战士。主要作品有：《雪朝》、《踪迹》、《背影》、《欧游杂记》、《你我》、《精读指导举隅》、《略读指导举隅》、《国文教学》、《诗言志辨》、《新诗杂话》、《标准与尺度》、《论雅俗共赏》。

2. 俞平伯（1900—1990 年）：原名俞铭衡，字平伯。现代诗人、作家、红学家。清代朴学大师俞樾曾孙。与胡适并称"新红学派"的创始人。他出身名门，早年以新诗人、散文家享誉文坛。他积极参加五四新文化运动，精研中国古典文学，执教于著名学府，是一位热忱的爱国者和具有高尚情操的知识分子。

3. 梁任公：即梁启超，中国近代史上著名的政治活动家、启蒙思想家、资产阶级宣传家、教育家、史学家和文学家。戊戌变法（百日维新）领袖之一。曾倡导文体改良的"诗界革命"和"小说界革命"。其著作合编为《饮冰室合集》。

4. 陶孟和：原名履恭，社会学家。祖籍浙江绍兴，曾担任中国科学院副院长。

5. 丁西林（1893—1974 年）：中国剧作家、物理学家、社会活动家。原名丁燮林，字巽甫。

6. 冯友兰（1895—1990 年）：字芝生，河南唐河县人。中国当代著名哲学家，教育家。

7. 潘光旦：江苏宝山人（今属上海市）。原名光亶，笔名光旦（以亶字笔画多，取其下半改为光旦），又名保同，号仲昂，社会学家，优生学家，民族学家。

8. 杨今甫：即杨振声。

9. 陈寅恪：中国现代最负盛名的历史学家、古典文学研究家、语言学家。

10. 刘叔雅：即刘文典，国学大师、原清华大学国文系主任。

11. "八一三"：即"八一三"事变，又称"八一三"淞沪抗战，是抗日战争初期继"七七"事变以后，1937 年 8 月 13 日上海军民奋起抗击日本侵略军的壮烈战斗。

12. 氆氇（pǔ lu）：是藏族人民手工生产的一种毛织品，可以做衣服、床毯等，举行仪礼时也作为礼物赠人。

13. 唐继尧：字莹赓，云南会泽人，1905 年秋加入同盟会。辛亥革命爆发后，参加蔡锷指挥的昆明重九起义。1915 年 12 月 25 日，蔡锷、唐继尧联名通电全国，宣布云南独立，发起推翻袁世凯的"护国起义"，掀起"护国运动"。1927 年 2 月 6 日，唐继尧交出政权下野。1927 年 5 月 23 日，44 岁的唐继尧气病成疾吐血丧命，葬于昆明园通山。

14. 蔡松坡：即蔡锷。

导读

《不毁灭的背影》曾发表于 1948 年 8 月 28 日《新路》周刊第一卷第十六期，署名沈从文。

这是一篇悼念现代著名散文家、诗人和学者朱自清先生的文章。题目构思巧妙，化入了朱自清先生的两篇名作，即诗歌《毁灭》和散文《背影》，使人一望即知这是书写朱自清先生的。而一个"不"字的添入，便显示出朱自清先生其人格其文章之不朽，能抵御时间之流的侵蚀，一任诸事消磨殆尽，兀自不灭。

　　作者开篇即以"其为人也，温美如玉，外润而内贞"这一对古典君子的赞语，来概括朱自清先生的性情、人格与文学的创作及教育。不论其为人还是写作，均有着"平易而近人情，拙诚中有妩媚，外随和而内耿介"之特质。文章主要从文学创作和文学教育两方面来谈朱自清先生的卓越贡献。在文学创作方面，他写诗有至性和深情且善于表现，而其散文创作能守住文学革命的原则，力求文字明朗、朴素和亲切，瞩目于"普及"和"通俗"，却又不失雅致和美丽，大大推动了白话语文的发展，成为白话语文的典范之作，足以为训。而在文学教育方面，他兼容并包，折衷无我，力求客观，尊重价值多元，连接新旧文化。而不论是哪一方面的实践，均体现出他君子的风度。而作者也指出了朱自清先生的"小小弱点"，既不失文章的真实性，又呈现出朱自清的真实而丰满的形象。而这是先抑后扬之笔，为表现朱自清的奉献精神及主持工作的能力作出铺垫。朱自清的贡献是伟大的，而其为人和作文不失朴素，具有厚重质实的"常人品性"，而不似"英雄气质"那般失去了近乎人情的品质。文章最后写了他在昆明时的生活点滴，朱自清彼时多病，憔悴清瘦，却操劳不息，读来令人感动。而这种精神是不会毁灭的，胜似大理石的坚实品质，永存于他人的生命之中。

悼靳以

得到靳以逝世的消息，正和去年得到郑西谛同志逝世消息一样，一面感到沉痛，一面还希望消息是误传。因为两个老友，都正当年富力强、精神饱满，热爱生活热爱新社会，正当为人民事业献身大有可为的时候，不可能忽然死去的！月前有熟人过上海时，只听说靳以因工作劳累，心脏出了毛病，曾一度昏迷，入了医院。在病院中，谈起我们一代一定可以看到社会主义的建成，情绪还十分乐观。《人民文学》十一月号发表的《跟着老马转》是他最后一个作品，为劳动英雄作的画像，还充满了爱和热情。这里朋友为他的忘我工作深受感动，正一再去信劝他注意健康，不意消息传来，还是由于风湿性的心脏病猝发，终成古人，致使文学创作队伍少了一位好战士，朋友中失去一个真挚坦率、热情洋溢、永远能给人以鼓舞的友人，真是不可弥补的损失。

我和靳以认识已有了三十多年，那时同在上海，见面还并不多。一九三三年我从青岛回转北京时，他不久也来到了北京，和巴金、曹禺、之琳[1]等同住在北海前边三座门七号一所房子里。常到那里去的客人，记得有何其芳[2]、李广田[3]、方敬[4]、曹葆华[5]等。因为同在编辑文学刊物，彼此组稿换稿常有联系，我们见面机会也多了些。靳以和巴金、西谛同编《文学季刊》，实际上组稿阅稿和出版发行方面办交涉，负具体责任的多是靳以。刊物能继续下去，按期出版，分布到全国读者面前，真不是简单工作！因为那么厚厚的一本文学杂志，单是看稿、改稿、编排、校对，工作量就相当沉重！靳以作来倒仿佛凡事成竹在胸，游刃有余，远客来时，还能陪上公园喝喝茶，过小馆子吃个便饭，再听听刘宝全[6]大鼓。曹禺最早几个剧本，就是先在《文学季刊》发表，后来才单独印行的。当时一些年青作家，特别是一部分左翼作家，不少作品是通过这个刊物和全国读者见面的。靳以那时还极年青，为人特别坦率，重友情，是非爱憎分明，既反映到他个人充满青春活力的作品中，也同时反映到他编辑刊物团结作家的工作里。他本人早期作品，情感还比较脆弱，社会接触面也比较窄，对于革命未来，还缺少坚定明确的信仰。然而刊物的总精神，却是对旧社会和当时腐败无能、贪污媚外的国民党政权采取决不妥协的态度的。日本帝国主义者侵略东北不久，得寸进尺，使得华北局势进一步紧张后，刊物迁往上海出版，当时在党的抗日民族统一战线的号召影响下，团结作家抗战救亡的旗帜因此也更加鲜明。

抗日战事发展，平津沪宁相继沦陷，国内大多数作家，除一部分直往延安或参军外，大都到了西南后方，比较集中在四川、云南、广西三个地区。靳以在迁川的复旦大学国文系任教职。眼见到皖南事变[7]，国民党破坏抗日统一战线，以四大家族[8]控制下的腐败政权，对抗战越来越取的是投降主义，前方战士浴血，后方人民死亡流离。官僚却堕落无耻，特务横行，对进步知识分子所采取的残暴压迫手段，加上四川本地军阀、地主、流氓会道门三者结合起来的封建特权，对人民无情剥削越来越残酷，靳以由于日益和进步思想接近，思想感情逐渐起了变化，日益靠近党，而且在作品中加以反映。复员回到上海后，依旧在复旦主持国文系。当时正是回光反照的蒋介石政权疯狂迫害进步人士，全国民主和平运动遭受严重挫折时，靳以在上海和当时文学教育界进步知识分子取得密切联系，在党的领导下，作着反帝反蒋的民主活动。

全国解放，人民政府成立后，国家进入一个崭新的历史时期，文学艺术也进入一个崭新的历史时期，为体现毛主席延安文艺座谈会讲话所指示原则，文艺必须面向工农兵，为无产阶级政治服务。全国文学艺术家都热烈响应这一伟大号召，勇敢坚决投入革命洪炉中，参加土改、三反五反[9]、抗美援朝、思想改造等等轰轰烈烈运动中。靳以在近十年这个重要历史进程中，每一运动都站在前列，不断得到党的教育和帮助，思想认识也因之不断在发展，工作也越来越踏实。解放十年来，他因主持上海作协分会工作，又编辑《收获》，常来北京，我因事过南方都有机会见到他，谈谈各方面工作情形，从他的作品和谈话中，总使我觉得他生命越来越充实。他常常下乡下厂接触工农业建设中新景象，写了不少反映祖国新人新事的作品。一九五六年访苏回来后，还写了许多好游记，反映苏联文化建设新面貌，给国内读者以极大鼓舞和深刻印象。去年以来，常因病，已经医生劝告必需适当休息，但由于眼见耳闻国家新面貌无事不令人兴奋，稍好些就又热情饱满写了许多歌颂人民和时代的新作品，一面反映伟大祖国新气象，一面也反映靳以同志本人在党的教育下正和近年许多进步知识分子一样，不断地在改造自己，共产主义思想认识日益坚定明确。所以今年夏天报上刊载靳以入党时，朋友多认为十分自然。靳以生命进入一个新的阶段，今后必将可得到党和群众进一步帮助教育，为无产阶级领导的人类壮丽事业，为新的文学艺术，对人民作出更多更重要的贡献。不意在刚刚庆祝建国十年大节后不多久，以五十岁的盛年，即因旧病骤发，终于忽尔逝世。

靳以虽死而不死，因为他笔下和千百作家笔下所歌颂的人民英雄，正以无比英勇劳动，在为建设祖国继续前进。而且这种人民英雄，还正随同万千种更新的事业不断的在出现、成长，在任何生产部门中，前些日子认为是英雄业绩的，明日就有可能将成为一个普通公民努力的标准。新社会的奇迹，也和原子分裂一样，在迅速增加。由于党在用马克思列宁主义毛泽东思想领导六亿人民建设伟大祖国，驾驭钢铁，征服自然，首先就是注重人的改造，而人是能够改造的，靳以同志一生的发展就是一个最好的证明。靳以并没有死。靳以对于文学工作热情，对于人民事业的热情，必然会在朋友中和各方面都将留着长远的影响！

一九五九年十月八日夜北京

注释

1. 之琳：即卞之琳（1910—2000年），生于江苏海门汤门镇，祖籍江苏溧水，曾用笔名季陵，诗人（"汉园三诗人"之一）、文学评论家、翻译家。抗战期间在各地任教，曾是徐志摩的学生。为中国的文化教育事业作出了很大贡献。《断章》是他不朽的代表作。对莎士比亚很有研究，曾做过西语教授，并且在现代诗坛上作出了重要贡献，被公认为新文化运动中重要的诗歌流派新月派的代表诗人。

2. 何其芳（1912—1977年）：中国著名诗人，散文家，文学评论家，"红学"理论家。

3. 李广田（1906—1968年）：散文家。号洗岑，笔名黎地、曦晨等。

4. 方敬（1914—1996年）：生于重庆市万州区。民盟盟员，中共党员。诗人，散文家，文学翻译家，教授。

5. 曹葆华（1906—1978年）：诗人，出版了《寄诗魂》《落日颂》等诗集，翻译了梵乐希的《现代诗论》、瑞恰慈的《科学与诗》等。

6. 刘宝全（1869—1942年）：京韵大鼓演员，刘派京韵大鼓创始人。曾用名刘顺全，字毅民，河北深县人。

7. 皖南事变：1940 年 10 月 19 日，何应钦、白崇禧以国民政府军事委员会的名义，强令黄河以南的新四军、八路军在一个月内全部撤到江北；中国共产党从维护抗战大局出发，答应将皖南的新四军调离；1941 年 1 月 4 日，新四军军部及所属的支队 9000 多人由云岭出发北移；6 日，行至皖南泾县茂林时，遭到国民党军 8 万多人的伏击；新四军奋战七昼夜，弹尽粮绝，除约 2000 人突围外，大部分被俘或牺牲；叶挺与国民党军队谈判时被扣押，项英、周子昆被叛徒杀害。

8. 四大家族：一般是指蒋宋孔陈四大家族，指 20 世纪上半叶控制中国政治、经济命脉的四个家族，即蒋介石家族、宋子文家族、孔祥熙家族和陈立夫、陈果夫家族。

9. 三反五反："三反"、"五反"运动是 1951 年底到 1952 年 10 月，在党政机关工作人员中开展的"反贪污、反浪费、反官僚主义"和在私营工商业者中开展的"反行贿、反偷税漏税、反盗骗国家财产、反偷工减料、反盗窃国家经济情报"的斗争的统称。

导读

────────────

　　《悼靳以》载 1959 年 12 月《人民文学》第十二期，署名沈从文。靳以，即章靳以，中国现代作家，少年时代就读于天津南开中学，后入复旦大学国际贸易系，积极参加新文学运动，开始文学创作。大学毕业后以写作和编辑为生。1933 年在北京与郑振铎合编《文学季刊》，并担任《水星月刊》编委。1935年开始在上海与巴金合编《文季月刊》、《文丛》等杂志及烽火抗日小丛书。这时创作了《红烛》等小说散文集 10 余部。1938 年任内迁重庆的复旦大学国文系教授，兼编重庆《国民公报》的文学副刊《文群》。1941 年到福建师范专科学校任教，并编辑《现代文艺》、《奴隶的花果》、《最初的蜜》等杂志。这时创作了优秀短篇小说《众神》和《生存》。1944 年仍回重庆复旦大学执教。1946 年夏随校迁回上海，任国文系主任，并编辑《大公报·星期文艺》，还与叶圣陶等合编《中国作家》。新中国成立后继续从事创作和编辑工作。曾担任作协上海分会副主席。去世前主持大型文学刊物《收获》的编辑工作。

　　本文是一篇悼念友人章靳以的文章，诚恳真挚，情见乎词，虽然沉痛之笔，却不流于一己哀伤，更多笔墨被用来彰显和颂扬章靳以伟大的精神和可贵的人格。文中，作者追溯了两人相识的过程以及章靳以命运、情感与思想的变化轨迹，所着意突出的是他的孜孜不倦的工作精神和积极进取的革命精神。正因为"靳以对于文学工作热情，对于人民事业的热情"，虽死犹生，以一生的践行铸就了不朽的存在，为后世留下最可宝贵的精神遗产，勖勉来者。

忆翔鹤

——二十年代前期同在北京我们一段生活的点点滴滴

一九二三年秋天，我到北京已约一年，住在前门外杨梅竹斜街"酉西会馆"侧屋一间既湿且霉的小小房间中，看我能看的一些小书，和另外那本包罗万有用人事写成的"大书"，日子过得十分艰苦，却对未来充满希望。可是经常来到会馆看望我的一个表弟，先我两年到北京的农业大学学生，却担心我独住在会馆里，时间久了不是个办法。特意在沙滩附近银闸胡同一个公寓里，为我找到一个小小房间，并介绍些朋友，用意是让我在新环境里多接近些文化和文化人，减少一点寂寞，心情会开朗些。住处原是个贮煤间。因为受"五四"影响，来京穷学生日多，掌柜的把这个贮煤间加以改造，临时开个窗口，纵横钉上四根细木条，用高丽纸糊好，搁上一个小小写字桌，装上一扇旧门，让我这么一个体重不到一百磅的乡下佬住下。我为这个仅可容膝安身处，取了一个既符合实际又略带穷秀才酸味的名称，"窄而霉小斋"，就泰然坦然住下来了。生活虽还近于无望无助的悬在空中，气概倒很好，从不感到消沉气馁。给朋友印象，且可说生气虎虎，憨劲十足。主要原因，除了我在军队中照严格等级制度，由班长到军长约四十级的甚么长，具体压在我头上心上的沉重分量已完全摆脱，且明确意识到是在真正十分自由的处理我的当前，并创造我的未来。此外还有三根坚固结实支柱共同支撑住了我，即"朋友"，"环境"和"社会风气"。

原来一年中，我先后在农业大学、燕京大学和北京大学，就相熟了约三十个人。农大的多属湖南同乡。两间宿舍共有十二个床位，只住下八个学生，共同自办伙食，生活中充满了家庭空气。当时应考学农业的并不多，每月既有二十五元公费，学校对学生还特别优待。农场的蔬菜瓜果，秋收时，每一学生都有一份。实验农场大白菜品种特别好，每年每人可分一二百斤，一齐埋在宿舍前砂地里。千八百斤大卷心菜，足够三四个月消费。新引进的台湾种矮脚白鸡，用特配饲料喂养。下蛋特别勤，园艺系学生，也可用比市场减半价钱，每月分配一定分量。我因表弟在农大读书，早经常成为不速之客，留下住宿三五天是常有事。还记得有一次雪后天晴，和郁达夫先生、陈翔鹤、赵其文共同踏雪出平则门，一直走到罗道庄，在学校吃了一顿饭，大家都十分满意开心。因为上桌的菜有来自苗乡山城的鹌鹑和胡葱酸菜，新化的菌子油，汉寿石门的风鸡风鱼，在北京任何饭馆里都吃不到的全上了桌子。

这八个同乡不久毕业回转家乡后，正值北伐成功，因此其中六个人，都成了县农会主席，过了一阵不易设想充满希望的兴奋热闹日子，"马日事变"[1]倏然而来，便在军阀屠刀下一同牺牲了。

第二部分朋友是老燕京大学的学生。当时校址还在盔甲厂，由认识董景天（即董秋斯）开始。董原来正当选学生会主席，照习惯，即兼任校长室的秘书。初到他学校拜访时，就睡在他独住小楼地板上，天上地下谈了一整夜。第二天他已有点招架不住，我还若无其事。到晚上又继续谈下去，一直三夜，把他几乎拖垮，但他对我却已感到极大兴趣，十分满意。于是由董景天介绍先后认识了张采真、司徒乔、刘廷蔚、顾千里、韦丛芜、于成泽、焦菊隐、刘潜初、樊海珊等人。燕大虽是个教会大学，可是学生活动也得到较大便利。当北伐军到达武汉时，这些朋友多已在武汉工作。不久国共分裂，部分还参加了广州暴动，牺牲了一半人。活着的陆续逃回上海租界潜伏待时。一九二八——一九二九年左右，在景天家中，我还有机会见到张采真、刘潜初等五六人多次，谈了不少武汉前后情况，和广州暴动失败种种。（和斯沫特莱[2]相识，也是在董家。）随后不久，这些朋友就又离开了上海，各以不同灾难成了"古人"。解放后，惟一还过从的，只剩下董景天一人。我们友谊始终极好。我在工作中的点滴成就，都使他特别高兴。他译的托尔斯泰名著，每一种印出时，必把错字一一改正后，给我一册作为纪念。不幸在我一九七一年从湖北干校回京时，董已因病故去二三月了。真是良友云亡，令人心痛。

第三部分朋友，即迁居沙滩附近小公寓后不多久就相熟了许多搞文学的朋友。湖南人有刘梦苇、黎锦明、王三辛……四川人有陈炜谟、赵其文、陈翔鹤，相处既近，接触机会也更多。几个人且经常同在沙滩附近小饭店同座共食。就中一部分是北大正式学生，一部分和我情形相近，受了点

"五四"影响，来到北京，为继续接受文学革命熏陶，引起了一点幻想童心，有所探索有所期待而来的。当时这种年青人在红楼附近地区住下，比住东西二斋的正规学生大致还多数倍。有短短时期就失望离开的，也有一住三年五载的，有的对于文学社团发生兴趣，有的始终是单干户。共同影响到三十年代中国新文学，各有不同成就。

近人谈当时北大校长蔡元培先生的伟大处时，多只赞美他提倡的"学术自由"，选择教师不拘一格，能兼容并包，具有远见与博识。可极少注意过学术思想开放以外，同时对学校大门也全面敞开，学校听课十分自由，影响实格外深刻而广泛。这种学习方面的方便，以红楼为中心，几十个大小公寓，所形成的活泼文化学术空气，不仅国内少有，即在北京别的学校也稀见。谈二十世纪二十年代北大学术上的自由空气，必需肯定学校大门敞开的办法，不仅促进了北方文学的成就，更酝酿储蓄了一种社会动力，影响到后来社会的发展。因为当时"五四"虽成了尾声，几个报纸副刊，几个此兴彼起的文学新社团，和大小文学刊物，都由于学生来自全国，刊物因之分布面广，也具有全国性。

我就是在这时节和翔鹤及另外几个朋友相识，而且比较往来亲密的。记得炜谟当时是北大英文系高材生，特别受学校几位名教师推重，性格比较内向，兴趣偏于研究翻译，对我却十分殷勤体贴。其文则长于办事，后来我在《现代评论》当发报员时，其文已担任经理会计一类职务。翔鹤住中老胡同，经济条件似较一般朋友好些，房中好几个书架，中外文书籍都比较多，新旧书分别搁放，清理得十分整齐。兴趣偏于新旧文学的欣赏，对创作兴趣却不大。三人在人生经验和学识上，都比我成熟得多，但对于社会这本"大书"的阅读，可都不如我接触面广阔，也不如我那么注意认真仔细。正因为我们性情经历上不同处，在相互补充情形下，大家不只谈得来，且相处极好。我和翔鹤同另外一些朋友就活在二十年代前期，这么一个范围窄狭生活中，各凭自己不同机会、不同客观条件和主观愿望，接受所能得到的一份教育，也影响到后来各自不同的发展，有些近于离奇不经的偶然性，有些又若有个规律，可以于事后贯串起来成一条线索，明白一部分却近于必然性。

因为特别机会，一九二五——二六年间，我在香山慈幼院图书馆作了个小职员，住在香山饭店前山门新宿舍里。住处原本是清初泥塑四大天王所占据，香山寺既改成香山饭店，学生用破除迷信为理由，把彩塑天王捣毁后，由学校改成几间单身职员临时宿舍。别的职员因为上下极不方便，多不乐意搬到那个宿舍去。我算是第一个搬进的活人。翔鹤从我信中知道这新住处奇特环境后，不久就充满兴趣，骑了毛驴到颐和园，换了一匹小毛驴，上香山来寻幽访胜，成了我住处的客人，在那简陋宿舍中，和我同过了三天不易忘却的日子。双清那个悬空行宫虽还有活人住下，平时照例只两个花匠看守。香山饭店已油漆一新，挂了营业牌子，当时除了四个白衣伙计管理灯水，还并无一个客人。半山亭近旁一系列院落，泥菩萨去掉后，到处一片空虚荒凉，白日里也时有狐兔出没，正和《聊斋志异》故事情景相通。我住处门外下一段陡石阶，就到了那两株著名的大松树旁边。我们在那两株"听法松"边畅谈了三天。每谈到半晚，四下一片特有的静寂，清冷月光从松枝间筛下细碎影子到两人身上，使人完全忘了尘世的纷扰，但也不免鬼气阴森，给我们留下个清幽绝伦的印象。所以经过半个世纪，还明明朗朗留在记忆中，不易忘却。解放后不久，翔鹤由四川来北京工作，我们第一次相见，提及香山旧事，他还记得我曾在大松树前，抱了一面琵琶，为他弹过"梵王宫"³曲子。大约因为初学，他说，弹得可真蹩脚，听来不成个腔调，远不如陶潜挥"无弦琴"有意思。我只依稀记得有这么一件乐器，至于曲调，大致还是从刘天华⁴先生处间接学来的。这件乐器，它的来处和去踪，可通通忘了。

翔鹤在香山那几天，我还记得，早晚吃喝，全由我下山从慈幼院大厨房取来，只是几个粗面冷馒头，一碟水疙瘩咸菜。饮水是从香山饭店借用个洋铁壶打来的。早上洗脸，也照我平时马虎应差习惯，若不是从"双清"旁山溪沟里，就那一线细流，用搪瓷茶缸慢慢舀到盆里，就得下山约走五十级陡峻石台阶，到山半腰那个小池塘旁石龙头口流水处，挹取活泉水对付过去。一切都简陋草率得可笑惊人。一面是穷，我还不曾学会在饮食生活上有所安排，使生活过得像样些。另一面是环境的清幽离奇处，早晚空气都充满了松树的香味，和间或由双清那个荷塘飘来的荷花淡香。主客间所以都并不感觉到甚么歉仄或生活上的不便，反而觉得充满了难得的野趣，真是十分欢快。使我深一层认识到，生长于大都市的翔鹤，出于性情上的熏染，受陶渊明、嵇康⁵作品中反映的洒脱离俗影响实已较深；和我来自乡下，虽不欢喜城市却并不厌恶城市，入城虽再久又永远还像乡巴佬的情形，心情上似同实异的差别。因此正当他羡慕我的新居环境像个"洞天福地"，我新的工作从任何方面说来也是难得的幸运时，我却过不多久，又不声不响，抛下了这个燕京二十八景之一的两株八百年老松树，且并不曾正式向顶头上司告别，就挟了一小网篮破书，一口气跑到静宜园宫门口，雇了个秀眼小毛驴，下了山，和当年鲁智深一样，返回了"人间"。依旧在那个公寓小窝里，过我那种前路茫茫穷学生生活了。生活上虽依旧毫无把握，情绪上却自以为又得到完全自由独立，继续进行我第一阶段的自我教育。一面阅读我所能到手用不同文体写成的新旧文学作品，另一面更充满热情和耐心，来阅读用人事组成的那本内容无比丰富充实的"大书"了。在风雨中颠簸生长的草木，必然比在温室荫蔽中培育的更结实强健。对我而言，也更切合实际。个人在生活处理上，或许一生将是个永远彻底败北者，但在工作上的坚持和韧性，半个世纪来，还像对得起这个生命。这种坚毅持久、不以一时成败得失而改型走样，自然包括有每一阶段一些年岁较长的友好，由于对我有较深认识、理解而产生无限同情和支持密切相关。回溯半世纪前第一阶段的生活和学习，炜谟、其文和翔鹤的影响，显明在我生长过程中，都占据一定位置。我此后工作积累点滴成就，都和这份友谊分不开。换句话说，我的工作成就里，都浸透有几个朋友澹而持久古典友谊素朴性情人格一部分。后来生活随同社会发展中，经常陷于无可奈何情形下，始终能具一种希望信心和力量，倒下了又复站起，当十年浩劫及身时，在湖北双溪，某一时血压高达二百五十度，心目还不眩瞀[6]失去节度，总还觉得人生百年长勤，死者完事，生者却宜有以自励。一息尚存，即有责任待尽！这些故人在我的印象温习中，总使我感觉到生命里便回复了一种力量和信心。所以翔鹤虽在十年浩劫中被折磨死去了，在我印象中，却还依旧完全是个富有生气的活人。

一九八○年八月十日作于北京

注释

1.马日事变：1927年5月21日晚，国民党反动军官许克祥率叛军袭击共产党湖南省总工会等革命机关、团体，解除工人纠察队和农民自卫军武装，释放所有在押的土豪劣绅。共产党员、国民党左派及工农群众百余人被杀害。事变后，许克祥与国民党右派组织了"中国国民党湖南省救党委员会"，继续疯狂屠杀共产党人和革命群众。因 21 日的电报代日韵目是"马"字，故称这次事变为"马日事变"。

2. 斯沫特莱：即史沫特莱。美国女作家，记者。

3. 梵王宫：佛寺。

4. 刘天华（1895—1932 年）：中国优秀的民族乐器作曲家、演奏家、音乐教育家。

5. 嵇康：三国时魏末文学家、思想家与音乐家，竹林七贤之一。

6. 眩瞀（mào）：眼睛昏花，视物不明；昏愦，迷乱。

导读

《忆翔鹤》载 1980 年 11 月《新文学史料》第 4 期，署名沈从文。翔鹤，即陈翔鹤，1901 年出生于四川重庆，中共党员，著名作家、出版家、文史专家。年轻的时候，他与好友一起组织的社团浅草社、沉钟社以及创办的刊物《浅草》、《沉钟》，便受到鲁迅先生的重视。1938 年在白色恐怖非常严重的情况下加入中国共产党，冒着生命危险积极地在党的领导下工作。新中国成立后，他筹办并长期主编《光明日报》的副刊《文学遗产》，使其成为中国研究古典文学的重镇。此副刊也成为国家主席毛泽东最喜欢看的读物之一。后调到中国社会科学院文学研究所任研究员，兼主编《文学研究集刊》。"文化大革命"期间受迫害致病而死。

本文是作者晚年对友人陈翔鹤及自己 20 世纪 20 年代寓居北京的生活的追忆。当时作者在北京虽是生活窘迫，衣食堪忧，却充实而有生气，原因之一便是"友情"所带来的慰藉。随后，作者即回忆了和诸多友人往来的欢愉情景，而与陈翔鹤的交往自是本篇的重点所在。同友人陈翔鹤共同生活的那段光景，花去作者最多的笔墨，也最是充满生机、闲趣与诗情，同时又呈示出翔鹤洒落脱俗的生命形态，一如魏晋人物。两人访古寻幽，抚琴弄曲，宛如身在远离尘俗的仙境。然而同友人的出尘离俗的性情相比，作者却有着"心情上似同实异的差别"。不久作者便离开那"洞天福地"而重归尘世，投入了新的生活。而友人翔鹤的素朴人格，却早已浸透了作者的生命，令其获得一种生活的韧性。不论其陷入何种困境，终不失去心中的信念和力量。正因如此，翔鹤虽早已在"文革"中被迫害致死，而于作者的心中却依旧富有生气地活着，成为融入他生命的一种人格力量。

友　情

　　一九八〇年十一月，我初次到美国哥伦比亚大学一个小型的演讲会讲话后，就向一位教授打听在哥大教中文多年的老友王际真[1]先生的情况，很想去看看他。际真曾主持哥大中文系达二十年，那个系的基础，原是由他奠定的。即以《红楼梦》一书研究而言，他就是把这部十八世纪中国著名小说节译本介绍给美国读者的第一人。人家告诉我，他已退休二十年了，独自一人住在大学附近一个退休教授公寓三楼中，后来又听另外人说，他的妻不幸早逝，因此人很孤僻，长年把自己关在寓所楼上，既极少出门见人，也从不接受任何人的拜访，是个古怪老人。

　　我和际真认识，是在一九二八年。那年他由美返国，将回山东探亲，路过上海，由徐志摩先生介绍我们认识的。此后曾继续通信。我每次出了新书，就给他寄一本去。我不识英语，当时寄信用的信封，全部是他写好由美国寄我的。一九二九到一九三一年间，我和一个朋友生活上遭到意外困难时，还前后得到他不少帮助。际真长我六七岁，我们一别五十余年，真想看看这位老大哥，同他叙叙半世纪隔离彼此不同的情况。因此回到新港我姨妹家不久，就给他写了个信，说我这次到美国，很希望见到几个多年不见的旧友，如邓嗣禹[2]、房兆楹[3]和他本人。准备去纽约专诚拜访。

　　回信说，在报上已见到我来美消息。目前彼此都老了，丑了，为保有过去年青时节印象，不见面还好些。果然有些古怪。但我想，际真长期过着极端孤寂的生活，是不是有一般人难于理解的隐衷？且一般人所谓"怪"，或许倒正是目下认为活得"健康正常人"中业已消失无余的稀有难得的品质。

　　虽然回信像并不乐意和我们见面，我们——兆和、充和[4]、傅汉思[5]和我，曾两次电话相约两度按时到他家拜访。

　　第一次一到他家，兆和、充和即刻就在厨房忙起来了。尽管他连连声称厨房不许外人插手，还是为他把一切洗得干干净净。到把我们带来的午

饭安排上桌时，他却承认做得很好。他已经八十五六岁了，身体精神看来
还不错。我们随便谈下去，谈得很愉快。他仍然保有山东人那种爽直淳厚
气质。使我惊讶的是,他竟忽然从抽屉里取出我的两本旧作,《鸭子》和《神
巫之爱》！那是我二十年代中早期习作,《鸭子》还是我出的第一个综合性
集子。这两本早年旧作，不仅北京上海旧书店已多年绝迹，连香港翻印本
也不曾见到。书已经破旧不堪，封面脱落了，由于年代过久，书页变黄了，
脆了，翻动时，碎片碎屑直往下掉。可是，能在万里之外的美国，见到自
己早年不成熟不像样子的作品，还被一个古怪老人保存到现在，这是难以
理解的，这感情是深刻动人的！

谈了一会，他忽然又从甚么地方取出一束信来，那是我在一九二八到
一九三一年写给他的。翻阅这些五十年前的旧信，它们把我带回到二十年
代末期那段岁月里，令人十分怅惘。其中一页最最简短的，便是这封我向
他报告志摩遇难的信：

际真：

志摩十一月十九日十一点三十五分乘飞机撞死于济南附近"开
山"。飞机随即焚烧，故二司机成焦炭。志摩衣已尽焚去，全身
颜色尚如生人，头部一大洞，左臂折断，左腿折碎，照情形看来，
当系飞机坠地前人即已毙命。二十一此间接到电后，二十二我赶
到济南，见其破碎遗骸，停于一小庙中。时尚有梁思成等从北平
赶来，张嘉铸从上海赶来，郭有守从南京赶来。二十二晚棺木运
南京转上海，或者尚葬他家乡。我现在刚从济南回来，时［一九三一
年十一月］二十三早晨。

那是我从济南刚刚回青岛，即刻给他写的。志摩先生是我们友谊的桥
梁，纵然是痛剁人心的噩耗，我不能不及时告诉他。

如今这个才气横溢光芒四射的诗人辞世整整有了五十年。当时一切情
形，保留在我印象中还极其清楚。

那时我正在青岛大学中文系教点书。十一月二十一日下午，文学院几
个比较相熟的朋友，正在校长杨振声先生家吃茶谈天，忽然接到北平一个

急电。电中只说志摩在济南不幸遇难，北平、南京、上海亲友某某将于二十二日在济南齐鲁大学朱经农校长处会齐。电报来得过于突兀，人人无不感到惊愕。我当时表示，想搭夜车去济南看看，大家认为很好。第二天一早车抵济南，我赶到齐鲁大学，由北平赶来的张奚若、金岳霖、梁思成诸先生也刚好到达。过不多久又见到上海来的张嘉铸先生和穿了一身孝服的志摩先生的长子，以及从南京来的张慰慈、郭有守两先生。

随即听到受上海方面嘱托为志摩先生料理丧事的陈先生谈遇难经过，才明白出事地点叫"开山"，本地人叫"白马山"。山高不超过一百米。京浦车从山下经过，有个小站可不停车。飞机是每天飞行的邮航班机，平时不售客票，但后舱邮包间空处，有特别票仍可带一人。那日由南京起飞时气候正常，因济南附近大雾迷途，无从下降，在市空盘旋移时，最后撞在白马山半斜坡上起火焚烧。消息到达南京邮航总局，才知道志摩先生正在机上。灵柩暂停城里一个小庙中。

早饭后，大家就去城里偏街瞻看志摩先生遗容。那天正值落雨，雨渐落渐大，到达小庙时，附近地面已全是泥浆。原来这停灵小庙，已成为个出售日用陶器的堆店。院坪中分门别类搁满了大大小小的缸、罐、沙锅和土碗，堆叠得高可齐人。庙里面也满是较小的坛坛罐罐。棺木停放在入门左侧贴墙处，像是临时腾出来的一点空间，只容三五人在棺边周旋。

志摩先生已换上济南市面所能得到的一套上等寿衣：戴了顶瓜皮小帽，穿了件浅蓝色绸袍，外加个黑纱马褂，脚下是一双粉底黑色云头如意寿字鞋。遗容见不出痛苦痕迹，如平常熟睡时情形，十分安详。致命伤显然是飞机触山那一刹那间促成的。从北京来的朋友，带来个用铁树叶编成径尺大小花圈，如古希腊雕刻中常见的式样，一望而知必出于志摩先生生前好友思成夫妇之手。把花圈安置在棺盖上，朋友们不禁想到，平时生龙活虎般、天真纯厚、才华惊世的一代诗人，竟真如"为天所忌"，和拜伦、雪莱命运相似，仅只在人世间活了三十多个年头，就突然在一次偶然事故中与世长辞！志摩穿了这么一身与平时性情爱好全然不相称的衣服，独自静悄悄躺在小庙一角，让檐前点点滴滴愁人的雨声相伴，看到这种凄清寂寞景象，在场亲友忍不住人人热泪盈眶。

我是个从小遭受至亲好友突然死亡比许多人更多的人，经受过多种多样城里人从来想象不到的恶梦般生活考验，我照例从一种沉默中接受现实。当时年龄不到三十岁，生命中像有种青春火焰在燃烧，工作时从不知道甚么疲倦。志摩先生突然的死亡，深一层体验到生命的脆弱倏忽，自然使我感到分外沉重。觉得相熟不过五六年的志摩先生，对我工作的鼓励和赞赏所产生的深刻作用，再无一个别的师友能够代替，因此当时显得格外沉默，始终不说一句话。后来也从不写过甚么带感情的悼念文章。只希望把他对我的一切好意热忱，反映到今后工作中，成为一个永久牢靠的支柱，在任何困难情况下，都不灰心丧气。对人对事的态度，也能把志摩先生为人的热忱坦白和平等待人的稀有好处，加以转化扩大到各方面去，形成长远持久的影响。因为我深深相信，在任何一种社会中，这种对人坦白无私的关心友情，都能产生良好作用，从而鼓舞人抵抗困难，克服困难，具有向上向前意义的。我近五十年的工作，从不断探索中所得的点滴进展，显然无例外都可说是这些朋友纯厚真挚友情光辉的反映。

人的生命会忽然泯灭，而纯挚无私的友情却长远坚固永在，且无疑能持久延续，能发展扩大。

一九八一年八月于北京作

注释

1. 王际真：著名文学评论家、翻译家，任教于哥伦比亚大学。1929年将《红楼梦》用英文节译为39章和一个楔子，后来部分故事作提要式叙述。译名为 "*Dream of the Red Chamber*"。后又翻译了鲁迅的大量作品。

2. 邓嗣禹（1905—1988年）：历史学家，1932年燕京大学毕业后，留学哈佛大学，与林语堂、陈寅恪等同为哈佛燕京学社成员，师从著名汉学家费正清先生，于1942年获博士学位，后长期任教于美国印第安纳大学，并被哈佛等名校聘为客座教授，是尼克松首次访华时的代表团成员之一。

3. 房兆楹（1908—1985年）：是国际知名的中国史专家，研究领域侧重于明清史和中国近代史。

4. 张充和：即作者妻子张兆和的妹妹。

5. 傅汉思：德裔美国籍犹太人，著名汉学家、耶鲁大学东亚语言文学系教授，张充和的丈夫。

导读

《友情》载 1981 年 11 月《新文学史料》第四期，署名沈从文。

本文记述了两份令作者永难忘怀的友情，历经半个世纪，未损丝毫，情深如初。一份友情是作者同王际真先生结下的，其人身在大洋彼岸；另一份则来自徐志摩先生，一颗诗心早已陨落。而通过文中的记述，我们又得知：徐志摩正是作者与王际真的友谊之桥梁。于是作者便自然而然地在文中连缀起两份友情，而一以贯之的是对故人的深深怀念。

王际真任教于哥伦比亚大学，汉学泰斗，离群索居，承受孤寂，性情古怪，而这在作者看来，却是一种在所谓的"健康正常人"中业已消失无余的稀有难得的品质。这是指一种居于寂寞而走向内心的品质。诗人里尔克曾说："我们最需要却只是：寂寞，广大的内心的寂寞。"早年王际真与作者通信往来，且在作者陷入困境时多次给予援助，无不令其感恩于心。时隔五十载，两位故人他乡又遇，自是感慨万千，而作者并不渲染，只是出自于一个动人的细节：故友依旧保留着作者曾寄来的书籍和信笺，纸旧而情深。

而一封作者寄来以报告徐志摩遇难的信笺，勾起了作者对已故的友人徐志摩的怀念。于是，得知噩耗和瞻看遗容的过往情景便即刻历历在目了。作者依旧走笔从容，并不煽情，用语克制，却可令读者感受到作者那深厚而真挚的情感。对这位友人的怀念，并不流于言辞，而已然融入生命中，时时给予作者向上的力量与克服困难的勇气。"人的生命会忽然泯灭，而纯挚无私的友情却长远坚固永在，且无疑能持久延续，能发展扩大。"

沈从文年表（1902 — 1988）

1902 年

生于湖南凤凰县一个军人世家，学名岳焕，乳名茂林，字崇文。

1917 年

参加湘西靖国联军第二军游击第一支队，驻防辰州（沅陵）。

1920 年

在芷江一警察所当办事员。后因初恋受骗而出走。

1922 年

任靖国联军第一军统领官陈渠珍书记。

1923 年

去北京。报考燕京大学国文班，未被录取。在北京大学旁听。

1924 年

开始在《晨报副刊》发表作品。

1926 年

出版《鸭子》集，北京北新书局，包括戏剧：盲人、野店、赌徒、卖糖复卖蔗、霄神、羊羔、鸭子、蟋蟀、三兽窣堵波（附文《关于〈三兽窣堵波〉》）；小说：雨、往事、玫瑰与九妹、夜渔、代狗、腊八粥、船上、占领、槐化镇；散文：月下、小草与浮萍、到北海去、遥夜（一及二）、水车、一天、生之记录；诗：残冬、春月、薄暮、萤火、我喜欢你。

1927 年

出版《蜜柑》，上海新月书店，包括：序、初八那日、晨、早餐、蜜柑、乾生的爱、看爱人去、草绳、猎野猪的故事。

出版《入伍后》，北新书局，包括：入伍后、我的小学教育、岚生同岚生太太、松子君、屠桌边、炉边、记陆弢、传事兵、过年（戏剧）、蒙恩的孩子（戏剧）。

1928 年

从北京到上海。与胡也频、丁玲筹办《红黑》杂志和出版社。

出版《老实人》，上海现代书局，包括：自序、船上岸上、雪、连长、我的邻、在私塾、老实人、一件心的罪孽、一个妇人的日记。

出版《好管闲事的人》，上海新月书店，包括：好管闲事的人、或人的太太、焕乎先生、喽啰、怯汉、卒伍、爹爹。

出版《不死日记》，上海人间书店，包括：献辞、不死日记、中年、善钟里的生活。

出版《阿丽思中国游记一卷》，上海新月书店。包括：序、第一章　她同那兔子绅士是怎样的通信、第二章　关于约翰·傩喜先生、第三章　那一本中国旅行指南、第四章　出发的情形、第五章　第一天的事、第六章　他们怎么样一次花了三十一块小费、第七章　八哥博士的欢迎会、第八章　他们去拜访那一只灰鹳、第九章　灰鹳的家、第十章　"我一个人先转来"他同姑妈说的。

出版《阿丽思中国游记二卷》，上海新月书店。包括：序、第一章　那只鸭子姆姆见到她大发其脾气、第二章　她与她、第三章　她自己把话谈厌了才安然睡在抽屉匣子里、第四章　生着气的她却听了许多使心里舒畅的话、第五章　谈预备、第六章　先安置这一个、第七章　又通一次信、第八章　水车的谈话、第九章　世界上顶多儿女的干妈、第十章　看卖奴隶时有了感想所以预备回去。

出版《雨后及其他》，上海春潮书店，包括：雨后、柏子、第一次作男人的那个人、有学问的人、诱——拒、某夫妇。

出版《篁君日记》，北平文化学社。独立中篇。篇中《记五月三日晚上》以前部分，最初分 12 次连载于 1927 年 7 月 13 日—9 月 24 日《晨报副刊》。署名璇若。

1929 年

去吴淞中国公学任教，开始与张兆和谈恋爱。

出版《神巫之爱》，光华书局，包括：第一天的事、晚上的事、第二天的事、第二天晚上的事、第三天的事、第三天晚上的事。

1930 年

至武汉大学任教。

出版《旅店及其他》，中华书局。包括：结婚之前、旅店、阿金、七个野人与最后一个迎春节、记一大学生、元宵。

出版《男子须知》（又名《在另一个国度里》），上海红黑出版社，包括：男子须知、除夕。

《一个天才的通信》，上海光华书局。包括：编者序、一个天才的通信。

出版《沈从文甲集》，上海神州国光社。包括：冬的空间、第四、夜、自杀的故事、牛、会明、我的教育。

出版《旧梦》，上海商务印书馆。曾以《旧梦——到世界上之一》为题，分 28 次连载于 1928 年 2 月 25 日—9 月 29 日《现代评论》第 7 卷第 168 期—第 8 卷第 199 期。署名懋琳。

1931 年

陪同丁玲营救胡也频未果，护送丁玲母子回湖南。

出版《石子船》，上海中华书局，包括：石子船、夜、还乡、渔、道师与道场、一日的故事、后记。

出版《沈从文子集》，上海新月书店，包括：龙朱、丈夫、灯、建设、春天、绅士的太太。

出版《一个女剧员的生活》，上海大东书局。包括：一 后台、二 家、三 一个配角、四 新的一幕、五 大家皆在分上练习一件事情、六 配角、七 一个新角、八 配角做的事、九 一个不合理的败仗。

1932 年

出版《记胡也频》，上海光华书局。

出版《泥涂》，北京星云堂书店。

出版《都市一妇人》，上海新中书局，包括：都市一妇人、贤贤、厨子、静、春、若墨医生。

1933 年

9 月 9 日，与张兆和结婚。9 月 23 日，与杨振声合编《大公报·文艺副刊》。本年创作《边城》。

出版《一个母亲》，上海合成书局，包括：《一个母亲》序、一个母亲。

出版《阿黑小史》，上海新时代书局，包括：油坊、秋、雨、病、婚前。

出版《月下小景》，上海现代书局。

1934 年

出版《游目集》，上海大东书局，包括：腐烂、除夕、春天、夜的空间、三个男子和一个女人、平凡故事。

出版《沫沫集》，上海大东书局。

出版《如蕤集》（小说），上海生活书店，包括：如蕤、三个女性、上城里来的人、生、早上—— 一堆土一个兵、泥涂、节日、白日、黄昏、黑夜、秋。

出版《从文自传》，上海时代书局，包括：我所生长的地方、我的家庭、我读一本小书同时又读一本大书、辛亥革命的一课、我上许多课仍然不放下那一本大书、预备兵的技术班、一个老战兵、辰州、清乡所见、怀化镇、姓文的秘书、女难、常德、船上、保靖、一个大王、学历史的地方、一个转机。

出版《记丁玲》，上海良友图书公司。本传记和《记丁玲续集》，最初曾以《记丁玲女士》为题，分 21 节连载于 1933 年 7 月 24 日—12 月 18 日的《国闻周报》第 10 卷 29—50 期，前 6 期署名从文，自 34 期起署名改为沈从文。

出版《边城》，上海生活书店。全文原分 11 次发表于 1934 年 1 月 1 日—21 日，3 月 12 日—4 月 23 日《国闻周报》第 11 卷第 1—4 期，第 10—16 期。

11 月 12 日，长子沈龙朱出生。

本年起，至 1939 年，在北京编中小学国文教科书。

1935 年

出版《八骏图》，上海文化生活出版社，包括：题记、八骏图、有学问的人、某夫妇、来客、顾问官、柏子、雨后、过岭者、腐烂。

1936 年

出版《从文小说习作选》，上海良友图书公司，包括：短篇选、月下小景、从文自传三个部分。《短篇选》包括：三三、柏子、丈夫、夫妇、阿金、会明、黑夜、泥涂、灯、若墨医生、春、龙朱、八骏图、腐烂；《月下小景》包括：题记、月下小景、寻觅、女人、扇陀、爱欲、猎人故事、一个农夫的故事、医生、慷慨的王子、神巫之爱、第一天的事、晚上的事、第二天的事、第二天晚上的事、第三天的事、第三天晚上的事；《从文自传》（分章标题略）。

出版《新与旧》，上海良友图书公司，包括：萧萧、山道中、三个男子和一个女人、菜园、新与旧、烟斗、失业、知识、薄寒、自杀。

出版《湘行散记》，上海商务印书馆。包括：一个戴水獭皮帽子的朋友、桃源与沅州、鸭窠围的夜、一九三四年一月十八、一个多情水手与一个多情妇人、辰河小船上的水手、箱子岩、五个军官与一个煤矿工人、老伴、虎雏再遇记、一个爱惜鼻子的朋友。

1937 年

出版《废邮存底》，上海文化生活出版社，原书中"甲辑"为"沈从文：废邮存底"14 篇，"乙辑"为"萧乾：答辞"15 篇。甲辑包括：一周间给五个人的信摘录、给一个写诗的、给一个写小说的、给一个大学生、给某教授、谈创作、致《文艺》读者、元旦日致《文艺》读者、我的写作与水的关系、风雅与俗气、情绪的体操、给某作家、给一个读者、《边城》题记。

5 月 31 日，次子沈虎雏出生。

1938 年

春，到昆明，继续与杨振声编选中小学国文教科书。

11 月，任西南联大中文系教授。

出版《一个妇人的日记》，上海晨光书局。

1939 年

出版《记丁玲续集》，上海良友复兴图书印刷公司。

出版《昆明冬日》，上海文化生活出版社。包括：真俗人和假道学、谈朗诵诗、谈保守、一般或特殊、昆明冬景五篇。

出版《主妇集》，长沙商务印书馆，包括：主妇、贵生、大小阮、王谢子弟、生存。

1940 年

出版《湘西》，又名《沅水流域识小录》，长沙商务印书馆，包括：出版题记、引子、常德的船、沅陵的人、白河流域几个码头、泸溪·浦市·箱子岩、辰溪的煤、沅水上游几个县份、凤凰、苗民问题。

出版《烛虚》，桂林文化生活出版社，包括第一辑：烛虚、潜渊、长庚、生命；第二辑：新的文学运动与新的文学观、白话文问题、小说作者和读者、文运的重建。

1943 年

出版《春灯集》，桂林开明书店。

出版《黑凤集》，桂林开明书店。

出版《春》，桂林开明书店。

出版《云南看云集》，重庆国民图书出版社，包括第一组 3 篇：文艺政策检讨、文学运动的重造、小说与社会；第二组 1 篇：新废邮存底 16 则；第三组：废邮存底 13 则。

1946 年

本年起至 1949 年就任北京大学教授。

1948 年

开始受到左翼文化界的猛烈批判。同年，工作重心开始转移到文物研究。

1950 年

因承受不了政治压力而自杀，获救。

1957 年

出版《沈从文小说选集》，人民文学出版社。

出版《中国丝绸图案》（王家树绘图），中国古典艺术出版社（介绍由战国至清末的丝织图案，但因其中战国、六朝和宋代的资料较少，收集较难，便补充进去一些毛织物图案，以供作为相互印证的参考）。

1958 年

出版《唐宋铜镜》，中国古典艺术出版社。作者编选的《唐宋铜镜》图录，曾由中国古典艺术出版社将原书的《题记》于 1957 年 8 月以《古代镜子的艺术特征》为题，在《文物参考资料》第八期上发表，署名沈从文。

1959 年

出版《明锦》（沈从文、张仃、雷圭元、吴劳合编），人民美术出版社。

1960 年

出版《龙凤艺术》，作家出版社。收"龙凤艺术"、"文史研究必需结合文物"等 15 篇文章。

1962 年

《战国漆器》，（北京）荣宝斋出版。

1969 年

去湖北咸宁五七干校劳动。

1978 年

调中国社会科学院历史研究所任研究员。

1980 年

偕夫人张兆和赴美探亲讲学。

出版《沈从文散文集》，香港时代图书公司。

1981 年

出版《沈从文小说选》，湖南人民出版社。

出版《沈从文散文选》，湖南人民出版社。

出版《中国古代服饰研究》，商务印书馆香港分馆。同年 11 月，台北龙田出版社以 16 开本分二册翻印出版，翻印本删去编著者等署名，并删去郭沫若的序言。

1982 年
出版《沈从文散文集》，人民文学出版社。
出版《沈从文小说选》（一、二集），人民文学出版社。

1983 年
突患脑血栓，住院治疗。
出版《沈从文选集》（五卷本），四川人民出版社。

1984 年
本年大病一场。抢救脱险后，说话、行动更加不便。

1988 年
5 月 10 日下午，心脏病复发，抢救无效而逝世。

注：

本年表以沈从文夫人张兆和《沈从文先生自订年表》（吉首大学学报，1988 年第 2 期，第 8—9 页）为基础，参考《沈从文年表简编》（《沈从文全集·附卷》，北岳文艺出版社，2003 年 5 月版）整理而成。